Christine Brand

Das Geheimnis der Söhne

Ein Fall für Milla Nova

Kriminalroman

Atlantis

Die Originalausgabe erschien 2010 im Landverlag, Langnau.
Die Autorin hat den Roman für diese Neuausgabe grundlegend überarbeitet.

Das Geheimnis der Söhne spielt in Bern, Zürich und Luzern. Während die meisten Schauplätze des Romans real existieren, sind alle Figuren frei erfunden – allfällige Ähnlichkeiten mit lebenden oder verstorbenen Personen wären zufällig und nicht beabsichtigt.

Lizenzausgabe mit freundlicher Genehmigung
www.atlantisverlag.ch
Lektorat: René Stein
Satz: Tristan Walkhoefer, Leipzig
Gesetzt aus der Stempel Garamond LT / 230150
Druck und Bindung: Friedrich Pustet, Regensburg
Auch als E-Book erhältlich
ISBN 978 3 7152 5502 6

»Jeder Mensch hat das Recht auf Leben.
Die Todesstrafe ist verboten.«

Schweizerische Bundesverfassung,
Artikel 10, Absatz 1

Prolog

Er spürte, wie seine Handflächen feucht wurden. Als tropfe Blut auf sie. Dabei war es noch gar nicht so weit. Arthur Schüpbach wischte sich die schweißnassen Hände am groben Stoff seiner Hose trocken und versuchte, nicht an das zu denken, was er gleich tun würde. Wollte nicht zulassen, dass er nervös wurde. Auf jeden Fall durfte es ihm keiner anmerken. Rechts und links von ihm ragten die verwitterten Gefängnismauern in den Himmel, der blau und unbekümmert über ihnen hing, als wäre dies ein Tag wie jeder andere. Er war es nicht. Die Zeit hatte innegehalten. Die Welt bestand in diesem endlosen Moment aus nichts anderem als dem Blau dort oben und dem Grau des Gefängnishofes hier unten. Und dem hölzernen, bizarr wirkenden Ungetüm in der Mitte des quadratischen Platzes. Noch einmal wischte sich Schüpbach die Hände trocken. Der Schweiß drückte jetzt auch durch die Poren auf seiner Stirn. Sein Herz hämmerte derart gegen den Brustkasten, dass die anderen es hören konnten, da war er sicher. Er blickte sich um. Neben ihm, in einiger Entfernung, standen reglos zwei Geistliche in ihren schwarzen Gewändern. Mit Bibeln in den Händen. Vor ihm der Beamte – in Anzug, mit Hut –, der die Sterbeurkunde ausstellen würde. Etwas weiter weg, auf aufgereihten Stühlen, saßen die wenigen zugelassenen Zeugen. Wie Randgestalten in einem skurril komponierten Gemälde. Niemand schien ihm etwas anzumerken. Das war gut so.

Schüpbach wollte keine Schwäche zeigen an diesem

Morgen. Wollte beweisen, dass sie mit ihm eine gute Wahl getroffen hatten. Gegen siebenundachtzig Mitbewerber hatte er sich durchgesetzt; das musste ihm erst mal einer nachmachen. Warum sie ausgerechnet ihn, den einfachen Hotelpagen, ausgewählt hatten, wusste er nicht. Vielleicht, weil er keinen Sold verlangte, anders als die vielen anderen, die es nur des Geldes wegen tun wollten. Möglicherweise aber auch, weil ihm bewusst war, dass er eine wichtige Aufgabe für den Staat zu übernahm. Im Namen der Gerechtigkeit.

»Ich würde die Hinrichtung aus der Überzeugung heraus ausführen, dass dies nicht nur für den Mörder, sondern für das gesamte Schweizer Volk der einzig richtige Weg ist«, hatte er in seinem Bewerbungsbrief geschrieben. Weil sich »ohne diese Hinrichtung die ohnehin schon steigende Kriminalität weiter erhöhen würde«. Deshalb wollte er das hier tun. Darum, glaubte Arthur Schüpbach, hatte er und nicht ein anderer den Auftrag erhalten. Er war der Scharfrichter für einen Tag.

Ein lautes Knarren zerrte Arthur Schüpbach aus der Welt seiner Gedanken zurück in den Gefängnishof. Das Tor, hinter dem die langen Gänge mit den vielen Zellentüren lagen, öffnete sich. Der Moment war gekommen. Schüpbach drehte den Kopf und sah, dass die beiden Wärter dem Mann, den sie über den Gefängnishof führten, einen Jutesack über den Kopf gezogen hatten. Dabei hätte er dem Mörder gerne ins Gesicht gesehen. Die drei Männer blieben wenige Meter vor dem Beamten stehen, der mit lauter Stimme das Urteil verlas: verurteilt zum Tode, wegen Mordes, keine Begnadigung. Dann führten die Wärter den Mörder zu Schüpbach, zur Guillotine. Der Mann verhielt sich ruhig, sagte kein Wort. Wehrte sich nicht. Die Wärter banden ihn mit zwei Ledergurten an ein aufgestelltes

Brett, kippten es auf den Guillotinentisch und schoben es nach vorn. Sie platzierten den Hals des Verurteilten in die halbkreisförmige Öffnung des vorne angebrachten Holzstückes, sodass der Kopf über die Bahre hinausragte.

Arthur Schüpbach stellte fest, dass sich seine Nervosität verflüchtigt hatte. Es war ihm plötzlich ganz feierlich zumute. Er klappte das zweite Holzstück mit der halbrunden Öffnung vorsichtig herunter, wie er es am Vortag unzählige Male geübt hatte, und schloss die Manschette um den Hals des Mörders. In militärisch strammer Haltung stellte sich Schüpbach neben die Guillotine und wartete, bis die beiden Geistlichen mit ihren gemurmelten Gebeten fertig waren. Als sie schwiegen, nickte ihm der Beamte mit dem schwarzen Hut unauffällig zu. Schüpbach griff zum Hebel an der Seite des tödlichen Gerätes, klappte ihn mit einem Ruck nach unten und löste dadurch die Arretierung, die das vierzig Kilogramm schwere Fallbeil oben gehalten hatte.

Es war nicht das schleifende Geräusch des Metalls, das durch die Führungsschienen glitt, immer schneller, bis es zu kreischen schien. Es war auch nicht der Knall, der einem Schuss gleich durch den Gefängnishof peitschte, als das Fallbeil unten aufschlug und die scharfe Klinge ihre Arbeit tat. Es war auch nicht der Anblick des vielen Blutes, das pulsierend aus dem Halsstumpf spritzte. Sondern es war das Poltern. Dieses kurze Rumpeln, die drei, vier dumpfen aufeinanderfolgenden Schläge. Das Geräusch, das ein Kopf verursacht, der losgelöst vom Körper in die Holzkiste fällt, darin aufschlägt, noch einmal, zweimal hin und her kullert, bis er schließlich zum Stillstand kommt. Dieses Poltern brachte Arthur Schüpbach nicht mehr aus seinem Kopf. Es war da, wenn er aufwachte. Und wenn sich die Nacht weigerte, ihm den Schlaf zu gönnen. Manchmal hörte er es ganz plötzlich, unerwartet, am helllichten Tag. Jedes Mal erschütterte es ihn von Neuem. Er wurde das Poltern nicht mehr los.

*

Bis zu jenem Freitagabend, dem 21. Dezember 1973. Kurz vor Weihnachten. Neununddreißig Jahre, drei Monate und fünf Tage nachdem er einen ihm unbekannten Mann geköpft hatte. Das Geräusch, das er mit der Zeit so sehr zu verachten gelernt hatte wie sich selbst, verfolgte ihn bis zu jenem Moment, als unterhalb seines linken Auges eine Kugel in seinen Kopf eintrat und sein Gehirn zum Explodieren brachte. Hätte er noch die Gelegenheit gehabt, sich darüber Gedanken zu machen – Arthur Schüpbach hätte den Schuss als Erlösung empfunden. Das Poltern war endlich verstummt.

I

2010

Sie stecken fest, im Niemandsland. Das rechte Hinterrad des weißen Kastenwagens, auf dessen Seiten das rote Signet des staatlichen Fernsehsenders prangt, sucht vergeblich nach festem Untergrund und frisst sich noch tiefer in den Schnee. Milla Nova blickt hinaus, sieht nichts als Nebel und matschige Schneeflocken, die an die Frontscheibe klatschen wie Vogeldreck. Sie weiß genau, was jetzt kommen wird, und verdreht die Augen, bevor er es ausspricht.

»Du wirst uns anschieben müssen«, sagt Ivan Ivanovic, der nicht wirklich Ivan heißt, den aber alle Ivan nennen.

Das, denkt Milla, ist mal wieder eine dieser Situationen. In denen sie ihren Job verflucht und sich fragt, warum sie sich das immer wieder antut.

»Ich hab doch gleich gesagt, es ist keine gute Idee, auf diesem Feldweg zu wenden!« Milla spricht es aus, weil es ausgesprochen werden muss. Sie kann nicht verstehen, weshalb Ivan der unpassend erotisch klingenden Frauenstimme, die ihm aus dem Navigationsgerät heraus zugeraunt hat, er solle bitte wenden, folgt wie ein treudoofer Hund seinem autoritären Frauchen. Dabei war sich Milla sicher, dass sie ursprünglich auf der richtigen Straße unterwegs gewesen sind. Nur: Auf sie hört der Mann ja nicht. Ivan zuckt bloß mit den Schultern.

»Du wirst uns anschieben müssen«, wiederholt er, als hätte jemand die Replay-Taste gedrückt.

Milla schnaubt und wirft ihm einen flehenden Blick zu,

doch er kennt kein Erbarmen. Also steigt sie unwillig aus dem Wagen, hinaus ins kalte Nass, das ihre Frisur verunstalten wird. Schon etwas feuchte Luft genügt, dass sich ihr schwarzes Haar zu Zapfenlocken zusammenzieht, die ihr dann wirr in alle Richtungen vom Kopf stehen. Immerhin hat Ivan Fußmatten dabei, die sie unters Rad schieben kann. Und damit, kombiniert mit einem schweißtreibenden Kraftaufwand ihrerseits, schaffen sie es tatsächlich, das Gefährt rasch wieder in Gang zu kriegen. Nicht ohne dass Milla dabei ordentlich nass wird.

»Wir müssten schon längst dort sein«, sagt sie, als sie keuchend wieder auf dem Beifahrerplatz sitzt. Die Hektik lässt ihre Stimme höher klingen. Milla kann es nicht ausstehen, zu spät zu kommen. Und noch immer haben weder Ivan noch sie eine Ahnung, wo sie sich genau befinden.

»Weit kann's nicht mehr sein.«

Ivan bearbeitet erneut hoch konzentriert das Navigationsgerät, das sie erst in diese missliche Lage gebracht hat und dem er zu Millas Unverständnis noch immer sein Vertrauen schenkt. Sie würde sich nie von dieser Frauenstimme in die Irre führen lassen, geschweige denn ihr eine zweite Chance geben. Milla würde ihr ein Sprechverbot erteilen. Sie lässt sich nicht gern herumkommandieren.

»Vergiss es doch einfach«, fährt sie Ivan genervt an, »dieses Ding wird die Adresse nicht ausspucken. Ein Gefängnis existiert nicht in seinem Programm.«

Sie durchwühlt das Handschuhfach und findet eine vergilbte Landkarte, die ihr aber ebenso wenig weiterhilft. Wer Glück hat, findet darauf nebst den Autobahnen gerade noch die wichtigsten Hauptstraßen. Nebenstraßen sind praktisch inexistent oder entsprechende Angaben nicht mehr aktuell.

»Hast du die Nummer des Direktors?«, fragt Ivan.

Milla setzt ihre schuldbewusste Miene auf.

»Der Zettel mit der Nummer liegt in meinem Büro auf dem Schreibtisch …«

»Super. Dort liegt er sicher bequem.«

Ivan sagt's mit einem Lachen. Zu gut kennt er Milla und ihren Hang zum Chaos, als dass er sich darüber wundern oder ärgern würde. Seit bald fünf Jahren bilden sie ein Team: Milla Nova als die rasende Reporterin, er als ihr Kameramann. Immer wieder haben sie bei ihren gemeinsamen Dreharbeiten die eine oder andere Schwierigkeit zu überwinden. Nicht selten, weil Milla alles andere als vorbildlich auf die Einsätze vorbereitet ist. Oft aber auch, weil sie sich die verrücktesten Themen aussucht. Heute jedoch rechnet Ivan mit einem unkomplizierten Dreh ohne unliebsame Überraschungen. Wobei man bei Milla nie wissen kann.

Während Ivan Ivanovic, der aussieht wie ein durchschnittlich-biederer Sportmoderator und somit eher vor als hinter eine Kamera passen würde, für verschiedene Sendungen unterwegs ist, arbeitet Milla Nova fix beim Magazin *Wochenthemen*. Sie gilt als eine bissige, unnachgiebige, je nach Standpunkt auch lästige Journalistin, was man ihr auf den ersten Blick nicht ansieht. Mit ihrer schlanken Figur, ihrer nicht gerade überragenden Körpergröße – sie fühlt sich um mindestens zehn Zentimeter zu klein geraten –, mit ihrem ungebändigten schwarzen Wuschelkopf und ihren freundlichen grünen Augen sieht sie aus wie eine Frau, die man beschützen will. Und nicht wie eine, vor der man sich in Acht nehmen muss. Wobei Letzteres zutrifft und sie Ersteres als Beleidigung auffassen würde. Sie fühlt sich schon bevormundet, wenn ihr jemand in die Jacke helfen will. Milla findet sich auch nicht schlank, sondern viel zu dünn. Ihre Beine kommen ihr vor wie Streichhölzer, Rundungen gehen ihr völlig ab, und über ihren kleinen Busen pflegt sie mitunter die bissigsten Witze zu reißen. Schon als Kind war sie stets die Kleinste und Dünnste gewesen. »Minimill«, so hatten sie einige genannt. Damals, als sie noch davon träumte, Tierärztin zu werden. An Tagen wie diesem bereut sie noch immer, dass sie es nicht geworden ist. Dass sie nach der Matura studierunwillig für einen Hungerlohn beim neu gegründeten Berner Lokal-TV-Sender anheuerte und irgendwie in diesem Job hängen geblieben ist. Um schließlich dort zu landen, wo man in diesem Geschäft der bewegten Bilder immer landet: beim Schweizer Farbfernsehen im Zürcher Leutschenbach. Jetzt ist Milla Nova dreiunddreißig und irrt in Ausübung dieses Jobs, mit dem sie eine aufreibende Hassliebe verbindet, in einer gottverlassenen Gegend herum.

Auf gut Glück schlägt Ivan eine Richtung ein, von der er denkt, dass es die richtige ist. Denn auf die Computerstimme ist jetzt tatsächlich kein Verlass mehr. Er hofft, irgendeiner menschlichen Seele zu begegnen, die ihnen den Weg zum ersten »Seniorenknast« der Schweiz beschreiben kann. Ein Wunsch, der sich natürlich nicht erfüllt. Weil sich bei diesem Sauwetter in dieser Pampa kein vernünftiger Mensch freiwillig nach draußen begibt.

Als Ivan und Milla schon nicht mehr daran glauben, ihr Ziel zu erreichen, tauchen plötzlich graue, eckige Klötze aus dem Nebel auf. Betonbauten, die sich in dem einsamen Tal irgendwo in der hintersten Ecke des Kantons Bern an den Fuß der Gebirgskette des Juras drücken.

»Das muss es sein!«, ruft Milla und zeigt auf die flachen Gebäude, die von einer Mauer umgeben sind, auf der sich der Stacheldraht kringelt. Scheinwerfer tauchen das Gefängnis hinter dem grauen Flockenschleier in ein diffuses gelbes Licht. Und obwohl die ganze Anlage nichts als Abweisung ausstrahlt, ist Milla froh, angekommen zu sein.

*

Der Mann, der sich als Gefängnisdirektor Franz Kesselring vorstellt und die nicht unerhebliche Verspätung des TV-Teams freundlich ignoriert, sieht ganz anders aus als das Bild, das man sich von einem Gefängnisdirektor gemeinhin im Kopf zurechtzimmert. Milla registriert aus dem Augenwinkel, dass sich Ivan ein Grinsen nicht verkneifen kann. Denn der Direktor ginge fehlerfrei als Insasse seiner eigenen Anstalt durch: kahl rasierter Schädel, schmale, schnurgerade Brauen über blitzenden Augen, die listig dreinblicken. Berechnend irgendwie. Der Mund sitzt etwas schräg unter der langen Nase, als würde der linke Mundwinkel von einem durchsichtigen Faden nach oben gezogen. Kesselring empfängt sie in Jeans, schwarzem Hemd und einer gleichfarbigen Lederweste, die seine Autorität augenfällig untergräbt. Er sieht aus wie ein gealterter Rocker, der den Moment verpasst hat, die Lederkluft in die Altkleidersammlung zu geben. Einen flüchtigen Augenblick lang fragt sich Milla, ob sich hier nicht tatsächlich ein Gefängnisinsasse als Direktor ausgibt. Sie schiebt den Gedanken beiseite, als Kesselring sie und Ivan in sein Chefbüro bittet.

»Schön, dass Sie den Weg zu uns gefunden haben«, sagt er mit einem schrägen Lächeln, das sein Gesicht entstellt. »Wollen wir kurz das weitere Vorgehen besprechen?«

Milla nickt und tut ihm den Gefallen, obwohl sie eigentlich tags zuvor bereits alles am Telefon geklärt haben. Aber mit ihm darf sie es sich nicht verderben. Sie will in ihrer Sendung die Überalterung in den Schweizer Gefängnissen dokumentieren – der Knast als Spiegel der Gesellschaft. Immer mehr Alte sitzen hinter Schloss und Riegel – weil die kriminellen Senioren länger rüstig und aktiv bleiben, aber auch, weil die vielen lebenslang verwahrten Straftäter ebenfalls nicht jünger werden. Die neue Strafanstalt am Fuße des Juras, die sich als erste auf eine ältere Klientel spezialisiert hat, ist die direkte Konsequenz dieser Entwicklung. Ein Lösungsversuch, weil die bisherigen Gefängnisse mit den Aufgaben, die im normalen Leben die Altersheime übernehmen, überfordert sind.

Vereinbart ist, dass der Direktor Milla das neue Gefängnis zeigen und ihre Fragen beantworten wird, anschließend darf sie mit einem Insassen ein Interview führen. Noch einmal geht Milla mit dem Direktor den Ablauf der Dreharbeiten durch. Erneut versichert sie ihm, dass die Insassen nur anonymisiert gezeigt würden.

»Gut, fangen wir an«, sagt sie schließlich, als sie findet, das Vorgeplänkel sei nun genug. Ivan filmt, wie der Direktor durch die Gänge des Gefängnistrakts schreitet. Mal von hinten, mal von vorn. Milla eilt mit dem Mikrofon hinterher, immer darauf bedacht, nicht mit aufs Bild zu kommen.

»Das«, erklärt Franz Kesselring, während er eine der vielen identisch aussehenden Türen aufschließt, »sind unsere Zellen, speziell eingerichtet für betagte Insassen.«

Er betritt den Raum, der verhältnismäßig großzügig bemessen ist, und weist mit einladender Geste auf die Einrichtung. Ivan filmt, wie der Direktor stolz auf die Liege zeigt, die einem Spitalbett gleicht und mit einer harten, schmalen Gefängnispritsche, wie man sie sich vorstellt, überhaupt nichts gemein hat. Ivan schwenkt mit der Kamera durch den Raum, macht einige Detailaufnahmen. Vom Haltegriff neben der rollstuhlgängigen Toilette. Vom Nothilfeknopf an der Wand neben der Dusche. Man glaubt sich in einem Zimmer eines kostspieligen Altersheims – oder in der Privatabteilung eines Spitals. Mit einem kleinen, aber entscheidenden Unterschied: Die Tür lässt sich nur von außen öffnen.

»Und das«, sagt Kesselring, während er demonstrativ gegen das unvergitterte Fenster klopft, »ist Panzerglas. Ausbruchsicher.« Erneut dieses schiefe Grinsen. Milla bezweifelt, dass Kesselrings unattraktives Gesicht bei den Zuschauern Vertrauen wecken wird. Wenigstens ist das Interview mit dem Direktor schnell im Kasten. Er hat sich gut vorbereitet und spricht wie gedruckt, er wird in seinen Antworten nicht zu lang, und Milla muss kein einziges Mal nachfragen. Sie rechnet damit, dass sich das bei ihrem nächsten Interviewpartner in diesem Gefängnis ändern wird.

»Somit wäre nun wohl Herr Mannhart an der Reihe«, stellt Franz Kesselring fest. »Unser Senior im Seniorenknast.« Der Direktor führt seine zwei Besucher durch einen langen Korridor. Auf dem Weg zur Zelle, in der der alte Mann einsitzt, kommen die drei an einem Aufenthaltsraum vorbei. Davor stehen sieben in einer Reihe parkierte Gehhilfen; wie angebundene Gäule vor einem Saloon. Ein bizarres Bild, das so gar nicht in ein Gefängnis passen will. Ivan fängt es gleich mit der Kamera ein.

»Tagsüber können sich die Insassen frei im Haus bewegen«, erklärt der Direktor. »Nur in der Nacht werden sie in ihren Zellen eingeschlossen.«

Nun ja, davonrennen werden sie wohl nicht, denkt Milla. Obwohl eine Horde revoltierender Tattergreise, die, bewaffnet mit Gehböcken, die Flucht ergreifen, zweifellos ein unbezahlbares Filmmotiv darstellen würde.

Vor der Zellentür angekommen, wiederholt Kesselring noch einmal die Spielregeln für das Interview mit dem Insassen.

»Ich werde während des Gesprächs anwesend sein. Sie können ihn fragen, was Sie wollen – aber Sie müssen es akzeptieren, wenn er nicht auf alles antwortet. Der Mann heißt Valentin Mannhart. Er ist dreiundachtzig, der Älteste, den wir hier haben, und schon seit geraumer Zeit nicht mehr ganz klar im Kopf.«

Das kann ja heiter werden. Milla stöhnt innerlich auf. Da wird sie bestimmt tolle Zitate mit nach Hause bringen, gehaltvolle Aussagen eines senilen Knastbruders.

»Und Sie müssen vorsichtig sein, Sie dürfen ihn auf keinen Fall aufregen«, fährt der Direktor fort. Auch das trägt nicht gerade zur Beruhigung der Reporterin und des Kameramanns bei.

»Warum wurde er verurteilt, was hat er getan?«, will Milla von Kesselring wissen.

Der Direktor schaut sie eindringlich an, seine Augenbrauen rücken über der Nase nahe zueinander, Furchen legen sich auf seine Stirn. »Er hat vor vielen Jahren vier Menschen umgebracht und wird seither verwahrt.«

»Vier Menschen«, wiederholt Milla beeindruckt. Jetzt ist ihr doch ein bisschen mulmig zumute.

»Ist er immer noch gefährlich?«, fragt Ivan, dem die Angelegenheit ebenfalls nicht mehr ganz geheuer vorkommt.

»Nein, gefährlich ist er nicht. Er ist ein alter, kranker Mann. Aber bitte, regen Sie ihn bloß nicht auf ...«

2

Valentin Mannhart hat sich herausgeputzt. Er hat seine beste Hose angezogen und das sauberste seiner drei Hemden. Hellblau, mit dünnen weißen Streifen und mit Reißverschluss. Darüber trägt er eine gestrickte dunkelblaue Weste. Die weißen Haare hat er sich so lange gekämmt, dass sie jetzt platt an seinem Kopf kleben und schön glänzen. Ebenso wie seine Zelle, die er als seine Wohnung ansieht. Die hat er extra gefegt, auch den Käfig seiner Wellensittiche hat er gereinigt, und nun sitzt er schon seit fast drei Stunden auf dem einzigen Stuhl an seinem Tisch und wartet auf die Leute vom Fernsehen. Vor sich auf dem Boden hat er behutsam alle Schlösser und Burgen und Bauernhöfe aufgestellt, die er sich aus den Schulbastelbögen zusammengeklebt hat und die sonst oben auf dem Schrank verstaut sind. Sie sind sein großes Hobby. Nebst dem Bemalen von runden Holzplättchen, die als Untersetzer verwendet werden können. Blumen malt er darauf, immer nur Blumen. Am liebsten Tulpen, weil die ganz einfach sind. Auch einige dieser Holzplättchen hat er bereitgelegt. Wenn sie nett sind, die Leute vom Fernsehen, will er sie ihnen schenken.

Warum die Leute ihn besuchen kommen, ist Valentin Mannhart schleierhaft. Er vermutet, dass es ihm der Direktor erklärt hat, kann sich aber nicht mehr daran erinnern. Wird es wohl nicht wirklich verstanden haben. Sie würden ihm Fragen stellen, hat der Direktor gesagt, das weiß er noch. Wozu und weshalb, das hat Valentin Mannhart vergessen. Aber er freut sich auf die Abwechslung und vor allem darauf, dass er nun berühmt werden wird. Im Fernsehen! Soeben hat er den Mann mit der Kamera und die hübsche Frau mit dem Mikrofon über den Vorplatz gehen sehen. Vielleicht wird sie ihm die Fragen stellen. Auch darauf freut er sich. Plötzlich wird er ganz furchtbar nervös.

*

Milla kann das Drama gerade noch verhindern. Um ein Haar stolpert Ivan beim Betreten der Zelle über eine Bastelarbeit aus Karton, es ist das Schloss Chillon. Mit dem nächsten taumelnden Schritt würde er mehrere Stunden kniffliges Engagement zerstören. Im letzten Moment erwischt sie Ivans Ärmel und hält ihn zurück, was ihn wieder einigermaßen ins Gleichgewicht bringt.

»Hoppla!«, ruft Ivan.

»Hoppla«, sagt Kesselring, als wäre er sein Echo.

»Guten Tag, meine Dame und die Herren«, sagt Valentin Mannhart, ohne aufzustehen, aber mit ausgesuchter Höflichkeit. Er ist nicht gewillt, sich durch einen tollpatschigen Kameramann von seiner einstudierten Begrüßungsformel abbringen zu lassen.

Zum Glück regt er sich nicht auf, denkt Milla, der die mahnenden Worte des Direktors noch sehr präsent sind. Sie geht an Ivan vorbei in die Zelle hinein, achtet sorgsam darauf, keines der gebastelten Kunstwerke zu touchieren, und tritt auf den alten Mann zu, der steif an seinem Tisch sitzt und sie erwartungsvoll ansieht. Unwillkürlich muss sie an ein Kind an seinem ersten Schultag denken. Der Mann, der halb neugierig, halb ehrfürchtig von unten zu ihr heraufblickt, kommt ihr richtig mickrig vor. Er droht in seinen Kleidern, die mindestens zwei Nummern zu groß sind, verloren zu gehen. Als sie dem schmächtigen Männlein die Hand entgegenstreckt, strahlt er sie glücklich an und überrascht sie mit einem kräftigen Händedruck. Die Hand ist eiskalt und sehnig. Es ist nicht die Pranke eines Handwerkers, eher das filigrane Werkzeug eines Schöngeistes. Dieser Mann soll vier Menschen getötet haben? Unmöglich, denkt Milla. Doch sie weiß: Man sieht es ihnen niemals an. Wenn man das könnte, gäbe es weniger Opfer.

»Mein Name ist Milla Nova, ich arbeite für die Sendung *Wochenthemen* und würde Ihnen gern ein paar Fragen stellen.« Milla spricht mit überlauter Stimme, während Valentin Mannhart noch immer ihre Hand schüttelt, als wolle er sie nie mehr loslassen.

»Ich bin nicht schwerhörig, schönes Fräulein«, gibt er mit dünner Stimme fast ebenso laut zurück. Seine Augen blitzen auf, ein Schmunzeln umspielt seine Lippen.

Ivan, der sich mittlerweile übertrieben vorsichtig über die Bastelbogen-Arbeiten zu ihnen vorgekämpft hat, hofft, dass Milla jetzt nicht gleich aus der Haut fährt; sie lässt sich nie und von niemandem Fräulein nennen.

»Ruhig bleiben«, flüstert er ihr zu.

Doch zu seiner Überraschung reagiert Milla gar nicht erst auf das Wort, das sie sonst innerhalb von Sekundenbruchteilen auf die Palme bringt. Als hätte sie das »Fräulein« nicht gehört, erklärt sie dem alten Mann geduldig, wie ein Fernsehinterview abläuft und dass sie anschließend noch einige Aufnahmen von ihm machen werden, damit sie ihn im Beitrag vorstellen können.

»Werden Sie meine Bastelarbeiten auch filmen?«, will Mannhart wissen.

»Das können wir machen.«

»Und meine Vögel, die müssen auch mit ins Bild.«

»Auch das werden wir einrichten«, sagt Milla. Ihre Ahnung, dass sich der Job hier eher schwierig gestalten könnte, scheint sich zu bestätigen.

Sie schaut sich in der Zelle um. Ein Tisch, auf dem der Vogelkäfig steht, ein Stuhl. Daneben, an der Wand, ein Sofa, vis-à-vis eine hölzerne Kommode, darauf ein kleiner Fernseher. Ganz hinten im Raum befindet sich das Bett, an dessen Kopfende eine Truhe steht, die mit einem roten Samtteppich überzogen und mit Heiligenbildern überstellt ist. Er ist religiös, denkt Milla und fragt sich, wie sich sein Glaube wohl mit seinen Taten vereinbaren lässt. An der Wand über dem Bett hängt ein gekreuzigter Jesus mit einer abgeschlagenen Nase und sehr langen Zehen. Rechts von ihm erkennt Milla auf einem gerahmten Bild die heilige Mutter Maria, links davon ein Foto an einem Reißnagel, das einen deutlich jüngeren Valentin Mannhart neben einem Geistlichen in Rom zeigt. Eine Aufnahme aus einem anderen Leben, aus seinem Leben als freier Mann.

Milla bespricht sich kurz mit Ivan und schlägt dann Valentin Mannhart vor, sich für das Interview seitlich auf das Bett zu setzen, damit der Vogelkäfig im Hintergrund mit im Bild ist. Mannhart tut, wie ihm geheißen. Milla nimmt ihm gegenüber auf dem einzigen Stuhl Platz.

»Schauen Sie einfach mich an, nicht in die Kamera; wir sprechen miteinander, als wäre dieser schwarze Kasten gar nicht da.«

»Ich mache alles, was Sie sagen.«

Und wieder dieses Blitzen in seinen Augen. Milla kann nicht benennen, warum, aber irgendwie ist ihr der Alte sympathisch. Was er nicht sein darf. Er hat Menschen umgebracht, vier Menschen getötet, sagt sie sich, um die aufkeimenden Sympathiegefühle gleich wieder zu verscheuchen.

»Kamera läuft.« Ivan reißt sie aus ihren Gedanken. Milla räuspert sich.

»Herr Mannhart, Sie befinden sich im ersten Seniorengefängnis der Schweiz, gefällt es Ihnen hier besser als dort, wo Sie vorher waren?«

»So kann man das nicht sagen.«

»Warum nicht?«

»Weil es einem im Gefängnis nie gefallen kann.«

Recht hat er, sagt sich Milla. Ihre erste Frage erscheint ihr selbst auf einmal dumm.

»Dann frage ich anders: Gibt es etwas, was hier weniger schlecht ist als dort, wo Sie vorher waren?«

»Ich kann hier Vögel halten, das ist gut, und das Zimmer hat eine separate Toilette, die sehr groß ist. So eine große Toilette hatte ich früher nicht, noch nie in meinem Leben.«

»Aber Sie möchten lieber nicht hier sein?«

»Wissen Sie, ich bin alt, ich bin krank, es spielt keine Rolle mehr, dass ich im Gefängnis bin. Der Direktor sagt, ich hätte es hier sogar besser als in einem Altersheim. Und wenn der Direktor das sagt, dann wird es wohl so sein.«

»Denken Sie denn, dass Sie hier sterben werden?«, fragt Milla den alten Mann, der ernsthaft und konzentriert vor ihr sitzt, die Hände im Schoß gefaltet.

»Ja.«

»Sie glauben also nicht mehr daran, dass Sie je freikommen werden?«

»Wissen Sie, schönes Fräulein, ich gelte als gemeingefährlich, daher die Sicherungsverwahrung. Und der Direktor meint, dass ich draußen gar nicht mehr klarkommen würde. Und wenn der Direktor das meint, dann wird es wohl so sein.« Milla hört förmlich, wie Ivan neben ihr grinst.

»Was haben Sie denn getan, dass Sie in Sicherheitsverwahrung bleiben müssen?«

»Sie sagen, ich hätte vier Menschen umgebracht.«

»Wer sagt das?«

»Alle sagen das.«

»Und was sagen Sie?«

»Ich sage, ich weiß nicht, was ich gemacht habe. Ich kann mich nicht daran erinnern. Aber wenn die anderen das sagen, dann wird es wohl so gewesen sein.«

Valentin Mannhart blickt Milla traurig an, und ihr widerfährt etwas, was sonst nie vorkommt: Sie weiß nicht mehr, was sie fragen soll.

3

Am nächsten Morgen steht Milla Nova viel zu früh in der Küche. Sie rasselt mit der Katzenfutterschachtel, und wie immer sind ihre Katze Pop und ihr Kater Iggy sofort zur Stelle.

»Na, ihr zwei, habt ihr eine anstrengende Nacht hinter euch?«, fragt Milla, während sie die beiden Futternäpfe füllt.

Hätte sie bereits in den Spiegel geblickt, was sie tunlichst vermieden hat, hätte ihr Gesicht verraten, dass sie sich diese Frage eher selbst gefallen lassen müsste. Ein Glück, dass ihre Katzen nicht sprechen und keine unangenehmen Fragen stellen können.

Iggy und Pop sind Dachkatzen und durchaus nicht nur tagaktiv. Über die Terrasse, die Milla mit zwei anderen Hausbewohnerinnen teilt, gelangen sie hinaus auf die Dächer der Berner Altstadthäuser, die sie zu ihrem Revier erklärt haben und das sie mit all ihren Zähnen und Klauen verteidigen. Milla kann sich ein Leben ohne diese beiden Gefährten gar nicht mehr vorstellen. Noch kein anderes Wesen hat ihr je so lange die Treue gehalten.

»Heute muss ich euch leider alleine lassen«, erklärt Milla den beiden Vierbeinern. Irgendwann einmal, denkt sie, werde ich wohl Selbstgespräche führen, eher früher als später. Dass sie das irgendwie jetzt schon tut, ist ihr nicht bewusst.

»Ja, ja, ich weiß, es ist Sonntag«, führt sie ihren Monolog fort. »Aber die Arbeit ruft, ich werde meinen freien Tag wieder einmal in einer engen Schnittkabine im Leutschenbach verbringen. Hurra!«

Die Katzen stimmen nicht in ihren sarkastischen Jubel ein, sondern wenden sich desinteressiert ab.

*

Im Zug, der Milla in achtundfünfzig Minuten von der Bundes- in die Finanzhauptstadt bringt, hätte sie eigentlich am Schnittkonzept zum Seniorenknast-Beitrag arbeiten wollen. Aber sie kann sich nicht darauf konzentrieren. Ihre Gedanken schwirren ziellos umher, sind überall, nur nicht dort, wo sie sie haben will. Plötzlich sitzt sie schon im Elfertram, hat gar nicht gemerkt, wie sie im Zürcher Hauptbahnhof in den Untergrund getaucht und auf die S-Bahn um- und in Oerlikon ins Tram eingestiegen ist. Sie kommt sich vor wie ferngesteuert. Jetzt schleicht das Tram am Hallenstadion vorbei. Dahinter ragen die beiden ungleichen Sunrise-Tower in den Himmel, der ihr hier immer grau erscheint. Der Leutschenbach ist keine Vorzeigegegend, aber hier ist nun mal Millas Arbeitsort.

Sobald sie im elften Stock des Hochhauses in ihrem Büro sitzt, vergisst sie die Welt um sich herum. Dann ist sie voll bei der Sache, taucht ein in die Geschichte, die sie erzählen will, und wird zu einem Teil von ihr. Sie sichtet das ganze Bildmaterial, das Ivan abgeliefert hat, und wählt die besten Sequenzen für ihren Beitrag über den Seniorenknast aus. Als sie damit fertig ist, spult sie noch einmal zurück zum Interview mit Valentin Mannhart.

»Was haben Sie denn getan, dass Sie in Sicherheitsverwahrung bleiben müssen?«, hört sie ihre Stimme aus dem Hintergrund fragen.

»Sie sagen, ich hätte vier Menschen umgebracht.«

Milla spult etwas vor.

»… weiß nicht, was ich gemacht habe. Ich kann mich nicht daran erinnern. Aber wenn die anderen das sagen, dann wird es wohl so gewesen sein.«

Eine eigenartige Formulierung. Milla fragt sich, ob jemand – senil oder nicht – wirklich vergessen kann, dass er vier Menschen umgebracht hat. Der alte Mann hat etwas in ihr berührt, das ihr keine Ruhe lässt. Aus seiner Geschichte müsste sich doch etwas machen lassen, denkt sie. Vielleicht liefert der Gefängnissenior Valentin Mannhart genug Material für einen Dokumentarfilm. Es wäre ihr erster. Ein vierfacher Mörder, krank und alt, gemeingefährlich und für immer weggesperrt, der sein Leben Revue passieren lässt. Das ist doch der Stoff, aus dem die großen Dokumentarfilme sind! Milla beschließt, ihre Idee bei der nächsten Gelegenheit dem Chef der Dokfilm-Abteilung zu unterbreiten. Er entscheidet darüber, welche Geschichte als Film über den Sender geht und welche unerzählt im Abfalleimer landet. Sie muss ihm ja nicht gleich auf die Nase binden, dass sich der Mörder, den sie porträtieren will, angeblich nicht mehr an seine Morde erinnern kann … Vielleicht, überlegt Milla, gibt es altes Filmmaterial aus der Zeit, als Mannhart noch ein Kind war, und von damals, als er die Morde verübte. Womöglich hat das Fernsehen über seine Taten berichtet. Das alles ließe sich in den Film einbauen. Milla sieht schon die grobkörnigen Schwarz-Weiß-Aufnahmen vor sich. Und später die grellbunt gekleideten Nachrichtensprecher in den Studios der Siebzigerjahre, die wirken, als hätte sie der alte Mannhart aus einem Schulbastelbogen zusammengeklebt. Milla ist nicht mehr zu bremsen. Wenn sich eine Idee erst einmal in ihren Gehirnwindungen festgekrallt hat und vom dortigen Prüfungskomitee für gut befunden wird, lässt sie sich durch nichts davon abbringen.

Viel hat Milla aus dem eigenartigen Gefängnisdirektor nicht herausbekommen über den Fall Mannhart. Er erklärte ihr lediglich, dass Valentin Mannhart die vier Morde in den Siebzigerjahren verübt hat und erst später, knapp vor Ablauf der in der Schweiz auch für Morde existierenden Verjährungsfrist von dreißig Jahren, von der Polizei gefasst wurde. Also muss er in den Neunzigern vor Gericht gestanden haben. Das genügt Milla. Sie setzt sich an ihren Computer und loggt sich mit ihrem Passwort in die Schweizerische Mediendatenbank ein, in der alle Artikel der meisten hiesigen Zeitungen und Zeitschriften gespeichert sind.

»Mordserie«, »aufgeklärt«, »Siebzigerjahre«: Mit diesen Suchworten taucht Milla ins elektronische Großarchiv ab. Den Namen »Mannhart« tippt sie gar nicht erst ein, denn bis vor Kurzem hielten sich die Zeitungen noch an den journalistischen Kodex, die Namen von Straftätern nicht zu nennen. Milla ist jedes Mal von Neuem beeindruckt, wie rasch ihr der Computer eine ganze Liste von Artikeln präsentiert, die die gesuchten Schlagworte enthalten. Sie scrollt durch die verschiedenen Berichte und stößt bald auf eine Schlagzeile eines Boulevardblattes. Das muss es sein:

Mörder nach vierundzwanzig Jahren gefasst, steht fett gedruckt im Titel. Darunter: *Polizei nimmt Siebzigjährigen fest, der 1973 eiskalt gemordet hat. Vier Leichen gehen auf seine Rechnung! Darunter der langjährige Oberrichter Marius Soltermann. Endlich ist der mysteriöse Fall gelöst.* Milla beginnt zu lesen und versinkt in der Vergangenheit.

4

1973

Marius Soltermann saß auf dem Schaffell in seinem Schaukelstuhl und las die *Neue Zürcher Zeitung*. Aus dem rechten Mundwinkel hing seine Tabakpfeife, auf seiner Nasenspitze klemmte seine Lesebrille. Er studierte die Börsenkurse. Eine alte Angewohnheit, die er nie abgelegt hatte, obwohl ihm der Wert der Aktien mittlerweile egal sein konnte. Aus der Stereoanlage, die ihm sein einziger Sohn zu Weihnachten geschenkt hatte und die derart modern war, dass er sie kaum bedienen konnte, erklang klassische Musik. Verdi. Die Schallplatte hatte ihm der alte Hebeisen geschenkt, ein ehemaliger Richterkollege und langjähriger Freund. Sie hatten es sich zur Gewohnheit gemacht, sich jede Weihnacht eine Kleinigkeit zu schenken. Aus dem einfachen Grund, dass sie nicht mehr viele Leute kannten, die sie beschenken oder von denen sie sich beschenken lassen konnten. Viele ihrer Freunde und Bekannten waren ihnen weggestorben. So wie Soltermanns Frau, die vor fünf Jahren dem Krebs erlegen war. Ihr Tod war nach jahrelangem Kampf gegen die hinterhältige Krankheit eine Erlösung gewesen. Für beide.

Soltermann selbst war noch immer kerngesund, und das mit seinen einundachtzig Jahren. Wer hätte das gedacht. Er auf jeden Fall nicht. Nicht bei diesen Mengen an Tabak, Wein und Cognac, die er zeit seines Lebens konsumiert hatte. Immerhin trank er stets nur die teuersten Tropfen, das machte wohl den Unterschied, redete er sich ein.

Der ehemalige Richter war bis ins hohe Alter eine Respekt einflößende Erscheinung geblieben. Er maß fast einen Meter neunzig, war stattlich gebaut und hatte einen Kopf wie ein Fels; groß, eckig, steinhart. Daraus spross noch immer volles Haar, eine weiße Mähne. Die Augenbrauen hingegen waren schwarz geblieben, dafür aber buschig und zottelig geworden; sie verliehen ihm etwas Wildes. Was ihm durchaus recht war. Er fand, das passe zu ihm.

Soltermann blickte über den Rand der Zeitung hinaus in die kalte Welt. Vor dem Fenster wirbelten Schneeflocken im Wind, als könnten sie sich nicht entscheiden, das Fliegen aufzugeben, um auf dem Boden aufzusetzen. Trotz des leichten Schneefalls konnte Soltermann von seinem Stuhl aus bis zur Schrattenfluh sehen, dem lang gezogenen Gesteinsbrocken, der sich zwischen das Emmental und die Alpenkette gezwängt hatte. Auf seine alten Tage hatte sich Soltermann wieder hierher zurückgezogen, ins Emmental, ins Dorf, in dem er einst seine Kindheit verbracht hatte. Er, ein Kind – das hielt er selbst fast nicht mehr für wahr. Dazwischen lagen lange Jahre in Luzern, wo er seine erste Stelle als Bezirksrichter angetreten hatte und schließlich bis zum Oberrichter aufgestiegen war. Bundesrichter war er nie geworden. Obwohl er es gerne gewesen wäre; einer der höchsten Richter des Landes. Trotzdem war er mit sich und seinem Leben zufrieden. Er würde nicht vieles anders machen, im Nachhinein.

Marius Soltermann legte die *Neue Zürcher Zeitung* zur Seite und griff sich die aktuelle Ausgabe des *Bunds*. Es stand nicht viel drin, was ihn interessierte. Den Sportteil sortierte er unbeachtet aus, beim Bericht über den ETA-Bombenanschlag in Madrid, der den spanischen Ministerpräsidenten das Leben gekostet hatte, verweilte er nur kurz. Unter den vermischten Meldungen aber zog ein

Artikel über ein Tötungsdelikt im Berner Oberland seine Aufmerksamkeit auf sich. »Wieder mal ein Mord«, murmelte er, mehr gelangweilt als interessiert. Trotzdem las er weiter, eine alte Berufskrankheit; er konnte nicht aus seiner Haut. Ein gebürtiger Luzerner namens Arthur Schüpbach war in seiner Zweizimmerwohnung in einem Wohnblock in Interlaken getötet worden. Mit einem Kopfschuss. Die tödliche Kugel hatte ihn unterhalb seines linken Auges getroffen.

»Ein Luzerner«, brummelte Marius Soltermann vor sich hin. »Arthur Schüpbach.« Nein, der Name sagte ihm nichts. Soltermann war sich sicher, ihn noch nie gehört zu haben.

Der Portier des ›Grandhotels Victoria‹, der mit 63 Jahren kurz vor der Pensionierung stand, wurde regelrecht hingerichtet, stand in dem Artikel. Motiv sei keines ersichtlich, der Mann habe ein ruhiges Leben geführt und keine Feinde gehabt, hätten Nachbarn berichtet. *Die Polizei tappt völlig im Dunkeln.* Auch das ist nichts Neues, dachte Soltermann, während er die Zeitung weglegte und gewissenhaft seine Tabakpfeife ausmachte. Er war müde geworden. Zeit für ein Nickerchen, bevor er am Nachmittag zu seinem täglichen Spaziergang aufbrechen wollte. Auch dieser war eines der Rituale, die er sich zugelegt hatte, um sich an einem geordneten Tagesablauf festhalten zu können. Sein letzter Gedanke war, dass er auf die Bäregghöhe hinaufspazieren könnte. Dann nickte Marius Soltermann ein.

*

Seinen Tod verschlief er. Verdis *La Traviata* übertönte die Geräusche des Eindringlings. Die Tür zu Soltermanns Einfamilienhaus war nicht abgeschlossen, der Fremde konnte einfach hereinspazieren. Während er sich in der Wohnung umschaute, störte der alte Richter die Klänge der klassischen Musik mit seinem disharmonischen Schnarchen. Als der Eindringling vor Soltermann stand, zögerte er einige Augenblicke. Schaute zu, wie der Alte in seinem Schaukelstuhl schlief. War unschlüssig, ob er ihn wecken sollte oder nicht. Schließlich hob er seinen Arm, zielte mit seiner Pistole mitten auf Soltermanns Brust. Und drückte ab.

Als die Tür hinter dem Fremden ins Schloss fiel, kam der Schaukelstuhl langsam zum Stillstand. Blut tropfte auf den Zimmerboden, der beige Teppich verfärbte sich bräunlich rot. Irgendwann verstummte Verdi, die Nadel hob sich, der Arm des Plattenspielers glitt mit einem leisen Sirren an den Anfangspunkt zurück und senkte sich erneut. *La Traviata* begann ungehört von vorn, als wolle das Stück nie mehr enden.

5

2010

Milla Nova muss intensive Überzeugungsarbeit leisten. Der Gefängnisdirektor Franz Kesselring erweist sich als harte Nuss. Sie aber setzt all ihren Charme ein, ihre besten Argumente, legt sich wirklich ins Zeug und knackt ihn schließlich doch – so, wie sie immer ihren Willen kriegt, wenn sie sich etwas in den Kopf gesetzt hat. Franz Kesselring erklärt sich nach langem Hin und Her damit einverstanden, dass Milla Valentin Mannhart ein zweites Mal besuchen und das Gespräch mit ihrer Videokamera aufnehmen darf. Noch ist offen, ob sie daraus tatsächlich einen Dokumentarfilm produzieren wird. Noch hat sie nicht beim zuständigen Redaktionsleiter angeklopft, weil sie befürchtet, er könnte die Idee zwar für gut befinden, aber beschließen, er selbst oder jemand seines Teams solle die Geschichte umsetzen. Es wäre nicht das erste Mal, dass er auf die Art und Weise Ideen anderer klaut und sie als seine eigenen ausgibt. Das hätte Milla aber gerade noch gefehlt. Wenn jemand diesen Film macht, dann sie und niemand anders! Sie muss also taktisch geschickt vorgehen, um ihr Ziel zu erreichen. Darum hat Milla beschlossen, zunächst auf eigene Faust an dem Projekt zu arbeiten, in ihrer Freizeit. Damit sie, wenn es so weit ist, bereits einiges an Material vorlegen kann.

Wenige Stunden nach ihrem Telefongespräch mit dem Gefängnisdirektor sitzt Milla in einem knallroten Smart, dieser Zündholzschachtel von einem Wagen, den sie bei Mobility gemietet hat. Aus dem Radio dröhnt die rau gewordene Stimme des Mundart-Rockers Polo Hofer. Milla hat vergessen, eine eigene CD mitzunehmen, und wird dafür unbarmherzig bestraft durch die Musikauswahl des einzigen Radiosenders, der in diesem Tal zwischen den Erhebungen des Jura bis in ihr rollendes Kistchen vorzudringen vermag.

Wenigstens findet sie dieses Mal die Strafanstalt für Senioren auf Anhieb. Auch das Wetter hat sich seit letzter Woche gebessert; der Winter, der sich bis Ende März hartnäckig und unnachgiebig zeigte, scheint nun doch noch die Bühne für den Frühling zu räumen. Wurde auch langsam Zeit, denkt Milla.

Beim Gefängnis angekommen, muss sie feststellen, dass sie wie eine normale Besucherin behandelt wird und nicht mehr einfach so in den Trakt hineinspazieren kann. Sie ist an diesem offiziellen Besuchstag nicht die Einzige mit diesem Ziel: Vor dem Eingangstor hat sich eine lange Schlange gebildet. Mütter, Ehefrauen und Geliebte der Inhaftierten stehen an, um das Sicherheitsprozedere über sich ergehen zu lassen und durchgeschleust zu werden. Wobei es sich, wenn Milla richtig überlegt, bei den gealterten Frauen wohl nicht um die Mütter, sondern eher um die Frauen oder Partnerinnen und bei den jüngeren um die Töchter der Gefangenen handelt, die in diesem besonderen Gefängnis ja alle bereits ein beachtliches Alter erreicht haben.

Als Besucherin in die Strafanstalt hineinzukommen, stellt sich als beinahe ebenso schwierig heraus, wie als Häftling hinauszugelangen. Vor allem die Sicherheitskontrolle ist zeitaufwendig. Und Zeit hat hier einen ganz besonderen Wert: Die Besuche an diesem Samstagmorgen sind auf zwei Stunden beschränkt. Milla fühlt sich wie die Anfängerin, die sie auch ist; hätte sie gewusst, wie das hier abläuft, wäre sie eine halbe Stunde früher erschienen, um zuvorderst statt zuhinterst in der Schlange zu stehen, die einfach nicht kürzer werden will. Doch nicht nur der letzte Platz in der Reihe entlarvt Milla als unerfahrene Gefängnisbesucherin. Sie sticht auch rein äußerlich aus der bunten Frauenschar heraus. Es sind Kleinigkeiten, die verraten, dass sie nicht hierhergehört. Ihrer Kleidung sieht man an, dass sie teurer war. Ihre Schuhe sind weniger ausgetreten als die der anderen. Die meisten Frauen sind greller geschminkt. Als bemühten sie sich, ihren Kummer unter einer extradicken Schicht Make-up zu verbergen.

Die Minuten zerrinnen, und Milla wird ungeduldig. Als Allerletzte schiebt sie Ausweis und Besuchsbewilligung unter dem Panzerglas durch, damit der Mann dahinter sie studieren kann. Milla entfernt wie geheißen ihre Ohrstecker, knorzt mit einem Fingerring, den sie fast nicht lösen kann, schließt ihre Umhängetasche und den Schmuck in ein Fach ein, lässt den Rucksack mit der Kamera inspizieren, tritt durch die Metallschleuse hindurch. Und ist drin.

*

»Herzlich willkommen, liebes Fräulein!«

Valentin Mannhart hält ihre Rechte bei der Begrüßung lange mit beiden Händen fest. Er scheint sich aufrichtig zu freuen, Milla wiederzusehen, und ist gehörig aus dem Häuschen.

»Wie schön, dass Sie mich noch einmal besuchen kommen. Wie schön! Sie müssen wissen, es ist einsam hier. Besuch erhalte ich nie, und mit den anderen Männern kann ich mich nicht unterhalten. Das bringt nichts.« Mannhart blickt sie verschwörerisch an und flüstert: »Wissen Sie, das sind alles böse Männer hier. Sie sind alle Verbrecher!«

Milla muss schmunzeln, nickt ihm aber zustimmend zu.

»Mich freut es auch, Sie zu sehen«, sagt sie und versucht, ihm ihre Hand zu entziehen. »Vielen Dank, dass ich zu Ihnen kommen durfte und dass Sie bereit sind, mir noch einmal ein paar Fragen zu beantworten.«

Milla darf dieses Mal unter vier Augen mit Valentin Mannhart sprechen; nach ihrem ersten Besuch hält es der Gefängnisdirektor offensichtlich nicht mehr für nötig, als Aufpasser zu fungieren. Zu Beginn ist ihr nicht ganz wohl in ihrer Haut; allein mit einem vierfachen Mörder in dessen Zelle … Doch ihre Anspannung legt sich nach wenigen Minuten. Siebenunddreißig Jahre liegen die Morde zurück, sagt sie sich. Siebenunddreißig Jahre, in denen der Täter alt und schwach geworden ist. Und wenn sie ihn so anschaut, glaubt sie, dass sie, wenn's denn nötig werden sollte, das mickrige Männchen im Nu überwältigen könnte.

»Liebes Fräulein, ich will Ihnen etwas zeigen«, erklärt Valentin Mannhart feierlich und holt ein neues Kartonschloss aus dem Schrank. Stolz stellt er das Werk aus Pappe auf den Tisch, es macht mit seinen schrägen Mauern und falsch angeleimten Türmen einen erbärmlichen Eindruck.

»Das habe ich alles gebastelt! Das ist das Schloss Burgdorf, es war schwierig zu bauen.«

Milla kann Valentin Mannhart nicht bremsen und muss eine Tirade seiner Leidenschaft für gebastelte Schlösser und Häuser über sich ergehen lassen. Prompt wartet er auch mit vier hölzernen Untersetzern für Trinkgläser auf, die er ihr schenken will. Sie sind mit kindlich einfachen Tulpenköpfen bemalt. Zu Hause in Bern, auf ihrem Küchentisch, hat Milla bereits vier identische Exemplare liegen. Langsam kommen ihr Zweifel, ob Valentin Mannhart nicht doch zu wirr ist im Kopf, ob sie sich hier nicht in eine Sache verrennt, deren Umsetzung wegen mangelnden Verstandes des Hauptdarstellers scheitern wird. Bevor

Valentin Mannhart ihr auch noch all seine Heiligenbilder auf dem selbst gebastelten Altar zu erläutern beginnt, unterbricht sie ihn.

»Herr Mannhart, Sie wissen doch, ich arbeite beim Fernsehen.«

»Ja, ja. Ich habe den Film gesehen, es war ein guter Film, aber ich bin nicht lange genug darin vorgekommen!« Immerhin, denkt Milla, er hat sich ihren Beitrag in den *Wochenthemen* angeschaut, und vor allem kann er sich noch daran erinnern.

»Genau darum bin ich hier. Ich möchte einen neuen Film machen, in dem nur Sie vorkommen, ganz alleine. Einen Film über Valentin Mannhart und sein Leben.«

Mannhart sagt zunächst kein Wort, und Milla fragt sich schon, ob er sie verstanden hat.

»Werde ich dann richtig berühmt?«, bricht er die Stille.

»Richtig berühmt!«, antwortet Milla und hat sofort ein schlechtes Gewissen, weil sie ihn mit falschen Erwartungen ködert. »Herr Mannhart, ich kann den Film aber nur machen, wenn Sie mir vieles aus Ihrem Leben erzählen. Und ich weiß nicht, wie weit Sie sich daran erinnern.«

»Keine Angst, mein schönes Fräulein, ich habe einiges zu berichten. Meine grauen Zellen sind zwar nicht mehr die fittesten, aber je weiter ich zurückblicke, desto deutlicher sind die Bilder in meinem Kopf.«

Eine klare Aussage, findet Milla.

»Aber bevor wir beginnen, Herr Mannhart, habe ich eine Bitte an Sie: Das ›Fräulein‹, das lassen wir künftig weg.«

*

Milla Nova macht sich daran, das Stativ aufzubauen. Sie montiert die Kamera darauf, befestigt ein kleines Mikrofon an Mannharts Hemdkragen, setzt sich die Kopfhörer auf, stellt die Bildschärfe ein und drückt auf die rote Aufnahmetaste. Die Kamera läuft. Obwohl Milla die vier Morde am meisten interessieren, beschließt sie, das Rad der Zeit viel weiter zurückzudrehen. Sie will sich dem Kern der Sache sachte nähern. Eilig hat sie es nicht; ihr Hauptdarsteller kann ihr nicht davonlaufen.

»Herr Mannhart, erzählen Sie mir doch bitte, woher Sie stammen, wo Sie aufgewachsen sind.«

»Ich bin ein Emmentaler«, sagt Mannhart und strahlt dabei über beide Wangen, als hätte er gerade den Witz des Jahrhunderts gerissen. Dann aber wird er ernst. »Ich wurde 1927 in Burgdorf geboren, wo ich aber nicht lange bleiben konnte. Meine Mutter wurde schwer krank, noch bevor ich drei Jahre alt war, so hat man mir erzählt, und mein Vater war nie da, also kam ich ins Knabenheim in Koppigen.«

»Mit drei Jahren schon?«

»Ich glaube, ja. Einfach seit ich denken kann.«

»Wie war es in dem Kinderheim?«

»Es war mein Zuhause. Als ich älter wurde, musste ich immer lernen und arbeiten, und oft setzte es Schläge. Ich wurde mehr geschlagen als die anderen. Auch von den Buben. Weil sie alle stärker waren. Ich war schwach und musste immer wieder ins Krankenzimmer. Im Heim war es oft lärmig. Laut. Anstrengend. Aber es gab immer genug zu essen.«

Als ob das reichen würde, denkt Milla. Sie macht sich eine Notiz in ihr Heft, sie will prüfen, ob es dieses Knabenheim noch gibt und ob allenfalls Bildmaterial von früher existiert.

»Haben Sie Ihre ganze Jugend im Knabenheim in Koppigen verbracht?«, fragt sie weiter.

»Wo denken Sie hin, mein Fräulein! Frau Milla, meine ich. Fräulein soll ich ja nicht mehr sagen … Ich war mal hier, mal dort, wohnte in verschiedenen Heimen. Während der Kriegsjahre kam ich dann in eine Arbeitserziehungsanstalt. Dort habe ich Zimmermann gelernt. Nein, Schreiner, Schreiner habe ich gelernt. Zimmermann wollte ich werden. Aber das ging nicht. Weil ich die Höhe nicht ertrug.«

»Sie hatten keine gute Kindheit«, stellt Milla fest und denkt, dass es immer dasselbe ist. Immer die gleichen traurigen Lebensgeschichten: ungeliebte Kinder mit langen Heimkarrieren, die im Gefängnis enden.

»Ich will nicht klagen«, sagt der alte Mann bescheiden.

»Haben Sie Ihre Eltern je wiedergesehen?«

»Nein, meine Mutter starb früh an Scharlach, da war ich noch ein kleines Kind. Mein Vater wurde 1934 getötet, als ich sieben war. Aber ich habe beide nicht gekannt. Es gibt da keine Erinnerung. Ich weiß nicht einmal, wie sie aussahen.«

»Ihr Vater wurde getötet?«, hakt Milla ein. Valentin Mannhart schweigt einen Augenblick.

»Ich meine, er ist gestorben.«

Er blickt starr durchs Fenster. Milla lässt es dabei bewenden und setzt das Interview fort: »Und was kam nach den Heimen?«

»Ich arbeitete als Gehilfe. Das machte ich gut, das müssen Sie mir glauben. Ich war immer dort, wo es gerade Arbeit gab. Wissen Sie, das waren noch andere Zeiten. Von der Generalmobilmachung blieb ich verschont, ich musste nicht an die Grenze, dafür war ich gottlob zu jung. Ich kam viel herum, blieb nirgends lange. War in der ganzen Schweiz unterwegs. Das war schon recht so. Mehr brauchte ich nicht.«

Valentin Mannhart blickt auf seine Hände, die er dauernd aneinanderreibt, während er spricht, sodass ein leises Geräusch entsteht. Es scheint ihm nicht leichtzufallen, die Vergangenheit in die Gegenwart zu holen.

»Waren Sie denn zufrieden mit Ihrem Leben?«

»Ich will nicht klagen.«

Milla möchte Valentin Mannhart gerne über seine Taten befragen. Aber es scheint ihr noch zu früh dafür zu sein. Sie überspringt das heikle Thema, will später aber darauf zurückkommen.

»Als Sie ins Gefängnis kamen. Wie alt waren Sie da?«

»Vierundfünfzig.«

»Sind Sie sicher?«

»Neunundvierzig?«

Auch das kann nicht stimmen. Wenn Milla sich richtig informiert hat, wurde Valentin Mannhart 1997 verhaftet, was bedeutet, dass er damals bereits siebzig war.

»Waren Sie nicht eher siebzig?«

»So alt schon? Möglich wär's.« Er lächelt sie mit gespielter Unschuldsmiene an.

»Erinnern Sie sich, wie Sie damals von der Polizei verhaftet wurden?«

»Das war gar nicht lustig, gar nicht lustig war das. Nein, das war schlimm. Schlimm war das. Schlimm.«

Milla merkt, dass ihr Gegenüber unruhig wird, dass er sich immer hektischer die Hände reibt. Obwohl sie Mannhart keinesfalls aufregen will, lässt sie noch nicht locker.

»Sie wurden damals verhaftet, weil sie 1973 getötet haben.«

Valentin Mannhart schweigt, was Milla als Eingeständnis auffasst.

»Vier Männer haben Sie getötet. Warum?«

»Ich weiß es nicht. Weiß es nicht!«

»Haben Sie die Taten damals gestanden?«

Mannhart blickt sie an, als würde er abwägen, was er sagen und worüber er besser schweigen soll.

»Ich habe sie nie zugegeben.«

»Warum nicht?«, hakt Milla nach.

»Weil ich mich nicht daran erinnern konnte.«

Da wären wir wieder, denkt Milla. Und doch stellt sie einen Unterschied fest. Eigenartig.

»Sie sagten letztes Mal, sie könnten sich heute nicht mehr daran erinnern. Konnten Sie sich denn schon damals nicht daran erinnern, als sie verhaftet wurden?«

Wieder zögert Mannhart lange mit der Antwort. Die Stille legt sich schwer in den kleinen Raum. Als Milla meint, da komme gar nichts mehr, spricht er plötzlich doch noch.

»Ich erinnere mich nicht daran, dass ich die Leute getötet habe. Ich habe es nie gewusst. Aber sie haben mir bewiesen, dass ich es getan habe.«

Mannharts Augen sind jetzt rot und feucht und noch kleiner als zuvor. Sie drohen demnächst in seinem Gesicht zu verschwinden. Eine letzte Frage noch, denkt Milla. Dann muss sie ihn wohl für heute in Ruhe lassen.

»Haben Sie die vier Männer denn gekannt, die Sie getötet haben?«

Valentin Mannhart schüttelt vehement den Kopf.

»Nein, ich weiß nicht, wer sie gewesen sind«, sagt er mit einer solchen Bestimmtheit, dass Milla es ihm am liebsten glauben würde.

6

1973

Der Mann, dessen außerordentlicher Tod Fred Flückiger den Silvesterabend verderben sollte, hatte vergessen, wer er war. Er wusste nicht mehr, wie er hieß, was für einen Beruf er einst ausgeübt hatte, wo er wohnte. Was er hier zu suchen hatte, in dieser dumpfen, trostlosen Welt. Alles, was sein Leben einst ausgemacht hatte, war im sumpfigen Brei der Erinnerung verloren gegangen. Nur noch ganz selten drang sein einst heller Verstand von ganz tief in ihm drin an die Oberfläche, zwang ihm kurze Augenblicke auf, in denen er erschüttert feststellte, was aus ihm geworden war. Ausgerechnet an diesem Abend, am letzten Tag eines zeitlosen Jahres, verschaffte ihm sein erbarmungsloser Verstand noch einmal einen lichten Moment, auf den er gerne verzichtet hätte: Als er in die Mündung der Pistole blickte, realisierte er mit seltener Klarheit, dass sein Ende gekommen war. Er brauchte den Schuss gar nicht erst abzuwarten.

*

Als Fred Flückigers schwarzes Telefon mit den zwei silbernen Glocken kurz nach halb fünf am Silvestertag des Jahres 1973 durchdringend klingelte, rechnete er mit vielem. Aber nicht damit.

»Wachtmeister Flückiger, Stadtpolizei Zürich, wie kann ich Ihnen helfen?«

»Bürki, Residenz Magnolia. Sie müssen kommen. Wir haben einen Todesfall zu melden«, schrillte ihm eine aufgebrachte weibliche Stimme ins Ohr. Die Seniorenresidenz Magnolia war eine noble Einrichtung im Seefeld-Quartier, direkt am Ufer des Zürichsees. Nur gut betuchten Senioren empfohlen, dachte Flückiger. Aber auch steinreiche Alte können schließlich nicht ewig leben.

»Ich glaube, Sie sind falsch verbunden, Frau Bürki, hier ist nicht das Einwohnermeldeamt, hier ist die Stadtpolizei«, sagte er in angemessen gereiztem Ton.

»Aber wir brauchen doch die Polizei!«

Die Frau konnte sich nicht entscheiden, ob sie schreien oder schluchzen sollte, und war kaum zu verstehen. Spätestens jetzt glaubte ihr Flückiger, dass sie die richtige Nummer gewählt hatte.

»Was ist denn passiert?«, wollte er wissen.

»Alzheimer … Erschossen … Vogelhaus!«

Flückiger verstand nicht. Aus der Frau kam kein vernünftiger Satz mehr heraus.

»Wir fahren sofort los«, versicherte er ihr deshalb und beschloss, erst einmal alleine auszurücken.

*

Das Bild, das sich ihm im edlen Park vor der Jugendstilvilla der Altersresidenz bot, war für jeden Kriminalisten ein Albtraum. Trotz der winterlichen Kälte schienen sich die ganze Belegschaft und sämtliche Bewohnerinnen und Bewohner draußen versammelt zu haben. An die sechzig Personen umringten im Garten eine Stelle, als würden sie ihre Aufmerksamkeit einem besonders begabten Straßenkünstler widmen. Doch statt eines ausgelassenen Applauses hörte Flückiger nichts als leises und aufgeregtes Gemurmel. Die Spurensicherung brauche ich gar nicht erst aufzubieten, dachte er verärgert; wenn es hier einst Spuren gegeben haben sollte, sind sie jetzt zertrampelt. Als er sich der Menschenmenge näherte, verstummten die Umstehenden. Schweigend traten sie zur Seite, um ihn vorzulassen. Die Attraktion, die Wachtmeister Flückiger in der Mitte des Seniorenaufmarsches erwartete, war ein Toter. Er lag unter einem Kirschbaum auf dem Rücken, und Blut hatte den Schnee um ihn herum rot gefärbt. Der Anblick erinnerte Flückiger an ein berühmtes Gemälde, es kam ihm aber partout nicht in den Sinn, an welches. Im Oberkörper des Toten klafften zwei Löcher, eine dritte Wunde verunstaltete den linken Oberschenkel. Der Alte war erschossen worden. Drei Schüsse, wovon zwei tödlich gewesen sein dürften. Flückiger ging in die Knie, fühlte pro forma am Hals den Puls, von dem er wusste, dass er ihn nicht finden würde. Da stach ihm etwas Schwarzes ins Auge, das neben der Leiche im Schnee lag. Er hob es auf. Eine Halskette, ein Lederbändel mit einem silbernen Amulett, darauf ein Kreis, in dessen Mitte eine Waage prangte. Wachtmeister Flückiger steckte die Kette ein, richtete sich auf und fragte nach Frau Bürki. Die Frau, die vortrat und ihm die Hand reichte, musste eine Angestellte sein. Sie war noch keine sechzig, zu jung, um hier zu wohnen.

»Wer ist der Mann?«, wollte er von ihr wissen.

»Er heißt Johannes Hofer.«

Sie hatte sich offenbar gefasst und ihren Wortschatz und ihre normale Stimme wiedergefunden.

»Ist er ein Pensionär, der bei Ihnen wohnt?«

»Ja, seit vielen Jahren schon.«

Flückiger blickte auf und schaute in die Runde der betagten Zaungäste. »Hat jemand etwas gehört oder gesehen?«

»Die Schüsse haben wir alle gehört, das heißt alle, die

noch hören können. Und Frau Tschudin meint, sie habe eine schwarze Gestalt davonrennen sehen«, antwortete Frau Bürki.

Flückiger notierte sich den Namen Tschudin, obwohl er sich von dieser Zeugenaussage nicht viel versprach. Alte Frauen hatten immer das Gefühl, alles gesehen zu haben. Meist stellte sich dann heraus, dass es ihnen einzig darum ging, ihr Mitteilungsbedürfnis zu stillen. Selbst dann, wenn es gar nichts mitzuteilen gab.

»Dieser Herr Hofer, hatte er Feinde? Gibt es jemanden, der ein Interesse hat, ihn zu töten?«

Frau Bürki schüttelte verzweifelt den Kopf, schluchzte noch einmal gehörig und schnäuzte sich lautstark die Nase.

»Herr Hofer litt an Alzheimer. Er verhielt sich manchmal, vor allem beim Essen, etwas bösartig gegenüber den anderen Bewohnern. Er war verbittert und meist für sich alleine. Aber wer tötet einen schwer dementen Mann? Er hat niemandem etwas zuleide getan!«

Flückiger tippte sofort auf einen Verwandten, der sich des Alten entledigt hatte, um schneller ans Erbe zu kommen. Doch es stellte sich heraus, dass Hofer gar keine Verwandten mehr hatte und sein Vermögen wohl in die Magnolia-Stiftung fließen würde. Auch das wäre ein Motiv, wenn auch ein weniger überzeugendes.

»Was hatte der alte Mann bei dieser Kälte überhaupt draußen zu suchen?«, erkundigte sich Flückiger, dem hier alles äußerst eigenartig erschien.

»Er hat die Vögel gefüttert, das Vogelhaus am Baum mit frischen Kernen gefüllt. Er tat das sicher zwanzig Mal am Tag, weil er ständig vergaß, dass er es schon erledigt hatte.«

Und womöglich ist er dabei einem ausgeflippten Irren über den Weg gelaufen, dem nichts anderes einfiel, als den alten Mann zu erschießen, dachte der Wachtmeister. Ein

Zufallsopfer. Er schüttelte den Kopf und erkundigte sich bei Frau Bürki, wo er telefonieren könne. Fred Flückiger musste einige Anrufe erledigen und seine Kollegen aufbieten. Und das an Silvester. Ihn beschlich das ungute Gefühl, dass sie sich diesen Aufwand sparen könnten. Seine Erfahrung sagte ihm, dass sich die Suche nach dem Täter schwierig gestalten würde. Zu schwierig, möglicherweise. Dieser Fall sah ihm ganz danach aus, als würde er dereinst mit dem Stempel »Ungelöst« im Archiv in den Katakomben der Stadtpolizei verschwinden. Aber vielleicht irrte er sich, wer wusste das schon.

7

2010

Milla Nova sitzt in ihrem Büro im Leutschenbach und ist damit beschäftigt, Flugzeuge im Landeanflug auf den Flughafen Kloten zu beobachten. Die wöchentliche Redaktionssitzung hat sie soeben hinter sich gebracht. Ihr Beitrag über den Seniorenknast wurde zwar wohlwollend erwähnt, aber nicht wirklich gelobt. Sie weiß selbst, dass sie damit nicht gerade ein Meisterwerk geschaffen hat. Vielleicht, weil sie sich gedanklich zu intensiv mit ihrem eigenen Projekt beschäftigt. Sie muss unbedingt an mehr Informationen über den Fall Mannhart herankommen, denkt Milla und überlegt, ob sie die Recherche nicht unauffällig hier und jetzt auf Kosten ihrer Arbeitszeit erledigen könnte. Sie verwirft den Gedanken. Denn eigentlich muss sie sich auf die Suche nach einem Thema für ihren nächsten Beitrag machen. Wenn sie bei ihrem Chef nicht mit einer überzeugenden Idee aufwarten kann, läuft sie Gefahr, dass er ihr ein Thema vorgibt. Das dann »Weltklima-Gipfel« oder »Steuerharmonisierung« heißen könnte, was bei ihr nicht viel mehr als ein Gähnen auslöst. Milla interessiert sich nicht für solche staubtrockenen Themen. Sie mag Geschichten, die sich um Menschen drehen.

Milla zuckt zusammen, als ihr Telefon klingelt. Der Anrufer mit der unterdrückten Nummer nimmt ihr, nachdem sie ihren Namen genannt hat, die weitere Themensuche ab:

»Vielleicht interessiert es Sie, dass heute Abend ein Treffen von Neonazis geplant ist«, sagt eine männliche Stimme.

»Natürlich bin ich interessiert«, antwortet Milla schlagfertig. Sie weiß sofort, worum es geht. »Wann und wo?«

»Treffpunkt siebzehn Uhr, Parkplatz Hotel Kleiner Prinz in Huttwil.«

Dann ist die Leitung tot.

Na, jetzt wissen wir ja, was wir zu tun haben, denkt Milla. Sie arbeitet schon seit einiger Zeit an einer größeren Hintergrundreportage über die Neonaziszene in der Schweiz. Offenbar hat sich das herumgesprochen. Sie ist sicher, dass der eben erhaltene Tipp aus antifaschistischen Kreisen stammt. Den linken Aktivisten gelingt es immer wieder, an interne Informationen aus der rechten Szene heranzukommen. Und sie sind meist gerne bereit, ihr Wissen an interessierte Journalisten weiterzugeben.

Milla greift erneut zum Hörer und stellt Ivan Ivanovics Nummer ein. Für diese Geschichte braucht sie ihren besten Kameramann.

»Ivan, heute, drei Uhr nachmittags? Hast du Zeit?«

»Worum geht's?«

»Ach, wieder diese Neonazigeschichte«, sagt Milla betont locker. Sie weiß, dass sie ihn damit nicht begeistern wird. Mit Ivan hat sie für diese Reportage schon ein ganzes Wochenende in den Bergen verbracht, wo der bekannte Holocaustleugner Klaus Mohr in einem Ferienhaus ein sogenanntes Sportlager durchführte. Die Zöglinge, die der gealterte Rechtsextreme eingeladen hatte, hätten allesamt einer Fotografie der Hitlerjugend entstammen können. Ivan und Milla kauerten damals stundenlang versteckt hinter einem Geräteschuppen, um heimlich Aufnahmen des Lagerlebens zu machen. Und frühmorgens, fast noch in der Nacht, saßen sie im nassen Walddickicht, um die jungen Leute mit ihren akkuraten Scheiteln oder den langen Zöpfen von Weitem beim Morgensport zu filmen. Prompt präsentierten sie vor dem Teleobjektiv der Kamera die umstrittene Bothmer-Gymnastik, die schon die Nazijugend des Deutschen Reichs praktiziert hatte. Ivan und Milla brachten starke Aufnahmen mit nach Hause. Ihr Einsatz aber ist anstrengend gewesen und hat viel Geduld und Ausdauer und letztlich auch Überwindung erfordert, als sie den Holocaustleugner Mohr einem Überfallkommando gleich mitten auf einem Wanderweg vor laufender Kamera zur Rede stellten. Mohr hat zwar kein Wort über die Lippen gebracht – aber das Bild, wie er die Kamera wegschubste und danach erhobenen Hauptes stumm weitermarschierte, war deutlich genug gewesen.

»Nicht schon wieder die Neonazis«, klagt Ivan am anderen Ende der Leitung. Offenbar steckt auch ihm der Einsatz noch in den Knochen. »Du weißt doch, mein Nachname endet auf -ic. Und Menschen mit solchen Namen haben die gar nicht gerne.«

»Papperlapapp, stell dich nicht so an. Du musst dich ja nicht gleich namentlich bei denen vorstellen«, zerpflückt Milla sein Argument.

Ivan sagt nie einfach Ja. Er lässt sich am liebsten zu einem Auftrag überreden. Was Milla fast jedes Mal gelingt. So auch heute: Ivan holt sie pünktlich um fünfzehn Uhr vor dem Studio im Leutschenbach ab.

*

Sie kommen eine halbe Stunde zu früh in dem kleinen Dorf im bernischen Oberaargau an. Zum Glück. Denn sie müssen feststellen, dass es rund um den Parkplatz des Hotels Kleiner Prinz in Huttwil keine Stelle gibt, von wo aus sie ungesehen ihre Filmaufnahmen machen können; keine Hecke, keine Gartenmauer, nichts, wohinter sie sich verstecken könnten. Also klingelt Milla kurz entschlossen an der erstbesten Tür eines Nachbarhauses.

»Guten Tag, mein Name ist Milla Nova von den *Wochenthemen*«, stellt sie sich freundlich vor. »Entschuldigen Sie bitte die Umstände – aber wäre es möglich, dass wir für das Fernsehen einige Aufnahmen von Ihrem Fenster aus machen könnten?«

»Sie wollen aus meinem Fenster hinaus Filmaufnahmen machen?«, fragt die etwas mollige Frau verwundert. »Aber da gibt es doch gar nichts zu sehen außer einem großen Parkplatz.« Sie muss ob der merkwürdigen Anfrage schmunzeln.

Erst als Milla damit herausrückt, dass sie ein Neonazitreffen filmen wollen, lässt die Frau sie in ihre Wohnung.

»In dem Fall bin ich Ihnen natürlich gerne behilflich«, sagt sie und führt ihren unangemeldeten Besuch in die Stube. Dort bringen sich Milla und Ivan hinter dem Fenster in Position und starren auf den halb leeren Parkplatz. Sie müssen nicht lange warten.

»Es geht los!«, flüstert Milla Ivan zu, als kurz vor fünf zwei Glatzköpfe ihr Auto parken und aussteigen. Nacheinander rollen mehrere Wagen auf den Platz. Dann erhalten die Fahrer offensichtlich die Anweisung, wo das Treffen stattfindet. Ivan spielt den Paparazzi vorbildlich und filmt das Geschehen unter dem Vorhang hindurch, während die Wohnungsbesitzerin hinter ihm am Tisch sitzt und unbeeindruckt Bohnen schälen.

»Okay, das genügt«, sagt Milla nach einer Viertelstunde, und sie beschließen, einem der Wagen zu folgen. Schnell packen sie Kamera und Stativ zusammen und verlassen das Haus nach einem Dank an ihre »Komplizin« durch die Hintertür.

Das Ziel des rechtsextremen Paares, an dessen Auto sich

Milla und Ivan heften, ist keine Überraschung. Sie fahren durch das Entlebuch über Willisau nach Sempach, dorthin, wo sich einst Arnold Winkelried in ein Bündel Habsburger Lanzen geworfen haben soll, der deshalb für die Schweizer Nationalisten und Neonazis ein Held ist. Milla und Ivan tauschen kurz vor dem Gedenkort die Sitze: Milla steuert den Wagen, Ivan filmt aus dem fahrenden Auto, wie einige der Rechtsextremen beim Denkmal einen Kranz niederlegen und danach die alte, bis 1961 gültige Nationalhymne singen: *Heil dir, Helvetia!* Die rechten Arme sind dabei schräg in die Luft gereckt.

Milla und Ivan sind beide zu sehr auf die unschöne Szene konzentriert, um den jungen Mann zu bemerken, der auf der anderen Seite nahe am Straßenrand steht. Er hat sein Handy gezückt und schießt Bilder der beiden Fernsehjournalisten. Im letzten Moment, aus dem Augenwinkel heraus, nimmt Milla die Gestalt am linken Straßenrand wahr, doch schon sind sie an ihr vorbeigefahren.

»Was wollte der?«, fragt sie Ivan.

»Wer?«

»Ach, vergiss es, wird wohl nichts gewesen sein.« Trotzdem schaudert Milla leicht. Doch sie schüttelt das ungute Gefühl rasch wieder ab.

*

Als sie Sempach hinter sich gelassen haben, tauschen sie erneut die Plätze, und Milla lässt sich von Ivan in Luzern absetzen. Wenn sie schon mal in der Gegend ist, will sie gleich noch etwas für ihr privates Projekt erledigen, nämlich die Redaktion der *Neuen Luzerner Zeitung* aufsuchen. Das Lokalblatt ist vor etwas mehr als zehn Jahren aus der Fusion der beiden vorherigen Luzerner Tageszeitungen hervorgegangen. Milla ist sich ziemlich sicher, dass sie um diese Uhrzeit noch jemanden in der Redaktion antreffen wird, schließlich wollen die Texte, die morgen im Blatt stehen, heute noch geschrieben sein.

Milla hat in der Schweizerischen Mediendatenbank zwar einige Artikel zum Fall Mannhart gefunden. Doch die stammen alle ausschließlich aus dem Jahr 1997, als er verhaftet und verurteilt worden ist. Die Artikel aus den Siebzigerjahren über die Tötungsdelikte selbst konnte sie hingegen nicht aufspüren, weil die Texte im elektronischen Archiv nicht so weit zurück erfasst sind. Den Gerichtsberichten hat sie aber entnommen, dass einer der vier Toten ein ehemaliger Luzerner Richter war und dass das letzte Mordopfer in Luzern erschossen wurde. Das wird damals den hiesigen Lokalzeitungen kaum entgangen sein, denkt Milla. In der Redaktion sollten die alten Ausgaben zumindest auf Mikrofilm einsehbar sein.

Das sind sie auch. Eine freundliche junge Journalistin führt Milla ins Archiv und zeigt ihr einen überdimensionierten Kasten, eine Art Leuchtschirm, in dem sie die Mikrofilmrollen sichten kann.

»Wann schließt ihr denn den Laden?«, fragt Milla die junge Frau, deren Namen sie schon wieder vergessen hat.

»Ich bin bis um zehn Uhr da. Dann muss ich hier zumachen.«

»Danke.«

Milla bleiben also gut zwei Stunden. Sie hofft, dass sie schneller fündig wird. Doch sie muss sich durch das ganze Jahr 1973 blättern und stößt erst in einer Ausgabe vom Januar 1974 auf den Artikel, den sie sucht. Die Schlagzeile ist nicht zu übersehen: *Ehemaliger Grossrats-Präsident im Wald erschossen*, steht in dicken Lettern auf der ersten Seite des *Luzerner Tagblattes*.

8

1974

Das Beil sauste sirrend durch die Luft, krachte nieder und traf zielsicher. Die Klinge spaltete das Holzscheit genau in der Mitte; zwei gleich große Hälften kippten klappernd um. Wunderbar, dachte Samuel Gmünder, als hätte ich nie etwas anderes gemacht. Er warf die beiden Holzscheite in den großen runden Korb und griff sich ein neues. Setzte die Klinge an, holte mit der Axt aus, schlug zu. Perfekt.

Holzhacken hatte für Gmünder etwas Meditatives. Und es stählte seinen Körper, dem man die vierundsiebzig Jahre, die er schon auf dieser Welt weilte, nicht ansah. Er war noch immer kräftig und drahtig schlank. Gmünder hatte auf ihn geachtet, jeden Tag trainiert. Früher war er ein guter Ausdauerläufer gewesen. Bei den Waffenläufen hatte er sich stets eine Auszeichnung geholt. Und noch immer nahm er jedes Jahr an einem Wettkampf teil und landete regelmäßig auf Rang eins seiner Altersstufe. Was zugegebenermaßen keine große Herausforderung darstellte, weil die Zahl der Teilnehmer in seiner Kategorie mittlerweile an zwei Händen abzuzählen war. Doch auch das wertete er als Erfolg; jedem, der nicht startete, war er sowieso überlegen.

Gmünder klaubte ein Taschentuch aus seiner Hosentasche und wischte sich damit den Schweiß von der Stirn. Dabei herrschten hier draußen empfindlich frische Temperaturen. Aber das Wetter war prächtig, ein klarer Januartag. Die Berge schienen zum Greifen nah, und ihre weißen Gipfel, die sich scharf vom Blau des Himmels abhoben, blendeten ihn mit der Sonne um die Wette. Gmünders Haus lag am linken Hang, etwas oberhalb des Stadtzentrums von Luzern. Unter ihm breitete sich der See aus wie ein funkelnder Zauberteppich.

Das nächste Scheit. Der nächste Schlag. Schon heute Abend würde das Holz im offenen Kamin von den Flammen eines gemütlichen Feuers vollends verschlungen werden. Gmünder, tüchtiger Geschäftsmann, der noch immer einiges mitzureden hatte in seinem Betrieb, obwohl er ihn vor sieben Jahren seinem Sohn übergeben hatte, konnte sich beim Holzhacken immer gut wegdenken. Als er noch politisch aktiv gewesen war, und zwar erfolgreich, wie in jedem Bereich seines Lebens, hatten ihn beim Holzhacken immer die kreativsten Ideen angesprungen. Als Mitglied der Freisinnigen Partei hatte er es schon früh sehr weit gebracht in seinem Kanton. War sogar mal der höchste Luzerner gewesen. Heute war er noch immer ein angesehener Bürger, der auf der Straße von vielen Leuten höflich gegrüßt wurde, was er dann stets mit Genugtuung zur Kenntnis nahm.

An diesem kalten Januartag im Jahr 1974 flogen zwar die Holzspäne, Gmünders Gedanken aber waren heute nicht frei, auch wenn er sich darum bemühte. Sie kehrten zwanghaft zu immer derselben Angelegenheit zurück, die ihn seit gut einer Woche beschäftigte: Er glaubte sich bedroht, fühlte sich seines Lebens nicht mehr sicher, obwohl es dafür augenscheinlich keinen einzigen vernünftigen Grund gab. Die ganze Sache ging ihm näher, als ihm lieb war, doch sie erschien ihm selbst zu abstrus, als dass er mit jemandem darüber reden mochte. Insgeheim fragte er sich sogar, ob diese Gedanken, die sich in seinem Hirn festgesetzt hatten, das erste Anzeichen dafür waren, dass er nun doch alt wurde und sein Gehirn langsam abbaute. Vielleicht begann der psychische Abbau mit bizarren Einbildungen, die sich, wie in seinem Fall, fast schon in einen Verfolgungswahn steigerten. Gmünder wurde das ungute Gefühl nicht mehr los. Er ärgerte sich maßlos darüber.

Es hatte seinen Anfang mit einer Meldung im *Luzerner Tagblatt* genommen. Der Artikel berichtete von einem Mord. Gmünder kannte den Toten. Hatte ihn zumindest früher gut gekannt: Marius Soltermann, langjähriger Oberrichter im Kanton Luzern. Gmünder hatte nicht nur als Politiker hin und wieder von Amtes wegen mit Soltermann zu tun gehabt, er war auch ein Parteikollege von ihm gewesen. Soltermann, erschossen in seinem Haus im Emmental! Hätte er es nicht schwarz auf weiß gelesen, Gmünder hätte es nicht geglaubt. In der Zeitung stand, dass die Polizei keine Einbruchspuren festgestellt hatte und dass aus nächster Nähe auf den alten Richter geschossen worden war, als er in seinem Schaukelstuhl gesessen hatte. Das legte den Schluss nahe, dass er seinen Mörder gekannt haben musste. Gmünder konnte es nicht fassen, dass Soltermann auf diese brutale Art und Weise vorzeitig aus dem Leben gerissen worden war. Wer hatte schon Interesse daran, einen pensionierten Richter zu ermorden? Aufgrund der in der Zeitung beschriebenen Umstände hatte auch Gmünder zunächst geglaubt, dass der Täter im Umfeld des Toten zu suchen war, wie bei den meisten Tötungsdelikten. Die Ahnung, dass möglicherweise ein ganz anderes Motiv hinter der brutalen Tötung stehen könnte, hatte ihn erst beschlichen, als eine Woche später erneut ein Mord geschah.

Die Meldung, dass in einer Altersresidenz in Zürich ein an Alzheimer erkrankter Mann umgebracht worden war, hatte es zwar zunächst nicht bis in die Luzerner Lokalmedien geschafft. Wenige Tage nach dem Delikt publizierte jedoch die Zeitung *Luzerner Neuste Nachrichten* einen Nachruf auf den Toten, da es sich um einen ehemaligen Luzerner Staatsanwalt gehandelt hatte. *Johannes Hofer*: Der Name über dem Text war Samuel Gmünder sofort ins Auge gestochen. Und als er den Schlusssatz gelesen hatte, dass Hofer in einer Altersresidenz gewaltsam ums Leben gekommen war, hatte sich eine unangenehme Kälte in seinen Körper geschlichen. Dabei war Gmünder kein Mensch, der schnell fror. Erst Soltermann, jetzt Hofer, zwei Erschossene mit Luzerner Wurzeln innerhalb von zwei Wochen, hatte Samuel Gmünder gedacht. Einen Zusammenhang konnte er zwar nicht erkennen. An einen Zufall mochte er aber auch nicht glauben. Er hatte sich in sein Arbeitszimmer begeben, in dem er sämtliche Akten und Unterlagen aus seiner politischen Amtszeit akribisch aufbewahrte. Er hatte nachschlagen wollen, in welchem Zeitraum die beiden Ermordeten ihr Amt in Luzern bekleidet hatten. In seinem Kopf hatten die Gedanken rotiert. Plötzlich hatte er innegehalten, war zurück in die Küche gegangen und hatte aus dem Stapel des Altpapiers die alten Zeitungen hervorgeholt. Ihm war etwas ganz anderes eingefallen. Er hatte doch etwas über diesen Hotelpagen in Interlaken gelesen. Was war das doch gleich gewesen?

Er hatte die Meldung wiedergefunden und sie genauer studiert. Ein kurz abgefasster Text über ein Verbrechen im Berner Oberland. Ein Mann namens Arthur Schüpbach, stand da geschrieben, war in seiner Wohnung in Interlaken erschossen worden. Die Kugel war unterhalb seines linken Auges in seinen Kopf eingetreten. Ein toter Hotelpage. Als Gmünder den kurzen Text vor einigen Tagen gelesen hatte, hatte er sich nichts dabei gedacht. Doch jetzt war ihm die Meldung aus irgendeinem Grund plötzlich wieder eingefallen. Gmünder hatte nach einer Erinnerung gekramt, warum ihm der Name Arthur Schüpbach doch plötzlich bekannt vorgekommen war. Er hatte sie nicht greifen können. Ich muss an etwas anderes denken, dann kommt es mir wieder in den Sinn, hatte sich Gmünder gesagt, aber wie immer wollte der Trick nicht funktionieren.

Die Erinnerung hatte ihn dann eines Nachts mitten im Schlaf eingeholt und ihn innert Sekunden in einen hellwachen Zustand versetzt. Schüpbach, Arthur. Viel Zeit war vergangen. Ein junger Bursche war das damals gewesen. Gmünder war sich auf einmal sicher gewesen, dass die Luzerner Behörden diesen Mann einst für ein ganz bestimmtes Amt aus einer Horde von Bewerbern auserkoren hatten. Mit dem Erinnern war die Angst gekommen. Seither schrak Samuel Gmünder immer wieder mitten in der Nacht hoch, überzeugt, durch ein Geräusch geweckt worden zu sein. Jedes Mal stand er behutsam auf, er wollte seine Frau nicht wecken, und prüfte, ob alle Türen und Fenster geschlossen waren. Manchmal gleich mehrmals innerhalb weniger Stunden. Es war eine irrationale Furcht.

Doch der Verdacht war hartnäckig und ließ sich nicht vertreiben. Konnte das wirklich sein?, fragte er sich zum tausendsten Mal, während er an diesem kalten Januartag draußen in seinem Garten kraftvoll auf die Holzscheite einhackte. Gab es eine Verbindung zwischen den Morden? Ein später Racheakt? Aber durch wen? Seine Überlegungen waren nicht schlüssig. Die Fäden, die er da zwischen den verschiedenen Tötungsdelikten gesponnen hatte, waren an den Haaren herbeigezogen. Das versuchte sich Gmünder zumindest einzureden. Doch auch falls seine Theorie sich als richtig herausstellen sollte, so hoffte er, hatte er selbst nichts zu befürchten. Richter Soltermann und Staatsanwalt Hofer waren zwar beide aktiv gewesen, als er Mitglied des Grossen Rats, des Kantonsparlaments, gewesen war. Auch in jenem Jahr, als er diesem präsidierte und als Arthur Schüpbach zu seinem Einsatz kam. Aber Gmünder war Politiker gewesen, nicht Jurist. Und doch: Er hatte mitentschieden. Nie hätte er gedacht, dass ihn diese alte Geschichte noch einmal umtreiben sollte.

Samuel Gmünder beschloss, dass all das Grübeln nichts brachte. Er trug den Korb mit dem Holz hinein ins Haus und pfiff im Eingang leise durch die Zähne. Das Zeichen für seinen schwarzen Labrador-Rüden Erol, dass es Zeit war für den Spaziergang. Gmünder nahm die Leine vom Haken und machte sich auf, die allabendliche Runde mit seinem Hund zu drehen.

*

Die Baumstämme warfen lange Schatten, als Gmünder den Wald erreichte. Die Sonne war schon im Begriff, sich aus diesem Teil der Welt zu stehlen. Noch immer lag an vielen Stellen ein wenig Schnee auf dem Waldboden, die oberste Schicht unter dem Schutz der Bäume war hart gefroren. Erol rannte voraus, war bald nicht mehr zu sehen, wahrscheinlich hatte ihn die Fährte eines Rehs gelockt. Gmünder hörte seine eigenen Schritte im Schnee. Und ein Knacken hinter sich im Wald. Er schnellte herum. Sah nichts. Da war nichts. Er ärgerte sich über seine Schreckhaftigkeit. Sie passte nicht zu ihm. Zeit seines Lebens hatte er keine Angst gekannt, und jetzt war er zu einem Nervenbündel verkommen. Wieder hörte er ein Geräusch. Ein Geräusch, das klang, als wollte jemand verhindern, ein Geräusch zu machen. Ein vorsichtiges Auftreten auf den Schnee, der trotzdem unter dem Gewicht einbrach. Gmünder blieb stehen, drehte sich langsam um sich selbst. Wieder sah er nichts. Doch er spürte, dass da jemand war. Seine Nackenhaare stellten sich auf, ein Schauer durchfuhr ihn. Gänsehaut. Vorsichtig setzte er sich wieder in Bewegung, beschleunigte seine Schritte, wurde immer schneller. Dann rannte er los. Wie ein Wahnsinniger. Er hörte, wie jemand hinter ihm her war. Schnelle Schritte. Einmal nur wagte er, einen Blick zurückzuwerfen, und sah eine dunkel gekleidete Person, die ihm nachstellte. Als er den Kopf wieder nach vorne wandte, meinte er, rechts von sich, etwas weiter weg, schemenhaft eine zweite Gestalt zu erkennen, ein Schatten bloß, der sich zwischen den Stämmen der Bäume schnell vorwärtsbewegte.

Plötzlich war sie real geworden, die Gefahr, plötzlich wusste Gmünder, dass er recht gehabt, dass er nicht unter den Einbildungen eines alten Gehirns gelitten hatte. Nur nutzte ihm diese Einsicht nichts mehr. Seine Lungen brannten schon, er konnte nicht schneller. Aber vielleicht würde er länger durchhalten als seine Verfolger, dachte er. Seine Ausdauer konnte ihm das Leben retten. In diesem Moment verbiss sich sein Schuh in einer Wurzel, die sich hinterhältig unter dem Schnee versteckt hatte. Er stolperte, drohte zu stürzen, konnte sich gerade noch auffangen. Doch er war aus dem Tritt geraten, musste um Atem ringen. Er hörte eine Stimme etwas rufen, das er nicht verstand. Jemand war dicht hinter ihm. Die Todesangst schnürte ihm das Herz zu.

Er verspürte den Schmerz in seinem Rücken, bevor er den Schuss hörte. Die Arme weit von sich gestreckt, flog er durch die Luft, um im nächsten Augenblick hart auf den Boden zu prallen. Sein Gesicht versank im kalten Schnee. Als der fremde Mann schwer atmend über ihm stand, noch einmal seinen Revolver ansetzte und ihm eine zweite Kugel direkt in den Schädel jagte, war Gmünder schon tot.

9

2010

Milla Nova hat alle Artikel, die sie zum Fall Mannhart finden konnte, durchgelesen und kann sich keinen Reim darauf machen. Sie sieht keinen Zusammenhang zwischen den Delikten. Es scheint sich bei den vier Toten um beliebige Opfer zu handeln. Einer der Ermordeten ist Richter und ein anderer Politiker gewesen, beide in Luzern. Auch der Hotelportier aus Interlaken stammte ursprünglich aus Luzern. Die Stadt kann ein Verbindungsglied sein, aber sonst? Und was hatte Valentin Mannhart mit Luzern zu schaffen? Völlig aus der Reihe fällt der vierte Tote, der in Zürich in einem Altersheim erschossen wurde. Über ihn hat Milla gar nichts herausgefunden, nicht einmal, was für einen Beruf er einst ausgeübt oder wo er sein Leben verbracht hat. Die Artikel über die Gerichtsverhandlung, als 1997 Mannhart zur Sicherheitsverwahrung verurteilt wurde, bringen sie auch nicht weiter. Darin steht nicht viel mehr, als dass Mannhart vierundzwanzig Jahre nach den Taten verhaftet und wegen aller vier Morde verurteilt worden sei. Von einem Motiv ist keine Rede. Auch nicht davon, wie die Polizei nach so langer Zeit ausgerechnet auf Mannhart gestoßen ist. Klar geht aus den Artikeln nur hervor, dass Valentin Mannhart nie ein Geständnis abgelegt hat. Schon vor Gericht sagte er aus, er könne sich nicht an die Taten erinnern. Doch die Beweise, so heißt es in der Urteilsbegründung, hätten ihn überführt.

Vielleicht ist er es trotzdem nicht gewesen, denkt Milla.

Das wäre ja ein Ding! *TV-Reporterin deckt auf: Jahrelang unschuldig im Knast.* Sie sieht die Schlagzeile und ihr Bild in der Zeitung schon vor sich und muss schmunzeln. Milla ist sich bewusst, dass sie sich mit solchen Überlegungen im eigenen Wunschdenken verfängt. Sie ist weit davon entfernt, einen Justizirrtum aufzudecken. Die Tatsache, dass Mannhart nicht mehr weiß, was er getan hat, bedeutet nicht, dass er es nicht getan hat. Es kommt vor, dass das Gehirn eines Straftäters die Tat derart gekonnt verdrängt, dass die Erinnerung daran erlischt. Weil der Kopf die brutale Wahrheit nicht aushält. Milla selbst hat zweimal über Gerichtsprozesse berichtet, bei denen die Täter eine Erinnerungslücke geltend machten. Bei einem Fall handelte es sich um einen jungen Mann, der seinen eigenen Schwager mit einem Hammer totgeschlagen hatte, und das nur, weil er dessen Wagen benutzen wollte, um gegen Bezahlung Drogenjunkies von Thun nach Bern zu chauffieren. Vor Gericht sagte der Einundzwanzigjährige, der so harmlos aussah wie ein zu groß geratenes Kind, dass nur er und sein Schwager am Tatort gewesen seien und dass wohl er allein als Täter infrage komme. Ob er aber tatsächlich zugeschlagen hatte, konnte er nicht sagen. Seine Erinnerung setzte erst in dem Moment wieder ein, als er dem Toten die Brieftasche aus der Jacke nahm. Der zweite Fall, der Milla in den Sinn kommt, liegt noch nicht lange zurück. Ein Bauer aus dem heimeligen Emmentaler Dorf Heimiswil hatte eine drogenabhängige Prostituierte vom Berner Straßenstrich zu sich nach Hause gefahren, sie in seiner Scheune erwürgt und ihre Leiche in einem Waldstück unweit des Hofes verscharrt. Bis zuletzt behauptete er, es sei ein Unfall gewesen. Er gab zwar zu, die Leiche vergraben zu haben. Warum der Toten aber ein Draht um den Hals gewickelt und die Todesursache eindeutig Ersticken war, war ihm ein Rätsel. Er konnte oder wollte sich nicht daran erinnern.

Während Milla in ihren eigenen Erinnerungen stöbert, sitzt sie erneut in einem gemieteten Smart, der mit ihr Richtung Jura braust. Ihr dritter Besuch bei Valentin Mannhart steht an, und sie hat unzählige Fragen. Mittlerweile ist ihr die Strafanstalt in diesem abgelegenen Tal schon vertraut. Auch die Abläufe, die sie über sich ergehen lassen muss, bevor sie als Besucherin zugelassen wird, kennt sie auswendig. Sie muss ihren Ausweis hinterlegen, den Schmuck und ihre Umhängetasche abgeben. Mitnehmen darf sie ihren Notizblock, den Schreibstift und die Tasche mit der Kamera, die aber vorher von einem Wärter genau durchsucht wird.

Als Milla Valentin Mannharts Zelle betritt, stellt sie erleichtert fest, dass sie dieses Mal keine Sonderausstellung von seinen Basteleien inklusive langer Erklärungen erwartet. Offenbar ist ihr Besuch schon nicht mehr derart außergewöhnlich, dass er sich die Mühe machen mag. Valentin Mannhart wirkt auch ruhiger als sonst. Milla justiert die Kamera und stellt schon nach der ersten Frage fest, dass der schmächtige alte Mann heute klarer spricht, nicht so verwirrt wie bei den vorangehenden Besuchen.

»Wie geht es Ihnen?«

»Danke, mir geht es besser, ich habe weniger Mühe mit Atmen als sonst. Und eine hübsche Dame ist zu Besuch gekommen.«

Milla lächelt, wird aber gleich wieder ernst. »Ich möchte heute mit Ihnen vor allem über die ermordeten Männer von 1973 reden. Und über den Gerichtsprozess, der 1997 gegen Sie geführt wurde. Ist das in Ordnung für Sie?«

»Das ist in Ordnung, Sie sind der Chef«, sagt Valentin Mannhart und zwinkert ihr aufmunternd zu.

Der alte Mann irritiert Milla. Plötzlich scheint er geistig

hellwach und voll bei der Sache zu sein. Sie fragt sich, ob er vielleicht seinen labilen Geisteszustand nur vortäuscht. Womöglich als Selbstschutz. Doch je länger das Gespräch dauert, desto stärker driftet Valentin Mannhart wieder ab in seine eigene Welt der diffusen Nebel.

»Der erste Mann, den Sie getötet haben, war ein älterer Hotelpage in Interlaken.«

»Das sagen Sie. Ich weiß das nicht.«

»Er stammte aus Luzern. Haben Sie mal in Luzern gearbeitet?«

»Luzern. Luzern? Ich habe dort mal ein Mädchen gekannt, ein hübsches Mädchen.«

Das ist nicht wirklich das, was Milla interessiert. »Haben Sie sonst irgendeinen Bezug zu Luzern?«

»Es hat dort einen See.«

Milla gibt auf. »Der zweite Mann war ein ehemaliger Richter. Marius Soltermann. Kannten Sie den?«

»Marius Soltermann? Marius? Nein.«

»Sagt Ihnen denn der Name Samuel Gmünder etwas?«

»Habe ich den auch umgebracht?«

Milla stellt resigniert fest, dass sie so nicht weiterkommt. Also versucht sie, an einem anderen Punkt anzusetzen.

»Als Sie damals verhaftet wurden – wie war das? Wo waren Sie, als die Polizei Sie festnahm?«

»Das war nicht schön, schlimm war das.«

»Was haben Sie gerade gemacht, als die Polizei kam?«, hakt Milla nach.

»Ich war dabei, mit den Kugeln zu spielen, Pétanque. Wissen Sie, was das ist? Das Spiel mit den silbernen Kugeln und dem kleinen Bällchen. Ich bin ein sehr guter Spieler, treffsicher! Das habe ich gern gemacht. Hier geht das leider nicht. An schönen Sommerabenden spielten wir in Bern auf der Münsterplattform. Wo man die Aare so schön rauschen hört. Ich und ein paar Freunde. Bis die Polizei das Spiel unterbrach. Es war mein letztes. Ich finde das traurig.«

»Danach haben sie Sie mit auf die Polizeistation genommen?«, fragt Milla rasch weiter, weil sie nicht will, dass Mannhart sich in nebensächlichen Details verliert.

»Ja, und dann haben sie mir viele Fragen gestellt, genau wie Sie. Sie gäben eine gute Polizistin ab, Frau Milla, Sie können genauso viele Fragen stellen.«

Dieser Vergleich ist Milla nun doch ein bisschen peinlich, sie will sich hier schließlich nicht wie eine Polizistin aufführen. »Waren denn die Polizisten nett zu Ihnen?«, fährt sie trotzdem fort.

»Ja, es hatte einen ganz netten. Der hat immer wieder mit mir gesprochen.«

»Wie hieß er denn?«

Milla stellt die Frage ganz beiläufig und lässt sich nicht anmerken, dass sie die Antwort brennend interessiert.

»Sein Name ist Max Hugentobler. Ich schicke ihm jedes Mal an Weihnachten eine Karte, die ich selber male. Meistens zeichne ich Blumen. Am liebsten mag ich die Tulpe.« Endlich, denkt Milla. Sie hat einen Namen, einen zuständigen Polizisten, der ihr etwas über die Aufklärung des Falls erzählen kann. Denn der alte Valentin Mannhart, das ist ihr mittlerweile klar, ist ein nicht sehr zuverlässiger Zeitzeuge. Vielleicht aber erinnert er sich noch an weitere Namen.

»Nach all den Fragen von der Polizei kamen Sie vor ein Gericht. Da gab es einen Mann, der Sie verteidigt hat. Wer war das?«

»Mich verteidigt? Es hatte viele Männer im Gericht. Das waren düstere Gestalten, mir erschien das alles seltsam. Und langweilig. Warum ich dann verurteilt wurde, weiß ich nicht genau. Ich hatte geglaubt, ich sei unschuldig. Und mein Freund, der Klaus, der hatte das ja auch gesagt.«

Milla wird hellhörig. Je länger sie Valentin Mannhart zuhört, genau darauf achtet, was er sagt, umso eigenartiger erscheint ihr die ganze Geschichte. Dass Täter Taten leugnen, ist klar, denkt sie. Aber spricht so ein Mann, der vier Menschen getötet hat, aus diesem Grund seit über zehn Jahren im Gefängnis sitzt und nicht damit rechnen darf, je wieder lebendig herauszukommen?

»Wer ist Klaus?«

Valentin Mannhart bleibt einen Moment lang still, blickt ins Leere. Milla wartet. Der alte Mann klingt traurig, als er wieder zu sprechen beginnt.

»Klaus hat immer mit mir Pétanque gespielt. Wir waren viel zusammen. Auch im Gefängnis kam er mich früher oft besuchen. Er fand es ungerecht, dass ich hier sein muss.«

»Warum fand er es ungerecht?«

»Weil er sagte, dass ich es nicht getan habe. Er sei doch mein Beweis.«

»Hat er Ihnen ein Alibi gegeben?«, will Milla wissen.

Das versteht Valentin Mannhart nicht. Das Wort ist ihm fremd, er scheint es noch nie gehört zu haben. Sie formuliert die gleiche Frage deshalb anders.

»Waren Sie mit Klaus zusammen, als einer der Morde geschah?«

»Ich weiß nicht, wann die Morde passierten.«

Milla kommt es vor, als würden sie sich im Kreis drehen und immer wieder beim Ausgangspunkt landen, wo in Mannharts Gedächtnis eine große schwarze Lücke klafft.

»Herr Mannhart, können Sie mir sagen, wo ich diesen Klaus finden kann?«

»In Belp«, antwortet er. »Auf dem Friedhof bei der Kirche.«

Dort, denkt Milla, wird er mir wenig nützen. Sie macht die Kamera aus und lässt sich von Mannhart nun doch all die Heiligenbilder erklären, die er auf seinem selbst gebastelten Altar aufgestellt hat. Sie findet, dass sie ihm die Zeit und die Aufmerksamkeit schuldet. Und dann fragt Sie ihn noch nach der Adresse des Polizisten, dem er jährlich eine Weihnachtskarte sendet. Valentin Mannhart holt ein abgegriffenes, in Kunstleder eingefasstes Adressbüchlein hervor und blättert lange darin herum. Milla sieht, dass praktisch alle Seiten leer sind. Mittendrin entdeckt er ein Blatt, auf das er die Adresse geschrieben hat:

»Polizist Max Hugentobler, Polizeiposten, Bern«. Darauf hätte Milla eigentlich auch selber kommen können. Sie lässt sich aber nichts anmerken und schreibt Mannhart zuliebe die Adresse gewissenhaft ab. Und hofft, dass Hugentobler noch immer im Dienst ist.

10

Während sich Valentin Mannhart am Fuße des Berner Juras mit der Reporterin Milla Nova unterhält, steht in Fort Lauderdale, Miami, ein besorgter Mann am Fenster und blickt aufs Meer hinaus. Im Sonnenstaat von Amerika sind Wolken aufgezogen, die in geringer Höhe über dem Wasser kleben und sich weit draußen entleeren. Der Regen schwebt wie ein Vorhang über das Meer und wird bald das Festland erreichen.

»Wir müssen etwas unternehmen, Vater.«

Er erhält keine Antwort. Er erhält schon lange keine Antwort mehr. Der alte Mann, der neben ihm eingesunken im Rollstuhl kauert, hat seine Sprache mit dem letzten Schlaganfall verloren. Der Stuhl ist so ausgerichtet, dass der Greis die grandiose Aussicht des Luxusapartments in der Seniorenresidenz genießen könnte. Doch sein Blick ist trüb, er schaut ins Leere. Das Leben scheint bereits aus dem schmächtigen Körper gewichen zu sein, obwohl sein Herz noch immer Blut durch seinen Kreislauf pumpt und die Lunge für den Sauerstoffaustausch sorgt. Sein rechter Arm hängt taub herab. Der Kopf ist immer schräg geneigt und fällt ihm manchmal auf die Schulter, wenn er ihn nicht mehr halten kann. Stets zieht die Schwerkraft einen dünnen Speichelfaden von seinem rechten Mundwinkel übers Kinn. Es ist nicht viel übrig geblieben von dem Mann, der er einst war. Dabei besaß er früher so viel Macht. Jetzt ist er nicht einmal mehr fähig, sich zu rühren, zu sagen, was er will, geschweige denn, Befehle zu erteilen. Zwei Pflegerinnen umsorgen ihn in seiner Residenz, die ausgestattet ist wie ein privates Altersheim. Hundertachtzig Quadratmeter ist sein Apartment groß, ihm würden zwanzig genügen. Es ist eingerichtet mit den teuersten antiken Möbeln, die in den Staaten zu erhalten sind. Er kann sie nicht benutzen, schaut sie nicht einmal mehr an. Nur das eingerahmte Bild auf dem Sekretär betrachtet er hin und wieder. Eine Schwarz-Weiß-Fotografie, die ihn selbst gegen Ende der Dreißigerjahre zeigt, als jungen strammen Kerl in Uniform. Die Hand zum Hitlergruss erhoben, während der Führer im offenen schwarzen Auto stehend an ihm vorbeifährt. Macht hat ihn schon immer fasziniert. Schaut er die Fotografie an, spürt er Stolz und Traurigkeit. Stolz darüber, dass er damals dabei gewesen ist, Teil war von etwas ganz Großem, etwas Überragendem – im Wissen, dass erst diese Erfahrung in Deutschland ihn zu dem gemacht hat, was er war. Und Traurigkeit überkommt ihn, weil diese Zeit vorbei ist.

Dank seines immensen Vermögens, zu dem er es gebracht hat, ist er zwar gut versorgt. Materiell fehlt es ihm an nichts. Aber was bringt ihm das jetzt? Seine Selbstständigkeit, seine Kraft, jeden Lebenswillen hat er verloren. Nur die Hülle ist noch da; ein kranker Körper, der sich standhaft weigert, die finale Niederlage anzuerkennen.

»Ich habe einen Telefonanruf aus der Schweiz erhalten. Sie stellen Nachforschungen über uns an.«

Sein Sohn führt den Monolog fort.

»Du hattest recht. Es hat sich ausgezahlt, dass wir den Mann auf unserer Lohnliste haben stehen lassen.«

Er redet sich ein, dass sein Vater noch da ist. Dass er ihm zuhört. Dass er seine Besorgnis teilt, die sich langsam in Wut verwandelt.

»Dass die uns nicht in Ruhe lassen können!« Er braust

auf. Schlägt mit der Faust auf den antiken Sekretär aus Kirschholz, dass es kracht. Sein Vater reagiert in keiner Weise.

»Dabei geht sie das alles gar nichts an.« Der Sohn fährt sich nervös durch das volle Haar, dessen Schwarz von grauen Strähnen durchzogen ist. In seinem Gesicht sind die Züge des Vaters erkennbar. Dieselben hellen Augen. Der gleiche schmale Mund. Aber anders als sein Vater ist er ein großer, breitschultriger und trotz seiner sechsundfünfzig Jahre noch immer kraftstrotzender Mann. Wer sich mit ihm anlegt, steckt schnell in gewaltigen Schwierigkeiten. Aufbrausend ist er. Jähzornig auch. Er pflegt Probleme mit Gewalt aus der Welt zu schaffen, von Reden hat er nie viel gehalten. Er findet, Worte werden überbewertet. Darin unterscheidet er sich von seinem Vater.

»Wir können uns das nicht bieten lassen!«

Er löst seinen Blick vom Horizont, wendet sich dem Vater zu. Beugt sich hinunter zu dem alten Mann.

»Was meinst du, Vater?«, fragt er, während er dessen Mund mit einem Tuch abwischt. Er legt ihm zärtlich die Hand auf den kalten Arm, der auf der Lehne des Rollstuhls liegt. Schaut in das zerfurchte Gesicht, das gezeichnet ist von vielen intensiven Jahren, und versucht, in den leeren Augen irgendetwas zu erkennen. Er erwartet Zustimmung.

Für den Sohn macht der Zustand seines Vaters keinen Unterschied, außer dass es ihn traurig stimmt. Er ist und bleibt sein Vater, das Oberhaupt, der so Großes geschaffen und immer alles richtig gemacht hat. Seine Ehrfurcht vor diesem Mann kennt keine Grenzen. Er ist stolz, sein Sohn zu sein, und darauf bedacht, so zu handeln wie er. So zu denken wie er. Obwohl ihm bewusst ist, dass er diesen hohen Anspruch nie erfüllen wird. Fieberhaft überlegt er, wie sein Vater in dieser Situation reagieren würde. Dann sagt er in einem Tonfall, in dem man ein Kind tröstet, das sich vor dem Gewitter fürchtet: »Ich fliege hin. Du musst dir keine Sorgen machen, Vater. Ich werde das für uns erledigen.«

11

Als Milla abends nach Hause kommt, klebt ein gelber Zettel an ihrer Wohnungstür. *Wiedereinweihung der Dachterrasse!*, ist daraufgekritzelt. Es ist unverkennbar Annalenas Schrift. Annalena Mühlenthaler ist seit über fünf Jahren Millas Nachbarin, sie wohnt direkt unter ihr und ist die gute Seele des Hauses. Milla ist überrascht, dass es schon wieder so weit ist, die Dachterrassensaison einzuläuten. Doch wenn sie es recht bedenkt, kann es dafür eigentlich nie zu früh sein. Die drei Frauen, die in den drei Wohnungen im Haus in der Gerechtigkeitsgasse in Bern leben, haben es sich zur Gewohnheit gemacht, immer montags gemeinsam auf der Terrasse zu Abend zu essen – sobald es warm genug ist und sofern es das Wetter zulässt. Weil der Zettel an der Tür von Annalena stammt, geht Milla davon aus, dass ihre Nachbarin auch das Kochen übernehmen und sie selbst das Privileg genießen wird, sich an einen gedeckten Tisch vor ein fertig zubereitetes Mahl zu setzen.

Annalena und Milla sind fast gleichzeitig in das sanierungsbedürftige Altstadthaus gezogen. Die Wohnungen sind nicht gerade das, was man lichtdurchflutet nennt, und jede muss für sich mit einem Holzofen beheizt werden. Dafür bestechen sie durch ihren unvergleichlichen Charme und ihre Gemütlichkeit. Und die Dachterrasse ist unbezahlbar. Sie bietet einen Blick über die Dächer der Altstadt, hinter denen in der Ferne die Gipfel der Alpen in den Himmel stechen.

Annalena arbeitet als Pflegerin im Berner Inselspital, ist fast zehn Jahre älter als Milla, lebt seit Ewigkeiten in einer lesbischen Beziehung und kann sich dennoch nicht durchringen, mit ihrer Freundin zusammenzuziehen. »Ich lasse mir meine Freiheit nicht beschneiden«, sagt sie zuweilen in den endlosen Diskussionen, die sie oft bis spät in die Nacht hinein hoch über Bern führen. Die Dritte im Bunde ist Bernadette Gisiger, trotz ihres altertümlichen Vornamens die Jüngste der drei Nachbarinnen. Und die Quirligste. Sie ist vor anderthalb Jahren eingezogen. Bernadette studiert Ethnologie und hält sich mit Gelegenheitsjobs über Wasser, die sie wechselt wie andere die Unterwäsche. Mit ihren Männerbekanntschaften hält sie es ähnlich, obwohl sie jedes Mal von Neuem überzeugt ist, den Mann fürs Leben, fürs Heiraten und fürs Kinderkriegen gefunden zu haben. Bis zu dem Moment, in dem sie die Nase voll von ihm hat, ihn als Langweiler empfindet und mit wüsten Beschimpfungen zum Teufel jagt. Milla wohnt zuoberst, Annalena in der Mitte, Bernadette im ersten Stock. Und dann gibt es im Haus noch den verschrobenen alten Ohnesorg mit seiner Fischaugenbrille: Er führt im Erdgeschoss ein Buchantiquariat, dessen Inventar derart verstaubt ist, dass sich darin wunderbar neues Leben in Form von Milben, Käfern und Maden entwickeln und ausbreiten kann. Herrn Ohnesorg haben sie noch nie mit aufs Dach eingeladen …

Als Milla in ihre Wohnung tritt, wird sie sofort mauzend von Pop begrüßt, die anhänglicher ist als der Kater Iggy. Pop streicht Milla um die Beine und bringt sie fast ins Stolpern.

»Pop, was ist denn los?«, fragt Milla. Sie kann sich nicht vorstellen, dass die Katze schon wieder Hunger hat.

Trotzdem klaubt sie, nachdem sie ihre Umhänge- und

die Einkaufstasche abgestellt hat, ein Leckerli aus dem Schrank und wirft es Pop hin. Begeistert schlägt die Katze mit der rechten Pfote gegen das Stück, das sie eigentlich fressen sollte, schleudert es über den ganzen Küchenboden, um sich sogleich daraufzustürzen und es wieder wegzuschießen.

»Das dachte ich mir doch; dir ist bloß langweilig.«

Weil auch Milla hier unten gerade nichts Wichtiges zu erledigen hat, schnappt sie sich einen Schwamm und ein Becken, füllt es mit Seifenwasser, steigt aufs Dach und befreit die Terrasse vom Schmutz, den der Winter liegen gelassen hat.

*

Die Sonne hängt tief über der Stadt und taucht die Dachlandschaft in ein goldenes Licht, als Annalena ihren Nachbarinnen den Flammkuchen serviert. Milla kämpft mit dem Korken der Rotweinflasche, die sie heraufgebracht hat, geht als Siegerin hervor und befüllt großzügig die Gläser ihrer Freundinnen. Zufrieden sitzen die drei Frauen auf der Dachterrasse, eingemummelt in ihre Wolldecken, und diskutieren über sich und ihre Welten. Bernadette hat gerade mal wieder Liebeskummer, und Annalena ärgert sich, weil ihr das Spital vorschreiben will, sich gegen die Grippe impfen zu lassen.

»Dabei ist die Impfung gefährlicher als die Grippe selbst«, behauptet sie. »Ich meine sogar, dass mehr Leute aufgrund der Impfung sterben als an der Krankheit. Die können mir doch nicht befehlen, mich diesem Risiko auszusetzen!« Bei solchen Themen kann sich Annalena enervieren. Obwohl sie in einem durch und durch schulmedizinischen Bereich arbeitet, setzt sie selbst auf Alternativmedizin und schwört auf alte Hausmittelchen. Milla würde sich nicht wundern, wenn sie zur Vorbeugung gegen die Grippe täglich eine Knoblauchzehe kaute.

»Willst du denn all die alten Patienten auf deiner Abteilung mit dem Grippevirus infizieren?«, fragt Bernadette, die sich bereits hat impfen lassen. »Wenn die daran zugrunde gehen, trägst du die Schuld! Das liefe dann wohl unter fahrlässiger Tötung, oder, Milla?«

Bernadette nippt an ihrem Wein, Milla schnappt das Stichwort »Tötung« dankbar auf und nutzt die Gelegenheit, den beiden Frauen von Valentin Mannhart zu erzählen.

»Du triffst dich ganz allein mit ihm in seiner Zelle, mit einem vierfachen Mörder?«, fragt Annalena entsetzt, als Milla mit ihrer Schilderung fertig ist.

»Der ist alt und senil und tattrig. Und irgendwie auch sehr rührend. Ein niedliches, winziges Männlein. Der weiß gar nicht mehr, dass er ein Mörder ist.«

»Und du willst einen Dokumentarfilm über diesen Mörder machen? Gibst du da nicht jemandem eine Plattform, der bösartig und gemeingefährlich ist?«, hakt Annalena nach.

Milla schüttelt energisch den Kopf. »Ach, ihr müsstet ihn kennenlernen. Er ist keine Bestie. Er hat wahrscheinlich böse Sachen gemacht. Aber er muss deswegen kein böser Mensch sein.«

Zwei Augenpaare blicken Milla zweifelnd an.

»Was meinst du mit ›wahrscheinlich‹?«, fragt Bernadette mit hochgezogener Augenbraue.

»Ich bin mir langsam gar nicht mehr sicher, ob er diese Männer wirklich umgebracht hat. Mir kommt der ganze Fall seltsam vor.«

»Aha! Die große Enthüllungsjournalistin ist wieder im Einsatz«, sagt Annalena lachend.

»Und wieder einmal sind ihr die Sicherungen durchgebrannt«, doppelt Bernadette nach.

»Im Ernst, pass auf dich auf.« Wenn Annalena diesen Ton anschlägt, erinnert sie Milla irgendwie an ihre Mutter.

*

Es ist kurz vor Mitternacht, als sich die drei Nachbarinnen voneinander verabschieden. Milla ist trotz der Decke durchgefroren und schiebt in ihrer Wohnung Holz in den Ofen. Dann setzt sie sich an ihr Arbeitspult und schaltet den Computer ein. Sie will noch rasch die geschäftlichen E-Mails abfragen, auf die sie von zu Hause aus Zugriff hat. Während der Computer sich warmläuft, springt Iggy via Millas Schoß auf den Tisch neben dem Bildschirm und bleibt dort sitzen. Mit größter Konzentration fixieren seine grünen Augen Millas Finger, die alsbald über die Tastatur fliegen.

Sieben neue E-Mails. Fünf amtliche Pressemitteilungen, die sie sogleich löscht. Als Milla den Titel der sechsten Nachricht sieht, fährt sie erschrocken zusammen: *Juden-Schlampe!*, steht da geschrieben. Das Wort fühlt sich an wie eine Ohrfeige, obwohl sie gar nicht Jüdin ist.

»Was zum Teufel ...«, sagt sie laut und öffnet die E-Mail.

Wir wissen, wer du bist. Lass die Finger davon! Sieg Heil! Ein stolzer Schweizer.

Verflucht!, denkt Milla. Da hat offenbar jemand keine Freude daran, dass ich in der rechtsextremen Szene recherchiere. Aber woher wissen die, wer ich bin?

Milla klickt auf die nächste Nachricht, die keinen Betreff trägt, der ersten aber inhaltlich in nichts nachsteht.

Du stellst zu viele Fragen, liest sie. Und weiter: *Wenn dir was an deinem Leben liegt – dann hör sofort auf damit.*

Es ist nicht das erste Mal, dass Milla per E-Mail wüst beschimpft oder bedroht wird. Trotzdem muss sie leer schlucken. Sie weiß nicht, wie sie diese Mails einschätzen soll. Milla setzt zwar meist auf das Motto »Hunde, die bellen, beißen nicht«, trotzdem ist sie verunsichert. Ihr liegt sehr viel an ihrem Leben. Milla ist sicher, dass die Absender der unliebsamen Post in der Neonaziszene zu suchen sind. Wäre sie sich ebenso sicher, dass die Nachrichten von jugendlichen Kahlgeschorenen stammen, die noch lange nicht erwachsen sind, könnte sie sie als Drohgebärde abtun. Was aber, wenn der alte Holocaustleugner Mohr dahintersteckt, den sie in seinem Naziferienlager aufgeschreckt hat? Ihm ist alles zuzutrauen. Auch, dass er über Leichen geht, um sein Imperium zu schützen. Milla schaut sich die Nachrichten noch einmal genau an. Der Absender der ersten Mail besteht aus einer seltsamen Abkürzung, hinter der eine »88« steht. Die Ziffer Acht dient als Chiffre für ein H, die Zahl 88 steht für HH, also »Heil Hitler«. Die zweite Nachricht wurde von einer Adresse versandt, die sich aus einer wirren Folge von Zahlen und Ziffern zusammensetzt. Die E-Mails werden wohl kaum zurückzuverfolgen sein, denkt Milla. Trotzdem speichert sie sie in einem Archivordner ab. Dann kopiert sie den Absender der ersten Nachricht in das Fenster der Suchmaschine Google, die ihr daraufhin eine Liste einschlägiger Homepages ausspuckt. Als sie die Seite von »Blackhammer« anklickt, einer der größten rechtsextremen Organisationen der Schweiz, entfährt ihr ein kurzer, spitzer Schrei. Kater Iggy schaut sie entsetzt an und springt erschrocken vom Pult. Milla starrt gebannt auf den Bildschirm, auf dem sich eine große Farbfotografie aufbaut. Sie erkennt sich selbst am Steuer von Ivans Wagen. Im Hintergrund macht sie das Winkelried-Denkmal in Sempach aus und eine Horde schwarz gekleideter Männer, die ihren rechten Arm in die Luft recken. Milla hat einen Klotz im Hals. Sie ringt nach Luft, spürt, wie sich ihr Puls beschleunigt. Unter dem Bild steht: *Zum Abschuss freigegeben: TV-Reporterin Milla Nova. Stoppt die verlogene Journalistenhexe.*

12

Das Gesicht, das Milla Nova am nächsten Morgen aus ihrem Badezimmerspiegel entgegenblickt, ist ihr fremd: aschfahl der Teint, Ringe unter den Augen, die Lider geschwollen. Als hätte sie die ganze Nacht lang durchgesoffen. Dabei hat sie bloß schlecht geschlafen. Und wenig. Zu viele Gedanken polterten durch ihren Kopf und hielten den Tiefschlaf auf Distanz.

Dafür verschläft sie die gesamte Zugstrecke von Bern nach Zürich. Als sie bei der Ankunft im Hauptbahnhof erwacht und sich wie gerädert fühlt, schaut sie der junge Mann, der in ihrem Abteil sitzt, belustigt an. Milla hofft, dass sie nicht geschnarcht hat. Oder schlimmer noch: dass ihr nicht der Kopf immer wieder vornübergekippt ist, so wie sie es selbst oft bei Schlafenden im Zug beobachtet, die ihren Kopf dann jeweils mit einem Ruck wieder hochziehen, ohne dass sie etwas davon mitbekommen. Auf jeden Fall ist Milla froh, dass sie gleich aussteigen kann.

In der Redaktion angekommen, klopft sie als Erstes an die Tür des Büros ihres Chefs Wolfgang Schnell, der gleichzeitig ein Freund ist. Sie weiß, dass er sich immer Zeit für sie nimmt, wenn sie etwas auf dem Herzen hat.

»Wolfgang, ich würde gerne mit dir reden.«

»Klar, was ist denn los?«, fragt dieser besorgt. Er merkt seiner Mitarbeiterin sofort an, dass etwas nicht in Ordnung ist.

Milla erzählt ihm zunächst von den Nachrichten, die sie erhalten hat. Von der Drohung, dass sie nicht mehr lange am Leben sei, wenn sie nicht aufhöre, Fragen zu stellen. Als sie den Inhalt der E-Mails wiedergibt, ist ihr plötzlich nach Weinen zumute. Doch sie reißt sich zusammen.

»Möchtest du, dass wir die Polizei einschalten?«, erkundigt sich Wolfgang Schnell.

»Was meinst du?«, fragt Milla zurück.

»Wenn du meine Meinung hören willst: Vergiss die Nachrichten. Das sind leere Worte ohne etwas dahinter. Nichts als Drohgebärden. Aber ich kann aus meiner Sicht locker so daherreden ... Wenn du dir wirklich Sorgen machst und es dir wohler ist, informieren wir die Polizei.«

Milla ist ihm für seine Einschätzung dankbar.

»Wenn es nur diese beiden Mails wären, würde ich mir keine großen Gedanken machen.«

Fragend blickt ihr Chef sie an. Milla zeigt auf seinen Computer und diktiert ihm die Adresse der Homepage, die sie am liebsten nie mehr aufrufen würde.

Wolfgang pfeift durch die Zähne, als das Foto auf seinem Bildschirm erscheint. Er betrachtet das Bild von Milla im Wagen und liest den Text, der daruntersteht.

»Gutes Foto!«, scherzt er dann, um sich sogleich zu entschuldigen. »Das geht definitiv zu weit! Dagegen müssen wir vorgehen. Ich könnte mir vorstellen, dass es schwierig ist, den Betreiber der Homepage ausfindig zu machen, der sitzt möglicherweise irgendwo in Amerika und hat keine Ahnung, was auf der Website alles verbreitet wird. Aber vielleicht kann man die Seite zumindest in der Schweiz sperren lassen. Ich werde mich mit unserem Hausjuristen in Verbindung setzen.«

Milla findet ihren Chef super. Weil er immer so souverän reagiert. Es geht ihr gleich besser, jetzt, wo sie den Ballast abgeladen hat. Auch wenn ihre Sorge dadurch nicht verflogen ist.

*

Am frühen Abend landet Milla dann tatsächlich bei der Polizei. Aber aus einem anderen Grund: Er heißt Max Hugentobler. Milla hat zwei Möglichkeiten gesehen, um an den Polizisten heranzukommen, der sich damals um den Fall Mannhart gekümmert hat: entweder den offiziellen Weg über eine Anfrage bei der Pressestelle, doch dann hätte sie ihr Anliegen schriftlich einreichen und garantiert mit einer längeren Wartezeit rechnen müssen; oder aber den direkten Weg zum Hauptsitz der Berner Kantonspolizei, in der Hoffnung, dass man von Hugentobler auch unangemeldet empfangen wird. Milla hat sich für die zweite Variante entschieden. Doch ihre Rechnung scheint nicht aufzugehen: Eine zu früh gealterte Frau mit blonden, hochtoupierten Haaren und einem Gesicht, das wirkt, als würde sie unentwegt in eine saure Zitrone beißen, steht hinter dem Panzerglas am Empfang und lässt sie nicht hinein. Sie stellt sich als besonders gnadenlos heraus.

»Sie können doch hier nicht einfach unangemeldet hereinschneien und meinen, ich lasse Sie zu unseren Leuten!«, ärgert sie sich laut, als wäre sie persönlich beleidigt.

Was für eine Schnepfe, denkt Milla, während sie es freundlich lächelnd weiterversucht.

»Ist er denn im Haus, Max Hugentobler?«

»Ich wüsste nicht, warum ich Ihnen das sagen sollte. Sie müssen sich an die Presseabteilung wenden.«

Milla schimpft innerlich mit sich, dass sie so ehrlich war, sich als Journalistin vorzustellen. Sie hätte sich gescheiter als Hugentoblers Nichte ausgegeben, dann säße sie jetzt vielleicht schon in seinem Büro.

»Ich bin nur heute in Bern und habe gedacht, dass Herr Hugentobler vielleicht fünf Minuten Zeit für mich hat?«

Zur Antwort erhält sie ein herablassendes Kopfschütteln.

»Sie könnten ihn wenigstens mal fragen!«, entfährt es Milla entnervt, ihre Freundlichkeit ist ihr jetzt definitiv abhandengekommen. Sie ärgert sich maßlos über diese Empfangsblondine, die sich aufspielt, als wäre sie die Polizeichefin persönlich.

In diesem Moment hört Milla, wie sich hinter ihr die Glasschiebetür öffnet. Sie registriert, wie die Empfangsdame jemandem zunickt und dabei die Augen verdreht. Etwas in ihrem Blick verrät Milla, wer gerade hinter ihrem Rücken durchspaziert. Sie wirbelt herum und fragt auf gut Glück:

»Herr Hugentobler?«

»Ich bitte Sie!«, ruft die Frau hinter der Glasscheibe empört.

»Der bin ich«, sagt ein überraschter Hugentobler fast zeitgleich.

»Nova, Milla Nova von den *Wochenthemen*, aber ich bin nicht für die Sendung hier, es geht um einen ganz anderen Fall, es ist eine *Privatsache*!« Die Worte purzeln aus Milla heraus, die sich, ihre rechte Hand weit vorgestreckt, auf den Polizisten stürzt, den sie keinesfalls wieder entkommen lassen will. Er reicht ihr belustigt die Hand. Der Mann mit dem kräftigen Händedruck ist älter, als Milla ihn sich vorgestellt hat, und er sieht aus wie der klassische Dorfpolizist: ergraute Haare auf beiden Seiten des Kopfes, dazwischen alles kahl, unter der Nase ein Schnauz. Kleine Tränensäcke und stattlicher Bauchansatz. Und ein sehr wacher Blick, mit dem er die Journalistin aufmerksam mustert.

»Das scheint ja wirklich wichtig zu sein«, sagt er in väterlichem Tonfall. »Womit kann ich Ihnen helfen?«

Milla atmet auf, sie weiß, sie hat ihn fast so weit. »Herr Hugentobler, das ist wirklich sehr, sehr wichtig für mich, und ich wäre Ihnen überaus dankbar, wenn Sie sich fünf Minuten Zeit für mich nehmen könnten. Es geht um einen Fall, der schon sehr lange zurückliegt und an dem Sie mitgearbeitet haben. Der Fall Mannhart, vier Morde, verurteilt 1997.«

Hugentoblers Augen weiten sich. Milla erkennt, dass er angebissen hat. Dass ihn interessiert, warum diese Journalistin plötzlich mit der alten Geschichte daherkommt.

Hugentobler dreht sich um, nickt der Empfangsdame kurz zu, die per Knopfdruck widerwillig die gesicherte Schiebetür öffnet, und bittet Milla, mit ihm in sein Büro zu kommen. Milla wirft einen Blick zurück und kann es nicht lassen, der blonden Frau zum Abschied ein triumphierendes Grinsen zu schenken.

13

In einem Büro wie diesem, denkt Milla Nova, würde ich es keinen Tag lang aushalten. Der Raum ist lang und schmal und eng. Der Boden abgetreten, graues Linoleum, die Wände gelblich verfärbt und speckig glänzend. Zuvorderst beim Fenster steht ein alter Holzschreibtisch. An der Wand kleben ein weißer Schrank und ein passendes Regal, gefüllt mit Ordnern. Diese sind die einzigen Farbkleckse im ganzen Raum. Nirgends ein Bild, kein persönlicher Gegenstand. Auch die einzige Pflanze hat ihre Farbe längst verloren; sie verstaubt oben auf dem Schrank und sieht aus, als hätte sie vor drei Jahren zum letzten Mal eine Gießkanne gesehen.

»So, so, wegen des Falls Mannhart sind Sie hier.« Hugentobler hält die Hände über seinem ballonrunden Bauch verschränkt und schaut Milla freundlich an, die sich auf den zweiten Stuhl im Raum gesetzt hat. »Wie kommen Sie dazu?«

Milla wägt kurz das Für und Wider ab, entschließt sich dann, die Karten offen auf den Tisch zu legen. Sie erzählt Hugentobler von ihrem Besuch in der Strafanstalt für Senioren, von ihrer ersten Begegnung mit Valentin Mannhart und von ihrem Projekt, einen Dokumentarfilm über dessen Leben zu drehen.

»Mein Problem ist, dass ich mehr Informationen brauche. Aus den Archiven konnte ich bislang nicht genug herausbekommen. Und es ist in einem Film natürlich schöner, wenn ein beteiligter Polizist über den Fall berichten kann.«

»Sie wollen ein Fernsehinterview mit mir führen?«, fragt Hugentobler erstaunt.

»Fürs Erste wäre ich schon froh, wenn Sie mir mit Informationen weiterhelfen könnten. Und dann würde ich Ihnen natürlich gerne vor laufender Kamera einige Fragen stellen.«

»Na, das werden wir noch sehen, ob wir das machen werden. Aber ich bin gerne bereit, Ihnen Ihre wichtigsten Fragen zu beantworten. Schießen Sie los.«

Milla weiß nicht recht, womit sie beginnen soll. Es sind so viele Dinge, die sie wissen muss. Also fängt sie ganz vorne an.

»Ende 1973 und Anfang 1974 wurden vier Männer umgebracht, Arthur Schüpbach, Marius Soltermann, Johannes Hofer, Samuel Gmünder. Vierundzwanzig Jahre später verhafteten Sie Valentin Mannhart als Täter. Warum?«

»Sehen Sie, die Kriminalistik hat in den letzten Jahren enorme Fortschritte gemacht. Ich nenne Ihnen ein einziges Stichwort: DNA. Vor den Neunzigerjahren konnte sich noch niemand vorstellen, dass die Genetik dereinst zur Aufklärung von Verbrechen eingesetzt werden könnte. Was sage ich da: dass sie zur Wunderwaffe gegen Kriminelle werden könnte. Früher verglich man Fingerabdrücke und Blutgruppen. Trug ein Täter Handschuhe und fand man kein Blut, gab es kaum andere beweiskräftige Spuren.«

»Sie haben Valentin Mannhart also aufgrund seines DNA-Profils überführt?«, unterbricht ihn Milla, die sich nicht den ganzen Abend lang einen Vortrag über die Entwicklung von Ermittlungsmethoden anhören will.

Hugentobler ignoriert ihre Frage und setzt seine Ausführungen unbeeindruckt fort. Er erklärt ihr, dass die Kantonspolizei Bern Mitte der Neunzigerjahre beschlossen habe, bereits geschlossene Akten von ungeklärten Mordfällen wieder zu öffnen und das aufbewahrte Material auf DNA-Spuren zu untersuchen. Er selbst habe damals den Auftrag erhalten, die vier Mordfälle unter die Lupe zu nehmen, die sich alle innerhalb weniger Wochen rund um den Jahreswechsel 1973/74 ereignet hatten. Die Akte lagerte im Archiv der Berner Polizei, weil die beiden ersten Morde auf deren Kantonsgebiet verübt worden waren – und weil die Ermittler von Anfang an davon ausgingen, dass die Taten ein und demselben Täter zuzuschreiben sind.

»Also holte ich das Dossier aus dem Keller, las mich in die Fälle ein und schickte das gesamte Material, das an den Tatorten sichergestellt worden war, nach Zürich ins Institut für Rechtsmedizin, wo es im Labor auf genetische Spuren untersucht wurde.«

»Und Sie sind fündig geworden«, stellt Milla fest.

»Ich bin fündig geworden.«

»War denn das genetische Profil von Valentin Mannhart bereits in Ihrer Datenbank verzeichnet? War er vorbestraft?«

»Nein, vorbestraft war er nicht. Aber er gehörte bereits 1974 zu den Verdächtigen, nur konnte man ihm damals die Taten nicht nachweisen. Wir luden ihn also über zwanzig Jahre später erneut vor, damit wir ihm mit einem Wangenabstrich eine DNA-Probe entnehmen konnten. Er erschien pünktlich auf dem Präsidium und brachte überhaupt keine Einwände vor. Im Gegenteil: Er war freundlich und kooperativ, was wahrlich selten ist. Wenige Wochen später lag dann das Resultat vor. Es war eindeutig, die Profile stimmten überein, also ließen wir Valentin Mannhart verhaften.«

»Valentin Mannhart hat mir aber erklärt, er habe ein Alibi gehabt. Ein gewisser Klaus sei mit ihm zusammen gewesen, als einer der Morde geschah.«

»Ach, der!« Hugentobler verwirft die Hände. »Dieser Klaus war ein schwer kranker Alkoholiker, der sich vor Gericht nicht einmal daran erinnern konnte, welchen Wochentag wir gerade hatten. Unglaubwürdiger geht's nicht mehr. Lieber kein Zeuge als einer, der ein derart wackliges Alibi aus dem Ärmel zaubert.«

Max Hugentoblers Ausführungen klingen durchwegs überzeugend. Millas Gedanke, dass Valentin Mannhart vielleicht gar nicht der Täter ist, beginnt sich in nichts aufzulösen.

»Eines aber verstehe ich noch immer nicht: Warum kam die Polizei zum Schluss, dass die vier Tötungsdelikte vom selben Täter begangen wurden?«

»Weil der Mörder bei jeder Leiche ein Souvenir zurückgelassen hat.«

Milla schaut Max Hugentobler fragend an.

»Ich weiß, davon war in den Zeitungen nichts zu lesen. Aus ermittlungstaktischen Gründen.«

Im Fall Hofer habe das Erinnerungsstück neben der Leiche im Schnee gelegen, erzählt Hugentobler, den drei anderen Leichen hatte sie der Mörder um den Hals gelegt: eine Kette mit einem Amulett, das eine Waage in einem Kreis zeigte.

»Eine Waage?«, fragt Milla.

»Eine Waage, wie das Sternkreiszeichen. Bei Schüpbach und Soltermann hat die Polizei damals das Schmuckstück fast übersehen.« Es sei Soltermanns Sohn gewesen, der nach der Beerdigung gemeldet habe, dass der Vater eine Halskette getragen habe, die unmöglich ihm gehört haben konnte. »Erst da fiel den Ermittlern auf, dass auch Schüpbach nicht im Zeichen der Waage, sondern des Widders geboren war.«

Trotz allem kann Milla den wichtigsten Zusammenhang

nicht erkennen – die Verbindung zwischen dem Täter und den Toten. Ihr fehlt nach wie vor das Motiv.

»Aber warum hat sich Valentin Mannhart ausgerechnet diese vier Männer als Opfer ausgesucht, die verstreut in der ganzen Schweiz lebten? Warum hat er sie getötet?«

Max Hugentobler schaut Milla überrascht an. »Das wissen Sie nicht?«, fragt er erstaunt. »Valentin Mannhart hat Ihnen nichts von seinem Vater erzählt?«

14

1934

Karl Mooshaupt saß auf der Anklagebank und wusste, dass er verloren hatte. Dieses Mal würde er nicht ungeschoren davonkommen. Dieses Mal würde es ihn den Kopf kosten. Weil ihm niemand glaubte. Warum sollte man auch. Wer hörte schon auf einen Kleinkriminellen, der sich bisher mit Lügen durchs Leben gegaunert hatte?

Karl Mooshaupt war ein Ganove, wie er im Lehrbuch der Polizeiausbildung stehen könnte. Schon mehrmals hatte ihn die Polizei gefasst, mal bei einem Taschendiebstahl, mal wegen Hochstapelei, dann wieder wegen Landstreicherei und gefälschten Ausweispapieren, oder er flog als Heiratsschwindler und Betrüger auf. Die letzten sieben Jahre hatte er zu einem Großteil hinter Gittern verbracht. Kaum war er wieder draußen gewesen, hatte er schon das nächste Ding gedreht. Er selber sah sich als Berufskriminellen. Was er keineswegs als unehrenhafte Beschäftigung betrachtete: Er konnte ja nichts anderes. Nicht, dass er nicht intelligent gewesen wäre. Das war er. Gerne hätte er studiert oder als Lehrer in einer Schulstube gestanden. Aber mit einem Säufer als Vater und einer Dirne als Mutter war ihm dieser Weg verwehrt geblieben. Bald war er in die Fänge der Behörden geraten. Eine Handwerkerlehre hatten sie ihn absolvieren lassen, im Jugendheim. Sie wollten ihm die Möglichkeit zu einem normalen Leben geben. Doch die Zeit im Heim bewirkte das Gegenteil. Die Gelegenheit: vertan. Alles, was er hatte und was ihn ausmachte, wurde ihm dort genommen.

Darum kehrte er später, als er auf eigenen Füßen stand, den Spieß um: Er nahm sich alles, was er kriegen konnte. Überzeugt davon, dass es ihm zustand.

Den Dieb und Hochstapler sah man ihm nicht an. Stets trat er auf wie ein Mann von Welt. Er kleidete sich korrekt, mit Anzug und Hut, führte oft einen eleganten Spazierstock mit sich und schlich sich bei der noblen Gesellschaft ein, zu der er gerne gehört hätte. Dort täuschte er Geschäftsleute, gab vor, für berufliche Investitionen finanzielle Mittel zu benötigen, oder er schwatzte reichen Damen mit herzerwärmenden Geschichten Geld ab.

Ja, die Frauen. Mit ihnen hatte er immer ein leichtes Spiel gehabt. Mit seinem galanten Auftreten, adretten Äußeren und angeborenen Charme erntete er viel Liebesglück, wobei die Liebe durchaus auf Gegenseitigkeit beruhte: Sie liebten ihn, er liebte ihr Geld. Nur einmal hatte ihm eine Frau wirklich den Kopf verdreht. Magdalena Mannhart, eine einfache Marktfrau, die natürlich über keine große Barschaft verfügte. Nachdem er sie geschwängert hatte, ohne sie geehelicht zu haben, wollte er sich trotzdem um sie kümmern. Doch das Dasein als Gefährte und Vater hatte sich bald schon als unvereinbar mit seiner Lebensführung erwiesen, sein Charakter entsprach zu sehr dem eines Vagabunden. Nur dann sesshaft, wenn er von Gesetzes wegen dazu gezwungen worden war. Ganz am Anfang hatte sie ihn jeweils noch besucht, wenn er mal wieder hinter Gittern hockte. Mit der Zeit ließ sie sich immer seltener und schließlich gar nicht mehr blicken. Das hatte er akzeptiert. Erst viele Monate später hatte er erfahren, dass sie an Scharlach gestorben war. Doch für die Trauer war es da zu spät gewesen.

Zu spät, dachte Karl Mooshaupt. Auch für ihn war es jetzt zu spät. Seine Zeit schien abgelaufen. Wäre er bloß nie in dieses Taxi gestiegen. Jetzt saß er auf der harten Holzbank im Strafgericht Luzern. Rechts und links von ihm hatte je ein Gendarm Platz genommen; Mooshaupt war nicht länger der kleine Ganove, nun galt er als gefährlicher und fluchtbereiter Gewaltverbrecher. Er war angeklagt des Mordes an einem Taxichauffeur: sechsunddreißigjährig, vierfacher Familienvater, wohnhaft gewesen in Luzern. Und da in der Schweiz 1879 aufgrund einer Volkspetition die Todesstrafe wieder eingeführt worden war, stand heute nicht weniger als Mooshaupts Leben auf dem Spiel. Zumal die Tat im katholischen Kanton Luzern geschehen war. Im Gegensatz zu den meisten reformierten Kantonen wurden dort noch immer Scharfrichter eingesetzt, um die Todesurteile auch wirklich zu vollstrecken.

Angesichts der Beweislast schien jedes Abstreiten sinnlos. Alles sprach dafür, dass Karl Mooshaupt den Taxifahrer hinterrücks getötet hatte. *Indem er ihm, auf dem Rücksitz sitzend, mit einer Pistole in den Hinterkopf schoss und anschließend das Portemonnaie mit den Tageseinnahmen behändigte*, stand in der Anklageschrift. Pistole und Portemonnaie hatte die Polizei zwar nicht bei ihm gefunden. Aber gleich mehrere Zeugen hatten gesehen, wie Mooshaupt eine Viertelstunde vor der Tat vor dem Restaurant Sonne in Emmenbrücke in das Taxi eingestiegen war. Und als die Polizei die Leiche des Taxifahrers in seinem Wagen fand, hatte auf dem Rücksitz noch immer Mooshaupts Hut gelegen. Mit den eingestickten Initialen *K. M.* Ein klares Indiz.

Seine Version, dass er zwar das Taxi bestellt habe, um nach Luzern zu gelangen, nach der halben Strecke aber ausgestiegen sei, weil er nicht genug Geld dabeihatte für die ganze Fahrt, kaufte ihm keiner ab. Da konnte der Gauner Mooshaupt noch lange behaupten, der Taxifahrer müsse nach ihm einen weiteren Fahrgast mitgenommen haben. Einem Kriminellen glaubte man nicht.

»Über einen gnadenlosen, kaltblütigen und gemeingefährlichen Mörder wie diesen ist die Todesstrafe zu verhängen«, erklärte der Staatsanwalt Johannes Hofer mit kalter Stimme und wies mit dem Zeigefinger auf Karl Mooshaupt. Der Gerichtssaal war gerammelt voll. Die Männer, die sich das Spektakel nicht entgehen lassen wollten, standen wegen Platzmangels gar den Wänden entlang. Es schien ihnen, als ginge es hier nicht nur um Leben und Tod eines einzelnen Ganoven, sondern um mehr; um die Zukunft der Strafe im Allgemeinen. Denn just in diesen Wochen war in den beiden Räten im Bundeshaus eine Angelegenheit mit weitreichenden Auswirkungen im Gespräch: Es wurde über die Einführung eines für die gesamte Schweiz geltenden Strafrechts beraten, in dem die Todesstrafe nicht mehr vorgesehen war.

Karl Mooshaupt saß vornübergesunken auf der Bank, verbarg das Gesicht in den Händen, als Staatsanwalt Hofer hinter ihm am Rednerpult polterte. Er nannte Mooshaupt einen »satanischen Verbrecher«, der eine »abenteuerliche, kriminelle Laufbahn« hinter sich habe. Einzig aus den niedrigen Gründen, sich Geld zu beschaffen, habe er das Leben eines arbeitsamen Mitbürgers und liebevollen Familienvaters hinterhältig, skrupellos und ohne das geringste Zögern ausgelöscht. »Die schreckliche Tat verlangt Sühne!«, rief Staatsanwalt Hofer laut und drohend in den Gerichtssaal. »Mooshaupt hat den Tod verdient!«

Vier Stunden lang beriet sich das Gericht, bevor dessen Präsident das Urteil dem gespannten Publikum und dem hoffnungslosen Angeklagten verkündete: »Urteil des Strafgerichts Luzern«, las er vor. »Karl Mooshaupt hat sich schuldig gemacht des Mordes gemäß Artikel 68. Er wird dafür mit dem Tode bestraft. Die erlaufenen Kosten im Betrage von zweitausendneunhundert Franken hat er dem Staat zu vergüten. Gezeichnet: für das Strafgericht, der Präsident Marius Soltermann.«

Keinen Monat später debattierte das Luzerner Kantonsparlament über das Begnadigungsgesuch. Während Karl Mooshaupt im Luzerner Löwengraben die Wand seiner Gefängniszelle anstarrte, wurde im Ratssaal heftig über Sinn und Unsinn der Todesstrafe gestritten und schließlich abgestimmt: unentschieden, sodass der Ratspräsident den Stichentscheid fällen musste. Samuel Gmünder lehnte das Gnadengesuch ab.

Nach drei Tagen wurde das Urteil vollzogen. Karl Mooshaupt schlief nicht in seiner letzten Nacht. Er hatte bei den Wärtern Briefbögen, Feder und Tinte verlangt und saß am wackligen Tisch in seiner Zelle. Seinen ersten Brief adressierte er an das Obergericht des Kantons Luzern. Er bat darum, *dass mein ganzer Körper nach einem christlichen Begräbnis in geweihter Erde ruhen und nicht den Händen der wissenschaftlichen Anatomie übergeben wird.* Anschließend tauchte er die Feder erneut in das Tintenfass, um in seiner akkuraten, regelmäßigen Schrift seine wichtigsten Zeilen niederzuschreiben:

Luzern, 15. September 1934

Für Valentin Mannhart, wohnhaft im Knabenheim, Koppigen

Mein geliebter Sohn,
das wird der letzte Brief sein, den Du von mir erhältst. Morgen werde ich nicht mehr sein. Das Todesurteil ist gefallen, und es ist falsch. Ich hoffe auf Gottes Beistand

und auf die unendliche göttliche Barmherzigkeit. Ja, ich habe kein gutes Leben geführt. Ich habe mich schuldig gemacht, immer wieder. Und ich bin dafür bestraft worden. Gott möge mir diese kleinen Gaunereien verzeihen. Du aber, mein Sohn, dem ich so ein schlechter Vater war, musst wissen: Du bist nicht der Sohn eines Mörders. Die unschuldig Hingerichteten sterben den Tod des Märtyrers. Ich vertraue darauf, dass Gott mit Dir sein und Dich auf die richtigen Wege lenken wird. Du sollst ein besseres Leben haben!

Dein Vater
Karl Mooshaupt

Mooshaupt setzte die Feder ab. Blickte auf das Blatt Papier, auf sein klägliches Vermächtnis, das er hinterließ. Mehr würde nicht von ihm bleiben. Dann griff er nach einem neuen Bogen, tunkte die Feder in das Tintenfass und begann seinen allerletzten Brief.

Das Todesurteil wurde am 16. September 1934, um 7 Uhr 44, mit einer Guillotine im Hof des Gefängnisses Löwengraben in Luzern von einem Scharfrichter vollzogen, der sich mit seiner Bewerbung um die blutige Staatsaufgabe gegen siebenundachtzig Mitbewerber durchgesetzt hatte. Dass er einem Mann, den er nicht kannte, mit der scharfen Klinge den Kopf vom Körper trennte, sollte ihn bis an sein Lebensende verfolgen.

15

2010

»Der Scharfrichter war ein einfacher Hotelpage. Er hieß Arthur Schüpbach«, beendet Max Hugentobler seine Ausführungen.

»Und Valentin Mannhart ist der uneheliche Sohn von Karl Mooshaupt«, folgert Milla Nova, die dem Polizisten in seinem engen Büro gegenübersitzt und kaum glauben kann, was sie soeben erfahren hat. »Valentin Mannhart hat sich also an all jenen gerächt, die an der Hinrichtung seines Vaters beteiligt gewesen waren.«

»An Johannes Hofer, der als Staatsanwalt die Todesstrafe forderte, an Richter Marius Soltermann, der seinem Antrag folgte, an Samuel Gmünder, der als Ratspräsident per Stichentscheid die Begnadigung ablehnte, und an Arthur Schüpbach, der das Fallbeil der Guillotine gelöst hat. Ja«, Max Hugentobler schaut Milla an, als hätte er einen Jackpot geknackt, »genau so war das.«

Die ganze Geschichte, denkt Milla, ist ja noch viel besser, als ich es mir hätte träumen lassen. *Späte Rache* – sie sieht den Titel ihres Films schon vor sich.

»Wie aber sind die Polizeibeamten in den Siebzigerjahren auf Valentin Mannhart als Verdächtigen gekommen – haben sie damals all diese Zusammenhänge auf Anhieb erkannt?«, fragt sie Max Hugentobler.

»Es gab damals ein Bekennerschreiben«, berichtet der Polizist, »ein anonymer Brief, in dem stand, dass die vier Morde im Namen der Gerechtigkeit geschehen seien.«

Gerechtigkeit – daher das Amulett mit dem Zeichen der Waage, das der Täter bei allen Opfern zurückgelassen hat, denkt Milla.

»Aufgrund des Schreibens begannen meine Berufskollegen zu recherchieren, sie fanden heraus, dass alle vier Opfer im Fall Mooshaupt eine Aufgabe innehatten. Und so stießen sie bald auch auf Mooshaupts Sohn, Valentin Mannhart.«

Hugentobler erzählt der Journalistin, dass 1974 ein Vergleich von Valentin Mannharts Handschrift mit jener auf dem Bekennerbrief vorgenommen worden sei. Für die Augen von Laien hätten die Schriften nahezu gleich ausgesehen. Doch der Gutachter sei sich nicht schlüssig gewesen. Er habe zwar den Eindruck bestätigt, dass der Brief von Mannhart geschrieben worden sein könnte – kleine Abweichungen hätten bei ihm aber Zweifel geweckt.

»Er konnte nicht ausschließen, dass jemand anders den Brief geschrieben hatte. Also hatten sie damals zu wenig gegen Valentin Mannhart in der Hand und mussten ihn laufen lassen – wir aber haben vierundzwanzig Jahre später auf dem Brief wie auch auf einer der Halsketten seine DNA-Spur gefunden und ihn damit überführen können.« Hugentobler, das ist offensichtlich, ist noch immer stolz darauf.

Und Milla ist begeistert. Was für ein Drehbuch! Nur die Wahrheit kann eine solche Geschichte schreiben, sie ist zu gut, als dass sie erfunden sein könnte. In ihrem Kopf beginnt sie bereits, ein Storyboard zu erarbeiten und sich zu überlegen, wie sie die Geschichte bildlich umsetzen kann. Sie spürt, dass sie einen Volltreffer gelandet hat.

»So, jetzt muss ich aber wirklich nach Hause.« Max Hugentobler reißt die Reporterin aus ihren Gedanken.

»Was ist jetzt mit meinem Interview?«, hakt sie sofort

ein. »Können wir einen Termin vereinbaren? Werden Sie mir die wichtigsten Fragen vor der Kamera beantworten? Ich finde, das müssen Sie unbedingt tun! Das wäre doch ein hervorragendes Beispiel für die erfolgreiche Arbeit der Polizei: nach vierundzwanzig Jahren einen Vierfach-Mord geklärt, dank der DNA-Analyse …« Die Worte sprudeln nur so aus Milla heraus.

Max Hugentobler wedelt abwehrend mit seinen Händen in der Luft, als wolle er eine Fliege verscheuchen. »Das genügt, das genügt, Sie haben mich schon um den Finger gewickelt«, sagt er lachend.

Milla strahlt zufrieden zurück.

*

Es ist spät geworden, als sich Milla leicht angesäuselt auf den Heimweg macht. Sie ist nach ihrem erfolgreichen Besuch beim Fahnder Max Hugentobler derart euphorisch gewesen, dass sie zwischen dem Polizeipräsidium und ihrer Wohnung einen Zwischenstopp im Adriano's einlegte, ihrem Stammlokal. Das Adriano's ist eine kleine Bar beim Zytgloggeturm, in der es die feinsten Focaccias gibt. Und in der sie fast immer jemanden trifft, den sie kennt. Dort hat sie ihre Idee und sich selbst und ihren ersten Dokumentarfilm feierlich mit drei Gläsern Rotwein begossen.

Die Stadt ist leer zu dieser Stunde; je weiter man sich vom Bahnhof Richtung Berner Bärengraben entfernt, desto ausgestorbener wirkt sie. In der Gerechtigkeitsgasse ist Milla alleine unterwegs. Das helle, regelmäßige Klacken ihrer Stiefel zerschneidet die Stille und bleibt einige Sekunden hinter ihr in den Lauben hängen. Sie fühlt sich wohl in ihrer Stadt. Anders als in manchen Quartieren in Zürich hat sie sich hier auch spätnachts noch nie gefürchtet. Aber heute horcht sie – sie weiß nicht genau, warum – auf die Schritte, die sie plötzlich in einiger Entfernung hinter sich wahrnimmt. Sie sind leiser als ihre, keine Absätze. Wohl eine Gummisohle. Turnschuhe. Wahrscheinlich ein Mann. Milla stoppt und schaut sich ein Schaufenster an, in dem es nichts zu sehen gibt, weil die Beleuchtung ausgeschaltet ist. Die Schritte hinter ihr setzen abrupt aus. Jetzt ist sie beunruhigt. Sofort drängen die Worte wieder in ihren Kopf, die sie in den letzten Tagen erfolgreich verdrängt hat: *Falls dir etwas an deinem Leben liegt …*, stand in der E-Mail geschrieben. Und: *Lass die Finger davon.* Vielleicht sind die Urheber der anonymen Nachrichten doch nicht ganz so harmlos, wie ihr Chef vermutet. Milla wagt nicht, sich umzudrehen. Stattdessen setzt sie ihren Heimweg fort, in einem etwas forscheren Tempo. Prompt hört sie die Schritte wieder. Auf einen Schlag greift die Angst nach Milla, eine unbekannte Kälte lässt sie erschauern. Sie überlegt nicht lange, fällt keine bewusste Entscheidung. Die Furcht übernimmt das Kommando über ihren Willen. Instinktiv rennt Milla los. Nicht so schnell sie kann. Aber in einem Tempo, das sie bis zu ihrer Haustür durchhält und im Notfall zu steigern vermag. Falls er näher kommen sollte. Doch sie hört nicht, ob ihr jemand folgt. Zu laut hallen ihre eigenen Schritte von den Sandsteinwänden wider. Hämmern durch die Nacht und in ihrem Kopf. Im Gleichtakt mit dem Herzschlag, der sich in ihren Schädel verlegt zu haben scheint. Nur noch das hört sie und ihren keuchenden Atem. Und von ganz tief innen eine Stimme, die ihr die widersprüchlichsten Befehle zubrüllt. Trotzdem ist sie sicher, dass da jemand ist, dass da jemand hinter ihr herjagt, der ihr nichts Gutes will. Sie rennt schneller, ihre Tasche rutscht ihr von der Schulter, sie flucht, reißt den Träger hoch, hofft, dass irgendwer vorbeikommt. Irgendjemand.

Sie kriegt kaum mehr genug Luft. Wenige Meter noch. Dann hat sie es geschafft. Die Tür. Verflucht, der Schlüssel. Milla möchte schreien, wühlt verzweifelt in ihrer Tasche, deren Innenleben einem Mülleimer gleicht und in der sich ein Schlüssel hervorragend verstecken kann. Endlich hat sie ihn zwischen den Fingern, steckt ihn mit zitternder Hand ins Schloss, stürzt ins Treppenhaus hinein, knallt die Tür hinter sich zu, schließt ab. Und horcht. Nichts. Nichts außer ihrem eigenen Herzschlag, der aufgeregt gegen ihr Trommelfell klopft. Einige Minuten lang rührt sie sich nicht, steht hinter der Tür, wagt kaum zu atmen. Dann setzt sich Milla auf die zweitunterste Stufe der Treppe, legt das Gesicht in die Hände und beginnt leise zu schluchzen.

16

Am nächsten Morgen sieht Milla Novas Welt wieder ganz anders aus. Das Gefühl der Angst ist nur noch eine vage Erinnerung, derart schemenhaft, dass es auch bloß eine Täuschung sein könnte. Als ob ihr Gedächtnis ihr einen Streich spielen wollte und die Furcht gar nie da gewesen ist. Oder nur in einem schlechten Traum, nicht im wirklichen Leben. Milla kommt sich im Nachhinein albern vor. Wenn sie an den gestrigen Abend denkt, schämt sie sich für ihr lächerliches, ja klägliches Verhalten. Sie redet sich erfolgreich ein, dass sie sich alles nur eingebildet hat. Dass es nie einen Verfolger gegeben hat. Hoffentlich hat mich niemand gesehen, als ich panisch durch die Gasse gerannt bin, geht es ihr durch den Kopf. Peinlich wäre das. Sie weiß nicht, was in sie gefahren ist. Das ängstliche Getue passt gar nicht zu ihr.

Noch immer kopfschüttelnd schaltet Milla das Radio ein, hört beiläufig, dass die Börse wieder einmal abgestürzt ist und die Finanzexperten die nächste Krise heraufbeschwören, sie schüttet ihre Lieblingshaferflocken in eine Schüssel, streut ordentlich Zucker darüber, gießt Milch dazu. Und schlingt ihr Müesli in ungesund schnellem Tempo hinunter, damit die Flocken keine Gelegenheit erhalten, weich und pampig zu werden. Dann füllt sie die beiden Futternäpfe von Pop und Iggy. Katze und Kater sind irgendwo, nur nicht zu Hause, wahrscheinlich lauern sie gerade auf den Dächern den Vögeln auf, die sie doch nie erwischen werden. Milla packt ihren Laptop ein, damit sie im Zug arbeiten kann, und sucht, nicht zum ersten und wohl nicht zum letzten Mal, ihren Wohnungsschlüssel. Er steckt im Türschloss. Dreimal umgedreht. Sie muss doch da gewesen sein, die Angst.

Bevor sie sich auf den Weg nach Zürich macht, will Milla einem alten Schulfreund einen Besuch abstatten. Ihre Freundschaft zu Bänz Wiprächtiger hat die turbulente Zeit des Erwachsenwerdens unbeschadet überstanden. Ihm kann sie alles anvertrauen, er kennt sie so gut wie kaum ein anderer. Und gerade jetzt kann sie seine Hilfe dringend gebrauchen; das, was sie von ihm wissen will, ist Gegenstand seiner Leidenschaft, im Lauf der Jahre hat er sich darauf spezialisiert und eine echte Meisterschaft auf dem Gebiet erlangt: Ahnenforschung.

Bänz Wiprächtiger hat gemeinsam mit ihr die Sekundarschule und später auch das Gymnasium absolviert. Schon als Teenager verfügte er über ein grüneres Gewissen als seine Schulkameraden und mauserte sich früh zu einem unerschütterlichen Ökofreak. Was man ihm denn auch schon von Weitem ansah: langes, oft eher fettiges Haar, John-Lennon-Brille, stets einen bunten Batiksack über der Schulter. Um seine Beine schlotterten bunte grobe Leinenhosen, die jeden erotischen Gedanken von vornherein blockierten. Dabei hatte Bänz Wiprächtiger eigentlich eine durchtrainierte Figur, ein ebenmäßiges, schönes Gesicht und tiefgründige Augen. Hätte man seine Haare der Schere eines Coiffeurs anvertraut und ihn in einen Anzug gesteckt oder auch nur in eine anständige Jeans und ein passendes Shirt – er wäre das gewesen, was man gemeinhin einen gut aussehenden Mann nannte. Heute entspricht er beinahe diesem Bild. Immerhin sind die langen Fäden auf seinem Kopf mittlerweile gestutzt. Und auch die Schlabberhosen trägt er zumindest nicht mehr jeden Tag. Die Nickelbrille hingegen scheint für immer auf seiner Nase festgewachsen zu sein.

Bänz Wiprächtiger hat, anders als Milla, nach dem Gymnasium ein Studium begonnen. Geschichte. Aber er brach es dann relativ rasch wieder ab. Jetzt nennt er sich »Spiele-Erfinder«; er hat sich einen Gewölbekeller in der Berner Altstadt gemietet, wo er neue Spielideen austüftelt und Holzspielwaren für Kinder naturverbundener Eltern verkauft. Der Laden ist gleichzeitig eine kleine, gemütliche Spielstube, in der Bänz Wiprächtiger unter den vielen Waren jeweils kaum auszumachen ist. Und wenn er nicht gerade damit beschäftigt ist, neue Spiele zu entwickeln, sitzt er zuhinterst im Keller an seinem Pult und widmet sich seinem Hobby: Er zeichnet Stammbäume. Das heißt, Bänz Wiprächtiger erstellt sie nicht nur, er erforscht sie auch. Wer also wissen will, woher er stammt, wer seine Vorfahren waren, ist bei ihm an der richtigen Adresse. Bänz Wiprächtiger betreibt Ahnenforschung auf Auftrag. Milla hegt den Verdacht, dass ihm diese Aufgabe mehr Geld einbringt als das Erfinden der Spiele, aber das würde er nie zugeben. Weil er eben lieber Erfinder als Genealoge ist. Aber dass ihn die Passion letztlich nicht nur beim Er-Finden, sondern auch beim Finden packt – immer dann nämlich, wenn es darum geht, komplizierte Familiengeschichten-Puzzles zusammenzusetzen –, hat Milla schon mehrfach miterlebt.

»Hallo, Bänz!«, ruft Milla, als sie die Treppe hinunter in sein Spielparadies steigt. Sie hört ein Rumpeln hinter einem Regal, dann steckt Bänz seinen Kopf zwischen einem Bauernhof aus Holz und einer Herde kleiner Kühe hervor.

»Hallo, Milla! Was verschafft mir die Ehre?«

Milla überlegt kurz, ob sie ihm vorgaukeln soll, dass sie auf der Suche nach einem Geschenk für ihr Patenkind ist, um dann ganz zufällig auf den Gefallen zu sprechen zu kommen, um den sie ihn bitten will. Doch sie schätzt das Risiko, dass Bänz sie sofort durchschauen würde, als zu groß ein. Darum wählt sie den direkten Weg.

»Bänz, ich brauche deine Hilfe.«

*

Wie Milla erwartet hat, ist Bänz sofort fasziniert von der Geschichte der Familie Mooshaupt / Mannhart.

»Da müssten doch Unterlagen zu dieser Hinrichtung und dem vorausgegangenen Prozess vorhanden sein«, denkt er laut, noch bevor Milla ihm sagen kann, was sie genau von ihm wünscht. »Auch die Abschrift der Diskussion im Luzerner Kantonsparlament, als über die Begnadigung entschieden wurde, sollte im Staatsarchiv zu finden sein.« Bänz brummelt weiter vor sich hin und wühlt in einem Berg von Papieren.

»Das wäre wunderbar«, sagt Milla laut, um ihn daran zu erinnern, dass sie immer noch vor ihm steht. »Was mich aber ebenfalls interessieren würde – und darum bin ich eigentlich hier –, ist, ob du etwas über die Familie Mannhart herausfinden kannst. Und die Familie Mooshaupt. Vielleicht gibt es noch lebende Verwandte, die ich für meinen Film befragen könnte.«

»Klar, das dürfte kein Problem sein«, antwortet Bänz. »Glaubst du, dieser Valentin Mannhart würde uns eine Bestätigung unterschreiben, dass wir die Ahnenforschung in seinem Namen betreiben? Dann ist es viel einfacher, an die Einträge in Bürgerrodel und an Familienurkunden heranzukommen. Und ich müsste seinen Geburtsort und seinen Heimatort kennen.«

»Geboren wurde er in Burgdorf, vor dreiundachtzig Jahren; den Heimatort werde ich in Erfahrung bringen.« Milla geht davon aus, dass es auch kein Problem sein wird, die Bestätigung von Valentin Mannhart zu erhalten, und sie verspricht Bänz, ihm diese so bald wie möglich vorbeizubringen.

»Und noch etwas«, sagt Milla: »Danke!«

»Ist doch gern geschehen. Für solche Sachen bin ich immer zu haben.«

*

Kaum hat Milla Bänz' kleines Reich verlassen, greift er zum Hörer, um ein paar Telefonate zu erledigen. Als Erstes wählt er die Nummer des Zivilstandsamts in Burgdorf, um an Valentin Mannharts Geburtsurkunde heranzukommen, die ihm schon mal die Namen der Eltern und den Heimatort verraten würden. Die Burgdorfer kennen Bänz, er hat im Rahmen seiner Ahnenforschungen schon öfter mit dem Amt zu tun gehabt und erhält mittlerweile die verfügbaren Angaben ohne den lästigen Papierkram.

»Siegenthaler«, meldet sich eine Frauenstimme.

Bänz hat die Zivilstandsbeamtin persönlich am Draht.

»Guten Morgen, Frau Siegenthaler, hier ist Bänz Wiprächtiger. Könnten Sie mir wieder mal einen Gefallen tun?«

»Guten Tag, Herr Wiprächtiger, so früh am Morgen schon am Forschen? Um wen geht's denn dieses Mal?«

Bänz liest den Namen, den er sich auf einen Notizzettel geschrieben hat, laut vor.

»Valentin Mannhart, geboren 1927 in Burgdorf. Könnte ich bei Ihnen die Geburtsurkunde und, falls vorhanden, das Familienbüchlein einsehen?«

»Valentin Mannhart?«, fragt Frau Siegenthaler zurück.

»Ja, genau.«

»Merkwürdig.«

»Was ist merkwürdig?«, fragt Bänz.

»Ach, nichts. Natürlich können Sie die Geburtsurkunde bei uns einsehen. Ich suche sie Ihnen heraus.«

»Was meinten Sie mit ›merkwürdig‹?«, hakt Bänz nach.

»Na ja, ich finde es bloß seltsam, dass sich vor ein paar Tagen schon jemand nach einem Valentin Mannhart erkundigt hat. Zufälle gibt's ...«

»Wer war das denn?«

»Puh, ich weiß nicht mehr, wie er geheißen hat. Es war auf jeden Fall ein Mann, aber ich habe mir seinen Namen nicht gemerkt.«

»Verlangte er ebenfalls Mannharts Geburtsurkunde?«

»Nein, er erkundigte sich bloß, ob jemand Fragen zu Valentin Mannhart gestellt hat.«

17

Er sitzt auf seinem Bett in einem trostlosen Hotelzimmer und studiert den Stadtplan. Bern. Lange ist es her, dass er das letzte Mal hier gewesen ist. Ein halbes Leben liegt dazwischen. Er hätte nicht gedacht, dass er dereinst unter diesen Umständen zurückkehren würde, in dieses eigenartige kleine Land, mit dem er sich dennoch irgendwie verbunden fühlt. Obwohl er es kaum kennt. Es ist ihm schwergefallen, seinen Vater in Amerika zurückzulassen. Letztes Mal sind sie gemeinsam über den großen Teich geflogen. Das war ein Abenteuer. Er hat damals viel gelernt auf dieser ganz besonderen Europareise. Darüber, wie das Leben funktioniert. Jetzt aber ist er allein hergekommen. Er muss die Angelegenheit selbst erledigen. Zum Abschied hat er seinen Vater umarmt. In seine Augen geblickt. Doch er konnte nicht erkennen, ob der alte Mann verstand, worum es ging, ob er einverstanden war mit dem Beschluss seines Sohnes. Das hat ihn verunsichert. Selten zuvor hat er den Mann, der sein Vater einmal war, so sehr vermisst. Es war die erste wichtige Entscheidung, die er ohne ihn hatte fällen müssen. Und er ist noch immer hin- und hergerissen, ob er wohl das Richtige tut. Aber jetzt ist er hier, jetzt wird er das auch zu Ende bringen. Obwohl sich die Aufgabe als schwieriger herausstellt, als er gedacht hat. Weil diese Frau einfach nicht hören will. Weil sie ihre Nase weiterhin in Dinge steckt, die sie nichts angehen. Und die in der Öffentlichkeit erst recht nichts zu suchen haben. Seine Warnungen haben sie nicht beeindruckt, sie hat sie ignoriert. Sie scheint sich durch nichts bremsen zu lassen. Also muss er andere Saiten aufziehen. Er fragt sich nur, wie die aussehen könnten. Wäre doch sein Vater hier. Er wüsste, was zu tun wäre.

Er beugt sich über den Stadtplan von Bern. Das Haus in der Gerechtigkeitsgasse hat er mit einem Kreis gekennzeichnet. Die Häuser in der Gasse sind alle aneinandergebaut, das ist auf der Karte deutlich zu erkennen. Aber er braucht einen noch genaueren Plan. Einen, auf dem er diese verschachtelte Dachlandschaft exakt studieren kann. Also packt er den Stadtplan in seinen Rucksack, steckt sein Notizheft ein und begibt sich in die Lobby. In einem kleinen Raum neben dem Empfang stehen drei Computer, an denen sich die Hotelgäste kostenlos ins Internet einloggen können. Er sucht eine Seite, die ihm eine Luftaufnahme der Stadt Bern liefert, und wird bei Google Maps fündig. Wenn er das Bild vergrößert, ist fast jeder einzelne Ziegel zu erkennen. Detailgetreu zeichnet er die Lage der Terrassen, die wie Spielsteine auf der Dachlandschaft verstreut sind, in seinem Notizheft auf. Anschließend ordnet er die verschiedenen Dächer den Hausnummern zu. Jetzt ist er bereit für eine kleine Stadtbesichtigung. Er nennt sie: Bern von oben.

18

Sie haben mir gar nichts von Ihrem Vater erzählt.« Milla Nova bringt es mit einem leichten Ton der Enttäuschung hervor. Sie hat einen zweiten Stuhl organisiert und sitzt mit Valentin Mannhart am Tisch in seiner Zelle. Rechts von ihr summt leise die Kamera, zu ihrer Linken flattern die Wellensittiche nervös im Käfig herum. Millas Gegenüber schaut interessiert den zwei gefiederten Gesellen zu.

»Sprechen Sie nicht gerne über Ihren Vater?«

Wieder nichts als Schweigen – was ja irgendwie auch eine Antwort ist, denkt Milla. Eine Weile sagen beide kein Wort. Milla, weil sie etwas ratlos ist, wie sie den alten Mann zum Reden bringen soll. Und Valentin Mannhart, weil ihm nicht nach Reden ist.

Dann beginnt Milla, von sich selbst zu erzählen. Von ihrem Vater, der, wenn sie ihrer Mutter Glauben schenken soll, ein bildhübscher osteuropäischer Fahrender gewesen ist, ein Jenischer. Den sie, die Tochter, aber nie kennengelernt hat.

»Es gibt da keine Erinnerung.« Milla wählt bewusst die Worte, die Mannhart gebraucht hat, als er über seine Eltern sprach. Der Vater sei so sehr Nomade gewesen, dass er schon weitergezogen sei, bevor sie geboren wurde.

»Er war der erste Mann, der mich im Stich gelassen hat«, sagt Milla.

Sie gesteht Valentin Mannhart, dass sie diesen Unbekannten, der ihr Vater ist, immer gehasst hat – und dass sie manchmal auch ihre Mutter nicht ausstehen und nicht verstehen kann, weil sie sich das gefallen ließ: einfach sitzen gelassen zu werden, mit einem Kind im Bauch.

»Wenn sie von ihm spricht, redet sie nie schlecht über ihn, dabei sollte sie ihm doch böse sein«, findet Milla. Sie glaubt, dass die Mutter den Vater, stünde er plötzlich wieder auf der Matte, noch immer mit offenen Armen und liebendem Herzen hereinbitten würde. In Millas Augen jedoch ist er nichts anderes als ein Mistkerl. Er hat nichts zurückgelassen. Keine Adresse. Keinen persönlichen Gegenstand. Kein Geld. Nicht einmal eine Fotografie. Und seit bald dreiunddreißig Jahren gibt es von ihm kein Lebenszeichen.

»Vielleicht«, sagt Milla, »ist er schon längst tot.«

Milla hat sich warmgeredet und für einen Augenblick vergessen, dass sie eigentlich nicht gekommen ist, um Valentin Mannhart ihre Lebensgeschichte zu erzählen. Sie hat nicht realisiert, wie gebannt ihr der Alte zuhörte. Erst jetzt erkennt sie in seinen Augen, dass ihre Geschichte ihn berührt.

»Wissen Sie, was eigenartig ist?«, fährt sie nach einer kurzen Pause fort. »Obwohl ich meinen Vater verachte, frage ich mich oft, was er wohl für ein Mensch ist. Wie sein Lachen klingt. Ob ich ihm wirklich so ähnlich sehe. Ob in mir ein Teil von ihm ist. Ich muss mir diese Fragen immer wieder stellen. Und natürlich würde ich gerne wissen, wo er heute lebt. Und ob irgendwo weitere sitzen gelassene Halbgeschwister von mir existieren.«

»Die Antworten, die ich auf die Fragen nach meinem Vater erhalten habe, waren nicht schön«, sagt Valentin Mannhart plötzlich.

»Der Polizist Max Hugentobler hat mir erzählt, dass Ihr Vater im Gefängnis war, als Sie noch ein kleines Kind gewesen sein müssen. Sie haben davon gewusst?« Milla nimmt den Faden dankbar auf, froh darüber, von der eigenen Lebensgeschichte wegzukommen.

»Man hat es mir erzählt. Immer an Weihnachten schrieb er mir eine Karte oder einen kurzen Brief. Wenigstens hat er mich nicht vergessen.«

Valentin Mannhart hat viele Erinnerungen verloren, sie verstecken sich in den hintersten Winkeln seines Bewusstseins, wo er sie nicht mehr abrufen kann. Oder nicht mehr abrufen will. Seine Kindheit aber ist ihm präsent. Näher als manches, was weniger weit zurückliegt. Er erinnert sich an das Leben im Heim. Die zu großen Kleider, die er tragen musste und die immer schon zerschlissen waren, wenn er sie erhielt. Die Tücher, die sie sich um die Füße wickelten, weil es zu wenig Socken gab. Den ständigen Kampf, sich gegen die anderen Buben zu behaupten. Auch die Schläge der Betreuer, die nicht immer berechtigt, aber stets schmerzhaft waren, hat Valentin Mannhart nicht vergessen. Dass seine Mutter tot war, hatte er gewusst, seit jeher, seit er zurückdenken konnte. Und dass sein Vater im Gefängnis saß, gaben sie ihm im Heim täglich zu spüren. »Verbrecherspross« hatten sie ihn genannt. »Was soll bei dem Elternhaus schon aus dir werden?«, fragten die Lehrer. Als sein Vater diesen Taxichauffeur erschossen haben sollte, wurde alles noch schlimmer. Die anderen Buben hatten mitgekriegt, dass er der Sohn jenes Karl Mooshaupt war, über den so viel geredet wurde. Das wenigste davon verstand er als Siebenjähriger. Für die anderen Kinder ist er von diesem Tag an nur noch der Sohn des Mörders gewesen. Abschaum. Valentin Mannhart weiß heute noch, wie sehr er darunter gelitten hat.

»Auch ich habe meinen Vater nicht gerngehabt, weil er mir das angetan hat«, erzählt er und blickt dabei direkt in die Kamera. Dann dreht er sein Gesicht wieder Milla zu.

»Und trotzdem, Frau Milla, war es für mich die größte aller Freuden, wenn ich von ihm einen Brief oder eine Karte erhielt.«

»Haben Sie die Briefe noch?«, fragt Milla. Mannhart schüttelt den Kopf.

»Warum nicht?«

»Ich habe sie verloren. Oder jemand hat sie mir weggenommen. Sie waren plötzlich nicht mehr da.«

»Was schrieb Ihnen Ihr Vater denn so?«

»Dass ich es besser machen soll als er. Dass Gott auf mich aufpasse. Und in seinem letzten Brief vor seinem Tod schrieb er mir, dass er kein Mörder sei.«

Das Leugnen der Taten, denkt Milla, liegt wohl in der Familie. Genau wie das Töten: Welch Ironie des Schicksals, dass der Sohn des Mörders ebenfalls zum Mörder wird – seines Vaters wegen, um ihn zu rächen.

»Haben Sie ihm das geglaubt? Dass er kein Mörder sei?«

Valentin Mannhart blickt Milla mit feuchten Augen an und muss sie warten lassen. Weil er sich genau diese Frage schon tausendmal selbst gestellt hat und die Antwort immer noch nicht kennt. »Ich weiß es nicht«, sagt er dann, um nach einer weiteren Pause anzufügen: »Ich denke schon.«

Milla schielt auf die Kamera und prüft, ob sie noch immer filmt. Sie hasst es, dass sich die Journalistin in ihr über Mannharts Tränen freut, während dem Menschen Milla Nova der Alte nur leidtut. Doch genau das sind die Details der Story, die das Fernsehen ausmachen; »Magic Moments«. Tränen bedeuten Quote. Beruhigt stellt Milla fest, dass das rote Lämpchen an der Kamera leuchtet und sie alles im Kasten hat.

»Ich weiß, dass Sie sich nicht daran erinnern können«, fährt sie vorsichtig fort, »aber wenn Sie an Ihren Vater zurückdenken, an die Gefühle, die Sie mit ihm verbinden – können Sie sich dann erklären, warum Sie losgezogen sind, um seinen Tod zu rächen?«

»Rache ist etwas Schlechtes«, antwortet der alte Mann.

»Aber Rache war doch der Grund, weshalb Sie die vier Männer getötet haben? Diese Männer waren für die Hinrichtung Ihres Vaters verantwortlich.«

Valentin Mannhart schaut sie lange an.

»Habe ich das wirklich getan?«, fragt er schließlich, als könne sie ein für ihn unerklärliches Rätsel endlich entschlüsseln.

»Ich glaube, ja«, sagt Milla.

»Warum glauben Sie das?«

»Man hat an einem der Tatorte und an dem Bekennerbrief Ihre DNA-Spur gefunden.«

»Und ich habe einfach vergessen, dass ich getötet habe?«

Genau das ist der Punkt, der Milla noch immer Kopfzerbrechen bereitet. Als Mannhart die Taten beging, war er weit davon entfernt, ein zerstreuter, geistig reduzierter Senior zu sein. Und dass sämtliche Erinnerungen daran weg sein sollen, kann sie sich einfach nicht vorstellen. Nicht nur die Mordhandlungen scheinen aus seinem Gedächtnis gelöscht zu sein, sondern auch der Entschluss zu töten, die Planung und die konkreten Vorbereitungen.

»Frau Milla«, sagt Valentin Mannhart plötzlich laut und deutlich, »ich kann mir einfach nicht vorstellen, dass jemand vergisst, vier Menschen getötet zu haben. Ich glaube, das muss jemand anders gewesen sein!«

Mannhart strahlt sie an wie ein kleines Kind, das gerade herausgefunden hat, wie man sich die Schnürsenkel bindet. Milla zerbricht es fast das Herz. Sie spürt, dass er es ernst meint und nicht erkennt, dass die Wahrheit eine ganz andere ist.

»Herr Mannhart. Es gibt leider niemanden sonst, der dafür infrage kommt«, sagt sie leise, aber bestimmt.

Das Leuchten verschwindet so schnell aus Valentin Mannharts Augen, wie es erschienen ist. Er fährt sich mit der Hand über die Lider und nickt.

»Dann wird es wohl so gewesen sein.«

19

Am nächsten Vormittag fährt Milla Nova mit dem Lift vom elften in den zweiten Stock hinunter, durchquert den Vorraum der Fernsehkantine, ignoriert das Rumoren in ihrem Bauch, der sich reflexartig bemerkbar macht, und zückt ihren Mitarbeiterbadge, um durch die Glasschleuse in den angrenzenden Nebenbau zu gelangen. Dort nimmt sie die Treppe, steigt zwei Stockwerke hinauf und gelangt ins Videoarchiv. Der Weg dorthin ist so verschlungen, dass sie Monate gebraucht hat, um sich nicht mehr zu verirren. Mittlerweile kann sie ihren lausigen Orientierungssinn jedoch überlisten, indem sie Treppen, Türen und Abzweigungen zählt.

Milla hat einige Kassetten mit alten Sendungen der *Tagesschau* bestellt, die in jener Zeitspanne ausgestrahlt wurden, in der Valentin Mannhart seine vier Opfer ermordet hat. Eine weitere aus dem Jahr 1997 sollte einen Beitrag über die Gerichtsverhandlung enthalten. Die Kassetten liegen bereits aussortiert auf einem Regal für sie bereit. Milla will sich die Sendungen während der Mittagspause ansehen. Sie liebt es, in alten Fernsehbeiträgen zu schmökern. Es kommt ihr dann immer so vor, als würde sie mit der entsprechenden Taste des Abspielgeräts nicht nur das Band, sondern auch die Zeit zurückspulen und in die Vergangenheit reisen. Zu ihrem Erstaunen findet diese Vergangenheit bereits in Farbe statt: Schon ab 1973 wurde die Tagesschau nicht mehr in Schwarz-Weiß gesendet. Milla hat sich alle Beiträge über Tötungsdelikte in der Schweiz heraussuchen lassen, die sich Ende 1973 und Anfang 1974 ereignet haben. Es sind fünf.

Die erste Kassette ist ein Fehlgriff: Das beschriebene Delikt wurde offenbar im Berner Seeland begangen. Ein italienischer Gastarbeiter hat vor dem Restaurant Bären in Biel-Mett nach einer Auseinandersetzung einen Mann erschossen. Auslöser ist anscheinend ein Streit um einen Hut gewesen. Milla entnimmt das Band dem Abspielgerät und steckt es wieder in die Hülle. Nächster Versuch. Das Signet der *Tagesschau* erscheint, eine Fotografie der Erde, aufgenommen aus dem Weltall. Der Planet rückt immer näher und näher und füllt zum Schluss fast den ganzen Bildschirm aus, bis die runde Kugel schließlich vom Nachrichtensprecher abgelöst wird. Dieser sitzt in einem grün karierten Jackett vor einer ebenso grünen Wand an einem Schreibtisch. Vor seiner Nase ragt ein riesiges Mikrofon ins Bild.

»Uns erreicht die Meldung, dass im Emmental ein Tötungsdelikt geschehen ist«, liest er steif vom Schreibblock ab, der vor ihm auf dem Tisch liegt. »Beim Opfer soll es sich« – jetzt erscheint das verschwommene Schwarz-Weiß-Foto eines Einfamilienhauses im Bild – »um den ehemaligen Luzerner Oberrichter Marius Soltermann handeln. Noch ist es zu keiner Festnahme gekommen. Personen, die sachdienliche Hinweise geben können, sind gebeten, sich mit der Polizei in Verbindung zu setzen«, sagt der Sprecher, der jetzt wieder zu sehen ist. Perfekt, denkt Milla. Zwar ist nicht viel zu erfahren, aber die kurze Sequenz mit dem Sprecher in dem veralteten Studio wird hervorragend in ihren Dokumentarfilm passen.

Bei ihrer weiteren Suche stößt sie auf einen Mord im Drogenmilieu, der sie nicht interessiert, und auf eine eigenartige Geschichte über eine halb verbrannte Leiche ohne Kopf, deren Identität nicht zu ermitteln war. Erst das fünfte Band betrifft wieder den Fall Mannhart. Dieses Mal wurde ausführlicher berichtet – womöglich, weil sich der Mord in Zürich ereignet hat: Das Opfer heißt Johannes Hofer. Der Beitrag zeigt Bilder aus der verschneiten Gartenanlage der Seniorenresidenz Magnolia in Zürich Seefeld, im Hintergrund thront die prächtige Jugendstilvilla.

»Bei dem Getöteten handelt es sich um einen ehemaligen Staatsanwalt aus Luzern«, erklingt die Stimme aus dem Off. »Margrit Bürki kann uns beschreiben, wie die Tat passiert ist.«

Eine Frau mit einer beeindruckenden Föhnwellenfrisur tritt ins Bild und macht einen sehr betroffenen Eindruck.

»Herr Hofer war Pensionär bei uns. Er hat immer die Vögel im Garten gefüttert. Auch gerade, als es passierte. Plötzlich vernahmen wir Schüsse. Als ich in den Garten kam, lag er schon am Boden. Er wurde einfach totgeschossen«, sagt sie, bevor sie ein paar dezente Tränen verdrückt.

Der Beitrag endet ebenfalls mit einem Zeugenaufruf. Der Berichterstatter stellte keine Parallelen zwischen den Tötungsdelikten an Hofer und an Soltermann her, obwohl sie nur wenige Tage auseinanderlagen und beide Opfer einst in Luzern als Beamte tätig waren. Über die ermordeten Gmünder und Schüpbach hat die *Tagesschau* damals anscheinend gar nicht berichtet.

Milla greift sich die letzte Kassette, schiebt sie in das Gerät und macht einen Zeitsprung. Das Signet der Sendung kommt 1997 schon richtiggehend modern daher, auch das Studio hinterlässt einen professionelleren Eindruck. Milla spult sich durch *die* Schlagzeile des Tages – den Unfalltod der britischen Prinzessin Diana in einer Straßenunterführung in Paris – und findet anschließend den Gerichtsbericht, nach dem sie gesucht hat: Der damalige Bern-Korrespondent steht mit dem Mikrofon in der Hand vor dem Amtshaus und spricht in die Kamera.

»Das Außerordentliche an diesem Fall ist, dass die Taten, die beurteilt wurden, vierundzwanzig Jahre zurückliegen. In sechs Jahren hätte der Täter dafür nicht mehr zur Rechenschaft gezogen werden können, weil sie verjährt gewesen wären.«

»Was hat denn der Angeklagte vor Gericht für einen Eindruck gemacht?«, fragt die *Tagesschau*-Sprecherin im Studio.

»Er machte einen verwirrten Eindruck, als verstünde er nicht, was mit ihm geschehe. Er scheint kein sehr intelligenter Mensch zu sein. Manche Fragen, die ihm der Richter stellte, hat er gar nicht richtig verstanden und völlig falsch beantwortet.«

»Zeigte er denn Reue?«

»Nein, Reue zeigte er keine. Er sagte, er könne sich nicht an die Taten erinnern.«

Milla drückt auf die Stopptaste. Sie ist mit ihrer Ausbeute mehr als zufrieden.

Als sie sich an ihrem Arbeitsplatz wieder an den Computer setzt, zeigt ihr ein aufblinkendes Fenster auf dem Bildschirm an, dass sie eine neue Nachricht erhalten hat. Sie klickt darauf und bereut es sofort. Die E-Mail enthält ein entsetzliches Bild eines blutigen Etwas. Auf den ersten Blick meint Milla, dass sie einen übel zugerichteten menschlichen Körper vor sich sieht. Sie zwingt sich, genauer hinzuschauen, und erkennt Fellfetzen. Es muss sich um ein zerfleischtes Tier handeln. Wie widerlich!, denkt Milla. Womöglich hat sie es hier mit einer Mitteilung dieser militanten und gewaltbereiten Tierschutzorganisation zu tun, die unlängst mit wüsten Drohungen gegen einen Pharmaboss und der Schändung seines Familiengrabes

Schlagzeilen machte. Doch der Absender, der sich aus verschiedenen Buchstaben und Ziffern zusammensetzt, lässt Milla anderes vermuten. Als sie den Text liest, der unter dem Bild geschrieben steht, weiß sie, dass ihre Befürchtung zutrifft. *Das ist unsere letzte Warnung. Lass die Finger davon! Sonst wird es blutig enden.*

20

Bänz Wiprächtiger ist auf dem Weg zum Zivilstandsamt von Burgdorf, um dort die Geburtsurkunde von Valentin Mannhart einzusehen. Anschließend will er gleich noch beim Burgerarchiv vorbeigehen und die mütterliche Archivarin, die ihm stets jeden Wunsch erfüllt, mit einer Aufgabe betrauen. Zu Fuß macht er sich auf den Weg vom Bahnhof Burgdorf in die obere Altstadt und spaziert durch einen kleinen Park mit einem Teich, in dem eine Handvoll Enten schwimmt. In der Oberstadt biegt er rechts ab, Richtung Kirche, und betritt schon kurz darauf die Räume des Zivilstandsamts.

»Herr Wiprächtiger, schön, Sie wieder einmal zu sehen!«

Bänz wird das Gefühl nicht los, dass sich Frau Siegenthaler stets unangebracht heftig freut, wenn er vorbeikommt. Auch heute strahlt ihn die Zivilstandsbeamtin an, als würde sie ihn am liebsten sofort verheiraten, und zwar mit ihr selbst. Gut möglich, dass sie, die täglich Ehen schließt, nur schlecht erträgt, dass sie selbst noch keinen vor den Altar gezogen hat, denkt Bänz.

»Guten Tag, Frau Siegenthaler, richtig, da bin ich wieder«, begrüßt er sie, während sie sich die Hände schütteln.

Die Zivilstandsbeamtin hat ihm die Geburtsurkunde von Valentin Mannhart bereits herausgesucht und im Archivraum auf den Tisch gelegt.

»Die Urkunde war ordentlich versorgt. Das Familienbüchlein haben wir allerdings nicht gefunden. Das müssen Sie wohl in seinem Heimatort einsehen«, erklärt sie ihm.

Bänz setzt sich an den Tisch und schaut sich die Urkunde genau an. »Mannhart Valentin, des Mooshaupt Karl von Zürich, Wohnort unbekannt, und der Mannhart Magdalena von Flums, wohnhaft in Burgdorf, geboren 29. September 1927.«

Bänz notiert sich die Namen der Eltern und die Heimatorte Flums und Zürich. Wahrscheinlich hat Mannhart jenen der Mutter übernommen, da sie unverheiratet war. Behutsam streicht Bänz mit seiner Hand über das Papier. Er ist immer von Neuem fasziniert von alten Dokumenten, von ihrem Geruch, ihrer Gestaltung. Plötzlich hält er inne. In der rechten oberen Ecke ist in einer sehr schrägen, kaum lesbaren und fast schon verblichenen Handschrift eine Notiz angebracht. Er hält sich das Papier ganz nahe vor die Augen und fragt sich, ob es möglich ist, dass seine Sehkraft bereits kurz nach dreißig nachlässt. Die Schrift kann er beim besten Willen nicht entziffern.

»Frau Siegenthaler«, ruft er in scherzhaftem Ton Richtung Tür, »ich brauche Ihre guten Augen.«

Doch auch Maya Siegenthaler hat ihre Mühe mit den winzigen Buchstaben.

»Einen Moment«, sagt sie, verlässt kurz den Archivraum und stellt sich nach wenigen Augenblicken mit einer Lupe in der Hand erwartungsvoll wieder neben Bänz.

Beide beugen ihre Köpfe über das Vergrößerungsglas und versuchen, den Inhalt der zwei Wörter zu erraten. Maya Siegenthaler gelingt es.

»Der Zweitgeborene.«

»Der Zweitgeborene?«, fragt Bänz Wiprächtiger.

»Ja, der Zweitgeborene. Das muss es heißen.«

Bänz Wiprächtiger und Maya Siegenthaler schauen sich verwundert an. So etwas haben sie noch nie auf einer Geburtsurkunde gelesen.

»Er wird wohl einen älteren Bruder oder eine ältere Schwester haben«, mutmaßt Frau Siegenthaler, »aber warum kritzelt jemand diese Info auf diese Geburtsurkunde?«

»Ich glaube, Herr Mannhart hat nichts von Geschwistern erzählt.«

»Dann wird der Bruder oder die Schwester wohl nicht mehr am Leben sein. Das war zu dieser Zeit ja keine Seltenheit, dass Kinder ihren Müttern wegstarben.«

Bänz Wiprächtiger nickt. Vielleicht war es so. Vielleicht hat der seltsame Vermerk nichts zu bedeuten. Doch sein Bauchgefühl sagt ihm, dass er hier sehr wohl auf etwas gestoßen ist – nur hat er keine Ahnung, auf was.

*

Drei Stunden später sitzt Milla Nova bei Bänz in dessen Gewölbekeller im Spielparadies. Ihm fällt auf, dass sie mitgenommen aussieht. »Alles klar bei dir?«, erkundigt er sich.

»Alles bestens«, schwindelt Milla, um dann ehrlicher anzufügen: »Na ja, ich arbeite gerade an einer etwas heiklen Geschichte über Rechtsextremisten. Und einige von ihnen machen sich einen Spaß daraus, mir üble anonyme Nachrichten zu senden. Sie versuchen, mich einzuschüchtern.«

Bänz blickt sie besorgt an. »Mit diesen Leuten ist nicht zu spaßen, Milla. Du musst aufpassen.«

»Mir wird schon nichts passieren«, entgegnet sie. »Hunde, die bellen, beißen nicht«, zitiert sie ihren Chef Wolfgang. »Ich denke nicht im Traum daran, mich von denen bremsen zu lassen.«

Bänz bezweifelt, dass es richtig ist, diese Angelegenheit auf die leichte Schulter zu nehmen. Milla eigentlich auch. Aber sie mag nicht weiter darüber reden und wechselt das Thema.

»Ich habe dir Mannharts Bestätigung mitgebracht, damit du Einsicht in die Familiendokumente erhältst. Und sein Heimatort ist Flums.«

»Danke, das habe ich bereits herausgefunden. Ich war in Burgdorf und habe mir seine Geburtsurkunde angesehen.«

Bänz erzählt Milla von der seltsamen Notiz, die er auf dem Dokument entdeckt hat.

»Komisch, mir hat er nichts von einem Bruder oder von einer Schwester erzählt.«

»Vielleicht ist er oder sie früh gestorben«, gibt Bänz die Vermutung der Zivilstandsbeamtin weiter.

»Möglich. Ich werde ihn fragen, wenn ich ihn das nächste Mal besuche«, sagt Milla.

»Ich habe auch schon mal beim Burgerarchiv in Burgdorf angeklopft, weil du mir erzählt hast, dass Valentin Mannhart als kleines Kind ins Heim gebracht wurde«, berichtet Bänz weiter. »Allenfalls finde ich noch irgendwelche Verfügungen oder Berichte von Behörden, die die Einweisung angeordnet haben. Die Archivarin hat mir versprochen, danach zu suchen. Einsehen darf ich sie aber erst, wenn ich die Bestätigung vorlegen kann.«

Milla ist froh, dass Bänz ihr diesen Teil der Arbeit abnimmt. Sie wüsste nicht, wo sie die Zeit dafür hernehmen sollte.

»Falls du Auslagen hast, schreib bitte alle auf; ich werde sie als Spesen abrechnen können, sobald mein Film fertig ist«, rät sie ihm. »Und für den ganzen Aufwand, den du dir machst, hast du mindestens ein Abendessen verdient.«

»Ich mach das doch gerne«, erwidert Bänz. »Schließlich kann ich nicht jeden Tag in eine Familiengeschichte eintauchen, in der Vater und Sohn zu Mördern wurden. Ich finde das überaus spannend.«

Dann geht es uns genau gleich, denkt Milla.

21

Am nächsten Morgen ist Milla Nova spät dran. Sie fürchtet, den Zug zu verpassen. Rasch füllt sie die Futternäpfe der Katzen, die sie an diesem Tag noch nicht zu Gesicht bekommen hat, sucht, wie immer, den Wohnungsschlüssel, stürzt rasch einen Schluck zu heißen Kaffee hinunter und stellt sich auf eine unfreiwillige Joggingrunde zum Bahnhof ein. Doch so weit kommt es nicht. Als sie die Tür öffnet, setzt ihr Herzschlag aus. Millas Schrei zerstört die Stille und reißt die Welt aus den Fugen. Der klagende, unmenschliche Laut, der unmöglich von ihr selbst stammen kann und es dennoch tut, schrillt durch ihren Kopf, hallt von den Wänden wider und findet kein Ende. Es fühlt sich an, als würde sie den Verstand verlieren.

Annalena ist als Erste bei Milla und verliert die Farbe aus dem Gesicht. Bernadette stürzt hinter ihr die Treppe hoch und erfasst die Situation blitzschnell. Sie zieht ihre Nachbarin in deren Wohnung hinein, bringt sie weg von der Tür und nimmt sie in den Arm. Milla zittert am ganzen Körper, einzelne Tränen hinterlassen feuchte Spuren auf ihrem Gesicht. Schließlich stapft sogar Herr Ohnesorg, der alte Buchhändler, von unten herauf und blinzelt mit seinen kleinen Augen hinter den dicken Brillengläsern hervor.

»Was ist denn passiert, um Himmels willen?«, will der Alte wissen, bevor er beinahe gegen ein pelziges Bündel prallt und vor Schreck erstarrt. Vor ihm im Türrahmen hängt Millas Katze Pop. Kalt, schlaff, leblos. An einem Seil. Erhängt. Die Schlinge ist ihr um den Hals gebunden,

Vorder- und Hinterbeine baumeln herab. Das Gesicht der Katze ist zu einer Fratze erstarrt; das Maul steht weit offen und entblößt die winzigen, spitzen Zähne. Die Augen blicken stumpf und tot ins Leere.

»Wie konnte das passieren?«, fragt Ohnesorg bestürzt.

»Wer hat das gemacht? Das ist die richtige Frage!« Bernadette, die Milla noch immer fest umarmt, bebt vor Zorn.

»Wer ist zu so etwas fähig?«, flüstert Annalena fassungslos.

»Wir rufen die Polizei, das ist Mord! Wer das getan hat, muss büßen!«, ruft Bernadette, während sie Annalena mit Blicken und Kopfbewegungen verständlich zu machen versucht, dass sie das Tier endlich mal da runterholen solle.

Sie lassen Pop dann doch hängen. Weil sich Annalena nicht überwinden kann, sie anzufassen, und Bernadette plötzlich einfällt, dass man den Tatort nicht verändern sollte, bevor die Polizei eintrifft. Der Buchhändler Ohnesorg zieht alsbald verstört und ohne weitere Bemerkung von dannen; Annalena kümmert sich in der Wohnung um Milla, und Bernadette, die sich zu ihrer eigenen Überraschung als die Handlungsfähigste erweist, ruft die Polizei an.

»Nein, ich weiß nicht, an welche Abteilung ich mich wenden muss, wir haben es hier mit einem Katzenmord zu tun. *Sie* müssen doch wissen, mit wem Sie mich zu verbinden haben!«, zetert sie in den Hörer. Und nach einer Pause: »Ja, wir sind sicher, dass die Katze mit Absicht getötet wurde, Katzen werden für gewöhnlich nicht im Türrahmen mit einem Seil erhängt!«

»Sag ihnen, dass ich in anonymen E-Mails bedroht worden bin«, wendet sich Milla an Bernadette.

Ihre Nachbarin zieht die Augenbrauen hoch, sodass sich ihre Stirn in drei quere Falten legt. Dann sagt sie der Frau in der Polizeizentrale, was sie eben erfahren hat. Einen Moment lang ist es still, Bernadette lauscht in den Hörer.

»Mit dem Tod bedroht?«, reicht sie die Frage der Polizeibeamtin an Milla weiter.

Milla nickt.

»Ja, mit dem Tod bedroht, und jetzt schicken Sie endlich jemanden her!« Bernadette muss sich zusammenreißen, um nicht ausfällig zu werden. Sie kann langsame und komplizierte Menschen nicht ausstehen. Erst recht nicht in Situationen wie dieser.

*

Die zwei Polizeibeamten, die nach einer guten Viertelstunde bei Milla vor der Tür stehen und die tote Katze mit routinierter Neugier betrachten, sind im Gegensatz zur Frau am Telefon zuvorkommend und professionell.

Und vor allem: Sie nehmen die Angelegenheit ernst. Als Milla ihnen die anonymen Mails zeigt, die sie auf ihrem Laptop gespeichert hat, besprechen sie sich kurz und erklären dann, sie würden die Kollegen vom Dezernat Leib und Leben beiziehen, weil es sich hier offensichtlich nicht nur um eine tote Katze, sondern auch um eine ernst zu nehmende Morddrohung handle.

Milla wünscht sich plötzlich, sie hätte die Finger von dieser Neonazi-Story gelassen. Wenn sie könnte, würde sie den Film, in den sie hier hineingeraten ist, zurückspulen, ihn löschen und die Geschichte neu – und vor allem anders – schreiben.

»Oh nein!«, ruft Milla plötzlich und legt sich die Hand auf Mund. »Wo ist Iggy? Mein Kater?«

22

Sandro Bandini glaubt, sich verhört zu haben. Der Anruf muss aus Versehen an ihn weitergeleitet worden sein. Eine tote Katze, das ist wohl ein Scherz, denkt er. Der gut aussehende Bandini, Typ Südländer, mit dunklen, warmen Augen und ernstem Mund, der aber auch verschmitzt lächeln kann, arbeitet beim Dezernat Leib und Leben der Kantonspolizei Bern, jener Abteilung, die sich mit den schlimmsten aller Verbrechen befasst: mit Totschlag und Vergewaltigung, mit vorsätzlicher Tötung und kaltblütigem Mord. Und hin und wieder auch mit Morddrohungen. Bandini gehört noch nicht lange zum Team, mit seinen zweiunddreißig Jahren ist er einer der Jüngsten hier. Wegen seines fast noch jugendlichen Alters und der Tatsache, dass er zu jenen Männern gehört, die auch als Erwachsene noch immer aussehen wie der Bub, der sie einmal waren, wird er oft unterschätzt. Doch Sandro Bandini hat einen hervorragenden kriminalistischen Instinkt und ihn schon mehrmals erfolgreich unter Beweis gestellt.

Und jetzt also eine tote Katze. Das ist ein Fall für den Tierschutz, denkt er. Nicht fürs Morddezernat.

»Tote Tiere gehören verbrannt und nicht in meine Abteilung«, sagt Bandini deshalb in gereiztem Ton in den Telefonhörer.

»Doch, das tun sie«, widerspricht ihm sein Kollege. »Wenn du die Drohmails erst gelesen hast, die die Besitzerin des Tiers erhalten hat, wirst du uns zustimmen. Wir finden, wir sollten hier die Spuren sichern. Das ist ein Delikt, das definitiv in eure Zuständigkeit fällt.«

»Na gut«, erwidert Sandro Bandini. Er wirkt nicht überzeugt, lässt sich aber dazu bewegen, sich die Sache an der Gerechtigkeitsgasse einmal anzusehen.

*

Milla erkennt das jungenhafte Gesicht sofort, das unter der noch immer am Galgen baumelnden Pop hindurch in ihre Wohnung schaut. Sie weiß auch, woher: Es ist ihr schon oft in ihrem Stammlokal begegnet, dem Adriano's beim Zytgloggeturm.

»Bandini, Kriminalpolizei«, stellt er sich förmlich vor, nachdem er sich durch den Türrahmen geschoben hat, und streckt ihr die Hand entgegen. Er dreht sich halb um. »Ist das Ihre Katze?« Ohne die Antwort abzuwarten, fügt er hinzu: »Das tut mir leid.«

Für den letzten Satz würde Milla dem Polizisten am liebsten um den Hals fallen. Sein Verständnis tut ihr gut.

»Ich würde Ihnen gerne ein paar Fragen stellen. Und die Drohmails lesen.«

Milla nickt, obwohl sie diese Position nicht gewohnt ist. Sie steht lieber auf der anderen Seite, nicht auf jener, die Antworten liefern muss.

»Wann haben Sie die Mails erhalten?«, erkundigt sich Bandini, während Milla die anonymen Nachrichten auf ihrem Laptop anklickt.

»Die ersten beiden wurden mir vor einigen Tagen zugesandt, die dritte landete erst gestern in meinem Postfach.« Milla zeigt Bandini das Bild des zerfetzten Tiers. Sie erzählt ihm auch von dem Foto auf der Homepage der rechtsextremen Gruppe, vom Aufruf zur Hexenjagd.

»Ich bin Journalistin und arbeite gerade an einem Beitrag über Rechtsextremisten. Ich glaube, dass die Mails aus dieser Szene stammen. Die wollen mich einschüchtern.«

»Und Sie sind damit nicht zur Polizei gegangen?«, fragt Bandini überrascht.

»Der Hausjurist des Schweizer Fernsehens, meines Arbeitgebers, wollte sich eigentlich darum kümmern. Wenn er schon etwas unternommen hat, hat er sich wohl an Ihre Zürcher Kollegen gewandt.«

Sandro Bandini liest die Nachrichten durch. »Erzählen Sie mir von Ihrer Arbeit: Warum und in welcher Art hatten Sie mit diesen Rechtsextremen zu tun?«

Milla berichtet ihm von den Aufnahmen in Sempach und dem Neonazilager des Holocaustleugners Mohr in den Bergen.

»Frau Nova, Sie sollten das hier ernst nehmen.« Sandro Bandini tippt mit dem Zeigefinger auf den Bildschirm und blickt ihr eindringlich in die grünen Augen. »Mit diesen Leuten ist nicht zu spaßen. Am liebsten würde ich Ihnen einen Polizisten vor die Tür stellen, damit er auf Sie achtgibt.«

Das findet Milla nun doch übertrieben. »Danke, das wird nicht nötig sein.«

Inzwischen sind drei weitere Polizisten eingetroffen, um an der Tür Spuren zu sichern, sowie am Seil, an dem die Katze hängt, wie auch im ganzen Eingangsbereich im Treppenhaus. Sie hoffen, dass der Täter mehr als nur das tote Tier zurückgelassen hat – einen Fingerabdruck oder ein Haar, eine Hautzelle, Schweißreste, irgendetwas, das seinen genetischen Code enthält, der ihn der Tat überführen wird.

»Falls wir hier etwas finden, sind die Chancen groß, dass wir den Täter bereits in unserer Datenbank registriert haben. Die meisten Mitglieder solcher rechtsextremen Gruppen haben kein sauberes Strafregister«, sagt Sandro Bandini zu den drei Frauen.

Bernadette muss sich nun doch langsam zur Uni aufmachen. Annalena, die heute die Nachtschicht schieben wird, entdeckt einmal mehr ihre mütterliche Seite und verspricht Milla, bei ihr zu bleiben, den ganzen Tag lang, wenn sie es wünsche. Milla fühlt sich zwar so mies wie seit Jahren nicht mehr, dennoch lehnt sie dankend ab. Sie muss zur Arbeit. Die wartet nicht.

In dem Moment hört sie ein leises Maunzen, und schon streicht ihr Iggy um die Beine.

»Gott sei Dank, da bist du ja!«

Milla hebt den Kater hoch und drückt ihr immer noch tränenfeuchtes Gesicht in sein weiches Fell, was Iggy missfällt. Er zappelt, fährt seine Krallen aus und strampelt sich los. Der Kater verschwindet durch die offene Wohnungstür, geht erhobenen Schwanzes unter seiner toten Schwester Pop hindurch, die er nicht bemerkt, und steigt die Treppe hinauf zur Dachterrasse, auf die er durch ein Katzentürchen gelangt, das hinter ihm klappernd hin- und herschwingt. Sandro Bandini schaut ihm interessiert hinterher.

»Frau Nova, wo halten sich Ihre Katzen für gewöhnlich auf?«

»In meiner Wohnung, im Treppenhaus oder draußen auf den Dächern.«

»Und dorthin kommen sie über diese Klappe da oben, oder?« Bandini deutet auf das Katzentürchen, das auf die Dachterrasse führt.

Einen Moment lang ist es still. Da beginnt es Milla zu dämmern, woran Bandini denkt.

»Ist die untere Eingangstür immer abgeschlossen?«

»In der Regel ja. Der Laden von Herrn Ohnesorg hat einen separaten Eingang. Und wir drei Frauen schließen immer ab.«

»Das Türschloss ist nicht aufgebrochen. Hat noch jemand anders einen Schlüssel?«

»Nein.«

»Sie wissen, was das heißt?«

Annalena schaut Sandro Bandini fragend an. Milla nickt:

»Der Täter muss über das Dach in unser Haus gelangt sein.«

23

Die Spurensicherung hat zwar keine fremden Fingerabdrücke finden können, aber die »unbekannte Täterschaft«, wie die Polizei zu sagen pflegt, hat auf dem Seil, mit dem sie Pop erhängte, eine genetische Spur zurückgelassen. Doch Sandro Bandini hat sich geirrt: Das DNA-Profil, das von einem Mann stammt, ist nicht in der Datenbank verzeichnet. Dabei hätte Bandini darauf gewettet. Es wäre so einfach gewesen. Jetzt sitzt er an seinem Schreibtisch und überlegt, was er mit diesem Fall anfangen soll. Er ist sich nicht einmal sicher, ob es tatsächlich ein Fall ist. Das Töten einer Katze fällt unter das Tierschutz-, nicht unter das Strafgesetz. Androhung einer Straftat hingegen schon. Nötigung erst recht.

Darum hat sich Sandro Bandini einige Informationen über den Holocaustleugner Mohr und über die Organisation Blackhammer beschafft. Auf deren Homepage ist Milla Novas Bild hochgeladen worden. Eine der führenden Gestalten dieser Gruppe heißt Patrick Kocher und wohnt in der Region Bern. Genau wie Mohr ist auch er kein unbeschriebenes Blatt. Beide sind wegen mehrerer Delikte vorbestraft, und über beide hat die Bundespolizei unter dem Stichwort »Innere Sicherheit« eine Akte angelegt. Wie gefährlich sie einzustufen und ob die Drohungen ernst zu nehmen sind, kann Sandro Bandini aber nicht beurteilen. Er rauft sich sein schwarzes Haar. Um jeden Preis möchte er verhindern, dass die hübsche Journalistin in Gefahr gerät. Weil er nicht weiterweiß, greift er zum Telefonhörer und stellt die Kurzwahlnummer seiner Chefin ein.

»Lisa, hast du kurz Zeit für mich?«

Lisa Kunz nimmt sich die Zeit. Die sportlich gebaute Frau mit dem kurzen blonden Haarschopf, die seit gut einem Jahr die neue und erste Chefin des Dezernats Leib und Leben der Kantonspolizei ist, hört Sandro Bandini aufmerksam zu, als er ihr in ihrem Büro den Fall schildert.

»Eine tote Katze und eine anonyme Drohung per Mail?«, fragt sie mit gerunzelter Stirn, und Bandini sieht ihr an, was folgen wird. »Das hört sich nicht an, als wäre das was für uns. Wenn wir bei jeder anonymen E-Mail eine Ermittlung wegen Morddrohung aufnehmen wollten, kämen wir überhaupt nicht mehr dazu, die richtigen Fälle zu bearbeiten. Falls hier überhaupt ermittelt werden soll, kannst du das getrost unseren Kollegen überlassen.«

»Und was, wenn einer dieser Rechtsextremisten die üble Drohung wahr macht?«

»Sobald wir eine Leiche haben, ist es unser Fall.« Lisa Kunz lächelt entschuldigend. Sie weiß, wie makaber sie sich gerade anhört. Nur leider entspricht das Gesagte den Tatsachen.

Sandro Bandini reagiert gereizt: »Ich werde aber nicht wegen einer toten Journalistin namens Milla Nova ermitteln wollen!«

Lisa Kunz' Augenbrauen zucken in die Höhe. Selten schlägt ihr Mitarbeiter solch scharfe Töne an. Er ist sonst, in seiner umgänglichen, kooperativen Art, eher auf Konsens und Harmonie bedacht. Sie sieht ihn verwundert an, verkneift sich aber eine Bemerkung. Im Stillen fragt sie sich, ob Sandro Bandini wohl Gefallen an der Journalistin gefunden hat. Deshalb kann sie es dann doch nicht lassen, ihn zu necken.

»Also, falls du das Gefühl hast, dass eine Vierundzwanzig-Stunden-Überwachung nötig ist, und du die selbst übernehmen möchtest – nur zu«, sagt sie schmunzelnd.

Bandini steigt nicht darauf ein. »Ich meine nur, dass die Absender der Drohmails nicht zu unterschätzen sind. Vor allem der Holocaustleugner Mohr steht schon lange im Verdacht, gegen Kritiker massiven Druck auszuüben. In Deutschland wurde schon einmal wegen Mordverdachts gegen ihn ermittelt.«

»Wissen wir denn mit Sicherheit, dass es Mohr war, der diese Mails an Milla Nova geschickt hat?«, fragt Lisa Kunz.

»Nein, das wissen wir nicht. Wir können den Absender nicht zurückverfolgen.«

Lisa Kunz schüttelt den Kopf. »Ich glaube nicht, dass wir hier etwas machen können. Zumal wir weit Dringlicheres zu tun haben.«

Sandro Bandini zuckt mit den Schultern und gibt sich geschlagen. Im Grunde weiß er, dass seine Chefin recht hat. Trotzdem fühlt er sich nicht wohl beim Gedanken, den Fall einfach zur Seite zu legen. Hoffentlich, denkt er, werden wir diese Entscheidung nicht bereuen. In der Tat würde er Milla Nova am liebsten rund um die Uhr überwachen. Höchstpersönlich.

*

Zur gleichen Zeit, als sich Sandro Bandini mit seiner Chefin unterhält, sitzt auch Milla Nova im Büro ihres Vorgesetzten. Wolfgang Schnell will, dass sie sich ein paar Tage freinimmt, auf die letzten Filmaufnahmen für ihre Neonazigeschichte verzichtet und das bereits vorhandene Rohmaterial einem Redaktionskollegen übergibt, der ihren

Film fertig schneidet. Sie soll ab sofort die Finger davon lassen.

»Milla, es wird zu gefährlich. Ich kann nicht zulassen, dass du weiter an dem Beitrag arbeitest.«

Milla funkelt ihn böse an. Es geht in Ordnung, wenn sich ihr Chef um sie sorgt – aber ihr deshalb die Geschichte wegnehmen?

»Auf keinen Fall!«

»Milla …«

»Nein, das kommt nicht infrage, es ist meine Geschichte!«

Wolfgang verdreht die Augen.

»Sei vernünftig: Die haben deine Katze getötet. Genügt dir das nicht?«

»Ich werde diese Geschichte zu Ende bringen«, sagt Milla in einem Ton, in dem man eigentlich nicht zu einem Vorgesetzten spricht. »Denn wenn ich das nicht tue, haben sie genau das erreicht, was sie wollten – und das werde ich nicht zulassen.«

»Okay.« Wolfgang stellt fest, dass er auf Granit stößt, und lenkt ein. Zumindest teilweise. »Wir machen es so – und das ist mein letztes Angebot: Du darfst hier in der Redaktion an der Geschichte weiterarbeiten – aber ich stelle dir einen Kollegen zur Seite, der dir sämtliche Recherchen und Dreharbeiten abnimmt, die von außen wahrnehmbar sind.«

Milla schaut Wolfgang wütend an. Doch diesmal ist sie es, die einsehen muss, dass es nichts mehr zu widersprechen gibt. Also steht sie auf und verlässt sein Büro, kurz darauf auch das Gebäude des Schweizer Fernsehens. Für heute hat sie die Nase voll. Sie findet es frustrierend, dass Wolfgang ihr so kurz vor dem Ziel die Kontrolle über ihren eigenen Beitrag entzieht. Ausgerechnet jetzt. Als hätte sie nicht schon genug Sorgen.

*

Weder Sandro Bandini noch Milla Nova glauben an Zufälle. Und wahrscheinlich ist es auch keiner, dass an diesem Abend beide für einen kurzen Abstecher im Adriano's beim Zytgloggeturm landen. Als Milla das Lokal betritt und Bandini an der Theke sitzen sieht – was sie insgeheim gehofft hat –, traut sie sich dann aber doch nicht, zu ihm hinzugehen und ihn anzusprechen. Sie schnappt sich stattdessen eine Zeitung, setzt sich hinter seinem Rücken an einen kleinen Tisch. Von dort aus kann sie ihn im Auge behalten. Als er nach einer halben Stunde aufbricht, schaut sie auf, in der Hoffnung, dass er sie wahrnimmt. Das tut er. Doch Bandini nickt ihr nur kurz zu und verlässt das Lokal. Und Milla ärgert sich, dass sie – sobald sie einmal keine Kamera dabeihat und es um eine private Angelegenheit geht – ein solcher Feigling ist.

24

Sein kleiner Ausflug in die Stadt hat mit einer an sich erfolgreichen Aktion geendet. Trotzdem hat er den Eindruck, dass sie ohne Wirkung bleiben wird. Und sollte dies der Fall sein, weiß er, wieder einmal, nicht mehr weiter. Er wünscht sich, er könnte zum Hörer greifen und seinen Vater im fernen Fort Lauderdale um Rat fragen.

Doch er kommt schließlich selbst auf die Lösung. Sie fliegt ihm mitten in der Nacht zu. Nachdem er sich lange schlaflos gewälzt und den Kopf darüber zerbrochen hat, was er unternehmen könnte. Kaum ist er endlich eingeschlafen, schreckt er aus einem tiefen Dunkel hoch. Und da ist sie, die Idee, die ihn aus der Misere führen wird.

Plötzlich scheint alles ganz klar. Wenn diese hartnäckige Journalistin schon mit keinem Mittel zu bremsen ist, muss er einen anderen Weg einschlagen, der zum gleichen Ziel führt. Den Weg des geringeren Widerstandes.

Gleich am Morgen, die Sonne ist noch nicht aufgegangen, klaubt er den Notizzettel aus seiner Brieftasche, auf dem er die Nummer des Mannes aufgeschrieben hat, dessen Hilfe er beanspruchen muss. Und dem er es überhaupt erst verdankt, dass er und sein Vater auf die unguten Entwicklungen in der Schweiz aufmerksam wurden. Er wählt die Nummer. Der Mann, von dem er nur den Namen kennt, meldet sich sofort. Er muss keine Überredungskünste anwenden: Als er ihm zusätzlich zu seinem jährlichen Informationshonorar ein generöses Entgelt in Aussicht stellt, erhält er die Zusicherung, Zutritt zu erhalten. Der Mann nennt ihm Zeitpunkt und Ort und gibt ihm Anweisungen, wie er sich zu verhalten hat.

*

Dreißig Stunden später stellt er fest, dass sich der finanzielle Aufwand auszahlt. Er steht vor dem Eingang der Strafanstalt, und alles läuft genau nach Plan. Der Wachmann hinter dem Panzerglas nickt ihm zu. Er legt ihm seinen gefälschten Ausweis vor und unterzeichnet eine Erklärung, die er nicht liest, als habe er diesen Zettel schon oft vorgelegt erhalten. Schon winkt ihn der Mann weiter, sagt zu seinem Kollegen, dass er in Ordnung sei. Der Kollege durchsucht seinen Werkzeugkasten nur pro forma. Und schon ist er drin. Niemand hat nachgefragt, ob auch wirklich ein Installateur bestellt worden ist.

Jetzt schreitet er zielstrebig durch einen langen Gang, rechts und links an identisch aussehenden Türen vorbei. Auf dem Kopf trägt er eine blonde Perücke, auf der Nase eine markante Brille mit Fensterglas. Er fühlt sich sicher. Am Ende des Flurs führt eine Glastür in einen Aufenthaltsraum, vor dem mehrere Gehhilfen stehen. Kurz entschlossen tritt er in den karg eingerichteten Saal und sieht sich um. An einigen Tischen sitzen alte Männer. Manche blicken starr vor sich hin, andere spielen Karten. Eine Szene wie in einem Altersheim. Keiner beachtet ihn. Da fällt sein Blick auf ein Gesicht unter all den grauen, weißen und kahlen Häuptern, das ihm bekannt vorkommt: Das muss er sein, Valentin Mannhart. Der Fremde ist sich hundertprozentig sicher, obwohl er ihn noch nie gesehen hat. Der Greis scheint etwas zu basteln. Vor ihm auf dem Tisch liegt ein Kartonbogen, den er konzentriert mit einer Schere bearbeitet. Daneben steht eine volle Tasse Tee. Valentin Mannhart ist völlig in sein Tun versunken. Gut so, denkt der Fremde, dann ist er noch eine Weile beschäftigt und taucht nicht plötzlich in seiner Zelle auf. Er begibt sich zur einzigen Person in diesem Raum, die die sechzig noch nicht überschritten hat.

»Arbeiten Sie hier?«, fragt er den Mann, der Socken in den Sandalen trägt und dessen Frisur ungepflegt wirkt. Er sieht aus wie ein Sozialarbeiter.

»Jawohl, das tue ich, und wer sind Sie, wenn ich fragen darf?«

»Ich bin der Klempner. Die Toilette eines gewissen Valentin Mannhart ist verstopft. Können Sie mir sagen, wo ich die finde?«

»Selbstverständlich.«

Der Gefängnisangestellte führt ihn zum Saalausgang, zeigt den langen Gang hinab und weist auf die zweitletzte Tür hinten rechts.

»Sie sollte offen sein; tagsüber können sich die Insassen frei bewegen. Andernfalls kommen Sie noch einmal bei mir vorbei.«

»Danke.«

Was für ein Kinderspiel, denkt er, als er Mannharts Zelle betritt, in welcher ihn abgestandene Luft und der Geruch empfängt, der alten Männern eigen ist. Rasch und geräuschlos schließt er die Tür. Zwei Wellensittiche begrüßen ihn mit aufgeregtem Flattern. Er blickt sich kurz um, betrachtet das Bett mit der muffigen roten Tagesdecke, den erbärmlichen kleinen Altar. Jesus an der Wand. Er schüttelt den Kopf und begibt sich ins Badezimmer. Dort öffnet er den Schrank über dem Spülbecken und findet rasch, was er sucht. Er weiß von der Krankheit Valentin Mannharts. Und er kennt sich damit aus. Auch er hat einen solchen Fall in seiner Familie. Im Schränkchen stehen mehrere Döschen mit verschiedenen Tabletten. Er studiert die Etiketten, greift sich zwei der Dosen, öffnet sie, schüttet die Pillen ins Klo. Sorgfältig füllt er die neuen Tabletten, die er in seiner Overalltasche mitgebracht hat, in die kleinen Behälter ab, schraubt sie wieder zu, stellt sie zurück. Als er die Schranktür schließt, blickt ihm im Spiegel ein zufriedenes Gesicht entgegen, das er wegen der Brille und der Perücke fast nicht als seines erkennt. Er drückt die Klospülung und beobachtet, wie sich die kleinen weißen Tabletten zunächst im Strudel des Wassers im Kreis drehen und dann hinuntergesogen werden. »Funktioniert wieder einwandfrei«, sagt er laut. Und grinst.

So einfach, wie er in den Gefängniskomplex hineingelangt ist, so schnell ist er auch wieder verschwunden.

*

Vier Stunden später steht Valentin Mannhart vor seinem geöffneten Badezimmerschrank. Er weiß, er muss zwei Tabletten schlucken. Nur hat er vergessen, welche. So wie jedes Mal. Aber das macht nichts. Der Pfleger, der jeden zweiten Tag bei ihm vorbeikommt, hat ihm für genau diesen Fall unten an den Pillendosen farbige Punkte angeklebt. Der schwarze Punkt bedeutet, dass er das Medikament abends vorm Schlafengehen schlucken muss. Die Tabletten für den Morgen haben einen gelben Punkt erhalten. Gelb wie die Sonne, die aufgeht. Und um ganz sicherzugehen, hat der Pfleger die identischen Punkte auch auf das Regal des Badezimmerschranks geklebt. Links den gelben, darauf stellt er jeweils die Dose mit dem gelben Aufkleber und den Tabletten, die Valentin Mannhart morgens schlucken muss. Rechts ein schwarzer Punkt, auf dem die Tabletten für den Abend platziert sind. So kann Valentin Mannhart sich das merken. Nur ist heute Abend alles verkehrt. Er nimmt die Dose, die auf dem schwarzen Punkt steht, und dreht sie um. Am äußeren Dosenboden klebt ein gelber Punkt. Das ist falsch. Und das bringt Valentin Mannhart dermaßen durcheinander, dass er plötzlich überhaupt nicht mehr weiß, welche Pillen er jetzt schlucken muss. Er schiebt die Behälter ein paarmal hin und her, überlegt lange. Und verzweifelt. Nach einer halben Stunde drückt er auf den Knopf an der Wand, um Hilfe anzufordern.

»Ich habe vergessen, welche Tabletten ich nehmen muss. Es ist alles verkehrt«, erzählt er dem diensthabenden Wärter, als der bei ihm im Badezimmer steht. »Gelb ist nicht mehr bei Gelb und Schwarz nicht bei Schwarz, da hat jemand ein großes Durcheinander veranstaltet.«

»Herr Mannhart, das größte Durcheinander findet sich wahrscheinlich in Ihrem Kopf«, sagt der Wärter. Er löst das Problem schnell. Nach einem Blick in seine Akte reicht er Valentin Mannhart die Dose mit dem schwarzen Punkt, damit er sich zwei Tabletten nimmt. Stellt den Behälter mit der gelben Kennzeichnung auf den gelben Punkt zurück, und schon ist Valentin Mannharts kleine Welt, die einen Moment lang aus den Fugen geraten ist, wieder zurechtgerückt.

»Das nächste Mal müssen Sie ein bisschen mehr achtgeben«, ermahnt er den alten Mann.

Valentin Mannhart blickt ihn mit traurigen Augen an und beteuert: »Ich war das nicht. Das muss jemand anders gewesen sein.«

»Diese Ausrede kennen wird doch schon.« Kopfschüttelnd verlässt der Wärter die Zelle. Als er die Tür hinter sich schließt, vernimmt Valentin Mannhart das Geräusch, das zugleich vertraut und beklemmend ist: das leise Klacken des Schlüssels, der sich im Schloss dreht und die Freiheit noch mehr beschränkt.

25

Als Milla Novas Zug am nächsten Abend in den Bahnhof Bern einfährt, dringt aus ihrer Tasche »Wrong«, ein Lied von Depeche Mode. Sie ändert den Klingelton ihres Mobiltelefons nahezu wöchentlich. Schaltet immer ihren aktuellen Lieblingssong auf, der so wechselhaft ist wie ihre Laune. »Wrong« hat sie ausgesucht, weil sie sich seit Tagen, spätestens seit Pops Ermordung, im falschen Film wähnt. Da sie die Nummer, die auf dem Display erscheint, nicht auf Anhieb erkennt, überlegt Milla kurz, ob sie überhaupt rangehen soll. Sie schafft es dann aber doch nicht, das Gerät einfach klingeln zu lassen. Der Fluch der immerwährenden Erreichbarkeit – und der Unfähigkeit, unabkömmlich zu sein. Als sich Bänz mit »Wiprächtiger« meldet, weiß Milla im ersten Moment nicht, wer dran ist.

»Guten Tag, Herr Wiprächtiger«, antwortet sie.

»Ich bin's, Bänz!« Er klingt leicht beleidigt.

»Ach, Bänz, Entschuldigung, ich war grad ganz in Gedanken. Was gibt's denn?«

»Ich habe Neuigkeiten. Magst du hören?«

»Ich bin in der Stadt unterwegs. Bist du in deinem Keller, dann kann ich rasch vorbeikommen?«

»Klar, ich bin da, bis gleich.«

Immer wenn Milla in Bern aus dem Zug steigt, der von Zürich kommt, schraubt sie ihr persönliches Tempo automatisch um zwei Gänge herunter. Spätestens bei der Rolltreppe, die vom Untergrund des Bahnhofs in Berns Oberwelt führt, ist jedem klar, dass in der Bundesstadt alles etwas gemächlicher läuft: Während in Zürich die wenigsten Leute rechts auf der Rolltreppe stehen bleiben und die meisten links über die Stufen eilen, steht man in Bern sowohl auf der linken wie auch auf der rechten Seite still. Bis man oben angekommen ist. Dort ist es für die Berner früh genug, sich wieder selbstständig in Bewegung zu setzen. Und obwohl sich Milla Mühe gibt, das Tempo zu drosseln, passiert es ihr immer öfter, dass sie sich über diese Behäbigkeit ärgert. Heute aber ist sie froh, der hektischen Geschäftigkeit Zürichs in die herzliche Gemütlichkeit Berns entkommen zu sein. Irgendwie droht ihr im Moment alles etwas zu viel zu werden. Eine gewisse Entschleunigung, denkt sie, wird mir nicht schaden. Als nächsten Handyklingelton wird sie eine Passage aus Latimores Bluesstück »Slow down« auswählen. Sie summt die Melodie vor sich hin und schlendert im Rhythmus des Stücks zuerst die Neuengasse, dann die Marktgasse hinunter. Und weicht dann doch irgendwann auf die Straße aus, weil sie das Gefühl hat, unter den Lauben überhaupt nicht vorwärtszukommen; die Geschwindigkeit der Leute vor den Schaufenstern ist nur unmerklich höher als der Stillstand. »Slow down, but don't stop«, singt sie leise und amüsiert eine Liedzeile.

Am Ende der Marktgasse angelangt, kann Milla nicht anders, als durch die Scheiben vom Adriano's zu blicken. Sie erkennt dahinter einen ehemaligen Bürokollegen und eine langjährige Freundin. Keinen Polizisten. Es stört sie, dass sie das enttäuscht. Energisch biegt sie links ab, überquert den Kornhausplatz, um dann in der Rathausgasse in Bänz Wiprächtigers Spielparadies hinabzusteigen. Als sie durch die offene Tür tritt, bringt der Luftzug ihres Körpers ein Glockenspiel in Bewegung, das aus Klangstangen statt aus Glocken besteht und einige tiefe, beruhigende Töne von sich gibt.

»Milla!« Bänz freut sich, sie zu sehen. Er hat recherchiert und einiges herausgefunden, was sie interessieren dürfte.

»Wie geht's denn deinem Herrn Mannhart?«, fragt er sie.

»Ich denke, gut, ich habe ihn leider schon eine Weile nicht mehr besuchen können.« Milla kommt es vor, als sei es Monate her, dass sie das letzte Mal bei ihm war, so viel ist in der Zwischenzeit passiert.

»Ich habe im Burgerarchiv von Burgdorf Unterlagen zu seiner Fremdplatzierung gefunden«, berichtet Bänz.

Valentin Mannhart habe als Kleinkind bei seiner Mutter gelebt, bis diese schwer erkrankt sei.

»Der Vater war schon damals offenbar immer mal wieder im Gefängnis. Als sich seine Mutter nicht mehr um den Jungen kümmern konnte, beschlossen die Behörden, Valentin – er war noch keine drei Jahre alt – im Knabenheim Koppigen unterzubringen.«

Milla hört geduldig zu, obwohl sie das alles schon weiß.

»Gibt es dazu ein Dokument, das man abfilmen könnte?«

»Gibt es«, antwortet Bänz. »Aber das ist noch nicht alles.« Er legt eine Kunstpause ein. »Valentin Mannhart hatte tatsächlich einen Bruder!«

»Nein, ist das wahr? Und den soll er einfach vergessen haben?«

»Das ist gut möglich. Aus den Unterlagen geht hervor, dass sein Bruder, er hieß Oskar, nicht ins Knabenheim kam. Er hat ihn demnach das letzte Mal gesehen, als er zweieinhalb war. Daran wird er sich wohl kaum erinnern. Sein Bruder wurde zunächst von der Schwester seiner Mutter aufgenommen, die ebenfalls in Burgdorf lebte. Sie war wohl aus finanziellen Gründen nicht in der Lage, beide Jungen aufzunehmen. Valentins Bruder Oskar muss aber ein ziemlich schwieriges Kind gewesen sein. Immer wieder wurden die Gemeindebehörden bei der Tante vorstellig. Nach einigen Jahren machten sie dann ihre Drohung wahr und nahmen der Tante den Jungen zwangsweise weg, weil sie als unfähig betrachtet wurde, ihn anständig aufzuziehen. In den Unterlagen steht der Vermerk, sie sei alkoholkrank gewesen und habe häufig Männerbesuch erhalten. Da seine Mutter in der Zwischenzeit verstorben war, kam Oskar auf einem Bauernhof in der Nachbargemeinde Oberburg unter.«

»Und was ist aus ihm geworden?« Milla sieht bereits die Szene vor sich: ein rührendes Wiedersehen der Brüder Mannhart, nach über achtzig Jahren.

»Das weiß man nicht.«

»Das weiß man nicht?«

»Nein, er gilt seit den Kriegsjahren als verschollen und wurde irgendwann für tot erklärt.«

Na super, das bringt mich ja keinen Millimeter weiter, denkt Milla enttäuscht.

»Eigenartig ist, dass ich bisher weder Oskars Geburtsurkunde noch das Familienbüchlein der Mannharts finden konnte.«

Milla hört Bänz schon nicht mehr richtig zu. »Und sonst bist du auf keine Verwandten gestoßen, solche, die weder verschollen noch tot sind?« Nur zu gerne hätte sie wenigstens irgendeinen lebenden Verwandten von Valentin Mannhart in ihren Film eingebaut.

»Leider nein«, sagt Bänz. Er merkt, dass Milla nicht in gleichem Maße begeistert ist von seinen Resultaten wie er selbst. »Aber ich kann gerne noch etwas weiterforschen.«

»Nein, lass nur«, sagt Milla resigniert. Sie glaubt nicht daran, dass ihr das für ihren Film etwas nützen würde. »Aber danke schon mal für deine Arbeit.«

»Ach ja, wie geht's denn deiner Neonazigeschichte?«, erkundigt sich Bänz. Ihrer Reaktion merkt er an, dass er das falsche Thema angeschnitten hat. Milla sagt nämlich gar nichts, was selten vorkommt, sondern schluckt dreimal.

»Was ist los, Milla, was ist passiert?«

Bänz macht sich nun wirklich Sorgen.

»Sie haben meine Katze getötet.«

»Sie haben *was*?«

Milla nickt nur, es fällt ihr immer noch schwer, darüber zu reden.

»Du warst aber schon bei der Polizei?«, fragt Bänz.

Wieder ein Nicken.

»Und die passen jetzt auf dich auf, damit dir nicht selbst noch etwas zustößt?«

Milla schüttelt den Kopf und findet ihre Stimme wieder. »Das bringt doch nichts, die Polizei kann mich doch nicht rund um die Uhr bewachen, nur weil die meine Katze umgebracht haben.«

»Das sollten sie aber!«

»Nein, lass nur, mir wird schon nichts passieren.« Milla fragt sich, wie oft sie diesen Satz schon wiederholt hat und ob sie selber daran glaubt. Sie weiß es nicht.

26

Am nächsten Vormittag hat Milla Nova frei und nutzt die Gelegenheit, um zu Valentin Mannhart zu fahren. Sie will ihn unbedingt zu seinem Bruder befragen. Wiederum hat sie sich einen Smart gemietet, den sie auf dem Besucherparkplatz der Strafanstalt abstellt. Bereits als sie die Treppe zum Eingang hinaufsteigt, beschleicht sie ein ungutes Gefühl. Der Hauch einer Vorahnung, etwas sei nicht so, wie es sein sollte. Diese Empfindung intensiviert sich, als der Wärter, bei dem sie ihren Besuch anmelden und dem sie ihren Ausweis abgeben muss, sie diskret zur Seite bittet.

»Warten Sie hier einen Moment«, sagt er, ohne einen Grund zu nennen.

Plötzlich ist Milla überzeugt, dass Valentin Mannhart tot ist. Schließlich ist er alt und krank. Das darf einfach nicht wahr sein, denkt sie. Auf einmal fällt ihr das Schlucken schwer. Der alte Mann ist ihr ans Herz gewachsen. Auch deshalb schämt sie sich über ihren zweiten Gedanken: Mit Valentin Mannhart wäre auch ihr Projekt gestorben. Ihr erster Dokumentarfilm. Schon zu Ende, bevor sie richtig damit begonnen hat. Milla versucht sich einzureden, dass alles ganz anders ist. Klar doch, Valentin Mannhart ist gar nicht gestorben, sondern getürmt! Milla muss schmunzeln. Hat sich der auf seine alten Tage womöglich … Tausend Szenarien geistern durch ihren Kopf, während sie wartet. Nach einer unendlich langen Viertelstunde taucht der Gefängnisdirektor Franz Kesselring persönlich auf.

»Frau Nova, schön, Sie zu sehen«, begrüßt er sie geschliffen freundlich und greift mit beiden Händen nach ihrer Rechten.

»Guten Tag, Herr Kesselring, was ist passiert?« Milla entzieht ihm ihre Hand nach kurzem Druck.

»Leider können Sie Herrn Mannhart heute hier nicht besuchen. Es geht ihm gar nicht gut. Er hat einen Schwächeanfall erlitten, wir mussten ihn ins Inselspital nach Bern verlegen.«

Er lebt, schießt es Milla durch den Kopf. »Ins Inselspital?«

»Jawohl, es ist das einzige Spital im Kanton Bern, das über eine gesicherte Abteilung für Strafgefangene verfügt.«

»Sie sagen, er hatte einen Schwächeanfall. Wissen Sie, warum?«

»Er ist schon lange herzkrank. Womöglich hat er seine Pillen nicht genommen. Aber eigentlich war es nur eine Frage der Zeit, bis sein Herz das nächste Mal aussetzt.«

»Wird er wieder gesund?«, fragt Milla.

»Das ist schwierig zu sagen.«

Die rechte Ecke des schrägen Mundes des Gefängnisdirektors zuckt zweimal nervös nach oben. Milla blickt irritiert in das Gesicht, das ihr immer noch unattraktiv asymmetrisch erscheint.

»Kann ich ihn dort besuchen?«

»Wenn es sein Gesundheitszustand zulässt – Ihre Besuchsbewilligung ist auch für die Gefangenenabteilung im Inselspital gültig.«

Milla beschließt, sofort hinzufahren. Sie verabschiedet sich von Kesselring und rast Minuten später über die Autobahn, so schnell es der Smart zulässt. Was, wenn er stirbt? Ihr wegstirbt? Warum gerade jetzt?, fragt sie sich immer wieder.

Bis vor einem Monat ist ihr Leben in geordneten Bahnen verlaufen, jetzt aber scheint sich vieles zu verschieben und in Unordnung zu geraten. Als würde das Schicksal ihren Weg mit Steinen bombardieren, um sie aus der Spur zu bringen. Ihre Katze Pop ist tot. Valentin Mannhart ist halb tot. Und einige hirnverbrannte Rechtsextremisten wünschen ihr selbst den Tod. Und alles passiert auf einmal, innerhalb weniger Tage. Sie fühlt sich wie ein gejagtes Tier, dem nichts anderes übrig bleibt, als zu rennen, zu rennen, zu rennen.

Im Inselspital angekommen, beginnt für Milla eine nicht enden wollende Suche nach der richtigen Abteilung. Die Frau am Empfang hat ihr gesagt, der Weg sei ganz einfach zu finden, sie müsse bloß der grünen Linie auf dem Boden folgen. Also marschiert Milla, das Gesicht konsequent nach unten gerichtet, der aufgeklebten Linie nach – und verliert sie dann doch aus den Augen. Weil sie mehr an Valentin Mannhart denkt als an die blöde Linie und weil die vielen Weggabelungen mit blauen, gelben, violetten und roten Strichen sie aus dem Konzept bringen und sie darob vergisst, welcher Farbe sie eigentlich folgen sollte. So muss es Valentin Mannhart ständig ergehen, denkt Milla. Unschlüssig, ob sie den Weg zurück zum Empfang suchen oder sich zur Gefangenenabteilung durchfragen soll, entscheidet sie sich für Letzteres. Um bald festzustellen, dass sie so nicht weiterkommt und doch zurück zum Start muss. Am Empfang stellt sie sich erneut hinten in die Schlange, und als sie an der Reihe ist, blickt die Frau am Schalter sie erstaunt an.

»Haben Sie den Weg nicht gefunden?«

»Ich habe die Farbe vergessen«, antwortet Milla beschämt.

»Keine Sorge, das passiert unseren Besuchern ständig.

Grün, es ist die grüne Linie«, sagt die Frau und schaut Milla prüfend an. »Soll ich es Ihnen aufschreiben?«, fragt sie schmunzelnd.

»Nein, danke.« Trotzig stapft Milla wieder drauflos, immer der grünen Linie nach. Und plötzlich steht sie tatsächlich vor einer Tür, neben der ein Wachmann sitzt.

»Ich habe eine Bewilligung für den Besuch bei Valentin Mannhart«, erklärt sie ihm und kramt das Papier der Strafanstalt hervor. »Mein Name ist Milla Nova, ich bin seine Enkelin«, lügt sie frech. Für den Fall, dass nur Verwandtenbesuche zugelassen sind.

»Muss erst beim Arzt nachfragen, ob er Besuch empfangen kann«, sagt der Mann in Uniform mit tiefer Stimme. Er verschwindet einen Augenblick hinter der Tür und ruft einem Kollegen etwas zu. Kommt wieder heraus und wartet. Milla tut es ihm gleich, obwohl sie nicht genau weiß, worauf. Da steckt ein zweiter Uniformierter seinen Kopf zur Tür heraus und sagt mit fast derselben sonoren Stimme wie sein Kollege: »Geht in Ordnung.«

Diese drei Worte sind, wie sie findet, ihr erster Erfolg nach sieben rabenschwarzen Tagen. Milla folgt dem Mann durch einen langen Gang. Es riecht nach Medikamenten, Sterilisierungs- oder Putzmitteln und Krankheit. Milla hasst diesen Geruch und Spitäler generell, sie kann Elend und Tod schlecht ertragen. Innerlich macht sie sich aber darauf gefasst, beidem direkt ins Gesicht blicken zu müssen, wenn sie Valentin Mannhart gleich sehen wird. Der Wachmann schließt ein Krankenzimmer auf und deutet mit einer fahrigen Bewegung hinein.

»Werde vor der Tür stehen bleiben«, brummt er. Milla nickt und tritt ins Zimmer.

»Frau Milla, dass Sie mich besuchen kommen!«, sagt eine dünne Stimme.

Er erkennt mich, freut sich Milla und lächelt. Aber er sieht furchtbar aus. Valentin Mannhart verschwindet fast in dem großen Spitalbett. Er hängt an vielen Schläuchen und wirkt noch kleiner, als er vorher schon war. Sein Gesicht ist bleich, hebt sich kaum vom gestärkten Laken ab. Auch seine Augen scheinen jede Farbe verloren zu haben.

»Herr Mannhart, was machen Sie denn für Sachen?«, fragt Milla, während sie sich auf einen Stuhl am Bettrand setzt und nach seiner kalten Hand greift.

»Die meinten schon, mein letztes Stündlein habe geschlagen, weil mein Herz nicht mehr pumpen wollte. Aber ich hab's mir anders überlegt.«

»Das freut mich«, sagt Milla. Das tut es wirklich.

»Wissen Sie«, fährt Mannhart fort, »ich muss immer abends und morgens Tabletten schlucken, damit mein Blut schön dünn wird und gut durch meine verstopften Adern fließt. Abends nehme ich die mit dem schwarzen Punkt und morgens die mit dem gelben.«

Milla hat keine Ahnung, wovon Valentin Mannhart spricht.

»Und nun habe ich da wohl etwas verwechselt, aber nur weil jemand meine Ordnung durcheinandergebracht hat«, fährt er fort.

»Wie meinen Sie das, jemand hat Ihre Ordnung durcheinandergebracht?«

»Jemand war an meinem Schrank und hat die Tablettendosen umgestellt.«

»Sie meinen, ein Pfleger oder ein Wärter?«

»Ich glaube nicht, dass die so etwas machen würden. Nein, es muss ein unordentlicher Mensch gewesen sein. Und ein frecher, der einfach in meinen Sachen wühlt. Aber wissen Sie, es ist nicht schlimm. Das Essen schmeckt hier besser als in der Anstalt. Und auch sonst ist es hier viel schöner.«

Milla schaut kurz aus dem vergitterten Fenster und betrachtet das Zimmer: trostlos. Sie blickt Valentin Mannhart zweifelnd an. Wahrscheinlich hat der Anfall seine geistige Aufnahmefähigkeit noch weiter beeinträchtigt, denkt sie. In dem Moment betritt eine vollbusige südländische Pflegerin den Raum, die die Infusion wechseln will. Millas Blick fällt auf ihr Dekolleté. Jetzt versteht sie, warum es Valentin Mannhart hier besser gefällt als in seiner Zelle.

»Die Besuchszeit ist um«, sagt die Pflegerin etwas schnippisch. »Herr Mannhart braucht Ruhe. Sie können morgen wiederkommen.«

»Das werde ich tun«, verspricht Milla und legt zum Abschied ihre Hand kurz auf die seine.

27

Sandro Bandini weiß, dass er die Finger davon lassen sollte. Weil es ihn nichts angeht. Weil es nicht sein Fall ist. Trotzdem lässt er es nicht bleiben. Er kommt sich vor wie ein angefixter Junkie: Seine Sucht ist die Neugier, und der Stoff, nach dem er giert, sind Antworten. Bandini will wissen, mit wem sich die Journalistin Milla Nova angelegt hat und wie diese Leute einzuschätzen sind. Das ist der Grund, weshalb er jetzt hier steht, vor der Tür des in der ganzen Schweiz bekannten Holocaustleugners Klaus Mohr. Bandini hat sich telefonisch angemeldet und weiß, dass er nicht willkommen ist. Er drückt den Klingelknopf einen Moment länger als nötig.

Der Mann, der ihm die Tür öffnet, ist kleiner, als er ihn sich vorgestellt hat. Der Rechtsextremist, wegen Verstößen gegen das Antirassismusgesetz und Leugnens des Holocausts mehrfach verurteilt, begrüßt Sandro Bandini förmlich und distanziert. Sein Lächeln steckt zwischen den Schneidezähnen fest und überträgt sich nicht auf sein schmales Gesicht. Mohrs Schädel ist kahl, nur über den Ohren verfügt er noch über schütteres Haar, das wahrscheinlich grau wäre, aber schmutzig blond gefärbt ist. Seine Augen sind abwaschwassergrau. Der Dreiundsechzigjährige wirkt jünger, als er ist. Straff statt faltig. Geliftet, schießt es Bandini durch den Kopf. Der drahtige Mann, der zugleich einen kräftigen Eindruck macht, steckt in einem silbergrauen Anzug und trägt eine teure rote Seidenkrawatte. Selbst seine Kleidung ist auf Effekt getrimmt. Alles an ihm wirkt falsch.

»Herr Bandini.« Herablassung liegt in Klaus Mohrs Stimme, als er den fremdländischen Namen des Polizisten ausspricht.

Sandro Bandini lässt sich nicht irritieren. »Darf ich?«, fragt er, worauf Mohr aus dem Türrahmen tritt, um ihn einzulassen.

Die Wohnung ist teuer eingerichtet. Böden und Möbel sind ganz in Weiß gehalten, alles ist blitzsauber, klinisch, als fände hier kein Leben statt. Ein Staubkorn wäre ein Fremdkörper. Bandini ist es auch.

»Setzen Sie sich«, sagt Mohr und weist auf das weiße Ledersofa. Er bietet Bandini nichts zu trinken an. »Was wollen Sie hier?«, will Mohr wissen, sobald sie Platz genommen haben. Sein Lächeln ist verschwunden, das Gesicht nur noch starr und abweisend.

»Herr Mohr, sagt Ihnen der Name Milla Nova etwas?«

»Ja. Das ist diese linke, verlogene Journalistin, die Lügen über mich verbreiten will! Was sie bereuen wird.«

»Wie meinen Sie das?«

»Meine Anwälte sind daran, eine Klage gegen Nova vorzubereiten.«

Bandini blickt Mohr zweifelnd an. »Mit einer Klage wollen Sie sie bremsen?«

»Korrekt.«

»Nur mit einer Klage?«

»Ich verstehe nicht, was Sie meinen.«

»Sie greifen nicht noch zu anderen Mitteln, um sie einzuschüchtern? Zum Beispiel zu anonymen Drohmails, in denen Sie Frau Nova auffordern, sie solle Sie in Ruhe lassen, sonst …«

»Nein, da liegen Sie vollkommen falsch!«, fährt Mohr ruhig, jedoch messerscharf dazwischen. »Solche Sachen mache ich nicht.«

»Da haben wir aber anderes gehört.«

»Dann haben Sie Unwahrheiten gehört.«

Sandro Bandini wird es fast übel ob der Art und Weise, wie Klaus Mohr zu ihm spricht. Zu gelassen, zu gestochen, total kontrolliert. Von oben herab. So sprechen Menschen, die sich sicher fühlen.

»Wissen Sie, wo Frau Nova wohnt?«, erkundigt sich Bandini. Er bemüht sich, freundlich zu bleiben.

»In der Gerechtigkeitsgasse in Bern. Mein Anwalt hat die Adresse herausgesucht.«

Jetzt entscheidet sich der Kommissar für den Frontalangriff. Seine Stimme wird lauter und ebenfalls schärfer.

»Und dann haben Sie jemanden zur Gerechtigkeitsgasse geschickt, um Milla Novas Katze zu erhängen!«

Zum ersten Mal im Verlauf des Gesprächs entgleitet Mohr die Kontrolle über seine Gesichtsmuskeln. Seine Mundwinkel zucken, er zieht sie nach unten, als müsse er sich das Lachen verkneifen.

»Ich bitte Sie, Herr Bandini, Katzen töten ist unter meinem Niveau.«

Bandini hört den aggressiven Unterton aus Mohrs Stimme heraus. Jetzt gibt auch er seine Zurückhaltung auf. »Damit wir uns richtig verstehen, Herr Mohr. Wenn Milla Nova auch nur ein Haar gekrümmt wird, bekommen Sie es mit mir zu tun. Dann sind Sie ein freier Mann *gewesen*. Dann werde ich dafür sorgen, dass Sie für den Rest Ihres Lebens hinter Gitter kommen!«

Bandini zischt Mohr die Worte ins Gesicht, muss sich zusammenreißen, um nicht laut zu werden.

»Huh! Da flößen Sie mir aber Angst ein, Bandini«, entgegnet Klaus Mohr mit eisiger Gelassenheit. Ein Grinsen, das dieses Mal völlig echt und zynisch ist, macht sich in seinem Gesicht breit.

Bandini steht auf, Mohr erhebt sich gleichzeitig und weist zur Tür. Er gibt die Führung nicht aus der Hand. Niemals. Bandini verlässt die Wohnung, ohne sich zu verabschieden.

In seinem Wagen bleibt er zunächst einige Minuten regungslos hinter dem Steuer sitzen. Atmet tief durch, versucht, seinen Puls wieder runterzubringen. Dass er sich so hat provozieren lassen. Dabei ist das gar nicht seine Art. In der Regel bleibt er selbst in den hektischsten und gefährlichsten Situationen ein Vorbild an Gelassenheit und Souveränität. Er ärgert sich, dass er sich nicht mehr im Griff gehabt hat. Das dürfte ihm nicht passieren. Noch immer aufgewühlt, startet er den Motor und fährt zügig los.

Als sich Sandro Bandini entscheiden muss, ob er den Weg zurück ins Präsidium oder jenen nach Zollikofen einschlagen soll, um gleich auch noch Patrick Kocher, dem Kopf der Organisation Blackhammer, einen Besuch abzustatten, setzt er den Blinker und fährt aus der Stadt hinaus. Was er kurz darauf bereut. Offenbar ist er nicht der Einzige, der das Zentrum zu dieser Zeit verlassen will: Bald steckt er im Feierabendverkehr und kommt streckenweise nur noch im Schritttempo voran. Er stellt das Radio an. Der Sprecher der Sechs-Uhr-Nachrichten berichtet von einer Nahostreise der Außenministerin, von Überschwemmungen in Asien und einem Zugunglück in England. Doch Sandro Bandini nimmt nicht wirklich wahr, was draußen in der Welt geschieht. Zu laut rumort es drinnen in seinem Kopf. Er fragt sich, was er eigentlich hier macht. Trifft sich mit einem Holocaustleugner, führt sich auf wie der größte Dilettant, ist auf dem Weg zu einem Anführer der Schweizer Neonaziszene, obwohl ihn das alles nichts angehen sollte. Und das Ganze bloß wegen einer toten Katze und einer attraktiven Journalistin, die ihm nicht aus dem Sinn geht. Ach, was soll's, denkt er sich. Er fährt bei der nächsten Gelegenheit rechts an den Straßenrand, tippt die Adresse von Patrick Kocher in sein Navigationsgerät und folgt dann der Frauenstimme, die ihm den Weg beschreibt.

»Sie haben Ihr Ziel erreicht«, verkündet sie ihm, als er mitten in Zollikofen vor einem trostlosen Wohnblock steht. Vierzig Parteien teilen sich den Hauseingang. Sandro Bandini sucht unter den vielen Briefkästen denjenigen, der Patrick Kocher gehört, und wirft einen Blick hinein: leer. Kocher könnte zu Hause sein. Bei ihm hat sich Bandini nicht angemeldet, sein Besuch soll eine Überraschung sein. Die gläserne Eingangstür des Wohnblocks ist nicht abgeschlossen, der Schließmechanismus ist defekt. Bandini betritt den dunklen Gang und fährt in einem veralteten Aufzug, der nur zwei Wände hat; rechts und links ist der Liftschacht sichtbar. Über den Knöpfen hat jemand ein Hakenkreuz eingeritzt. Darunter stehen die Buchstaben *H. H.* Im vierten Stock steigt Bandini aus. Kochers Wohnung befindet sich am Ende eines langen Flurs. Durch die Tür dringt Musik, die eher den Namen Lärm verdient. Bandini klingelt. Nichts rührt sich – was ihn nicht wundert, bei dem Krach, der in der Wohnung herrscht. Also hämmert er mit der Faust gegen die Tür. Als drinnen endlich die Musik ausgeschaltet wird, versucht er es noch einmal mit Klingeln.

»Wer ist da?«, ruft jemand.

»Polizei. Machen Sie auf!«

Bandini kann das Zögern seines unsichtbaren Gegenübers förmlich spüren. Doch nach einem kurzen Moment hört er einen Schlüssel, und die Tür öffnet sich, so weit es die Sicherheitskette zulässt. Dahinter blickt ihm ein dunkles Augenpaar entgegen.

»Haben Sie einen Ausweis?«

Bandini hält die kleine Plastikkarte vor den Türspalt. »Lassen Sie mich bitte rein.«

Die Tür schließt sich, die Kette wird gelöst, Kocher öffnet erneut und lässt den Polizisten ein. Bandini steht vor einem jungen Mann mit kahlem Schädel. Aus seinem T-Shirt-Kragen züngeln tätowierte Flammen. Abgesehen davon ist Patrick Kocher zumindest äußerlich austauschbar mit so vielen anderen Neonazis: Er trägt schwarze Stiefel mit weißen Schnürsenkeln, die er offenbar nicht einmal in der Wohnung auszieht, hochgekrempelte blaue Jeans und ein schwarzes Lonsdale-Shirt mit gotischem Schriftzug. Kocher, der gemäß Bandinis Recherche bereits über dreißig Jahre alt sein dürfte, sieht in der uniformen Kleidung der Szene sehr knabenhaft aus.

»Was wollen Sie?«, fragt Patrick Kocher in unsicherem Ton, unfähig, seine Beklemmung vor dem Polizisten zu verbergen.

Sandro Bandini sieht sich kurz in der Wohnung um. Anderthalb Zimmer, kleine Küche. An der Wand über dem Bett ist mit Reißnägeln eine deutsche Reichkriegsflagge befestigt.

»Dürfen Sie hier einfach so reinkommen?«, fragt Kocher, als er mit seinen Augen Bandinis Blick folgt.

»Ich habe nur ein paar Fragen an Sie.«

Kocher räumt rasch einen Stapel Magazine von einem Stuhl auf den Tisch, der schon dermaßen überladen ist, dass er als solcher kaum zu erkennen ist. Bandini erhascht einen Blick auf das Titelbild des obersten Heftes: eine Armbinde mit einem Signet. Es handelt sich offensichtlich um ein Mitgliedermagazin der rechtsextremen deutschen Partei NSDA. Kocher schiebt Bandini den Stuhl hin und setzt sich selbst auf das ungemachte Bett. Bandini bleibt stehen.

»Sie haben auf Ihrer Homepage ein Bild der Journalistin Milla Nova hochgeladen und zur Hexenjagd gegen sie aufgerufen.«

Eine Regung huscht über Patrick Kochers Gesicht. Sandro Bandini vermag sie nicht zu deuten. Dass sie wohl Erleichterung ausgedrückt hat, hört er erst Kochers Stimme an, als dieser zu sprechen beginnt.

»Ach, deswegen sind Sie hier!« Kocher wirkt plötzlich selbstbewusster und entspannter. »*War* hochgeladen, müssen Sie sagen, *war* hochgeladen. Ich habe das Bild wieder gelöscht, nachdem mir der Anwalt des Schweizer Fernsehens mit einer Klage drohte. Sie sind also vergebens zu mir gekommen. Die Sache hat sich längst erledigt.«

»Ich bin nicht nur wegen des Bildes hier. Jemand hat Frau Nova anonyme E-Mails geschickt, mit, sagen wir mal, unschönem Inhalt.«

»Die waren nicht von mir.« Die Antwort kommt schnell, zu schnell, denkt Bandini.

»Es bringt nichts, wenn Sie mich anlügen. Ich kann Ihren Computer beschlagnahmen lassen, Herr Kocher, und ich bin sicher, dass wir darauf jede Menge interessantes Material finden werden.«

Kocher schweigt und scheint verschiedene Optionen einer Reaktion durchzudenken. Sandro Bandini wartet.

»Okay«, Kocher atmet tief durch, »ich habe ihr eine E-Mail geschickt. Aber das war nur, weil ich mich darüber aufgeregt habe, dass sie uns in Sempach gefilmt hat. Diese Mail war harmlos.«

»Eine Drohung ist eine Drohung, egal wie ernst Sie es meinen. Das kann mit Gefängnis bestraft werden.«

»Aber ich habe sie ja nur gebeten, endlich aufzuhören, uns nachzuspionieren. Das ist schließlich ebenso wenig erlaubt. Es war eine ganz harmlose Nachricht, ehrlich, nicht der Rede wert.«

Bandini schüttelt den Kopf. Und wechselt das Thema.

»Herr Kocher, mögen Sie Katzen?«

Den jungen Glatzkopf scheint die Frage nicht zu irritieren. »Ja, warum?«

Die Antwort überrascht Sandro Bandini.

»Ich bin mit einem dicken, fetten Kater aufgewachsen«, fügt Kocher erklärend an.

»Dann können Sie sicher nachvollziehen, dass es jemanden trifft, wenn seine Katze getötet wird.«

»Ja.«

Wieder lässt sich Kocher nichts anmerken, wieder ist seine Antwort unbedarft.

»Haben Sie Milla Novas Katze getötet?«

Patrick Kocher sieht verdattert aus, schüttelt den Kopf und den Vorwurf von sich ab. »Nein, ich habe keine Katze getötet!«

Sandro Bandini glaubt ihm aufs Wort. Er spürt, dass Kocher in diesem Punkt nicht lügt, und erachtet es als unnötig, ihn zu fragen, ob er von ihm einen DNA-Abstrich nehmen darf. Er weiß, dass es keine Übereinstimmung mit den Spuren am Seil gäbe, an dem die Katze baumelte.

»Sie irren sich, wenn Sie glauben, dass die Angelegenheit mit dem Aufruf im Internet und der anonymen Drohung vom Tisch ist«, ermahnt er den jungen Mann. »Und ich warne Sie«, Bandini berührt mit dem Zeigefinger fast Kochers Brust, »lassen Sie Milla Nova in Ruhe! Sonst nehmen wir Ihnen hier die ganze Bude auseinander.« Patrick Kocher nickt nur wortlos. Bandini ist sich sicher, dass seine Nachricht angekommen ist.

28

Milla Nova weist ihre Cutterin an, mit welchen Bildern sie den Beitrag über die Neonazis beginnen soll. Sie hat sich für Archivaufnahmen entschieden, die eine Horde Glatzköpfe zeigen, wie sie am Nationalfeiertag auf dem Rütli den Bundespräsidenten niederschreien – und ihn so daran hindern, seine Rede über Toleranz und Solidarität zu halten. Sinnbildlicher geht es nicht. Milla und die Cutterin sitzen am Schnittplatz gemeinsam an einem großen Pult, auf dem drei Computer- und zwei Fernsehbildschirme stehen. Daneben türmen sich links und rechts verschiedene Abspielgeräte, die konstant vor sich hin brummen. Milla hat nun alles Material beisammen; die Szenen von Mohrs Ferienlager, die Bilder aus Sempach. Zusätzlich hat sie mit dem Chef der Bundespolizei ein Interview geführt, ebenso mit einem Journalisten, der als Kenner der Szene gilt. Von einem deutschen Kameramann hat sie überdies heimlich gedrehte Videoaufnahmen eines Neonazikonzerts in Köln erhalten, bei dem eine Schweizer Band auf der Bühne stand und zum Rassenkrieg aufrief. Einige Mitglieder dieser Band sind auch auf Millas Aufnahmen von Sempach zu sehen. Darunter Patrick Kocher aus Zollikofen.

»Vom beschämenden Auftritt auf dem Rütli spannen wir den Bogen zum Neonazitreffen und den schrägen Hymnengesängen vor dem Denkmal in Sempach«, erklärt Milla der Cutterin ihr Konzept. Anschließend wird sie den Auftritt der Schweizer Band beim Kölner Konzert in den Beitrag hineinschneiden. Zum Schluss will Milla aufzeigen, wie der alte Holocaustleugner Mohr in einem Ferienlager den Nachwuchs auf Fremdenhass trimmt. Die Aufnahmen vom Exerzierplatz und vom Wald. Dazwischen wird sie immer wieder Aussagen der Bundespolizei und des Experten stellen, die die Entwicklung der Szene kommentieren und einschätzen. So, denkt Milla, sollte das eine eindrückliche und hoffentlich abschreckende Geschichte werden.

*

Als sie nach acht Stunden die enge Kammer verlässt, dröhnt es in ihrem Schädel von dem ständigen Summen der vielen Apparate. Und die geröteten Augen tränen, wie immer, wenn sie zu lange in den Bildschirm gestarrt hat. Aber sie ist zufrieden mit ihrer Arbeit. Morgen Abend soll der Beitrag ausgestrahlt werden. Milla ist zuversichtlich, dass ihr Film auf Resonanz stoßen wird – beim Publikum und bei den ungefragten Hauptdarstellern. Letzteres bereitet ihr, obwohl sie es niemandem eingestehen würde, ziemlich Sorgen. Aber Angst? Sie kämpft dagegen an, lässt sie nicht zu. Denn Angst würde sie bremsen. Und das will sie verhindern.

Bevor sich Milla auf den Heimweg nach Bern macht, muss sie noch etwas erledigen. Sie greift zum Telefonhörer und tippt die Nummer des Gefängnisdirektors Kesselring ein.

»Frau Nova, wird es jetzt zu meinem täglichen Vergnügen, mich mit Ihnen zu unterhalten?«, begrüßt er sie, als sie zu ihm durchgestellt wird. Milla ist sich nicht sicher, ob das nett gemeint ist.

»Keine Sorge, ich wollte Sie nur kurz etwas fragen. Ich war gestern bei Valentin Mannhart im Spital. Und er hat mir etwas erzählt, das mir eigenartig erscheint. Ist es möglich, dass sich jemand an seinem Medikamentenschrank zu schaffen gemacht hat?«

Kesselring macht keinen Hehl daraus, dass er die Frage absurd findet. Er lacht laut heraus.

»Ich bitte Sie! Wer hat ein Interesse daran, sich an den Medikamenten eines alten Insassen zu vergreifen? Ich glaube nicht, dass dafür jemand infrage kommt, der Zugang zum Gebäudetrakt hat. Und ein Fremder wird's wohl kaum gewesen sein: Wir sind ein Gefängnis, bei uns spaziert man nicht einfach so herein! Da hat Sie Herr Mannhart wohl umsonst in Aufregung versetzt.«

Milla findet ihre Frage nun selbst ein wenig dumm. »Ich dachte nur, vielleicht könnten Sie sich Mannharts Tabletten mal ansehen«, wagt sie es trotzdem, nachzulegen. »Es tut mir leid, Herr Kesselring, ich habe einfach ein ungutes Gefühl, ich werde Sie dann auch nicht weiter belästigen.«

»Ich schau mal, was sich machen lässt.«

Milla hält nach dem Gespräch einen Moment inne, denkt noch einmal darüber nach und kommt zum Schluss, dass sie sich irren muss. Wahrscheinlich ist es bloßer Zufall, dass Valentin Mannhart ausgerechnet jetzt einen Anfall erlitten hat. Und sicherlich hat er seine Medikamente selbst durcheinandergebracht.

*

Zurück in Bern, löst Milla ihr Versprechen vom Vortag ein und schaut bei Valentin Mannhart im Spital vorbei. Doch der Besuch bringt nichts. Mannhart schläft, als sie sein Zimmer betritt. Und als sie noch überlegt, ob sie ihn wecken soll, nimmt ihr ein gutes Dutzend weiß bekittelter Ärzte die Entscheidung ab, indem sie laut diskutierend das Zimmer in Beschlag nehmen und sie sogleich hinausschicken. Es bleibt ihr gerade noch Zeit, um dem verschlafen und verwirrt um sich schauenden Valentin Mannhart kurz die Hand zu schütteln und ihm zu versichern, dass sie wiederkommen wird.

Vor dem Inselspital nimmt sie den Bus, der sie zum Bahnhof bringt, dort steigt sie auf den Zwölfer um und fährt bis zum Zytgloggeturm. Um ins Adriano's zu gelangen, muss sie sich durch eine Ansammlung von Touristen drängeln, die gebannt zum Turm hinaufschauen. Zielstrebig geht sie zur Theke, bestellt sich ein Glas spanischen Rotwein, schnappt sich eine Zeitung und sucht sich einen Platz in der Ecke des Lokals. Sie ist gerade in den Artikel über eine neue Technik zur Leichenobduktion vertieft, als jemand fragt, ob der Stuhl neben ihr noch frei sei. Sie schaut widerwillig auf und blickt direkt in Sandro Bandinis lächelndes Gesicht. Und spürt, wie sie augenblicklich rot wird.

»Natürlich«, sagt sie rasch. Sie räuspert sich. »Natürlich ist hier noch frei.«

»Danke.«

Sandro Bandini stellt sein Weinglas ab und setzt sich neben sie.

»Ist alles in Ordnung bei Ihnen?«, erkundigt er sich. Es hört sich eher nach einer beruflichen als nach einer privaten Frage an. »Haben Sie weitere Drohungen erhalten?«

Milla nimmt rasch einen Schluck Wein, ohne daran zu denken, dass sie mit ihm anstoßen könnte, stellt das Glas wieder auf den Tisch und schüttelt den Kopf.

»Nein, es ist alles in Ordnung, ich habe nichts mehr gehört.«

»Sehr gut«, sagt Bandini zufrieden. Dann schweigen sich beide einige Sekunden lang verlegen an.

Es ist Bandini, der die Stille vertreibt. »Wie kommen Sie mit Ihrem Bericht voran?«

Noch während er die Frage stellt, fällt ihm ein, dass der Beitrag vielleicht längst ausgestrahlt worden ist und er möglicherweise soeben verraten hat, dass er sich die *Wochenthemen* nie anschaut. Doch seine Sorge ist unbegründet.

»Er ist praktisch fertig. Morgen bekommt er noch den letzten Schliff, am Abend wird er dann gesendet.«

»Morgen schon«, sagt Bandini und nippt an seinem Glas. »Es ist möglich, dass es nach der Sendung wieder zu Reaktionen aus der Szene kommt. Haben Sie in der Zwischenzeit etwas von Klaus Mohr gehört?«

»Nein, warum?«

»Ach, nur so.«

Milla wird nicht schlau aus Sandro Bandini, der irgendwie nur halb bei der Sache zu sein scheint. Enttäuscht stellt sie fest, dass es wohl ausschließlich berufliches Interesse war, das ihn dazu bewogen hat, sich an ihren Tisch zu setzen. Milla versucht, das Gespräch in eine andere Richtung zu lenken. »Arbeiten Sie schon lange bei der Polizei?«

»Sie sollten vorsichtig sein, morgen, wenn der Beitrag über den Sender geht.« Bandini scheint ihre Frage nicht wahrgenommen zu haben. Aber dann liefert er doch noch eine Antwort nach. »Seit fast sieben Jahren. Seit anderthalb Jahren arbeite ich beim Dezernat Leib und Leben.«

In dem Moment meldet sich Millas Handy, noch immer mit »Slow down«. Sie klaubt es aus ihrer Tasche, zögert kurz, ob sie das Gespräch annehmen soll. Und tut es dann doch. Weil sie immer jedes Gespräch entgegennimmt, wenn es irgendwie möglich ist. Sie entschuldigt sich bei Sandro Bandini, steht auf, drückt auf die Taste mit dem grünen Hörer und geht hinaus vor das Lokal.

»Nova.«

»Kesselring hier. Frau Nova, wir haben das mit den Tabletten überprüft. Da scheint tatsächlich jemand Valentin Mannhart die falschen Tabletten gegeben zu haben. In den Dosen waren nicht die richtigen Medikamente. Wir können uns das nicht erklären und lassen nun prüfen, was für Pillen Herr Mannhart da geschluckt hat.«

Also doch, denkt Milla. Sie kann es trotzdem kaum glauben. Und sie ist positiv überrascht, dass der Gefängnisdirektor sich tatsächlich die Mühe macht, ihrem Verdacht nachzugehen.

»Sind Sie ganz sicher?«, fragt sie nach.

»Auf jeden Fall stimmt etwas nicht mit diesen Tabletten. Wir werden weitere Abklärungen treffen. Ich danke Ihnen für den Hinweis.«

»Gern geschehen. Danke, dass Sie mich informiert haben und der Sache auf den Grund gehen.«

Nachdem das Gespräch beendet ist, starrt Milla ungläubig auf das Gerät in ihrer Hand und fragt sich, ob sie demnächst vollends durchdrehen wird. Dann ist das also tatsächlich ein Anschlag auf Valentin Mannhart gewesen? Aber warum? Und durch wen? Das kann einfach nicht wahr sein. Milla versteht die Welt nicht mehr. Völlig aufgewühlt geht sie zurück ins Lokal und setzt sich zu Sandro Bandini, der ihr ansieht, dass etwas nicht stimmt.

»Schlechte Nachrichten?«

Milla nickt. Am liebsten würde sie ihm alles erzählen, von Valentin Mannhart, von den Tabletten, von all den eigenartigen Dingen, die ihr Leben zurzeit in ein Chaos verwandeln. Aber sie weiß nicht, wo sie anfangen soll, und fürchtet, dass sie sich vor Sandro Bandini nur blamieren würde mit solch wirren Geschichten. Darum teilt sie ihm kurz angebunden mit, dass sie nun leider gehen müsse, was nicht mal gelogen ist, denn heute ist Dachterrassenabend. Sie stürzt ihren Wein hinunter und bringt es immerhin noch fertig, Sandro Bandini zu sagen, sie hoffe, ihn hier wieder einmal zu treffen.

»Das hoffe ich auch«, gibt er zurück. »Und bitte passen Sie morgen auf sich auf. Sorgen Sie dafür, dass Sie am Abend nicht alleine sind. Und wenn irgendetwas ist, zieren Sie sich nicht und rufen Sie mich jederzeit an.« Er drückt ihr seine Visitenkarte in die Hand, die Milla dankbar einsteckt.

29

Der Alte hat überlebt. Was für ein Ärgernis. Dabei hat zuvor alles perfekt geklappt. Der Handwerkertrick. Das Austauschen der Tabletten. Er hat sich schon gefreut, dass nun endlich alles vorbei ist. Dass er zurück zu seinem Vater nach Hause fliegen kann. Und dass keiner etwas gemerkt hat. Doch der Anruf seines Informanten hat alles wieder zunichtegemacht. Der Alte ist zäher, als er gedacht hat. Er hat Bericht erhalten, dass Valentin Mannhart in die Gefangenenabteilung des Berner Inselspitals verlegt worden sei. Sein Zustand sei zwar kritisch, momentan befinde er sich aber nicht in Lebensgefahr. Der Informant konnte auch beschreiben, wo die Abteilung im Inselspital genau liegt. Doch er warnte ihn vor den Wachtposten, auf die er keinen Einfluss habe.

Der Mann steht am Fenster seines Hotels, das etwas abseits des Zentrums von Bern liegt, und blickt auf die Schienen hinab, deren Quietschen unter den Straßenbahnrädern ihn jeweils frühmorgens aus dem Schlaf und seinen unruhigen Träumen reißt. Er fühlt sich wie ein Versager. Einmal mehr ist sein Plan nicht aufgegangen. Er braucht einen neuen. Die Zeit drängt. Er erkennt, dass er nun zum letzten Mittel greifen muss. Ihm bleibt keine andere Wahl. Sonst ist es plötzlich zu spät. Und alles wird zerstört.

In seiner Hand spürt er das Gewicht der Pistole. Beinahe zärtlich streicht er über den kalten Stahl des Laufs. Eine Glock 17. Achtzehn Zentimeter lang, vom Griff bis zum vorderen Laufende. Lang genug, um zielsicher zu sein. Und wirksam. Ihr Geschoss ist sieben Gramm schwer, Kaliber neun mal neunzehn Millimeter, knapp dreihundertsechzig Meter pro Sekunde schnell. Siebzehn Schuss pro Magazin. Er umfasst mit der Hand den Pistolengriff. Streckt den Arm. Nimmt einen Passanten unten auf der Straße ins Visier. Drückt den Abzug. Nichts passiert. Noch ist die Waffe nicht geladen.

30

Bernadette Gisiger hat gekocht. Und obwohl Bernadette alles andere als ein häuslicher Typ ist, würde sie ohne Weiteres als professionelle Köchin durchgehen. Als Gourmetköchin! Auf jeden Fall wertet ihr Einsatz die kulinarische Qualität ihrer gemeinsamen Dachterrassenabende um etliche Gault-Millau-Punkte auf. Heute tischt sie Milla und Annalena zur Vorspeise einen Traum von einem Salat mit einer speziellen Minzesoße auf, anschließend präsentiert sie eine sämige Polenta mit gedörrten Pflaumen und ein rassiges Gulasch.

»Ein Gedicht«, lobt Annalena mit halb vollem Mund. Auch Milla kann nicht genug davon bekommen und ahnt schon jetzt, dass sie sich maßlos überfressen wird.

Es ist das erste Treffen der drei Nachbarinnen nach dem Drama um Millas Katze, und darum sind sie, nachdem sie den Lobgesang über die Speisen hinter sich gebracht haben, schnell beim Thema: bei der armen toten Pop und dem hinterhältigen Katzenmörder.

»Hat die Polizei eine Ahnung, wer dir das angetan haben könnte?«, erkundigt sich Annalena bei Milla.

»Nein, ich glaube nicht, ich habe jedenfalls nichts mehr von denen gehört.«

»Schade eigentlich, dieser Bulle mit dem italienischen Namen sah ganz schön niedlich aus!« Bernadette hat schon mehrfach bewiesen, dass sie einen sicheren Blick fürs Wesentliche hat – selbst in Krisensituationen.

»Das finde ich auch. Aber der gehört mir! Schließlich war

es meine Katze«, neckt Milla. Es ist ihr nicht anzuhören, dass sie es durchaus ernst meint.

»Was hast du eigentlich mit ihr gemacht?«

»Mit Pop? Ich habe sie auf dem Gurten vergraben, damit sie hoch oben über den Dächern der Stadt ihre letzte Ruhe findet.«

»Eine schöne Idee«, findet Bernadette.

Annalena ist anderer Meinung: »Du weißt schon, dass es verboten ist, tote Katzen zu vergraben? Und dann erst noch auf unserem Hausberg, also, bei aller Trauer um die liebe Pop …«

Bernadette schenkt Annalena einen langen, vielsagenden Blick, und Milla reklamiert: »Annalena, dass du immer dermaßen korrekt sein musst!«

»Ich meinte ja nur …«

»Ich finde es nicht gerade beruhigend, dass die Bullen den Typen noch nicht gefasst haben. Ich meine, der Kerl ist in unser Haus eingedrungen.« Bernadette spricht aus, was die drei Frauen noch immer beschäftigt.

Und es gibt einen weiteren Punkt, der Milla beunruhigt.

»Was mir am meisten Kopfzerbrechen bereitet, ist: Woher wusste er, dass Pop meine Katze ist?«

»Das wissen doch viele«, wirft Annalena ein.

»Ja, aber nur Leute, die mich kennen.«

»Du meinst, es war jemand, der dich kennt?«

»Oder ein Fremder, der dich beobachtet hat«, überlegt Bernadette laut. »Er muss dich zu Hause beobachtet haben, mit deinen Katzen, in deiner Wohnung!«

Milla gefällt es gar nicht, in welche Richtung sich dieses Gespräch entwickelt. Sie hat sich all diese Gedanken natürlich auch schon gemacht, sie aber nur zu gerne als abwegig verworfen. Dass jetzt Bernadette denselben Verdacht äußert, macht Milla stutzig. Sie spürt förmlich, wie sich das ungute Gefühl erneut in ihr breitmachen will. Die Angst bedrängt sie wieder.

»Ich bin vorhin zufällig dem netten Polizisten begegnet«, erzählt Milla den beiden Frauen, um der Ablenkung willen.

Bernadette verdreht die Augen.

»Dann hast du also doch etwas von denen gehört!«

»Aber er hat mir nichts über die Ermittlungen erzählt! Er meinte nur, dass ich vorsichtig sein soll, wenn morgen mein Neonazi-Beitrag ausgestrahlt wird.«

»Morgen kommt dein Beitrag?«, fragt Annalena besorgt. Milla nickt.

»Wir werden dich beschützen!«, beschließt Bernadette. Jetzt muss Milla lachen, obwohl ihr gar nicht danach ist. Die Vorstellung, von Bernadette und Annalena beschützt zu werden, ist einfach zu absurd. Wenn schon, dann lieber von Bandini. Aber sie hat plötzlich eine andere Idee.

»Vielleicht werde ich morgen in Zürich übernachten. Am Sendeabend wird es sowieso immer spät, bis ich mit der Arbeit fertig bin.«

Milla kann, wenn sie lange im Büro sitzt oder späte Dreharbeiten anstehen, das Gästezimmer ihrer Arbeitskollegin Katrin benutzen, die in einer neuen Siedlung in Zürich-Oerlikon wohnt. Sie hat schon oft bei ihr übernachtet. Im Grunde macht es Milla zwar nichts aus, spätnachts noch nach Bern zu fahren. Doch im Moment lässt sie allein der Gedanke an die menschenleeren Gassen zu später Stunde erschaudern. Zu präsent ist ihre Erinnerung an den vermeintlichen oder realen Verfolger in jener Nacht, in der sie zum ersten Mal am eigenen Leib erfahren hat, dass Angst nicht nur ein Gefühl, sondern eine direkte körperliche Erfahrung sein kann. Und zwar eine äußerst unangenehme.

»Könntest du nötigenfalls Iggy füttern? Ich würde dir

noch definitiv Bescheid geben«, wendet sich Milla an Annalena, die sofort nickt.

Meine Nachbarinnen sind Gold wert, denkt Milla. Sie sind mit ein Grund, dass ich es nie schaffen werde, aus diesem Haus aus- und nach Zürich zu ziehen.

»Wie geht es ihm eigentlich?«, will Bernadette wissen.

»Wem?«

»Iggy.«

»Mit Iggy ist alles in Ordnung. Ich werde den Verdacht nicht los, dass er Pop überhaupt nicht vermisst.«

Damit ist das Thema abgehakt, und die drei Frauen verwandeln sich wieder in jene unbeschwerte Tratschrunde, die sie vor den jüngsten Ereignissen gewesen sind. Sie diskutieren über Männer, Annalena über Frauen, über Beziehungen im Allgemeinen und über Bernadettes eigenwilligen Wunsch, schwanger zu sein, ohne danach ein Kind zu bekommen. Würde jemand das Gespräch der drei Nachbarinnen hoch über den Dächern von Bern belauschen, er erhielte den Eindruck, dass sie ein zufriedenes, unbeschwertes Leben frei von jeglichem Ungemach führen.

31

Am übernächsten Morgen ist Milla Nova tot. Die Meldung erreicht Sandro Bandini, als er mit eingeschäumtem Kinn vor seinem Badezimmerspiegel steht und noch nicht richtig wach ist. Was sich schlagartig ändert.

»Was sagst du da?«, ruft er in sein Mobiltelefon.

»Wir haben eine weibliche Leiche in der Gerechtigkeitsgasse. Name: Milla Nova«, wiederholt sein Kollege am anderen Ende der Leitung.

Sandro Bandini schaut in den Spiegel, sieht sich da stehen; das Handy am Ohr, einen Schaumbart am Kinn, die Augen geweitet. Ein erstarrtes, fassungsloses Gesicht, das im nächsten Augenblick in sich zusammenzufallen droht. Das darf nicht wahr sein, das darf einfach nicht wahr sein!, brüllt ihm eine Stimme ins Ohr. Sein Körper fühlt sich gleichzeitig schwer und leer und hohl an, als hätte jemand seine Eingeweide ausgekratzt. Als wäre sein Inneres eine einzige klaffende Wunde.

»Das darf nicht wahr sein!«, sagt er nun laut und hört sich dabei seltsam fremd an. »Ich komme sofort.«

»Es ist der Eingang neben dem verstaubten Buchantiquariat«, erklärt ihm sein Kollege Felix Winter.

»Ich weiß, wo es ist.«

Sandro Bandini steckt sich das Handy in die Hosentasche und wischt sich das unrasierte Gesicht sauber. Verbirgt es kurz in seinen noch feuchten Händen. Dann eilt er los. Da er ebenfalls in der Berner Altstadt wohnt, verzichtet er aufs Auto, mit dem Velo ist er schneller am Tatort. Er hastet mit seinem Mountainbike auf der Schulter ungelenk die Treppe hinunter, schwingt sich draußen auf den Sattel und tritt in die Pedale, so fest er kann. Seine Beine fühlen sich an, als wären sie aus Blei. Er kommt nicht schnell genug voran. Blickt zurück, weil er einen irritierenden Moment lang meint, jemand halte ihn am Hinterrad fest. Doch da ist niemand. Es geht einfach nicht schneller. Er versucht, kräftiger zu treten. Die Sendung, schießt es ihm durch den Kopf. Der Neonazi-Beitrag. Gestern Abend! Er hat sich Milla Novas Beitrag eigentlich ansehen wollen, es dann aber vergessen. Bis spätnachts hat er in seinem Büro gesessen, Nachforschungen über einen Mann angestellt, der verdächtigt wird, bei einem Raubüberfall einen Kioskverkäufer schwer verletzt zu haben. Er hat überhaupt nicht mehr an die *Wochenthemen* gedacht. Hätte er sich die Sendung angeschaut, hätte er Milla Nova vielleicht noch angerufen. Um sie zu fragen, ob alles in Ordnung sei. Dann wäre vielleicht alles anders gekommen. Wäre sie jetzt nicht tot. Sie hat ihm gefallen, mit ihren schwarzen Locken und katzengrünen Augen. Da muss er sich nichts vormachen. Auch wenn er seine Gefühle für die Frau professionell beiseiteschieben will – es gibt sie.

Oder eher, es gab sie. Jetzt ist alles zu Ende, bevor es überhaupt beginnen konnte.

Ein durchdringendes Schrillen erschreckt Sandro Bandini derart, dass er einen gefährlichen Schlenker macht. Fast wäre er unter ein Tram geraten, er hat gar nicht darauf geachtet. Bandini passiert den Zytgloggeturm, brettert die Gerechtigkeitsgasse hinab und schmeißt sein Rad in der Laube neben dem Buchladen an die Wand, wo es erstaunlicherweise schräg stehen bleibt. Die untere Eingangstüre steht offen, im Treppenhaus riecht es nach feuchtem Sandstein, er nimmt zwei Stufen auf einmal. Als er vor der angelehnten Wohnungstür im obersten Stock steht, hält er kurz inne. Atmet durch. Du musst dich zusammenreißen, redet er sich zu. Bleib ruhig und professionell. Es ist ein Tötungsdelikt wie jedes andere. Sandro Bandini belügt sich damit selbst und ist sich dessen bewusst. Mit dem Ärmel wischt er sich den Schweiß von der Stirn, zieht ein Paar Plastikhandschuhe über, gibt der Tür einen Stoß und betritt die Wohnung.

Die Leiche liegt in der halb offenen Küche, die einzig durch eine Theke vom Wohnzimmer abgetrennt ist. Bandinis Kollegen von der Spurensicherung sind schon an der Arbeit, ein Polizeifotograf ist gerade dabei, die tote Frau aus jedem möglichen Winkel abzulichten.

»Erschossen«, sagt Felix Winter zum eintretenden Sandro Bandini. »Aus nächster Nähe.«

Bandini achtet nicht auf seinen Kollegen, er geht wortlos Richtung Küche, blickt über die Theke.

Sie liegt auf dem Bauch in ihrem Blut. Das Gesicht ist von ihm abgewandt. Ein Bein unnatürlich angewinkelt. Eine Wunde klafft in ihrem Rücken. Sandro Bandini geht um die Theke herum. Beugt sich über die Leiche. Sieht das halblange dunkle, glatte Haar. Braun. Nicht schwarz. Keine Locken. Nicht Steine, nein, Tausende Felsbrocken fallen ihm vom Herzen.

»Das«, sagt er zu Felix Winter, »ist nicht Milla Nova.«

32

Milla Nova sitzt am runden Sitzungstisch der *Wochenthemen*-Redaktion und hört ihrem Chef Wolfgang Schnell zu, der heute persönlich die Sendekritik übernimmt. Wie erwartet lobt er Milla in den höchsten Tönen, und sie findet, sie habe das auch verdient. Der Beitrag war gut erzählt, lieferte spektakuläre Bilder, zeigte eine Thematik auf, die sonst oft totgeschwiegen wird. Milla ist mit sich und ihrer Arbeit zufrieden.

In ihr überwiegt aber ein anderes Gefühl: Sie ist froh, dass es vorbei ist. Der Beitrag ist über den Sender gegangen, ihr E-Mail-Postfach an diesem Morgen leer geblieben, sie hat auch keine Drohanrufe erhalten. Nichts ist passiert. Der Albtraum scheint vorüber zu sein. Für ihren Chef aber ist das Thema damit nicht vom Tisch. Seine Sendekritik ufert aus zu einem Exkurs über die Grundsatzfrage, wie weit sein Team bei der Recherche gehen soll, wann Vorsicht geboten ist und ab wann man keinen einzigen Schritt mehr vorwärts machen darf.

»Milla, ich fürchte, du hast bei der Recherche eine Grenze überschritten«, spricht er sie direkt an, bevor er sich wieder an die ganze Runde wendet. »Sobald jemand gefährdet wird – und diese Typen waren bereit zu töten, sie haben Millas Katze umgebracht –, müsst ihr akzeptieren, dass ich eingreife und das Projekt stoppe.«

Milla nimmt die Kritik gelassen. Überhaupt fühlt sie sich schon wieder voller Tatendrang. Es kommt ihr vor, als hätte sie soeben einen Sieg gegen diese Neonazis errungen, und sie findet, dass es sich gelohnt hat, sich nicht von ihnen einschüchtern zu lassen. Obwohl sie einen hohen Preis gezahlt hat – oder besser gesagt Pop mit ihrem Leben –, glaubt Milla, dass sie beim nächsten Mal nicht anders handeln wird. Ungeachtet der mahnenden Worte von Wolfgangs Seite. Die Reporterin Milla Nova ist nicht zu bremsen, denkt sie beschwingt und grinst verschmitzt vor sich hin. Nach der Sendekritik steht in der Wochensitzung ein Brainstorming an, in dem nach Themen für die nächste Sendung gesucht wird. Als Milla am Ball ist, schlägt sie eine Geschichte über Hooligans vor.

»Ich bin im Rahmen meiner Recherche zu den Neonazis auf einige interessante Informationen gestoßen und denke, da ließe sich eine spannende Geschichte realisieren. Das Thema ist …« Mitten im Satz beginnt in Millas Hosentasche ihr Handy zu vibrieren. Während der Sitzung ein Gespräch entgegenzunehmen, ist ein Tabu, das einzig der Chef brechen darf. Milla zieht ihr Telefon rasch aus der Tasche ihrer Jeans, drückt auf eine Taste, damit das Surren aufhört, und steckt es wieder ein, bevor sie fortfährt. »Entschuldigung. Das Thema ist latent aktuell: Jedes Wochenende kosten die polizeilichen Sicherheitsvorkehrungen rund um die Fußballspiele den Steuerzahler Hunderttausende von Franken, nur weil sich sogenannte Fans lieber gegenseitig die Schädel einschlagen, als sich auf das Match zu konzentrieren.«

Als Milla fertig ist, wird es still in der Runde. Nur ihr Handy brummt schon wieder. Sie ignoriert es, blickt nach links, wo ihre Kollegin Katrin sitzt, nach rechts zu ihrem Kollegen Franz. Beide schauen nicht zu ihr hin, sondern zu Wolfgang Schnell, der verzweifelt den Kopf schüttelt.

»Milla, nein, nicht schon wieder!«

»Warum nicht?«, gibt sie zurück. Als ihr Handy sie nach

kaum einer Minute zum dritten Mal stört, liest sie rasch unter dem Tisch die Nummer vom Display ab. Sie beginnt mit 031, der Vorwahl der Stadt Bern, die nächsten drei Zahlen verraten ihr, dass es jemand von der Kantonspolizei sein muss. Vielleicht, denkt Milla, hat sich Sandro Bandini meinen Beitrag angesehen und will mir dazu gratulieren. Ein Lächeln stiehlt sich auf ihr Gesicht. Jetzt hat sie dafür leider keine Zeit. Später.

Bevor sich Milla mit ihrem Chef streiten kann, macht sich nun dessen Handy bemerkbar. Sein Gerät sieht nicht aus wie ein Telefon, sondern wie ein kleiner, aber vollständiger Computer. Es ist nie auf stumm geschaltet. Wolfgang geht immer ran, sonst könnte er ja etwas Wichtiges verpassen. Er entschuldigt sich kurz, drückt auf die Annahmetaste, meldet sich mit seinem Namen. Nach kurzem Schweigen streckt er Milla das Hightechgerät hin und sagt: »Für dich, es ist die Polizei.«

33

Seinem Vater wäre das nicht passiert. Niemals. Er kann sein Versagen nicht fassen. Nicht begreifen, wie es dermaßen schieflaufen konnte. Klar, er war nervös gewesen. Sein erster Mord. Bisher hat er jeweils nur zugeschaut, nie selbst Hand anlegen müssen. Darum hat er nicht die Ruhe bewahren können, die nötig gewesen wäre. Er ist zu schnell vorgegangen. In die Wohnung zu gelangen, war ein Kinderspiel. Wie schon beim letzten Mal stand zwei Häuser weiter rechts die Eingangstür offen. Durch das Treppenhaus gelangte er aufs Dach und von dort weiter auf die Dachterrasse von Milla Nova. Das alte Schloss ihrer Wohnungstür, das sich mit einem Bartschlüssel öffnen ließ, knackte er rasch und leise. Er erwartete, dass sie noch im Bett war, doch sie stand schon in der Küche und hantierte mit Katzenfutter herum. Sie hörte ihn nicht kommen. Merkte nicht, wie er mit der Waffe im Anschlag auf sie zutrat. Sie wollte gerade den Futternapf für den Kater auf den Boden stellen, als sie innehielt. Weil sie ihn wahrnahm. Sie schnellte herum. Erst in diesem Augenblick erkannte er, dass sie eine andere war. Die falsche Frau. Doch da war es zu spät. Gab es kein Zurück mehr. Sein Finger hatte sich bereits reflexartig gekrümmt, die Kugel traf sie mitten in die Brust, zerfetzte ihre Organe, bohrte sich durch sie hindurch. In ihren Augen erkannte er, dass sie realisierte, was mit ihr geschah. Dass sie sofort wusste, dass es ihr Ende war. Sie prallte zurück, als habe ihr jemand einen kräftigen Stoß versetzt, und versuchte, sich mit einer Hand an der Theke festzuhalten. Blieb einige Sekunden aufrecht stehen. Dann fiel sie auf die Knie, kippte vornüber. Als sie auf dem Boden aufschlug, muss sie schon tot gewesen sein. Sie gab keinen Laut von sich. Nur der dumpfe Aufprall ihres Körpers zwang der Stille nach dem Schuss eine kurze Pause auf. Unter ihrem Bauch sickerte langsam das Blut hervor. Er beugte sich über sie und drehte sie halb um. Kannte das Gesicht nicht. Hatte es noch nie gesehen. Er ließ sie zurück auf den Boden gleiten. Dann schlug er mit der Faust auf die Küchentheke. Was hatte diese fremde Frau hier zu suchen, verdammt! Er war außer sich, hätte am liebsten laut gebrüllt. Wie konnte er einen solchen Fehler begehen.

Zurück in seinem Hotelzimmer, hat er sich mittlerweile etwas beruhigt. Die Waffe trägt er noch immer am Körper. Er wird sie noch einmal gebrauchen müssen. Aber nicht jetzt, er muss zuerst zur Ruhe kommen, sich wieder sammeln. Der Mann zieht sich aus, begibt sich ins Badezimmer, stellt sich so lange unter das brühheiße Wasser, dass es schmerzt. Dann zieht er frische Kleidung an, kämmt sich das ergraute volle Haar und macht sich auf den Weg zur Lobby. Er muss seinen Aufenthalt verlängern. Seine Abreise erfährt eine unbestimmte Verzögerung.

»Geschäftliche Gründe«, sagt er zum Rezeptionisten hinter der Theke, der eine altmodische Uniform trägt. Grüner grober Stoff mit goldenen Knöpfen.

»Ein paar Tage mindestens, kann ich das Abreisedatum offenlassen?«

Er kann. Dabei würde er sich zu gern ins nächste Flugzeug setzen und nach Hause fliegen. Zu seinem Vater, der ihm fehlt. Für dessen Rat er im Moment alles geben würde. Er weiß, dass er keine Antwort erhielte. Dass er nie mehr eine Antwort erhalten wird. Er muss das jetzt alleine erledigen. Das Problem aus der Welt schaffen, so, wie es ihn sein Vater gelehrt hat. So, wie er es ihm vor der Abreise versprochen hat. Er darf jetzt nicht aufgeben. Muss es zu Ende bringen. Sein Vater soll stolz auf ihn sein.

34

Milla Nova versteht nicht, was ihr Sandro Bandini zu erklären versucht. Das heißt, sie hört schon, was er sagt, aber sie begreift den Inhalt seiner Worte nicht. Kann sie zu keiner sinnvollen Aussage zusammensetzen. Mord. Nachbarin. Tot. Küche. Ihre Küche. Sie weiß nichts damit anzufangen. Ihr Verstand weigert sich, die Nachricht aufzunehmen.

»Frau Nova, ich fürchte, der Mörder hatte es auf Sie abgesehen, nicht auf Ihre Nachbarin.«

»Annalena oder Bernadette?« Das ist das Einzige, was Milla in den Sinn kommt. Sie bringt nichts anderes als diese Frage heraus.

»Die Tote heißt Annalena Mühlenthaler. Bernadette Gisiger hat sie identifiziert.«

Annalena, denkt Milla, die sich noch immer Wolfgangs Unding von einem Mobiltelefon ans rechte Ohr drückt.

»In meiner Küche?«, fragt sie.

»Ja, es tut mir sehr leid.« Das tut es Sandro Bandini wirklich. Doch am liebsten würde er Milla Nova auch sagen, wie froh er ist, dass nicht sie in ihrem Blut dort auf dem Boden liegt. Dass die tote Frau nicht ihre tollen Locken hat. Dass er die Welt umarmen könnte, weil er am Tatort in gebrochene Augen blickte, die eine dunkle Färbung aufwiesen, und nicht in ihre grünen. Aber all das sagt er ihr nicht.

»Wir werden Sie in Zürich abholen, Sie sollten jetzt nicht allein sein.«

»Ich kann den Zug nehmen.« Millas Antwort kommt ganz automatisch. Sie überlegt sich nichts dabei.

»Frau Nova, Sie nehmen nicht den Zug! Ich will nicht noch einmal an einen Tatort gerufen werden und damit rechnen müssen, Ihre Leiche vorzufinden. Ich will Sie lebend wiedersehen, und darum warten Sie jetzt, wo Sie sind; ich hole Sie ab.«

Sandro Bandini ist heftig geworden. Milla realisiert, dass er keinen Widerspruch duldet.

»Ich warte«, gibt sie klein bei. Und es macht ihr gar nichts aus. Im Gegenteil. Es tut ihr gut, dass sich jemand um sie kümmert.

*

Annalena. Tot. Weil sie Iggy füttern wollte. Den Kater, dessen Schwester erhängt wurde. Tot. Annalena. In meiner Wohnung. Milla Nova denkt und denkt und begreift es nicht. Sie sitzt in ihrem Büro in der Redaktion, sitzt einfach nur da und wartet. Und denkt. Unkoordinierte Überlegungen jagen sprunghaft durch ihr Gehirn. Dass sie sich eine Wohnung suchen muss. Weil sie unmöglich an der Gerechtigkeitsgasse bleiben kann. Gerechtigkeitsgasse. Gerechtigkeit. Das stand in Valentin Mannharts Bekennerbrief nach den vier Morden. Bekennerbrief. Drohmail. *Das ist unsere letzte Warnung. Lass die Finger davon! Sonst wird es blutig enden*, schrieben ihr die Neonazis. Jetzt haben sie die Drohung wahr gemacht. Nur haben sie die Falsche erwischt. Sandro Bandini. Er holt sie ab. Sie hat sich das nächste Treffen mit ihm anders vorgestellt. Bernadette hat Annalena identifiziert. Hoffentlich geht es ihr gut. Was tue ich meinen Nachbarinnen an? Keine Dachterrassenabende mehr. Annalena. Tot. Und ich bin schuld daran.

Milla kann ihre Gedanken nicht ordnen und ihre Gefühle nicht deuten. Sie fürchtet sich davor, dass Sandro Bandini bald da sein wird. Denn dann wird das Unerträgliche zur Tatsache und nicht länger zu verdrängen sein. Sie wird mit ihm darüber sprechen müssen. Er wird ihr Fragen stellen. Sie wird in ihre Wohnung gehen müssen. In ihre Wohnung, in der sie sich nie mehr wird zu Hause fühlen können. Weil Annalena dort gestorben ist – an ihrer Stelle. Sie selbst lebt. Wie ungerecht. Milla spürt nicht, ob sie sich dafür schämt oder darüber freut. Sie spürt überhaupt nichts mehr.

»Milla?« Wolfgang erschrickt, als er sie zusammengesunken auf ihrem Stuhl sitzen sieht. Erbärmlich schaut sie aus. Als leide sie an einer schweren Krankheit. Nur noch ein Schatten ihrer selbst.

»Ja?«

»Ein Mann von der Polizei ist da, er wartet unten am Empfang.«

»Danke.«

»Pass auf dich auf.«

»Mach ich.«

Milla greift sich ihre Tasche und prüft, ob sie die Schlüssel eingepackt hat. Schaltet ihren Computer aus. Dann steigt sie in den Lift, fährt elf Stockwerke hinab und fühlt sich, als müsste sie zur schwersten Prüfung ihres Lebens antreten.

Als sie durch die Glastür in den Empfangsraum tritt und Sandro Bandini auf sie zukommt, schießen ihr die Tränen in die Augen. Er reicht ihr nicht die Hand, sondern umfasst sanft ihre Schulter und sagt erneut, wie leid ihm tue, was passiert sei. Schweigend gehen sie hinaus zum Parkplatz, steigen in Bandinis Auto.

*

Zur gleichen Zeit wimmelt es in Millas Wohnung von Polizisten. Die Spurensicherung ist noch immer beschäftigt, die Gerichtsmedizinerin Irena Jundt ist ebenfalls vor Ort, und auch Lisa Kunz, die Chefin des Dezernats Leib und Leben, ist eingetroffen. Sie wird diesen Mordfall selber leiten.

»Wo ist Sandro?«, fragt sie ihren Kollegen Felix Winter. Sie hat am Morgen einen riesigen Schreck gekriegt, als sie die Meldung erhielt, eine gewisse Milla Nova sei ermordet worden. Sofort ist ihr das Gespräch mit Sandro Bandini in den Sinn gekommen, wie seltsam er dabei reagiert hat und wie er ihr erklärte, dass er nicht wegen einer toten Journalistin namens Milla Nova werde ermitteln wollen. Dass die Tote in Novas Wohnung nun gar nicht Nova ist, macht die Sache nicht besser. Lisa Kunz fragt sich, ob sie die Situation falsch eingeschätzt hat – die Leiche, die vor ihr auf dem Boden liegt, scheint ein stichhaltiger Beweis dafür zu sein. Aber hätte sie wirklich voraussehen können, dass diese Rechtsextremisten ihre Drohungen wahr machen würden? Lisa Kunz weiß es nicht. Und was hätten sie denn tun sollen? Milla Nova rund um die Uhr zu überwachen, wäre völlig unverhältnismäßig gewesen – und die tote Frau, die in der Küche am Boden liegt, ist die Bestätigung dafür, dass die Polizei diesen Mord auch dann nicht hätte verhindern können, wenn sie Frau Nova unter Personenschutz gestellt hätte. Weil die Tote gar nicht Milla Nova ist. Trotzdem fühlt sich Lisa Kunz gar nicht gut.

»Sandro ist auf dem Weg nach Zürich, er holt die Journalistin ab.« Felix Winter zerrt Lisa Kunz aus ihren Gedanken.

»In Zürich? Er holt sie selbst ab?« Hab ich mich also doch nicht geirrt, denkt Lisa Kunz, da läuft was zwischen den beiden. Sie wird mit Bandini reden müssen. »Wissen wir schon etwas?«, will sie von Winter wissen.

»Wir konnten keine Einbruchspuren feststellen. Die Nachbarin Bernadette Gisiger sagte aus, dass die Eingangstür unten abgeschlossen war. Möglicherweise ist die Täterschaft über das Dach ins Haus gelangt. Die Tür zur Dachterrasse ist nicht verschlossen, jene zur Wohnung weist ein uraltes Schloss auf, das kein großes Hindernis darstellt. Wer hier reinwill, kommt rein. Vielleicht ist der Täter ja schon einmal hier gewesen. Um eine Katze zu erhängen.« Das ist alles, was Felix Winter bisher in Erfahrung bringen konnte.

»Irena?« Lisa Kunz wendet sich an die Gerichtsmedizinerin.

»Sie ist wohl noch keine zwei Stunden tot. Die zweite Nachbarin, die gemerkt hat, dass hier oben etwas nicht stimmt, muss dem Mörder beinahe über den Weg gelaufen sein. Der Schuss trat leicht oberhalb des Brustbeins ein und wirkte wahrscheinlich sofort tödlich. Er wurde aus nächster Nähe abgegeben. Es sieht so aus, als sei sie gerade dabei gewesen, die Katze zu füttern.«

»Darum war sie hier in der Wohnung«, folgert Lisa Kunz. »Sie fütterte Frau Novas Katzen, der Täter hielt sie für Milla Nova und schoss.«

»Ob er wohl weiß, dass er die Falsche erwischt hat?«, überlegt Felix Winter laut.

»Hoffentlich nicht. Denn sonst ist die echte Milla Nova noch immer in ernsthafter Gefahr.«

»Gut, dass Bandini bei ihr ist«, stellt Winter fest.

Wie man's nimmt, denkt Lisa Kunz. Sie vereinbart mit ihren Leuten, dass sie sich noch am gleichen Nachmittag um drei Uhr zu einer ersten Sitzung treffen. Dann wählt sie Sandro Bandinis Nummer.

35

Sie kommen nur langsam voran. Die vielen Baustellen auf der Autobahn zwischen Zürich und Bern bremsen den Verkehr. Sandro Bandini wird Milla Nova nicht zu ihr nach Hause, sondern direkt ins Präsidium fahren. Sie soll ihre Wohnung erst zu Gesicht bekommen, wenn die Leiche abtransportiert ist und die Untersuchungen abgeschlossen sind. Auch dann darf sie in Begleitung nur rasch die nötigsten Dinge holen, die sie braucht, danach wird der Tatort vorerst versiegelt.

Während der Fahrt wirbeln Sandro Bandini zahlreiche Fragen durch den Kopf, die er Milla Nova gerne stellen würde. Doch nach dem Anruf seiner Chefin ist ihm klar, dass er sich zurückhalten muss. Lisa Kunz klang verärgert, als sie ihn zur Rede stellte, warum er persönlich nach Zürich gefahren sei, wo das doch ebenso gut jemand aus einer anderen Abteilung hätte übernehmen können. Und als er ihr keine klare Antwort auf ihre Frage lieferte, kündigte sie ihm an, dass sie ihn auf dem Revier unter vier Augen sprechen wolle. Er kann sich denken, worum es geht. Denn Lisa Kunz liegt mit ihrer Vermutung nicht so falsch. Bandini fühlt sich durchschaut. Seine Chefin beschied ihm, dass sie selbst Frau Nova als Zeugin einvernehmen werde. Er, Bandini, solle sich da raushalten.

Aber sie kann schließlich nicht von ihm erwarten, Milla Nova während der ganzen Fahrt bloß anzuschweigen.

»Haben Sie Freunde oder Verwandte, bei denen Sie vorübergehend wohnen können?«, fragt Bandini.

Milla zuckt zusammen. Sie ist gerade weit weg gewesen. »Ich glaube schon.«

Darüber hat sie sich noch keine Gedanken gemacht. Sicher könnte sie das Sofa von Bernadette beziehen, die bestimmt froh wäre, nicht ganz allein im Haus zu sein. Aber Milla ist sich nicht sicher, ob sie in die Gerechtigkeitsgasse zurückkehren will. Sie könnte wieder ihre Bürokollegin Katrin fragen, ob sie in ihrem Gästezimmer in Oerlikon übernachten dürfe. Milla wäre aber lieber in Bern als in Zürich. Zu ihrer Mutter will sie auf keinen Fall. Die wird sich sonst die größten Sorgen machen und Milla keine Minute mehr allein lassen. Das, bei aller Liebe zu ihrer Mutter, kann sie jetzt ganz und gar nicht brauchen.

»Ich weiß noch nicht, wohin ich gehe, aber ich werde schon irgendwo unterkommen.«

»Sie müssen uns sagen, wo Sie sich aufhalten, wir werden Ihnen jemanden an die Seite stellen«, sagt Sandro Bandini, ohne zu wissen, ob es auch so sein wird. Andererseits kann er sich nicht vorstellen, dass Lisa Kunz für Milla Nova keinen Personenschutz vorsieht. Sie wird kein zweites Mal darauf verzichten, hofft er. Und falls seine Chefin erneut abblockt, wird er sich diesmal nicht davon abhalten lassen, den Job persönlich zu übernehmen.

Milla äußert sich nicht dazu, nimmt es zur Kenntnis. Froh, im Moment keine eigenen Entscheidungen fällen zu müssen.

*

Im Präsidium angekommen, führt Bandini Milla in ein Zimmer im Untergeschoss, das nur mit einem Tisch und drei Stühlen möbliert ist. Auf dem Holztisch liegt ein Aufnahmegerät, in der Zimmerecke steht eine kleine Handkamera auf einem Stativ. Nicht gerade ein günstiges Modell, konstatiert Milla. Drei Wände sehen aus, als wären sie einst weiß gewesen, die vierte Wand besteht zum größten Teil aus dunklem Glas, ein Venezianischer Spiegel. Der Verhörraum, denkt Milla. Ihr ist es egal, ob jemand hinter der Scheibe steht und sie beobachtet.

»Das ist unser ›Kino‹«, erklärt ihr Bandini, »so nennen wir das Zimmer, in dem wir die Verdächtigen vernehmen. Wir brauchen es aber auch, um mit Zeugen und Auskunftspersonen zu sprechen, weil es der einzige Raum ist, der mit Aufnahmegeräten ausgestattet ist.«

Milla nickt. Sie wünschte, alles wäre schon vorbei. Oder, besser noch, es würde nie beginnen.

In dem Moment betritt eine schlanke Frau mit kurzem blondem Haarschopf und aufmerksamen dunklen Augen das Zimmer. Sie schreitet auf Milla Nova zu, streckt ihr den Arm entgegen, schüttelt ihr mit kräftigem Druck die Hand. Milla fallen die attraktiven langen Finger der Polizistin auf.

»Frau Nova, es freut mich, Sie kennenzulernen, wobei ich natürlich die Umstände bedaure. Mein Name ist Lisa Kunz, ich leite die Ermittlungen.«

Bevor Lisa Kunz das Gespräch fortsetzt, wirft sie Bandini, der eigenartig unentschlossen neben ihr steht, einen Blick zu, den er sofort versteht. Er hebt entschuldigend die Hände und verabschiedet sich von Milla.

»So, ich muss dann wieder. Wir sehen uns später.«

Milla nickt ihm zu und nimmt, als Lisa Kunz sie dazu auffordert, auf einem der Stühle Platz. Die Polizeichefin erklärt ihr noch einmal kurz, was sie in Millas Wohnung vorgefunden haben, ohne jedoch ins Detail zu gehen. Und sie wiederholt, dass die Polizei davon ausgeht, dass der Anschlag nicht Annalena, sondern ihr gegolten habe.

»Und das bedeutet Folgendes.« Lisa Kunz blickt Milla

eindringlich an. »Erstens: Sie befinden sich nach wie vor in großer Gefahr. Wir werden Ihnen Personenschutz gewähren. Zweitens: Wir sind auf Ihre Hilfe angewiesen. Sie müssen uns alles erzählen, was Sie wissen. Auch das kleinste Detail, das Ihnen möglicherweise unwichtig erscheint, kann für uns eine große Bedeutung haben. Nur wenn Sie uneingeschränkt mit uns kooperieren, haben wir eine Chance, die Person zu überführen, die Annalena Mühlenthaler getötet hat.«

Wieder nickt Milla. Sie fragt sich, ob Lisa Kunz daran zweifelt, dass ihr der Ernst der Lage bewusst ist. Denn das ist er. Sehr bewusst sogar.

Die Befragung dauert fast eineinhalb Stunden. Milla berichtet von ihrer Arbeit, wie sie auf das Thema der Neonazis gestoßen ist, wen sie interviewt hat, wo sie Filmaufnahmen gemacht hat. Sie schildert, was sie über den Holocaustleugner Klaus Mohr herausgefunden und wann sie die Drohmails erhalten hat. Sie erzählt der Kommissarin, die ihr aufmerksam zuhört, auch von jenem Abend, als sie das Gefühl hatte, verfolgt zu werden.

»Warum war Annalena Mühlenthaler heute Morgen in Ihrer Wohnung?«, erkundigt sich Lisa Kunz.

»Ich hatte beschlossen, in Zürich zu bleiben, und Annalena hat angeboten, meinen Kater zu füttern.«

Lisa Kunz sieht ihren Verdacht bestätigt.

»Fühlten Sie sich in der letzten Zeit beobachtet?« Milla Nova verneint.

»Haben Sie in den letzten Monaten andere Beiträge verfasst, mit denen Sie jemanden verärgert haben könnten?«

»Das dürften mehrere sein …«

»Ich möchte, dass Sie mir die Beiträge auf einer Liste zusammentragen, inklusive der Namen der Personen, die darin vorkamen.«

Wieder ein Nicken. Milla ist bereit, alles zu tun, was von ihr verlangt wird. »Denken Sie, dass Sie ihn kriegen werden?«, fragt sie unsicher.

Lisa Kunz, die sich gerade eine Notiz macht, blickt auf. Überlegt einen Augenblick.

»Doch, ich denke, wir werden ihn fassen. Und zwar, bevor er Ihnen etwas antun kann.«

Milla fragt sich, ob das die Standardantwort der Kommissarin oder ihr ehrliches Gefühl ist.

»Sie müssen sich überlegen, wo Sie in den nächsten Tagen wohnen wollen«, unterbricht Lisa Kunz ihre Mutmaßungen.

»Darf ich ein paar Anrufe erledigen?«

»Selbstverständlich.«

Lisa Kunz bringt Milla in ein Büro, wo sie ungestört telefonieren kann, und bittet sie, dort zu warten, bis die Lagebesprechung beendet ist. Sie selbst oder jemand von ihrem Team hole sie dann ab, um sie in ihre Wohnung zu begleiten. »Und falls Sie uns bis dahin die Liste mit den Beiträgen und den betroffenen Personen zusammenstellen könnten, wäre ich Ihnen dankbar.«

Lisa Kunz erntet erneut ein Nicken, bevor sie durch die Tür verschwindet und die Journalistin allein zurücklässt.

36

Milla Nova ist unschlüssig, wen sie anrufen soll. Sie mag nicht über das Geschehene sprechen. Will es nicht wahrhaben müssen. Wenn sie aber jemanden fragen soll, ob sie temporär bei ihm oder ihr einziehen könne, kommt sie nicht umhin, den wahren Grund zu nennen – zumal die Polizisten, die sich draußen vor der Tür postieren werden, kaum zu übersehen sein dürften. Eine Variante wäre, in einem Hotel abzusteigen. Aber Milla ahnt, dass ihr, ganz allein in einem kargen Hotelzimmer, innerhalb kürzester Zeit die Decke auf den Kopf fallen würde. Dabei macht ihr das Alleinsein sonst nie etwas aus. Im Gegenteil, meistens weiß sie es zu schätzen. Aber gerade jetzt könnte sie es nicht ertragen. Also klappt sie ihr Mobiltelefon auf und wählt Bänz' Nummer.

»Wiprächtiger.«

»Bänz, hier ist Milla. Ich brauche deine Hilfe.«

»Das« – Bänz lacht am anderen Ende der Leitung – »kommt mir irgendwie bekannt vor …«

»Es ist etwas Schlimmes passiert, und ich weiß nicht, an wen ich mich wenden soll«, unterbricht ihn Milla. Sie muss gegen die Tränen kämpfen, ihre Stimme entgleitet ihr. »Darf ich vorübergehend bei dir wohnen?«, bringt sie gerade noch heraus.

Damit hat Bänz nicht gerechnet. Er merkt, dass etwas ganz und gar nicht stimmt. »Was ist passiert?«

Milla räuspert sich, schluckt zweimal. »Annalena ist tot. Sie wurde in meiner Wohnung ermordet.«

Erst in dem Moment, als Milla diese beiden Sätze ausspricht, erfasst sie wirklich, was passiert ist. Die schreckliche Erkenntnis droht sie in einen Abgrund zu ziehen. Ein Sturz ins Bodenlose.

»Annalena? Deine Nachbarin? Sie ist tot? Ermordet?«, fragt Bänz fassungslos.

Milla nickt.

»Milla, bist du noch dran?«

»Ja, ich bin noch da.« Sie muss schluchzen. »Du hast richtig gehört. Annalena ist in meiner Wohnung erschossen worden.«

Bänz kann es kaum glauben. Was Milla da erzählt, klingt zu abstrus.

»Klar kannst du bei mir wohnen. Soll ich dich irgendwo abholen?«, bringt er schließlich heraus.

»Nein, das ist nicht nötig, ich denke, die Polizei wird mich zu dir bringen. Sie wollen mich beschützen. Ich weiß aber nicht genau, wie lange das hier noch dauert.«

»Kein Problem. Ich bin zu Hause.«

»Danke, Bänz«, verabschiedet sich Milla.

Dann sitzt sie eine gefühlte Ewigkeit still da. Sammelt sich. Reißt sich zusammen. Wählt auf ihrem Handy eine neue Nummer.

»Milla! Bist du okay?«

Bernadette brüllt förmlich in ihr Ohr, bevor Milla zu Wort kommt. Ihr tut es gut, Bernadettes Stimme zu hören.

»Bei mir ist alles in Ordnung. Und du? Kommst du klar?«

»Mach dir um mich keine Sorgen.«

Bernadettes Stimme hört sich an wie immer. Milla ist erleichtert.

»Es ist schrecklich, was passiert ist«, fährt Bernadette fort. »Ich hörte Iggy ganz grässlich miauen, er hörte nicht mehr auf. Als ich schließlich die Treppe zu dir hochgestiegen bin, sah ich, dass die Tür offen stand. Ich ahnte schon Schreckliches, traute mich fast nicht in die Wohnung hinein. Hinter der Küchentheke sah ich dich dann liegen, das heißt, ich meinte zuerst, ich sähe dich da liegen, aber eigentlich erkannte ich nur ein Paar Beine mit zwei Füßen. Ich machte auf der Stelle kehrt und stürzte aus der Wohnung. Ich Feigling, ich. Dann habe ich bei Annalena Sturm geklingelt, damit sie helfen käme. Aber sie hat einfach nicht aufgemacht. Also rief ich einen Krankenwagen.«

»Die arme Annalena, und ich bin an allem schuld.«

»Hör auf damit!«, sagt Bernadette energisch. »Du kannst überhaupt nichts dafür!«

»Wissen Annalenas Eltern Bescheid, und Rita, ihre Freundin?«

»Die Polizei hat die Angehörigen informiert. Rita war heute schon hier und hat mit einem Beamten geredet.«

Milla schnürt es das Herz zusammen, wenn sie an das Leid denkt, den Schmerz, die unendliche Traurigkeit. Neben ihrer eigenen Trauer drückt sie, auch wenn Bernadette nichts davon hören will, eine weitere Last zu Boden: die Schuld. Ihre Stimme klingt dünn, als sie wieder zu sprechen beginnt.

»Bernadette, ich werde vorübergehend bei einem Freund übernachten, bei Bänz, dem das Spielparadies in der Rathausgasse gehört. Ich mach's aber nur, falls du damit klarkommst, allein im Haus zu sein.«

»Milla, echt, das ist kein Problem. Solange ich nicht in deine Wohnung raufmuss, um Iggy zu füttern …«

Iggy! Sie muss ihn dort herausholen. Hoffentlich, überlegt Milla, hat Bänz keine Katzenallergie.

»Ich hole Iggy ab. Und, Bernadette, es tut mir leid. Es tut mir unendlich leid, dass das alles passiert ist.« Milla schluchzt in den Hörer.

»Mir tut es auch leid. Arme Annalena. Die müssen diesen Mörder fassen. Er trägt die Schuld, nicht du!«

»Danke. Also, mach's gut, und danke. Und bis bald.« Milla würde am liebsten gar nicht aufhängen. Aber aus dem Hörer kommt nur noch das Besetztzeichen.

Kaum will Milla ihr Telefon weglegen, beginnt es zu vibrieren. Die Gewohnheit lässt sie den Anruf entgegennehmen. Bevor sie realisiert, dass sie mit gar niemandem sprechen mag, hat sie sich schon gemeldet.

»Kesselring hier«, tönt es aus ihrem Gerät.

Ein Name aus einem anderen Leben, denkt Milla.

»Ich wollte Ihnen nur mitteilen, dass Sie recht hatten. Auf Herrn Mannhart ist tatsächlich ein Anschlag verübt worden. Die Tests im Labor haben gezeigt, dass seine Medikamente, die das Blut verdünnen, mit solchen ausgetauscht wurden, die das Gegenteil bewirken. Da wollte offenbar jemand das kranke Herz von Herrn Mannhart überstrapazieren und zum Stillstand bringen.«

Milla Nova schüttelt heftig den Kopf, als könne sie so die Worte des Gefängnisdirektors abschütteln.

»Frau Nova, hallo?«

»Sind Sie sich sicher?«, fragt Milla.

»Absolut. Wir haben die Polizei eingeschaltet. Ich möchte mich bei Ihnen …«

»Danke für die Nachricht«, unterbricht ihn Milla matt und drückt so lange auf den roten Knopf, bis sich ihr Telefon ausschaltet.

*

Zur gleichen Zeit sitzt Lisa Kunz im Besprechungszimmer am Kopfende eines langen weißen Tisches. Rechts und links haben zehn Männer und zwei Frauen Platz genommen; die neue Sonderkommission. Lisa Kunz nennt sie Soko Nova – obwohl das Opfer einen anderen Namen trug. Das neu zusammengesetzte Team trägt alle vorhandenen Informationen zusammen. Sandro Bandini erzählt, dass er nach der Tötung der Katze den beiden einschlägigen Gestalten aus der rechtsextremen Szene, Klaus Mohr und Patrick Kocher, einen Besuch abgestattet hat, was ihm einen weiteren vorwurfsvollen Blick seiner Chefin einträgt. Er lässt sich nicht beeindrucken.

»Patrick Kocher beurteile ich als harmlos, aber ich finde, wir sollten ihn trotzdem vorladen und noch einmal genau prüfen«, gibt er in die Runde. »Klaus Mohr traue ich alles zu. Auch einen Mord. Aber er dürfte sich kaum selbst die Finger schmutzig gemacht haben.«

»Auch ihn werden wir herbestellen. Oder besser, wir holen ihn ab. Mit dem Streifenwagen. Inklusive Blaulicht, damit es alle mitbekommen«, bestimmt Lisa Kunz. Dann gibt sie das Wort weiter an Felix Winter.

»Ich gehe davon aus, dass Annalena und die Katze vom selben Mann getötet wurden. Bei der Katze haben wir eine DNA-Spur gefunden, mutmaßlich stammt sie vom Täter. Ich hoffe sehr, dass er beim Mord an Annalena Mühlenthaler nicht vorsichtiger war und noch einmal genetisches Material zurückgelassen hat. Aber die Auswertungen der Spuren durch das Institut für Rechtsmedizin liegen noch nicht vor. Leider bringt uns diese einzige Spur am Seil der toten Katze derzeit nicht weiter: In der nationalen DNA-Datenbank ergab sie keinen Treffer, und auch im gesamteuropäischen Fahndungssystem SIS sind wir nicht fündig geworden. Der Kerl scheint neu im Geschäft zu sein – oder er war bisher vorsichtiger. Wir haben zudem eine weltweite Anfrage eingereicht, doch von Interpol haben wir noch keine Antwort erhalten.« Felix Winter blättert kurz in seinem

Notizblock. »Auch Irena Jundt ist noch nicht fertig mit ihrem Bericht. Die Todesursache ist laut Gerichtsmedizinerin aber eindeutig: Annalena Mühlenthaler wurde aus nächster Nähe erschossen. Der Schuss drang direkt in ihr Herz, sie war sofort tot. Die Tatwaffe ist eine Glock 17.«

»Danke, Felix.«

Als niemand mehr etwas zu sagen hat, verteilt Lisa Kunz alle anstehenden Aufgaben: Der Personenschutz für Milla Nova muss organisiert, sämtliche Nachbarn an der Gerechtigkeitsgasse müssen befragt werden. Die Spurensicherung hat die Zugänge zu den angrenzenden Häusern und Dächern zu kontrollieren, die Spezialisten vom Technischen Dienst werden untersuchen, ob aus derselben Waffe schon bei einem anderen Delikt ein Schuss abgegeben wurde. Jemand muss Milla Novas Liste mit den anderen Personen durchgehen, denen sie bei ihrer Arbeit auf die Füße getreten ist. Ein Kenner der rechtsextremen Szene soll die Filmaufnahmen zu ihrem Neonazi-Beitrag analysieren. Auch mit Frau Novas Arbeitgeber werden sie sich unterhalten müssen. Und ein IT-Spezialist soll versuchen, die Herkunft sämtlicher Drohmails zu eruieren. Lisa Kunz selbst muss sich mit den Kollegen der Presseabteilung zusammensetzen, was definitiv nicht zu ihren Lieblingsaufgaben zählt. Doch es würde von niemandem akzeptiert, wenn die Polizei gegenüber den Medien einen gewaltsamen Tod in Bern unterschlüge. In solchen Fällen will aber gut überlegt sein, wie viel man der Öffentlichkeit preisgibt. Manchmal muss die halbe Wahrheit genügen; Lisa Kunz beabsichtigt, das Tötungsdelikt an der Gerechtigkeitsgasse mit knappen Worten zu vermelden. Dass bei der Tat die falsche Frau zum Opfer wurde, wird sie verschweigen. Zum Schluss erklärt die Kommissarin ihrem Team, dass sie am nächsten Tag gleich morgens Klaus Mohr und Patrick Kocher im Präsidium haben will, um sie zu befragen. Damit schließt sie die Sitzung. Bevor nun die Medien zum Zug kommen, hat sie noch etwas anderes zu erledigen.

»Du«, wendet sie sich an Sandro Bandini, der gerade im Begriff ist, sich zu erheben, »kommst bitte noch kurz mit in mein Büro.«

Bandini fühlt sich wie ein Schuljunge, der beim Schummeln erwischt worden ist, während er neben Lisa Kunz hergeht. Er ärgert sich darüber. Denn seine Chefin kann ihm keine Vorwürfe machen. Er hat die Grenze nicht überschritten.

Während er die Tür des Chefzimmers hinter sich schließt, setzt sich Lisa Kunz in ihren schwarzen Bürostuhl aus Leder und fordert Bandini auf, ebenfalls Platz zu nehmen. Sie schaut ihn einen Moment lang wortlos an, bevor sie zu ihrer Standpauke ansetzt.

»Wir waren immer offen und ehrlich zueinander …«

»… und wir werden auch in Zukunft immer offen und ehrlich zueinander sein«, unterbricht Sandro Bandini und entlockt ihr damit ein Lächeln. Immerhin.

»Dann sag mir: Was läuft zwischen dir und Milla Nova?«

»Gar nichts!«, gibt Bandini zurück.

»Bist du sicher?«

»Ich muss es ja wohl wissen. Sie gefällt mir. Ich finde sie sympathisch. Das ist alles, und das ist nicht verboten.«

»Du hast das Gefühl, dich um sie kümmern zu müssen.«

Bandini zögert. Frau Oberkommissarin hat, wie so oft, ins Schwarze getroffen. Sie lässt sich nichts vormachen.

»Das ist doch nicht verwerflich«, sagt er langsam. »Kann unter Umständen sogar nützlich sein. Zumindest habe ich recht behalten: Sie war in Gefahr. Und sie ist es immer noch.«

Sandro Bandini trifft damit einen wunden Punkt. Immer

wieder ist Lisa Kunz in Gedanken das Gespräch durchgegangen, das sie mit Bandini kurz nach dieser Katzengeschichte geführt hatte. Sie hat es auseinandergenommen, Wort für Wort, um dahinterzukommen, ob und warum ihr eine Fehleinschätzung unterlaufen ist. Obwohl sie ihr Denken und ihre Energie gerade jetzt auf die Zukunft ausrichten müsste, nicht auf die Vergangenheit, lässt ihr eine Frage keine Ruhe: Hätte sie die Tat voraussehen können, voraussehen *müssen*? Lisa Kunz zwingt sich, sich wieder auf Bandini zu konzentrieren. Sie schätzt ihn als Mitarbeiter und will unter keinen Umständen auf ihn verzichten. Unter *fast* keinen Umständen.

»Du kennst die Grenze. Sobald du aus persönlicher Betroffenheit handelst, wirst du unprofessionell. Also halt dich zurück – zumindest bis wir den Täter gefasst und diese Sache abgeschlossen haben.« Lisa Kunz hat einen scharfen Ton angeschlagen. »Und sollte ich sehen, dass du das nicht kannst, werde ich dich von dem Fall abziehen. Respektive hoffe ich, dass du das rechtzeitig selbst erkennst und dich freiwillig zurückziehst.«

»Das wird nicht nötig sein.« Bandini hört sich überzeugend an und will selbst daran glauben.

Lisa Kunz blickt ihn zweifelnd an. Nickt dann aber.

»Gut, also lass uns an die Arbeit gehen.«

37

Sandro Bandini holt Milla Nova im Wartezimmer ab, übergibt ihre Liste mit Namen und TV-Beiträgen seinem Kollegen Felix Winter und fährt mit ihr zur Gerechtigkeitsgasse. Sie sprechen kein Wort. Milla will nicht, Bandini darf nicht. Als sie gemeinsam die Treppe hinaufsteigen, fragt er sie, ob er draußen warten soll. Milla schüttelt den Kopf; sie ist froh, dass er dabei ist. Als sie die Wohnung betreten, stellt Milla fest, dass es anders riecht. Ihr eigener Geruch wurde verdrängt von etwas Fremdem, das den gesamten Raum eingenommen hat und an den Wänden hängen geblieben ist. Sie durchquert das kleine Entree, hält inne, bewegt sich vorsichtig auf die Küche zu. Schaut hin. Der Blutfleck auf dem Boden hat die Form einer großen Birne. Milla schließt die Augen.

»Entschuldige, Annalena, es tut mir so leid«, flüstert sie leise, sodass es Sandro Bandini nicht mitbekommt.

Dann beginnt Milla wieder zu funktionieren. Sie greift sich Iggys Napf, holt die Schachtel mit dem Futter aus dem Schrank und drückt sie dem verdutzten Sandro Bandini in die Hände.

»Können Sie die mal ein bisschen schütteln, wir müssen Iggy mitnehmen«, sagt sie, während sie das Fenster öffnet.

Sandro Bandini tut, wie ihm geheißen, und kommt sich dabei etwas albern vor. Milla weist ihn an, kräftig und hörbar weiterzurasseln, sie sei gleich wieder da. Dann holt sie aus der kleinen Abstellkammer im Treppenhaus die Transportkiste für den Kater. An der Wohnungstür kreuzen sich die Wege von Milla und Iggy, der zielstrebig auf das Geräusch aus der Küche zusteuert. Sie lässt ihrem Kater den Vortritt, schließt die Tür hinter ihm, nimmt Bandini das Futter ab und hält Iggy eine Handvoll hin. Kaum beginnt der Kater zu fressen, packt sie ihn und steckt ihn in die Transportkiste. Der Trick funktioniert immer.

Milla begibt sich ins Schlafzimmer, holt die leere Sporttasche vom Schrank herunter und stopft beliebig Kleidung hinein, die für eine Woche reichen muss. Im Badezimmer ist sie noch schneller fertig; Kajal, Eyeliner, Deodorant, Duschzeug. Einige Wattestäbchen. Eine Packung Kopfschmerztabletten, ihre Haar- und ihre Zahnbürste sowie Zahnpasta. Dann hält sie ein paar Sekunden inne, überlegt, ob sie alles eingepackt hat. Blickt auf. Sieht sich selbst im Badezimmerspiegel. Stellt fest, dass sich ihre Haare in einem fürchterlichen Zustand befinden. Schaut sich in die grünen Augen. »In was bist du da bloß hineingeraten?«, fragt sie sich halblaut. Sie betrachtet ihr Spiegelbild. Die Rolle, die ihr gegenwärtig aufgenötigt wird, gefällt ihr ganz und gar nicht. Sie will kein gejagtes Opfer sein. Sie will sich weder verstecken noch davonrennen – sie will den Jäger zur Strecke bringen. Ein kaum wahrnehmbares Flackern steht jetzt in ihren Augen. »Mich kriegt er nicht.« Sie sagt es laut. Milla ist nicht bereit, aufzugeben – bestimmt nicht, ohne vorher gekämpft zu haben. Das ist sie Annalena schuldig.

»Alles in Ordnung?«

Milla hat Sandro Bandini beinahe vergessen. »Ja, alles in Ordnung!«, ruft sie aus dem Badezimmer.

»Sehr in Ordnung«, fügt sie leise an. Sie fühlt sich, als sei die alte, kämpferische Milla Nova in ihren Körper zurückgeschlüpft, nachdem sie sich einen Moment lang irgendwo versteckt gehalten hat. »Willkommen zurück«, sagt sie halblaut, bevor sie ins Wohnzimmer geht.

*

Bänz Wiprächtiger wohnt in einem alten Mehrfamilienhaus im Breitenrainquartier. Als Milla Nova und Sandro Bandini dort eintreffen, werden sie von einem kleinen Empfangskomitee erwartet. Bänz umarmt Milla kurz, aber kräftig, und sie kämpft mit einer erneuten Gefühlswallung. Auch die zwei Polizisten in Uniform stehen bereit. Sie haben die Wohnung bereits inspiziert und besprechen mit Sandro Bandini, wo sie sich draußen postieren sollen. Milla lässt Iggy, der sich lauthals beschwert, aus der Transportkiste.

Jetzt, wo alles erledigt ist, was für den Moment getan werden konnte, merkt Milla, wie erschlagen sie ist. Hundemüde. Völlig kaputt nach einem Tag, der sich anfühlt wie eine ganze Woche. Am liebsten würde sie sich hinlegen, die Augen schließen, in den Schlaf entfliehen. Doch da ist noch etwas, das sie loswerden muss: diesen Verdacht, der in ihr schwelt und der heute durch den Anruf des Gefängnisdirektors frische Nahrung erhalten hat. Sie befürchtet zwar noch immer, dass sie sich lächerlich machen wird, dass sie Zusammenhänge sieht, wo es gar keine gibt. Aber sagte die Kommissarin nicht, dass jedes noch so kleine Detail große Wichtigkeit erlangen kann? Milla gibt sich einen Ruck.

»Da wäre noch was«, sagt sie zu Bandini, als sich dieser gerade verabschieden will.

Er schaut sie überrascht an.

»Ich habe Ihnen noch etwas zu erzählen.«

*

Als Milla Nova mit ihren Ausführungen fertig ist, weiß Sandro Bandini nicht, wie er diese neuen Informationen einschätzen soll. Sie hat ihm von ihren Besuchen bei Valentin Mannhart berichtet, von dessen unglaublicher Geschichte. Dass er sich an jenen Männern gerächt habe, die offiziell dafür verantwortlich waren, dass sein Vater hingerichtet wurde, indem er an ihnen ebenfalls eine Art Todesstrafe verübte – in einem Akt der Selbstjustiz. Sie hat von ihrem Filmprojekt erzählt und schließlich vom Anschlag auf den alten Mann. Mit ausgetauschten Tabletten.

Das ist der Punkt, der für Bandini keinen Sinn ergibt. Er versteht nicht, warum jemand auf einen dreiundachtzigjährigen, verwahrten, herzkranken Straftäter einen Mordanschlag verüben sollte. Ein absurderes Delikt, denkt Bandini, existiert schlicht nicht. Auch der Zusammenhang, den Milla Nova zwischen dem Mord an Annalena und dem Anschlag auf den Alten strickt, erscheint ihm abwegig; warum sollten Neonazis, die Milla Nova einschüchtern wollen, einen alten Mann angreifen? Der in einer Strafanstalt sitzt und dessen Zelle nur schwer zugänglich ist. Sandro Bandini schüttelt den Kopf. Eine tote Katze; ja. Seiner Theorie nach war die Tötung der Katze eine letzte Drohung gewesen – und der Mord an Annalena Mühlenthaler, die der Täter für Milla Nova hielt, der Racheakt, nachdem die Sendung ausgestrahlt worden war. Zwei klassische Motive. Der Versuch hingegen, einen alten Gefängnisinsassen auf listige Art und Weise ins Jenseits zu befördern, passt nicht in dieses Bild.

»Haben Sie Lisa Kunz davon erzählt?«, fragt Bandini.

»Nein, ich erhielt den Anruf des Gefängnisdirektors erst, nachdem ich mit ihr gesprochen hatte.«

»Es ist möglich, dass es einen Zusammenhang gibt. Wenn, dann muss es aber ein anderer sein als derjenige, den Sie vermuten. Ich glaube nicht, dass jemand diesem Herrn Mannhart etwas antut, um Sie zu warnen oder um Ihnen zu schaden. Der alte Mann sollte offensichtlich aus dem Weg geschafft werden. Gibt es jemanden, der daran ein Interesse haben könnte? Möglicherweise ist Mannhart vermögend und hat ungeduldige Erben?«

»Er hat keine Verwandten mehr«, schaltet sich Bänz in das Gespräch ein. »Gemäß meiner Recherche sind sie alle tot. Oder verschollen.«

Auch Milla kann sich nicht vorstellen, wer diesem alten, gebrechlichen Mann Böses will. Außer es würde jemand aus dem gleichen Motiv handeln, aus dem Mannhart selbst zum Mörder wurde, denkt sie.

»Rache!«, sagt sie laut. »Vielleicht will sich ein Angehöriger eines seiner Mordopfer an ihm rächen – in gleicher Manier, wie Mannhart für seinen eigenen Vater ›Gerechtigkeit‹ herstellen wollte.«

Sandro Bandini nickt zögerlich. Das wäre eine Möglichkeit. Doch er wirkt nicht überzeugt.

»In dem Fall ist die zeitliche Nähe zwischen dem Anschlag auf Herrn Mannhart und dem Mord an Ihrer Nachbarin aber reiner Zufall. Es gibt keinen Zusammenhang«, merkt er an.

»Ich glaube nicht an Zufälle«, widerspricht Milla.

»Ich auch nicht – aber manchmal gibt es sie eben doch.«

Das Wort »Zufall« weckt bei Bänz eine Assoziation. Er weiß, da war etwas, aber es kommt ihm nicht in den Sinn. Zufall, verbunden mit dem Namen Mannhart. Es scheint ihm, der Gedanke sitze direkt hinter seiner Stirn, und sobald er danach greifen und ihn aussprechen will, macht er sich davon. Wenn er nur wüsste, was es gewesen ist …

38

Am nächsten Morgen sitzt Max Hugentobler im Büro seiner Chefin. Einen Fall wie diesen hat er in seiner langen Polizistenkarriere noch nicht erlebt.

»Mordanschlag im Seniorenknast – kannst du dir das vorstellen?«, sagt er zu Lisa Kunz und schüttelt den Kopf. Beide haben ein Schmunzeln auf den Lippen. Zu abstrus erscheint ihnen die Geschichte, die Hugentobler seiner Chefin unterbreitet.

»Da bricht einer ins Gefängnis ein, macht sich am Badezimmerschrank eines senilen Insassen zu schaffen, tauscht seine Tabletten aus, um dadurch sein Ableben zu beschleunigen. Wo gibt's denn so was!«

Jetzt müssen sie doch lachen. Aber sie werden rasch wieder ernst.

»Wer ist dieser Mann?«, fragt Lisa Kunz.

»Ein alter Bekannter von mir. Ich habe damals mitgeholfen, ihn einzubuchten. Seine Geschichte ist ungeheuerlich: Sein Vater wurde wegen Mordes mit der Guillotine hingerichtet. Neununddreißig Jahre später hat sich der Sohn am Richter gerächt, der den Vater verurteilt hatte, am Staatsanwalt, der die Todesstrafe gefordert hatte, am Grossratspräsidenten, der die Begnadigung per Stichentscheid abgelehnt hatte, und am Scharfrichter, der das Fallbeil betätigte. Alle vier hat er erschossen. Und gefasst haben wir ihn erst vierundzwanzig Jahre nach seinen Taten; im Rahmen der Wiederaufnahme ungeklärter Delikte, die wir auf DNA-Spuren untersuchten.«

Lisa Kunz zeigt sich beeindruckt. Und sie beginnt zu rechnen. Was noch nie ihre Stärke war.

»Der Verwahrte ist der Sohn eines Mannes, der in der Schweiz mit der Guillotine hingerichtet worden ist?«, fragt sie verunsichert nach. »Ist das überhaupt möglich? Der muss ja uralt sein!«

»Valentin Mannhart ist dreiundachtzig. Sein Vater wurde 1934 enthauptet, da war der Sohn gerade mal sieben Jahre alt.«

»1934? Ich war der Meinung, die letzte Hinrichtung müsste hundert Jahre weiter zurückliegen.«

»Für den Kanton Bern trifft das beinahe zu. Hier wurde die letzte Todesstrafe 1861 vollzogen. Die katholischen Kantone hielten aber viel länger daran fest.«

Max Hugentobler klärt Lisa Kunz darüber auf, dass die Schweiz die Todesstrafe um 1874 zwar abgeschafft hatte, aber nur, um sie via Volkabstimmung fünf Jahre später wieder einzuführen.

»Nach der Abschaffung der Todesstrafe häuften sich die schweren Verbrechen – was den Ruf nach ihrer Wiedereinführung laut werden ließ. Dass die Zunahme der Zahl der Delikte zweifellos auch mit der damaligen Wirtschaftskrise zusammenhing, kam anscheinend niemandem in den Sinn.«

Manche Dinge ändern sich eben nie, denkt Lisa Kunz. »Ich möchte ja nicht wissen, was heute geschähe, wenn eine Initiative zur Wiedereinführung der Todesstrafe lanciert würde.«

»Ich hoffe, dass wir es nie darauf ankommen lassen müssen«, erwidert Hugentobler.

»Aber 1934, das kann ich wirklich kaum glauben.«

»Und das war nicht einmal die letzte Todesstrafe!« Max Hugentobler nimmt Lisa Kunz' Stichwort dankbar auf, stolz, sein Wissen ausbreiten zu können. »1939 köpften die Zuger einen Mörder. Und erst 1940 fand in Obwalden die letzte Hinrichtung statt – und dies, obwohl sich das Stimmvolk bereits 1938 für die Einführung eines landesweit gültigen Strafrechts ausgesprochen hatte, das die Todesstrafe nicht mehr vorsah.«

»Wie ist das möglich?«, fragt Lisa Kunz.

»Die Herren Politiker hatten es nicht eilig mit der Umsetzung des neuen Gesetzes – es trat erst vier Jahre nach der Abstimmung in Kraft.«

Max Hugentobler hat sich ins Feuer geredet. Lisa Kunz ist von seiner Fachkenntnis beeindruckt.

»Was du alles weißt …«

»Ich habe mich damit auseinandergesetzt, als wir Valentin Mannhart überführten – und jetzt landet seine Akte wieder auf meinem Tisch. Nur ist er diesmal selbst das Opfer.« Damit sind sie wieder beim Thema.

»Wie viele Leute brauchst du?«, will Lisa Kunz wissen.

»Drei?« Max Hugentobler ist sich bewusst, dass derzeit ein Großteil seines Dezernats mit dem aktuellen Mordfall an Annalena Mühlenthaler beschäftigt ist. Und dass sein Fall geringere Priorität hat.

»In Ordnung. Schau, was du herausfinden kannst. Gibt es schon irgendwelche Hinweise?«

»Der Mann, der sich in Mannharts Zelle geschlichen hat, gab sich offenbar als Sanitärinstallateur aus. Er wird als groß und kräftig beschrieben, zwischen vierzig und fünfzig Jahre alt, volles, blondes Haar, massive Brille. Er hat einen Sozialarbeiter gefragt, wo sich die Zelle befinde.«

»Wenn die Leute so einfach in unsere Gefängnisse hineinspazieren können, wundere ich mich, dass nicht alle Insassen längst das Weite gesucht haben.« Lisa Kunz ärgert sich über diesen Dilettantismus.

»Ach ja, und da ist noch etwas. Der Mann sprach berndeutsch, hatte aber offenbar einen Akzent, so wie jemand, der sich lange Zeit im englischen Sprachraum aufgehalten hat«, ergänzt Hugentobler.

»Na ja, immerhin etwas. Ich wünsch dir viel Erfolg. Drück uns die Daumen, dass auch wir bald fündig werden.«

Als Max Hugentobler schon in der Tür steht, fällt ihm etwas ein. Er dreht sich noch einmal um.

»Lisa. Weißt du, was eigenartig ist?«

Lisa Kunz schweigt. Ihr kommt derzeit manches eigenartig vor.

»Die Akte Mannhart lag schon vor diesem dubiosen Anschlag auf meinem Tisch. Ich habe sie hervorgeholt, weil das Schweizer Fernsehen einen Dokumentarfilm über den Inhaftierten drehen will.« Er überlegt kurz, ob es Sinn machen würde, die Journalistin zu kontaktieren und auf das Geschehene anzusprechen. »Ich werde wohl mal mit dieser Nova reden«, sagt er mehr zu sich selbst als zu seiner Chefin.

»Nova?«, fragt Lisa Kunz überrascht.

»Die Journalistin, die bei mir war. Sie heißt Milla Nova.«

39

Sie ist nicht nach Hause gekommen. Die ganze Nacht hat er auf sie gewartet, doch sie ist einfach nicht aufgetaucht. Eigentlich hätte er es wissen müssen. Seinem Vater wäre sofort klar gewesen, dass sie nicht in ihre Wohnung zurückkehren wird, nach dem, was dort passiert ist. Nach dem, was er dort angerichtet hat. Auf jeden Fall hätte sein Vater nicht eine Nacht lang vergebens hinter einem Sandsteinpfeiler in der Gerechtigkeitsgasse ausgeharrt. Aber er, er hat es nicht bedacht. Er ist zu dumm dafür. Taugt nichts. Verflucht. Wahrscheinlich hat die Polizei die Journalistin in ein Versteck gebracht. Womöglich, nein, ganz sicher wird sie streng bewacht. Er hat keine Idee, wie er jetzt noch an sie herankommen soll.

Mit einem Blatt Papier, auf dem oben rechts der Briefkopf der Hotelkette prangt, und einem Kugelschreiber mit demselben Logo setzt er sich an den kleinen Tisch, der so nahe am Bett steht, dass er es fast berührt. Vielleicht bringt ihn intensives Nachdenken weiter, überlegt er sich. Und so sitzt er da. Aber nichts kommt ihm in den Sinn. Nur ein einziger Name, an dem er sich im Moment festhalten kann. Der Name jenes Mannes, der die vielen unangebrachten Fragen gestellt hat: Bänz Wiprächtiger. Ihn hat er von der Zivilstandsbeamtin erfahren, als er sie zum zweiten Mal anrief. Frau Siegenthaler, eine sehr zuvorkommende Frau. Sie plapperte unbedacht drauflos, als er sie fragte, ob sich mittlerweile doch jemand nach Valentin Mannhart erkundigt habe. Lachend meinte sie, was für ein Zufall es doch sei, dass ein gewisser Bänz Wiprächtiger prompt ein paar Tage nach dem ersten Anruf nach Valentin Mannhart gefragt habe. Sie berichtete ihm auch von der eigenartigen Notiz, die ihnen auf der Geburtsurkunde aufgefallen war.

»Der Zweitgeborene«. Und sie erzählte, dass Wiprächtiger im Auftrag einer Journalistin forsche, einer Fernsehjournalistin. Erst ganz zum Schluss erkundigte sich die Frau bei ihm, warum er sich denn ebenfalls für Valentin Mannhart interessiere. Da legte er einfach auf. Hatte genug gehört.

Jetzt schreibt er den Namen in Großbuchstaben auf das Blatt. *BÄNZ WIPRÄCHTIGER.* Er wird herausfinden müssen, wer der Mann ist, wo er wohnt, was er macht. Aber vorher muss er die Journalistin finden. Sie ist das dringlichste Problem. Ist die Journalistin aus dem Weg geschafft, ist die größte Gefahr gebannt. Sollte er sie nicht aufspüren, gibt es noch eine zweite Möglichkeit. Dann will er noch einmal versuchen, an Valentin Mannhart heranzukommen. Um seinen Job zu Ende zu bringen. Doch sein Informant hat ihm wenig Hoffnung gemacht. Hat ihm mitgeteilt, dass er im Inselspital nichts ausrichten könne. Von dieser Seite ist also keine Hilfe zu erwarten.

Er kritzelt einige Stichwörter auf das Blatt Papier. *Milla Nova finden – Arbeitsplatz in Zürich observieren – zu Mannhart gelangen – Inselspital Bern.* Mehr fällt ihm nicht ein. Also legt er sich, müde von der durchwachten Nacht, aufs Bett und fällt in einen traumlosen, schweren Schlaf.

40

Der Mann, der Lisa Kunz gegenübersitzt, weckt in ihr ein übermächtiges Gefühl: Widerwillen. Sie spürt, wie sich ihre Nackenhaare aufrichten. All ihre Sinne signalisieren ihr Alarmbereitschaft. Sie empfindet reine Antipathie.

Er spricht geschliffen. Lächelt sie an. Gibt sich zuvorkommend. Und nichts, aber auch rein gar nichts an ihm wirkt echt. Alles ist falsch. Verlogen. Hinterhältig. Sie nimmt es mit jeder Faser ihres Körpers wahr. Trotzdem bleibt sie äußerlich gelassen und sogar ein Stück weit freundlich. Schließlich hat sie nichts gegen diesen widerlichen Mann in der Hand.

Zwischen Lisa Kunz und Klaus Mohr liegt das Aufnahmegerät auf dem Tisch, das leise vor sich hin summt. Hinter der Glasscheibe steht unsichtbar Sandro Bandini, der das Gespräch aufmerksam verfolgt und auf Kleinigkeiten achtet, die Lisa Kunz entgehen könnten: auf Gesten des Befragten, körperlich erkennbare Unsicherheiten, Wechsel der Sitzposition und andere unauffällige Gebaren, die verräterisch sein könnten. Doch bis jetzt, scheint es Bandini, hat sich der Kerl noch keinen Millimeter gerührt. Steif sitzt er da, einen Arm auf die Tischplatte gelegt. Starr und hart wie ein Felsen.

»Herr Mohr, Sie haben ein Ferienlager mit jungen Anhängern der rechtsextremen Szene veranstaltet und wurden dabei gefilmt und entlarvt. Sie müssen wütend sein auf die Journalistin Milla Nova«, sagt Lisa Kunz.

Mohrs Augen werden zu Schlitzen. »Deswegen haben Sie mich hierhergeholt? Hören Sie: Erstens wurde ich nicht entlarvt, weil es nichts zu entlarven gibt. Und zweitens: Das ist korrekt, ich bin wütend! Auf diese ketzerische Journalistin, die nichts als Unwahrheiten erzählt. Darum werde ich eine Klage gegen sie einreichen, den Weg beschreiten, den unser Rechtssystem für solche Fälle vorsieht. Aber all das habe ich bereits Ihrem Kollegen erzählt. Sie verschwenden meine Zeit!«

Lisa Kunz verabscheut die Art und Weise, wie er spricht. Und sie glaubt ihm nicht.

»Sie sind vorbestraft. Sie haben Kritiker mit Drohungen massiv unter Druck gesetzt. Jetzt wollen Sie mir weismachen, Sie gäben sich mit einer simplen Klage zufrieden?«

»Richtig.«

»Milla Nova wurde in anonymen E-Mails beschimpft und bedroht. Es ist nur eine Frage der Zeit, bis wir den Absender entschlüsselt haben.«

»Wegen lächerlicher Drohungen sitze ich hier?«, fragt Klaus Mohr mit eisiger Stimme. Wenn Blicke töten könnten, denkt Bandini, der Mohr durch die Glasscheibe in die Augen sieht.

»Und als Milla Nova mit ihren Recherchen weitergemacht hat, wurde ihre Katze getötet. Das, Herr Mohr, sieht mir sehr nach Ihrer Handschrift aus«, fährt Lisa Kunz fort, die sich vom Gehabe ihres Gegenübers nicht beeindrucken lässt.

»Sie kennen meine Handschrift nicht.« Mohr sagt es abweisend. Er lässt sich nicht in die Enge treiben. »Im Übrigen mag ich Katzen. Saubere, intelligente Tiere. Es beleidigt mich, dass Sie denken, ich würde Katzen töten.«

»Ich denke, dass Sie viel mehr als nur wehrlose Tiere töten! Hier geht es um Mord, Herr Mohr!«

»Seit wann sprechen Sie von Mord, wenn es um Tiere geht?«

»Ich spreche von einem Menschen!«

»Milla Nova ist tot?« Klaus Mohr wirkt ehrlich überrascht. Aber Lisa Kunz lässt sich von ihm nichts vormachen.

»Sparen Sie sich Ihre Schauspielkunst für die Richter auf. Mich täuschen Sie nicht. Weil Milla Nova ihren kritischen Beitrag über Sie und Ihr übles Treiben über den Sender gehen ließ, wollten Sie sich an ihr rächen. Dumm nur, dass Sie die Falsche erwischt haben, Herr Mohr, so einen Fehler hätte ich Ihnen gar nicht zugetraut!«

Lisa Kunz' Stimme nimmt einen schrillen Ton an.

»Frau Kunz«, sagt Mohr betont gelassen, triefend vor Selbstbewusstsein. »Was auch immer passiert und wer auch immer gestorben ist: So ein Fehler würde mir niemals passieren.«

»Aber Ihrem Handlanger. Sie werden sich kaum selbst die Hände schmutzig gemacht haben.«

Klaus Mohr rührt sich zum ersten Mal. Er hebt die Arme, streckt Lisa Kunz die Handflächen entgegen, wendet sie gegen sich, spreizt die Finger und betrachtet seine Hände eingehend. »Ich finde, sie sehen sauber aus«, erklärt er dann mit einem schmierigen Grinsen im Gesicht.

Lisa Kunz muss sich beherrschen, um die Kontrolle nicht zu verlieren. Zorn brodelt in ihr. Und Enttäuschung überkommt sie. Weil sie mit diesem Verhör einfach nicht weiterkommt. Dabei ist sie so zuversichtlich gewesen, als Klaus Mohr ihr zu Beginn der Befragung eröffnet hat, dass er auf einen Anwalt verzichte. In der Regel erleichtert das eine Einvernahme massiv. Aber Mohr weiß exakt, wie er sich zu verhalten hat, was er wie sagen darf und was nicht. Lisa Kunz ist Mohr nicht gewachsen.

Schade, denkt sie, dass Max Hugentobler mit dem Fall Mannhart beschäftigt ist. Mit ihm an ihrer Seite hat sie in den Verhören bislang immer die größten Erfolge erzielt. Seine jahrelange Erfahrung ist unbezahlbar. Nur kurz schaut Lisa Kunz Richtung Glasscheibe, es ist ein verzweifelter Blick, den Klaus Mohr sehr wohl zu lesen versteht. Er grinst lautlos vor sich hin. Lisa Kunz bemerkt es nicht, sie blickt auf ihren Notizblock. Dann nimmt sie einen neuen Anlauf.

»Wo haben Sie sich gestern in den frühen Morgenstunden aufgehalten?«

»Ich war dort, wo rechtschaffene Leute um diese Zeit hingehören«, antwortet Mohr. »Im Bett.«

»Bis wann?«

»Halb acht.«

»Zeugen?«

»Meine Lebenspartnerin.«

Na super, denkt Lisa Kunz, jetzt hat er auch noch ein Alibi, das kaum zu widerlegen ist und trotzdem falsch sein kann. Partnerinnen sind die besten Lügnerinnen. Und die schamlosesten. Es gibt Frauen, die für ihre Männer alles tun. Sogar dann, weiß Lisa Kunz aus Erfahrung, wenn sie sich selbst damit schaden.

»Dieses Alibi wird Ihnen nichts nützen. Wenn Sie mit dem Mord etwas zu tun haben, dann werden wir Ihnen das nachweisen. Darauf können Sie sich verlassen. Wir kriegen Sie, Herr Mohr.«

Lisa Kunz ist sich bewusst, dass sie hoch pokert. Aber es ist ihr egal. Sie spürt, dass dieser Mann, der so selbstgefällig vor ihr sitzt, zu allem fähig ist. Und sie traut ihm den Mord an Annalena Mühlenthaler oder zumindest den Auftrag zum Mord an Milla Nova hundertprozentig zu.

Klaus Mohrs Augen funkeln böse. Er weist mit seinem

Zeigefinger auf die Kommissarin und zischt mehr, als dass er spricht. »Sie haben keine Chance, mir irgendetwas nachzuweisen.«

»Das werden wir noch sehen!«

Lisa Kunz' Selbstsicherheit ist gespielt. Sie ist nicht einmal zuversichtlich. Wenn sie ehrlich zu sich selbst sein will, muss sie zugeben, dass sie sich größte Sorgen macht. Es wird schwierig werden, einen Profi wie Mohr des Mordes zu überführen. Schwierig, aber nicht unmöglich. Doch noch hat sie zu wenig, ja eigentlich rein gar nichts gegen ihn in der Hand. Sie kann ihn nicht mal hierbehalten. Ihr Ärger darüber ist groß.

»Herr Mohr. Sie können gehen. Aber ich bitte Sie, sich zu unserer Verfügung zu halten und das Land nicht zu verlassen. Und ich warne Sie: Wir haben erst angefangen zu graben.«

»Graben Sie ruhig«, sagt Mohr. »Sie werden nichts finden.« Ein süffisantes Lächeln verzieht seine Lippen. Dann erhebt er sich und verlässt wortlos den Raum.

41

Was für ein schleimiger, widerlicher Saukerl! Was für ein übler, grausiger Schurke! Was für ein verdammter Mist, dass wir den einfach so ziehen lassen müssen!«

Sandro Bandini lässt die Schimpftirade der Chefin über sich ergehen und behält seinen Kommentar für sich. Er hat die Einvernahme Wort für Wort mitgehört und kann sich gut vorstellen, wie es im Moment in Lisa Kunz aussieht. Sie geht in dem schmalen Raum, von dem man durch die Scheibe in den Verhörraum sieht, auf und ab wie ein Tiger in einem zu engen Käfig. Als sie zum vierten Mal wendet, stößt sie sich das Knie an einem Stuhl, was einen weiteren bunten Reigen von Flüchen nach sich zieht. Bandini sieht ihr an, dass sie das Mobiliar am liebsten kurz und klein schlagen möchte.

»Ich denke, wir sind bei Mohr an der richtigen Adresse«, sagt sie bestimmt. »Mein Gefühl sagt mir, dass er ein übler Bursche ist, der vor nichts zurückschreckt. Und der Zeitpunkt des Anschlags auf Annalena Mühlenthaler verrät ihn: wenige Stunden nach der Ausstrahlung des Beitrags über Mohr und seine Kumpane … Das kann kein Zufall sein.« Lisa Kunz läuft noch immer hin und her, während die Gedanken aus ihr heraussprudeln. Bandini erkennt nicht, ob sie zu ihm oder mit sich selbst spricht. »So viel Zufall gibt es doch nicht!«, ruft sie und schaut Sandro Bandini eindringlich an. »Oder?«

Sandro Bandini nickt mechanisch. Dann aber wagt er, ihr zu widersprechen. »Wer weiß. Ich finde, wir sollten uns nicht zu früh auf ihn einschießen. Wir müssen offen bleiben für andere Möglichkeiten.«

»Was für andere Möglichkeiten, bitte?«, fragt Lisa Kunz gereizt und wartet Bandinis Antwort gar nicht erst ab: »Meines Erachtens gibt es in diesem Fall nur einen einzigen möglichen Ansatz, und den Mann, der dahintersteht und die Fäden zieht, habe ich gerade eben durch diese Tür hinausgehen sehen. Verflucht noch mal.« Vielleicht hätte sie Klaus Mohr doch in eine Zelle stecken sollen, denkt sie. Aber sie hätten ihn sowieso nur vierundzwanzig Stunden festhalten können. Sie kennt keinen Staatsanwalt, der aufgrund der mehr als bescheidenen Faktenlage Untersuchungshaft für Klaus Mohr anordnen würde. Außer seiner Person und dem Zeitpunkt der Tat gibt es nichts, was ihn verdächtig macht. Das Bauchgefühl einer Chefkommissarin ist leider noch nicht als Beweismittel zugelassen. Auch wenn Lisa Kunz der Meinung ist, dass es das unbedingt sein sollte.

Sandro Bandini unterbricht ihre Überlegungen. »Es gibt da etwas, das du noch nicht weißt.«

Lisa Kunz blickt ihn interessiert an.

»Milla Nova hat mir gestern Abend von einem Dokumentarfilm erzählt, den sie über einen Greis drehen will, der in Sicherheitsverwahrung sitzt. Auch auf ihn wurde offenbar ein Anschlag verübt.«

»Der Fall Mannhart.« Lisa Kunz überrascht ihren Mitarbeiter mit ihrer Antwort. »Ich weiß davon. Max Hugentobler ist gestern mit dem Dossier zu mir gekommen. Was ist damit?«

»Es könnte einen Zusammenhang geben. Milla Nova hat mir die ganze Geschichte erzählt, aber ich sehe kein Motiv, weswegen jemand den Alten beseitigen will. Und vor allem sehe ich keine Verbindung zum Mord an Annalena Mühlenthaler. Milla Nova aber meint, es könne kein Zufall sein. Und die zeitliche Nähe der Anschläge auf Mühlenthaler und Mannhart spricht für ihre Theorie.«

Lisa Kunz denkt kurz nach. »Ich kann mir nicht vorstellen, dass das eine mit dem anderen etwas zu tun hat. Es ist zu abwegig.«

Eigentlich ist Sandro Bandini mit ihr völlig einig. Trotzdem ist er froh, Milla Novas Verdacht weitergeleitet und mit Lisa Kunz zumindest darüber gesprochen zu haben. So kann er diese These guten Gewissens abhaken.

»Sehen wir uns in zehn Minuten in der Sitzung?«, fragt er seine Chefin. Diese blickt erschrocken auf ihre Uhr.

»Wie die Zeit verfliegt. Ja, in zehn Minuten.«

*

Lisa Kunz betritt das Sitzungszimmer als Letzte. Alle anderen Mitglieder der Soko Nova haben bereits am langen Tisch Platz genommen, die Notizblöcke vor sich, bereit, loszulegen. Sie begrüßt ihre Mitarbeiter und berichtet als Erstes von der Einvernahme von Klaus Mohr. Ihr Fazit, dass er nach wie vor zuoberst auf der Liste der Verdächtigen steht, findet reihum stille Zustimmung.

»Lasst uns zusammentragen, was wir bis jetzt haben.« Lisa Kunz gibt das Wort Felix Winter.

»Ich bin die Liste mit den anderen TV-Beiträgen durchgegangen. Milla Nova scheint bei ihrer Arbeit wirklich etliche Personen verärgert zu haben. Allerdings nicht in einem Ausmaß, das jemanden dazu bringen dürfte, zum Mörder zu werden.«

»Leider zeigt die Erfahrung, dass kein Anlass zu gering oder zu nebensächlich ist, um zum Mordmotiv zu werden«, unterbricht ihn Lisa Kunz.

»Trotzdem«, hält Felix Winter dagegen, »ich habe mir alle Beiträge angeschaut und mit den jeweiligen Betroffenen gesprochen. Erstens machte mir keiner den Eindruck, er hege noch immer einen nennenswerten Groll gegen Milla Nova, zweitens liegen die meisten der eher heiklen Beiträge schon einige Zeit zurück. Die Wut, die ein Fernsehbeitrag auslöst, ist doch wohl unmittelbar nach dessen Ausstrahlung am größten und nimmt dann ab«, mutmaßt Winter. »Dass jemand Monate später einen Mordanschlag auf die verantwortliche Journalistin verübt, scheint mir doch eher unwahrscheinlich. Ich habe sieben Personen überprüft. Vier konnten mir auf Anhieb ein stichfestes Alibi liefern. Und auch bei den anderen drei gibt es meines Erachtens keinen Grund, weitere Abklärungen zu treffen.«

»Bleibt trotzdem dran«, weist ihn Lisa Kunz an. »Ich will nicht, dass wir sie zu früh abschreiben.« Es gibt Leute, die warten Jahrzehnte auf ihre Rache, denkt die Dezernatschefin.

»In Ordnung.«

Felix Winter kratzt mit einer Füllfeder einige Worte auf seinen Notizblock. Nach ihm erstattet Bettina Flückiger Bericht, eine jüngere Mitarbeiterin mit burschikosen Gesichtszügen – große Nase, dicke Augenbrauen, volle Wangen, immer etwas rötlich gefärbt, kugelrunde Augen. Sie sieht nicht nur aus wie eine Frau vom Land, sie spricht auch wie eine: geradeheraus im breiten Dialekt der Berner Oberländer. Aber tough ist sie. Und kräftig wie ein Mann.

»Ich habe bei der Bundespolizei Einblick in die Akte Mohr erhalten«, informiert sie ihre Kolleginnen und Kollegen. »Und die ist ziemlich umfangreich. Die ganze Palette: zahlreiche Verstöße gegen das Antirassismusgesetz, illegaler Waffenbesitz, Ehrverletzung, Störung der öffentlichen Ordnung et cetera, et cetera. Bisher ist er immer mit Geldstrafen davongekommen. Ein Eintrag besagt, dass er in Teheran an einer Konferenz von Irans Präsident Ahmedinejad als Redner teilgenommen hat. Das muss ein illustres Stelldichein von prominenten Holocaustleugnern aus aller Welt gewesen sein. Da der Anlass aber in Iran und nicht in der Schweiz stattfand, gab es hierzu kein Verfahren.« Bettina Flückiger hält einige Sekunden inne, blättert in ihrem Block. »In einem Fall wurde wegen Drohung gegen Klaus Mohr ermittelt, die Anklage musste aber fallen gelassen werden. Und auch bei unseren Kollegen in Deutschland ist er nicht unbekannt: Vor zwei Jahren wurde er verdächtigt, an der Planung eines Mordkomplotts gegen einen Aktivisten einer antifaschistischen Bewegung beteiligt gewesen zu sein, der im Internet über Mohr und seine Kumpane berichtete. Aber auch in diesem Fall verliefen die Ermittlungen im Sand. Ein schweres Delikt konnte Klaus Mohr nie nachgewiesen werden.«

Nach Bettina Flückigers Ausführungen breitet sich Stille im Sitzungszimmer aus. Einige Sekunden lang hängt jeder seinen eigenen Gedanken nach. Lisa Kunz ist es, die das Schweigen bricht.

»Wenn Klaus Mohr hinter der Tötung von Annalena Mühlenthaler steht, dann werden wir ihn kriegen!«

»Jawohl, das werden wir!«, sagt Felix Winter.

Nicht alle scheinen diese Überzeugung zu teilen.

42

Milla Nova hat genug von den beiden zweibeinigen Wachhunden, die sie nicht mehr aus den Augen lassen. Und sie hat die Nase voll vom Nichtstun. Untätig in Bänz Wiprächtigers Wohnung herumzuhängen, ist Millas Sache nicht. Sie kommt sich unnütz vor und wertet allein ihre Situation – in einem fremden Haus bewacht und zum Herumsitzen verdammt – als Punktgewinn für ihren Gegner, wer immer es auch ist. Und diesen Punkt mag sie ihm gar nicht gönnen. Überdies treibt sie die Neugierde um. Neugierde ist ihr Laster und ihre Stärke zugleich. Die Neugierde hat sie zu dem gemacht, was sie heute ist – eine kritische Journalistin. Aber sie sorgt auch für so viel Unrast in ihrem Dasein, lässt sie nie zur Ruhe kommen. Die Neugierde ist ihre Antriebsfeder, doch manchmal treibt sie Milla nicht nur an, sondern hetzt sie richtiggehend durchs Leben.

Auf jeden Fall kann Milla nicht länger sitzen bleiben. Seit dem Anruf von Kesselring, dem Direktor des Seniorenknasts, wandern ihre Gedanken immer wieder Richtung Westen, circa drei Kilometer Luftlinie, direkt in die Gefangenenabteilung des Berner Inselspitals. Zum Krankenbett, in dem Valentin Mannhart liegt. Sie muss mit ihm sprechen. Will erfahren, ob er ihr etwas über den Anschlag erzählen kann. Vielleicht hat er ja doch etwas gesehen oder bemerkt, das ihr weiterhelfen könnte. Denn Milla ist sich plötzlich ziemlich sicher, dass der Anschlag, der auf den alten Mann verübt worden ist, sehr wohl etwas mit ihrer Person zu tun hat. Auch wenn die Polizei das anders sieht.

Milla packt ihre Jacke und ihre Umhängetasche, verlässt das Haus und prallt beinahe mit dem Beamten zusammen, der sie eigentlich bewachen sollte, stattdessen aber gerade intensiv damit beschäftigt ist, auf seinem Handy herumzuspielen.

»Ich muss schnell weg, aber ich brauche Ihre Begleitung nicht«, sagt Milla in einem Tonfall, der keine Widerrede duldet. Es funktioniert nicht.

»Wir haben den Befehl, Sie nicht aus den Augen zu lassen«, erwidert der Polizist.

Milla verdreht die Augen. Schaut auf die Straße und meint keck: »Wenn Sie unbedingt mitkommen müssen, dann können Sie mich auch gleich fahren.« Sie zeigt auf den Streifenwagen, der unübersehbar vor dem Haus geparkt ist.

»In Ordnung«, sagt der Mann, der sich mit Ruprecht vorstellt. »Damit Sie wissen, mit wem Sie es zu tun haben.«

Wenige Minuten später steigt Milla Nova vor dem Inselspital aus dem Streifenwagen und läuft am Empfang vorbei der grünen Linie nach direkt zur Gefangenenabteilung. Ruprecht folgt ihr in einigen Metern Abstand; er kommt ihr vor wie ein in die Jahre gekommener Hund, der nicht mehr ganz so schnell gehen mag und treudoof hinter ihr hertrottet. Dann aber tadelt sie sich selbst für diese höhnischen Gedanken, setzt sich doch dieser Polizist für nichts Geringeres als ihre Sicherheit ein. Immerhin kommt er nicht mit ihr hinein, sondern wartet vor der Tür der Abteilung, wo er sich mit seinem Kollegen, der dort Wache schiebt, einen Schwatz gönnt.

Valentin Mannhart rührt sich nicht, als Milla an sein Bett tritt. Sein Kopf ist nach hinten gekippt, sein Mund steht halb offen. Ein leises, unregelmäßiges Schnarchen entweicht ihm. Wehrlos. Das Wort klopft an Millas Ohr.

Wehrlos sieht er aus. Wehrlos, alt und schwach. Wer will diesem Mann Böses?, fragt sie sich zum hundertsten Mal. Als würde Valentin Mannhart spüren, dass jemand neben ihm steht, der sich Gedanken über ihn macht, wackelt er plötzlich mit dem Kopf, grunzt wie ein Tier und schlägt die Augen auf. Er braucht ein paar Sekunden, um die Schärfe richtig einzustellen. Dann bringt ein Lächeln Bewegung in sein Gesicht.

»Frau Milla!«, krächzt er. Seine Stimme scheint noch nicht erwacht zu sein. »Wie schön, dass Sie mich besuchen kommen.« Er hört sich noch immer sehr angegriffen an. Nicht mehr wie der eifrige Valentin Mannhart, den ich vor wenigen Wochen kennengelernt habe, denkt Milla.

»Wie geht es Ihnen?«, fragt sie laut.

»Ich lebe noch.« Wieder ein Lächeln, das Milla einmal mehr vergessen lässt, dass sie einem vierfachen Mörder gegenübersitzt.

»Das freut mich. Es kommt gar nicht infrage, dass Sie das Zeitliche segnen, bevor wir zusammen unseren Film gemacht haben!« Sie sagt es mit einem Lächeln. Tatsache aber ist, dass sie keine Ahnung hat, ob sie diesen Film überhaupt noch drehen wird. Die Doku ist ihr plötzlich nicht mehr so wichtig. Sie möchte nur endlich begreifen, was das Leben zurzeit mit ihr anstellt und warum.

»Erinnern Sie sich, dass Sie mir gesagt haben, ich solle herausfinden, wer Ihre Medikamentendosen vertauscht hat?«

»Ja, die gelbe Dose stand auf dem schwarzen Punkt, da hat einer eine große Unordnung hinterlassen. Ich finde, das geht doch nicht. In meinem Badezimmerschrank. Das ist doch meiner!«

Milla ist erleichtert, dass sich der alte Mann an ihr letztes Gespräch erinnern kann – und an seine Verwirrung mit den Tabletten.

»Sie hatten recht, Herr Mannhart. Es tut mir leid, dass ich Ihnen zuerst nicht geglaubt habe. Da war wirklich jemand in Ihrem Badezimmer. Können Sie sich erinnern, ob Sie an diesem Tag Besuch erhalten haben?«

»Der einzige Besuch, den ich erhalte, sind Sie!«

»Hatten Sie einen neuen Pfleger, war jemand da, den Sie nicht kannten?«

Valentin Mannhart schweigt eine Weile. Seine Augenbrauen nähern sich einander, bis sie sich fast berühren, sind einzig noch getrennt durch eine senkrechte, tiefe Falte, die sich in die Stirn eingegraben hat. Er scheint krampfhaft nachzudenken.

»Ich kann mich nicht erinnern«, sagt er schließlich bekümmert.

Milla möchte sich die Haare raufen. Sie kann diesen Satz langsam nicht mehr hören. »Herr Mannhart. Das ist jetzt wirklich wichtig. Ihre Tabletten wurden nicht bloß vertauscht. Jemand hat Ihnen falsche Medikamente in die Behälter gefüllt – und weil Sie die geschluckt haben, sind Sie hier im Spital gelandet.«

Valentin Mannhart nickt bedächtig. Milla ist sich nicht sicher, ob er sie verstanden hat.

»Herr Mannhart«, setzt sie deshalb nach, »jemand hat versucht, Sie umzubringen.«

Jetzt hat er es erfasst. Sie sieht es in seinen Augen, deren Pupillen sich weiten. Sie erkennt darin Erstaunen und Unglauben.

»Mich? Umbringen?«

Milla nickt. Valentin Mannhart versucht, energisch den Kopf zu schütteln. Aber er ist zu schwach, sein Versuch verkommt zu einem unbeholfenen Ruckeln.

»Frau Milla, das kann nicht sein. Wer sollte einen alten Mann wie mich umbringen wollen?«

Genau das, denkt Milla, ist die Frage. »Ich weiß es nicht«, sagt sie. »Ich habe gehofft, dass Sie mir das sagen können …«

Doch Valentin Mannhart bleibt stumm. Ihm fällt niemand ein, der ein Interesse an seinem Tod haben könnte. Und wenn es jemanden gäbe, der ihn töten wollte, dann, denkt er betrübt, hätte er es höchstwahrscheinlich vergessen. Wie so vieles. Einfach vergessen.

»Herr Mannhart, können Sie sich erinnern, ob sich jemals ein Angehöriger eines Ihrer Mordopfer mit Ihnen in Verbindung gesetzt hat?«

Valentin Mannhart blickt Milla mit schweren Lidern an. Er mag nicht denken. Nachdenken ist anstrengend. Braucht zu viel Kraft.

»Ich weiß es nicht. Ich kann mich nicht erinnern. Auch nicht an meine Mordopfer.«

»Oder haben Sie vielleicht doch noch Verwandte, einen Neffen, eine Nichte, die vielleicht etwas erben könnten?«

Die Müdigkeit legt sich wie ein schwerer Mantel über Valentin Mannhart. Er greift mit seiner kalten, faltigen Hand nach jener von Milla Nova, legt seine auf die ihre.

»Ich besitze nichts«, flüstert er leise. »Kein Geld, keine Verwandten. Nur zwei Wellensittiche. Hoffentlich geht es ihnen gut. Sie müssen mir versprechen, dass Sie sich um meine Wellensittiche kümmern, falls ich hier nicht mehr rauskommen sollte.«

Milla verspricht es ihm. Sie ist bedrückt. Weil sie spürt, wie sich die Kraft aus Valentin Mannharts Körper davonstiehlt. Jetzt greift sie nach seiner Hand und drückt sie fest.

»Sie werden jetzt nicht sterben. Es ist zu früh, um zu gehen. Ich will diesen Kerl kriegen, der Ihnen das angetan hat.« Milla sagt es nicht nur seinetwegen, sondern auch aus Eigennutz. Weil sich tief in ihr ein ungutes Gefühl eingenistet hat, wie ein Geschwür, das sich daranmacht, zu wachsen und zu gedeihen. Ein Gefühl, das ihr sagt, dass sie mitverantwortlich ist für alles, was hier passiert. Dass der alte Mann vor ihr nicht in dem viel zu großen Krankenhausbett liegen würde, wäre sie nicht unangemeldet in sein Leben getrampelt.

Valentin Mannhart ist mittlerweile wieder weggedriftet. Er hat seinen Kopf in den Nacken gelegt, sein Mund ist aufgeklappt, und das schnarrende Schnarchgeräusch erfüllt wieder das Zimmer. Mit einer regelmäßigen Unregelmäßigkeit.

43

Max Hugentobler sitzt in seinem Büro, das diesen Namen nicht verdient. In diesem ungemütlichen Schlauch, in dem er seit über dreißig Jahren Tag für Tag seine Polizeiarbeit verrichtet und wo er, trotz oder gerade wegen dessen Kargheit, seine Gedanken stets am erfolgreichsten wälzt. Heute jedoch kann er in seinem Kopf nicht die gewünschte Ordnung herstellen, die nötig wäre, um die Fakten, die wie lose Puzzleteile vor ihm liegen, zu einem stimmigen Bild zusammenzufügen. Er und seine drei Kollegen, die er für den Fall hinzuziehen konnte, haben sich noch einmal in das Dossier Mannhart vertieft. Sie haben nochmals die Protokolle der Zeugeneinvernahmen von 1974 durchgelesen – und jene von 1997, als Valentin Mannhart verhaftet wurde. Beide Male sind auch die Angehörigen der Opfer befragt worden. Zum Beispiel die Frau des Luzerner Politikers Samuel Gmünder und dessen Sohn Tobias, wobei die Gattin 1997 nicht mehr Auskunft geben konnte, weil sie zu jenem Zeitpunkt schon seit vielen Jahren unter der Erde lag. Sie hat ihren Ehemann nicht lange überlebt. Gmünders Sohn Tobias hingegen zeigte sich vor dreizehn Jahren erleichtert, dass für den Mord an seinem Vater doch noch jemand zur Rechenschaft gezogen werden konnte. Er muss mittlerweile selbst ein älterer Herr sein, überlegt Hugentobler. Seine Recherchen ergeben, dass Tobias Gmünder noch immer in Luzern lebt und die Leitung des Familienbetriebs, die er einst vom Vater übernommen hatte, noch nicht abgegeben hat.

Arthur Schüpbach, der Hotelportier und einstige Scharfrichter, dessen Leben in Interlaken durch eine Pistolenkugel ein Ende fand, hatte keine Familie mehr. Aber eine Freundin, die unglücklicherweise Kathrin Müller hieß. Frauen dieses Namens gibt es in der Schweiz Tausende. Sie aufzuspüren, käme der Suche nach einer verlorenen Kontaktlinse auf einem Fußballfeld gleich. Nach Hugentoblers Rechnung muss Kathrin Müller heute bereits über neunzig sein und scheidet schon daher als Verdächtige aus. Und selbst wenn sie nicht in Schüpbachs Alter gewesen ist, sondern eine um zwanzig oder dreißig Jahre jüngere Geliebte, kann sich Hugentobler die Mühe sparen und Kathrin Müller von der Liste der Verdächtigen streichen: Der Sozialarbeiter der Strafanstalt, der dem mutmaßlichen Täter den Weg zu Mannharts Zelle gewiesen hat, sprach von einer männlichen Person.

Der ehemalige Staatsanwalt Johannes Hofer, der im Garten der Zürcher Seniorenresidenz Magnolia niedergeschossen worden ist, hatte gar keine Angehörigen mehr. Vereinsamt im Alter. Da gibt es weit und breit niemanden, der ein Interesse am Tod seines Mörders haben könnte.

Im Fall Marius Soltermann, dem Richter aus dem Emmental, ist der einzige Sohn sowohl 1974 als auch 1997 befragt worden. Hugentobler hat aber in Erfahrung gebracht, dass dieser vor fünf Jahren bei einem Seilbahnunglück ums Leben kam. Also streicht er diesen Namen ebenfalls durch. Von den Angehörigen bleibt somit einzig Gmünders Sohn Tobias übrig. Max Hugentobler wird ihm einen Besuch abstatten. Er ahnt aber bereits, dass er sich den Aufwand auch sparen könnte. Warum sollte ein erfolgreicher Geschäftsmann, der kurz vor seiner Pensionierung steht, dreizehn Jahre nach der Festnahme des Mörders seines Vaters einen solchen Racheakt vollziehen? Sich in einen Knast einschleichen und einen alten Mann eliminieren, der sowieso nicht mehr lange zu leben hat? Max Hugentobler ist sich sicher, dass Gmünders Sohn nichts mit dem Anschlag auf Valentin Mannhart zu tun haben kann.

Also wer dann? Max Hugentobler starrt auf das karierte Blatt, das leer vor ihm liegt, und spitzt seinen Bleistift mit einem gusseisernen Spitzer, immer wieder, dreht den Holzstift, bis fast nichts mehr davon übrig ist. Trotzdem fällt ihm nichts ein, was er damit aufschreiben könnte.

Möglicherweise, denkt Hugentobler, suche ich am falschen Ort. Nämlich draußen statt drinnen. Der Täter könnte genauso gut in der Strafanstalt selbst zu finden sein. Klientel mit entsprechend umfangreichen Vorstrafenregistern gibt es dort schließlich genug. Vielleicht hat Valentin Mannhart einen Mitinsassen verärgert. Das ist an einem Ort wie diesem schnell passiert. Ein falsches Wort. Ein falscher Blick. Schon meint einer, es sei persönlich gemeint und seine Ehre sei in Gefahr, wenn er nicht Rache übe. Da wird schon mal eine simple Beschimpfung mit einem Messerstich in den Rücken vergolten. Aber eben: eher mit einem Messer im Rücken als mit unauffällig vertauschten Herztabletten. Max Hugentobler schiebt auch diese Theorie beiseite.

Wieder dreht er den Bleistift, die Klinge des Spitzers schabt das Holz in dünnen Spänen weg. Er hält inne. Dreht weiter. Hält inne. Dreht weiter. Der Fall Mannhart bleibt ein Rätsel.

Milla Nova. Diesen Namen schreibt er nun aufs Blatt. Was, wenn es kein Zufall war? Noch immer herrscht Unordnung in Hugentoblers halb kahlem Schädel. Er malt die Quadrate um den Namen der Journalistin mit seinem Bleistift grau an. Dann zeichnet er darum herum Linien. Verbindungen, die er sucht und die es nicht zu geben scheint.

War der Anschlag auf Mannhart als Warnung gedacht, so wie die tote Katze? Geht es hier gar nicht um Valentin Mannhart, sondern um Milla Nova? Hugentobler drückt kräftig mit seinem Schreiber auf das Papier. Die Spitze bricht ab. Wieder das leise Geräusch einer schabenden Klinge auf weichem Holz. Er dreht. Hält inne. Dreht weiter. Die Überlegung erscheint ihm zu abstrus – weil es eine hartgesottene Journalistin wie Milla Nova nicht kümmern muss, wie es um einen alten, tattrigen Gefängnisinsassen steht, den sie kaum kennt. Es kann ihr egal sein. Eine solche Drohung verfehlt ihr Ziel. Hugentobler schreibt einen zweiten Namen aufs Papier. Valentin Mannhart. Valentin Mannhart und Milla Nova. Dann streicht er den Frauennamen mit zwei dicken Strichen durch. Die These, dass ein Zusammenhang zwischen den beiden Fällen besteht, hat die erste Testrunde nicht überstanden. Sie wird von Max Hugentobler in jenen Bereich seines Gehirns verbannt, in dem seine schlechten und verworfenen Ideen auf Halde liegen.

Er erhebt sich schwerfällig aus dem hölzernen Bürostuhl und greift sich die Jacke. Er wird heute Nachmittag eine kleine Reise unternehmen. Sein Ziel ist eine mittelgroße Firma in Luzern. Es wird nichts schaden, sich mit Tobias Gmünder zu unterhalten, denkt Max Hugentobler, schließt die Tür hinter sich, schreitet durch den ausgestorbenen Flur des Polizeipräsidiums und nimmt den Geruch wahr, der alle Zeiten überdauert und ihn jedes Mal aufs Neue an ein Schulhaus erinnert.

44

Seit vier Tagen versucht er, sie aufzuspüren. Ohne Erfolg. Sie ist nicht mehr an der Gerechtigkeitsgasse aufgetaucht. Einen Tag lang beschattete er Milla Novas niedliche Nachbarin. Dachte sich, dass vielleicht sie ihn zur Journalistin führen würde. Aber wiederum lohnte sich der Einsatz nicht, erneut musste er den Versuch als gescheitert abhaken. Auch der Arbeit blieb Milla Nova fern. Er ist extra nach Zürich gefahren, hat Stunden an der Tramhaltestelle verbracht, an der die blauen Straßenbahnen im Siebenminutentakt die Leute ausspucken, die dann einer Herde gleich hinüberströmen, zum Eingang des Fernsehsenders. Wie programmierte Roboter. Doch Milla Nova hat er in dem grauen Menschengewusel nie ausmachen können. Er hätte sie mit ihrem schwarzen Lockenkopf nicht übersehen. Da ist er sich sicher.

Heute unternimmt er einen neuen Anlauf, hat eine neue Richtung eingeschlagen, um ans Ziel zu gelangen. Er sitzt auf einem Steinsims vor einer Laube in der Berner Rathausgasse und lässt die Treppe, die auf der gegenüberliegenden Straßenseite in einen Keller hinabführt, nicht aus den Augen. »Spielparadies« steht über dem Kellereingang auf einem bunten Schild in Buchstaben unterschiedlicher Größe. Er ist stolz, herausgefunden zu haben, dass der Laden Bänz Wiprächtiger gehört, jenem Bänz, der im Auftrag der Journalistin seine Nase in Angelegenheiten steckt, die ihn nichts angehen. Er hat ihn gesucht und gefunden. Sein Vater wäre zufrieden.

Er will verhindern, dass Bänz Wiprächtiger ihn zu Gesicht bekommt. Also sitzt er halb abgewandt auf dem Steinsims und wartet. Obwohl der Himmel blau über der Gasse steht und irgendwo dort oben auch die Sonne sein muss, ist es in der Häuserschlucht empfindlich kühl. Noch hat die Aprilsonne nicht genügend Kraft, die Luft auch dort zu wärmen, wo sich der Schatten hingebettet hat und nur träge weiterschleicht. Er steht auf, weil er friert und schon ganz starr ist, macht ein paar Schritte. Setzt sich wieder hin. Harrt aus. Bis zum Feierabend. Bis ein heller Punkt im Dunkel unten an der Treppe erscheint, der sich in ein Gesicht verwandelt.

Der Mann, der die große Holztür abschließt, ist etwa in Milla Novas Alter und sieht ansprechend aus. Schlank gebaut. Nur schlingern um seine Beine diese weiten, farbigen Ökohosen aus rauem Stoff, bei denen man meint, vom bloßen Hinschauen einen Ausschlag an den Beinen zu kriegen.

Rasch stellt er sich hinter eine Säule des Laubenbogens und beobachtet, wie Bänz Wiprächtiger die Treppe hochsteigt, oben angekommen nach rechts abbiegt und sich schließlich Richtung Hauptgasse davonmacht. Er folgt ihm unauffällig, was ihm nicht schwerfällt. Wiprächtiger ist völlig ahnungslos, und die Stadt Bern mit ihren Lauben und Nischen ist wie dafür geschaffen, jemanden zu beschatten. Das hat er schon damals festgestellt, als er Milla Nova mitten in der Nacht verfolgte. Um ihr einen Schrecken einzujagen. Es wäre so viel einfacher gewesen, wenn sie sich hätte einschüchtern lassen und danach ihre aufsässige Fragerei gestoppt hätte. Hat sie aber nicht. Er sieht, wie Bänz Wiprächtiger an der Tramhaltestelle stehen bleibt, und mischt sich ebenfalls unter die Wartenden. Steigt ein, als Wiprächtiger einsteigt. Steigt aus, als dieser wieder aussteigt. Breitenrainplatz. Unauffällig schlendert er den Schlotterhosen hinterher, biegt ein in die Militärstrasse. Volltreffer, denkt er, als er dort den Streifenwagen stehen sieht. Der Polizist in Uniform, der vor dem Haus wartet, in das Wiprächtiger verschwindet, liefert ihm den letzten Beweis: Er hat sie gefunden. Hier also hat sich Milla Nova verkrochen. Um ihrem Mörder zu entkommen. Erfolglos. Gut gelaunt schlendert er an dem Gebäude vorbei.

45

Sandro Bandini hat den Auftrag erhalten, Klaus Mohrs Umfeld zu durchleuchten. Zu prüfen, ob es einen Assistenten gibt, eine rechte Hand, die den selbst ernannten Führer der rechtsextremen Szene unterstützt. Oder eher: die ihm die Drecksarbeit abnimmt. Er muss herausfinden, wie das System Mohr funktioniert. Wo die Fäden gesponnen werden. Wie Mohr vernetzt ist. Ob es eine schwache Stelle gibt, die Bandini die Möglichkeit verschafft, sich unerkannt in Mohrs Gefolgschaft einzugliedern, um einen Blick hinter die Fassaden des Machtgefüges zu erhaschen.

Wäre dies ein Fall wie jeder andere, würde sich Sandro Bandini ohne Zögern in die Arbeit stürzen, würde graben und bohren und suchen und nicht lockerlassen, bis er seinem Team ein Resultat präsentieren könnte. Doch dieser Fall ist nicht ein Fall wie jeder andere. Zum einen, weil Bandini für die betroffene Frau mehr empfindet, als es seiner Aufgabe guttut. Zum andern, weil er zum ersten Mal nicht mit der Meinung seiner Chefin einhergeht. Lisa Kunz ist überzeugt, dass Klaus Mohr hinter dem Mord an Annalena Mühlentaler steckt. Sandro Bandini ist es nicht. Der Verdacht liegt einfach zu nahe. Bandini wird den Eindruck nicht los, dass Lisa Kunz sich auf die einfachste Variante, auf das augenscheinlichste Motiv eingeschossen und dabei den Blick für das Ganze verloren hat. Sie hat den offensichtlichsten Weg eingeschlagen, der nicht selten in eine Sackgasse führt. Bandini findet allerdings auch Milla Novas Theorie nicht überzeugend, wonach es einen Zusammenhang gibt zwischen dem Mord an Annalena und dem Anschlag auf Valentin Mannhart.

Er rappelt sich aus seinem Stuhl hoch, verlässt das Großraumbüro, begibt sich ins Treppenhaus, steigt ein Stockwerk höher und klopft an die Tür zu Hugentoblers Büro.

»Herein.«

Sandro Bandini betritt den Raum. Sofort beschleicht ihn wieder dieses Gefühl; müsste er hier arbeiten, er würde depressiv. Einzelbüros stehen den ranghöheren Polizisten zwar zu, aber sein Großraumbüro zieht er einem solchen Verschlag bei Weitem vor. Max Hugentobler liegt mehr auf seinem Bürostuhl, als dass er sitzt. Er ist mit seinem Oberkörper halb unter die Tischfläche gerutscht und dreht ununterbrochen einen Bleistift, der in einem altertümlichen Koloss von Spitzer steckt. Altersmäßig könnte Hugentobler Bandinis Vater sein. So ähnlich verhält sich auch die Beziehung, die die beiden pflegen; sie ist väterlich-freundschaftlich. Ist Erfahrung gefragt, wendet sich Bandini an Hugentobler. Braucht Hugentobler in technischen Belangen Nachhilfe, ist Bandini sein erster Ansprechpartner. Heute will Bandini eine zweite Meinung einholen. Um sich schlüssig zu werden, wie eigentlich seine eigene aussieht.

»Sandro, was gibt's?«

»Ein Problem.«

»Das ist nichts Neues. Mir geht es grad ebenso.«

Und noch bevor Bandini sein Anliegen vor dem älteren Kollegen ausbreiten kann, beginnt Hugentobler, von seinem eigenen Ärger zu erzählen. Vom erfolglosen Versuch, im Fall Valentin Mannhart ein Motiv, geschweige denn einen Täter zu finden.

»Heute habe ich dem einzigen Hinterbliebenen von Mannharts Mordopfern einen Besuch abgestattet, dem Sohn von Samuel Gmünder. Er verfügt nicht bloß über einen ausgezeichneten Leumund, sondern auch über ein unumstößliches Alibi: Er hat zur Tatzeit im Lions Club Luzern vor gut achtzig Leuten einen Vortrag gehalten. Zudem hat er mir glaubhaft versichert, dass er nie auch nur daran gedacht hat, den Mörder seines Vaters zu töten. Er wusste gar nicht, dass er noch lebt. Und sonst bin ich auf keinen einzigen Menschen gestoßen, der ein Interesse daran hat, dass Mannhart nicht mehr lebt. Und doch: Jemand hat versucht, ihn umzubringen.«

Bandini hört Hugentobler aufmerksam zu. Und plötzlich, ohne dass er es begründen könnte, ändert sich seine Meinung. Das ist doch kein Zufall, denkt er. Milla Nova hat recht. Zwei Fälle, eine Frau, die beide Opfer kennt, keine Lösung. Kein erkennbares Motiv.

»Wir kommen in unserem Fall auch nicht weiter«, erklärt er Hugentobler. »Finde ich zumindest. Lisa hingegen ist sich sicher, dass die Neonazis, insbesondere der Holocaustleugner Mohr, hinter der Tötung von Annalena Mühlenthaler stehen. Weil er sich an Milla Nova für ihre hartnäckigen Recherchen und entlarvenden Berichte rächen wollte und das falsche Opfer erwischt hat. Doch je länger ich darüber nachdenke, desto weniger glaube ich daran. Es wäre zu simpel. Und überhaupt: Klaus Mohr kann es letztlich egal sein, was das Fernsehen über ihn berichtet. Einen guten Ruf hat er nicht zu verlieren, der ist längst ruiniert.«

»Wer könnte es dann gewesen sein?«

»Das ist eben das Problem.«

Hugentobler nickt grummelnd und spitzt schon wieder seinen Bleistift an.

»Ich frage mich«, fährt Bandini fort, »ob nicht doch ein Zusammenhang zwischen unseren beiden Fällen besteht.«

»Aber welcher? Die einzige Verbindung ist Milla Nova,

die mit beiden Personen in Kontakt stand. Doch genügt das? Wir leben schließlich in einem kleinen Land …«

Jetzt sind beide stumm. Es gibt bei der Ermittlung von Verbrechen kein trostloseres Gefühl als jenes, festgefahren zu sein. Wenn sich vor einem ein großer Berg erhebt und man dagegenprallt, einfach nicht weiterkommt, ihn nicht überwinden kann. Auch ausweichen funktioniert nicht. Das einzige wirksame Mittel wäre, den Rückwärtsgang einzulegen, mit dem Denken von vorn anzufangen. Nur fällt einem das immer so verdammt schwer, weil man glaubt, dass es einen nur zurückwirft und kein Jota vorwärtsbringt.

»Was können wir tun, um weiterzukommen?«, fragt Sandro Bandini.

»Wir erkennen zwar keinen Zusammenhang«, überlegt Max Hugentobler laut, »aber das muss nicht heißen, dass es keinen gibt. Vielleicht müssen wir nur intensiver nach ihm suchen.«

Er dreht erneut seinen Bleistift.

»Tauchen wir in die Vergangenheit ein«, schlägt er nach einigen Sekunden vor. »Und zwar in jene von Valentin Mannhart und in die von Milla Nova. Wir müssen prüfen, ob es noch weitere Berührungspunkte ihrer Lebenswege gibt. Möglicherweise haben sie gemeinsame Bekannte. Vielleicht liegt in ihren Geschichten ein Detail verborgen, das uns den richtigen Weg zeigen wird.«

Hugentobler hört sich nicht wirklich überzeugt an. Auch Bandini ist skeptisch.

»Wir müssen die Akten und die Spuren der Fälle miteinander abgleichen«, sagt er. »Die Puzzleteile, die wir bislang bei den beiden Ermittlungen gesammelt haben, ausbreiten und herausfinden, ob sie zu ein und demselben Spiel gehören.«

Max Hugentobler stimmt seinem jüngeren Kollegen zu. Dann besprechen sie das weitere Vorgehen.

*

Zurück an seinem Platz, ruft Sandro Bandini im Institut für Rechtsmedizin an und bittet die Assistentin, sämtliche Spuren aus den Fällen Valentin Mannhart, Annalena Mühlenthaler und auch aus jenem der toten Katze miteinander zu vergleichen. Die Frau ächzt etwas unwillig, verspricht ihm aber, den Auftrag zu erledigen und sich in den nächsten Tagen zu melden. Wahrscheinlich bringt es nichts, denkt Bandini, nachdem er den Hörer eingehängt hat. Aber man kann nie wissen.

46

Milla Nova hat die Polizisten abgeschüttelt. Ihre ständige Präsenz wurde ihr zu viel. Obwohl die beiden sich zurückgehalten haben und auf Distanz geblieben sind. Doch allein das Wissen um ihre dauernde Anwesenheit hat Milla beengt. Sie fühlte sich wie eine Gefangene, die jeden Schritt, den sie tat, erklären und rechtfertigen musste. Also lud sie die beiden in Bänz' Wohnung zum Kaffee ein, tischte ihnen Biskuits auf und gab vor, sie müsse rasch etwas aus dem Keller holen. Dann schlich sie wie ein Teenager, der sich trotz Ausgehverbot in die Disco stiehlt, aus dem Kellerausgang und rannte ungestüm zum nächsten Mobility-Parkplatz, wo sie sich zuvor einen Smart hatte reservieren lassen. Jetzt singt sie stimmgewaltig und disharmonisch ein Duett mit Bruce Springsteen, der aus dem Autoradio dröhnt. Ihre neu gewonnene Freiheit nutzt sie, um noch einmal zum Seniorenknast im Berner Jura zu fahren. Sie hofft, dort mehr über den ominösen Anschlag auf Valentin Mannhart in Erfahrung zu bringen.

*

Der Wärter am Empfang reagiert überrascht, als er Milla Nova erkennt.

»Frau Nova, Sie wissen schon, dass Herr Mannhart nicht mehr bei uns ist?«, fragt er, der sie immer ein wenig an ihren Musiklehrer am Gymnasium erinnert: strenger Blick, schwarzer Bart und eine beeindruckende Bassstimme.

»Danke, darüber bin ich im Bilde«, antwortet Milla. »Und ich weiß auch, wieso er nicht mehr da ist. Haben Sie vom Anschlag gehört, der auf ihn verübt wurde?«

Milla stellt die Frage möglichst beiläufig. Sie soll nach Small Talk klingen, nicht nach Journalistenfrage. Es funktioniert.

»Natürlich, das war hier Thema Nummer eins in der letzten Woche.«

»Haben Sie den Mann gesehen, der hier eingedrungen ist?«

»Nein, ich hatte frei an diesem Tag. Mein Kollege sagt, dieser Typ habe sich als Klempner ausgegeben und eine einwandfreie Auftragsbescheinigung vorgelegt. Es habe keinen Grund gegeben, Verdacht zu schöpfen. Leider kann mein Kollege den Täter nicht genau beschreiben. Aber einer der Sozialarbeiter erinnerte sich an ihn.«

»Wie sah er denn aus?«

»Groß, breit gebaut, zwischen vierzig und fünfzig, blondes Haar. Auffällige Brille, womöglich falsch. Aber eigentlich müssten Sie darüber mit dem Direktor sprechen. Ich bin nicht befugt, Ihnen Antworten darauf zu geben.«

Milla ignoriert seinen letzten Satz. »Ich kann einfach nicht verstehen, wer Valentin Mannhart so etwas antun will.« Sie schüttelt den Kopf.

»Da geht es Ihnen genauso wie uns«, sagt der Bärtige. »Soll ich Sie zum Direktor durchstellen?«, fragt er, nimmt den Telefonhörer in die Hand und drückt automatisch die Kurzwahltaste.

Kesselring geht schneller ran, als Milla dem Wärter antworten kann.

»Herr Kesselring, Milla Nova ist hier, die Journalistin«, sagt der Wärter. Dann schweigt er. Dann nickt er.

»Sie können zu ihm.«

Seit sich Kesselring dafür einsetzt, dass die unleidige Geschichte mit dem Tablettentausch aufgeklärt wird, ist er Milla Nova viel sympathischer. Zudem ist der Direktor auch heute gesprächiger, als sie erwartet hat. Sehr viel Neues erfährt sie trotzdem nicht. Mit einer Ausnahme.

»Wir haben eine interne Untersuchung eingeleitet«, eröffnet er ihr, nachdem sie ihm versichert hat, alle Informationen vertraulich – *»off the record«* – zu behandeln.

»Gegen wen?«

»Ich darf keine Namen nennen. Aber wir überprüfen einige unserer Mitarbeiter. Wir denken, dass der Täter in der Anstalt einen Helfer hatte.«

»Einen Helfer?«

Kesselring nickt. »Leider. Ohne Hilfe wäre er hier kaum hereingekommen.«

»Haben Sie eine Ahnung, wer das gewesen sein könnte?«

»Wie gesagt, ich darf Ihnen keine Namen nennen.«

Milla räuspert sich. »Ich habe Ihnen auch etwas zu erzählen.« Sie muss sich überwinden. Es fällt ihr noch immer nicht leicht, über das Geschehene, den Mord an Annalena, zu sprechen. Trotzdem findet sie, sie sollte Kesselring darüber informieren. Milla erzählt ihm von ihrem Beitrag über die rechtsextreme Szene, von den Drohmails, von der toten Katze – und schließlich vom Mord.

»Und genau in diesem Zeitraum hat jemand versucht, Valentin Mannhart umzubringen, über den ich einen Dokumentarfilm drehen will. Glauben Sie, dass das ein Zufall ist?« Milla blickt den Gefängnisdirektor ratlos an.

Kesselring überlegt kurz. Wägt ab. »Wenn es kein Zufall ist – wo liegt das Motiv?«

»Vielleicht war der Anschlag auf Valentin Mannhart nach den Drohmails und der Tötung meiner Katze eine dritte Warnung.«

Das bezweifelt Kesselring. »Der Mann, der Valentin Mannharts Medikamente vertauschte, wollte ihn töten. Er nahm seinen Tod zumindest in Kauf! Das sieht mir nicht nach einer Warnung aus. Da wollte jemand den alten Mann gezielt ausschalten.«

Milla findet, Kesselring könnte recht haben. Sie kommt einfach nicht weiter. Wie sie die Sache auch dreht und wendet, nichts ergibt einen Sinn.

»Vielleicht hat es etwas mit dem Film zu tun«, sagt Milla plötzlich. Der Gedanke fällt ihr zu wie ein Ball, der einem in die Hände springt, obwohl man ihn nicht hat herangeflogen kommen sehen. »Der einzige Zusammenhang zwischen mir und Valentin Mannhart ist der Dokumentarfilm. Vielleicht will jemand verhindern, dass ich ihn drehe?«

Milla sieht Kesselrings verzogenem Gesicht an, dass ihn diese These nicht überzeugt.

»Wer sollte das verhindern wollen? Und warum?« Milla Nova weiß es auch nicht.

»Wer wusste denn vor dem Anschlag, dass Sie diesen Film machen wollen?«, erkundigt sich Kesselring.

Milla überlegt einige Sekunden. »Sie, Valentin Mannhart, der Polizist Max Hugentobler, meine Nachbarinnen und Bänz Wiprächtiger, ein Freund, der für mich Nachforschungen anstellt.« Noch während Milla die Namen aufzählt, realisiert sie, dass sie ihre Vermutung streichen kann. Keine dieser Personen hat etwas gegen einen Dokumentarfilm über Valentin Mannhart einzuwenden. Vor allem wäre keine dieser Personen fähig, ihr oder Valentin Mannhart Böses anzutun. Geschweige denn, einen Mord zu begehen.

»Und dieser unbekannte Helfer hier im Gefängnis, falls es ihn denn wirklich gibt. Dennoch: Warum sollte jemand wegen eines Dokumentarfilms töten?«, sagt in dem Moment auch Kesselring. »Es gibt einfach keinen Grund.«

*

Als Milla Nova fast schon gefährlich gemächlich über die Autobahn Richtung Bern fährt, klingelt ihr Telefon. Sie erkennt, dass es eine Nummer der Kantonspolizei ist.

»Nova.«

»Verdammt, wo sind Sie? Sie sind einfach abgehauen!« Bandini. Er ist außer sich. Doch Milla hört trotz des wütenden Tonfalls Sorge in seiner Stimme.

»Dass mir das gelungen ist, sollte Sie nachdenklich stimmen«, neckt ihn Milla.

»Sie befinden sich in großer Gefahr. Sagen Sie mir sofort, wo Sie sich aufhalten!«

»Auf der Autobahn.«

»Frau Nova, ich finde das nicht lustig. Ich mache mir wirklich Sorgen um Sie.«

Jetzt hat Milla doch ein bisschen ein schlechtes Gewissen. »Ich bin bald zurück in Bern«, lenkt sie ein. »Sie können Ihre Leute wieder vor der Wohnung Wiprächtiger positionieren, ich werde etwa in einer Viertelstunde dort sein.«

»Ich habe einen anderen Vorschlag. Wir treffen uns vorher im Adriano's«, sagt Bandini in einem wieder etwas freundlicheren Tonfall. »Ich habe Neuigkeiten.«

47

In jedem Kriminalfall gibt es einen Schlüsselmoment. Eine Erkenntnis, die auf direktem oder indirektem Weg zur Lösung führt. Vielfach ist der entscheidende Moment erst im Nachhinein als solcher erkennbar. Sandro Bandini aber ist sich sicher, dass er genau jetzt an diesem Punkt angelangt ist. Um dies gebührend zu feiern, bestellt er bei Chris hinter der Theke des Adriano's den teuersten Rotwein. Dann setzt er sich an den einzigen freien Tisch und wartet auf Milla Nova. Ungeduldig blickt er immer wieder auf seine Armbanduhr. Er hofft, dass sie möglichst bald eintrifft, dass ihr nicht doch noch etwas geschieht auf dem Weg hierher.

Seine beiden Kollegen hat er ins Gebet genommen. Dass sie sich derart von Milla Nova überrumpeln lassen haben! Bandini kann sich nicht entscheiden, ob er sich über das tölpelhafte Verhalten der Polizisten ärgern oder darüber lachen soll. Ein Gefühl in ihm ist hingegen eindeutig: Er will um keinen Preis, dass Milla Nova etwas zustößt.

Erneut blickt er auf die Uhr, der große Zeiger hat sich seit dem letzten Mal kaum gerührt. Die zwei Minuten, die vergangen sind, fühlen sich an wie eine Ewigkeit. Bandini ist sich klar darüber, dass es eigentlich nicht korrekt ist, Milla Nova jetzt schon einzuweihen. Vor allem, weil er noch nicht einmal mit seiner Chefin darüber gesprochen hat. Lisa Kunz weiß gar nicht, dass er in dieser Richtung Abklärungen vorgenommen hat. Er spart sich die Neuigkeit für sein Team und seine Chefin für die nächste Sitzung auf, morgen früh um neun. Milla Nova, findet Sandro Bandini, hat aber ein Recht darauf, sofort informiert zu werden. Sie ist es schließlich gewesen, die ihn erst auf die Idee gebracht hat, rechtfertigt er sein Vorgehen vor sich selbst. Und überdies ist es ein willkommener Anlass, sich mit ihr treffen zu können. Im Adriano's. Nicht auf dem Präsidium. Weil es hier unverdächtiger ist. Hier hätten sie sich auch zufällig über den Weg laufen können.

Als er Milla Nova endlich zur Tür hereinkommen sieht, stößt er erleichtert Luft aus. Gleichzeitig stellt er fest, dass er plötzlich auch ein bisschen nervös ist. Milla winkt ihm von Weitem zu, stellt sich an die Theke, um sich ebenfalls ein Glas Wein zu holen. Als sie zu Bandini an den Tisch tritt, bleibt sie unentschlossen stehen. Für eine Millisekunde spürt sie den Impuls, ihn zur Begrüßung auf die Wange zu küssen. Doch dann reicht sie ihm nur die Hand und setzt sich auf den zweiten Barhocker.

»So, da wär ich wieder.«

»Ich bin froh, dass Sie heil zurück sind«, sagt Sandro Bandini und findet selbst, dass er sich anhört wie ein besorgter Vater. »Ich möchte nicht, dass sich das wiederholt. Unterschätzen Sie die Gefahr nicht.«

»Ich hab's nicht länger ausgehalten. Ständig unter Aufsicht.« Milla macht eine kurze Pause und ringt mit sich, die Worte auszusprechen: »Es tut mir leid.«

»Der Kerl, der Annalena umgebracht und es auf Sie abgesehen hat, läuft irgendwo da draußen herum. Wir können Sie nicht vor ihm beschützen, wenn Sie abhauen.«

Milla nickt. Und wechselt das Thema. »Sie sagten, es gebe Neuigkeiten?«

»Die gibt es. Und was für welche!« Bandini kramt einige Unterlagen aus seiner Tasche. Umständlich breitet er sie auf dem Tisch aus.

»Ich habe sämtliche Spuren, die wir in Ihrem Fall und im Fall Mannhart bislang gefunden haben, miteinander vergleichen lassen.« Bandini schaut Milla triumphierend an.

»Und?« Sie kann es nicht ausstehen, wenn man sie auf die Folter spannt.

»Ich habe die Verbindung gefunden.«

Wieder macht er eine Pause. Milla würde ihn am liebsten schütteln, um ihn zum Reden zu bringen. Als er endlich fortfährt, kann sie kaum glauben, was ihr der gut aussehende Polizist in ihrem Stammlokal in Bern eröffnet.

»Der Mann, der es auf Sie abgesehen hat« – Bandini weist auf ein Papier, auf dem seltsame Kurvendiagramme abgebildet sind – »ist der *Sohn* von Valentin Mannhart.«

Stille. Für den Bruchteil einer Sekunde erscheint es Milla, als spreche im trendigen Lokal, in dem der Lärmpegel ansonsten erheblich ist, keiner ein Wort. Als hätte ein Geist den Raum betreten. Dann schwillt das Gemisch aus Silben und Stimmen und dem Klingen der Gläser wieder an. Millas Blick verrät Sandro Bandini, dass sie ihm nicht glaubt. Sie nimmt einen großen Schluck Wein, obwohl sie noch gar nicht angestoßen haben. Dann erst findet sie die Sprache wieder: »Unsinn!«

»Nein, das ist kein Unsinn, das ist wissenschaftlich bewiesen!«, kontert Bandini.

Demonstrativ zeigt er auf die blauen und roten Diagramme, die auf dem Tisch liegen. Er erklärt Milla, dass es sich um die DNA-Profile von Valentin Mannhart und von jener unbekannten Person handelt, deren genetische Spur sowohl auf Annalenas Leiche als auch am Seil der erhängten Katze gefunden wurde.

»Bei der unbekannten Person, das zeigt die DNA-Analyse aufgrund der Übereinstimmungen eindeutig, handelt es sich um den Sohn von Valentin Mannhart.«

Milla starrt auf die Diagramme.

»Aber Valentin Mannhart hat gar keinen Sohn!«

»Doch, mit einer Sicherheit von 99,89 Prozent, wie die Analyse zeigt.«

»Er hat einen Sohn, von dem er nichts weiß?«

»Oder er hat Ihnen einfach nichts von ihm erzählt. Vielleicht fehlt ihm auch nur die Erinnerung – so wie er vergessen hat, dass er ein Mörder ist.«

Milla denkt darüber nach.

»Aber eines verstehe ich trotzdem nicht: Warum sollte sein Sohn mir oder ihm etwas antun wollen? Geld kann nicht der Grund sein, Valentin Mannhart hat weder Geld noch irgendwelche Besitztümer.« Abgesehen von ein paar schiefen Burgen aus Karton, schiebt sie in Gedanken nach.

Bandini zuckt mit den Schultern. »Ein Motiv kann uns die DNA-Analyse nicht liefern«, sagt er lächelnd. »Das wird uns Mannharts Sohn erklären können. Aber dafür müssen wir ihn zuerst finden. Wir haben nicht den geringsten Hinweis, wie er heißt und wo er sich aufhalten könnte.«

48

1951

Gerade vierundzwanzig geworden war Valentin Mannhart, als er Leonie begegnete. Wasserblaue Iris, blasse Haut, schwarzes Haar. Die Nase etwas groß geraten. Die Augen leicht asymmetrisch. Darüber dicke dunkle Brauen, die sich gegenseitig anzuziehen schienen und sich daranmachten, über der Nase zusammenzuwachsen. Für Valentin Mannhart war Leonie eine Schönheit. Ja, die schönste Frau der Welt. Jeden Mittag stand sie in einer roten Schürze und mit einem Schöpflöffel in der Hand hinter den dampfenden Töpfen der Betriebskantine einer Großschreinerei im Berner Seeland, in der Valentin Mannhart einen Aushilfsjob gefunden hatte. Hier wollte er länger bleiben – der Arbeit wegen, die ihm gefiel. Und wegen Leonie, die ihm besonders gefiel.

In den ersten Wochen bestand die Frau, die Valentin Mannharts Kopf verwirrte und sein Herz schneller schlagen ließ, bloß aus ihrem schlanken, flachbrüstigen Oberkörper, der hinter dem Schöpftresen hervorragte. Es vergingen lange Wochen, bis sie endlich auch Beine bekam. Denn Valentin Mannhart traute sich nicht, sie anzusprechen. Er hatte keine Erfahrung mit Frauen. Und noch weniger mit der Liebe. Er hatte sie zuvor nie erlebt, nie gespürt, nie gegeben. So beschränkte sich die Konversation zwischen Valentin Mannhart und der unbekannten Küchenhilfe lange Zeit auf die kärglichen Worte »Danke schön« und »Bitte sehr«, wenn sie ihm einen mit fadem Essen vollgepampten

Teller reichte. Doch es schien ihm, dass sie ihn immer mit einer extragroßen Portion bediente. Und ihr entging nicht, dass der kleine, schmächtige Kerl sie stets anlächelte, wenn auch verlegen und unsicher.

Es war schließlich die Frau, die der mittäglichen Gleichförmigkeit ein Ende setzte. Eines Tages beugte sie sich freundlich lächelnd über einen großen Topf Kartoffelbrei zu ihm hinüber und flüsterte: »Leonie.«

Valentin Mannhart verursachte einen Stau in der Reihe der hungrigen Arbeiter. Wie angewurzelt blieb er freudig strahlend stehen. Der Moment erschien ihm wie eine Ewigkeit. Erst ein Stoß seines Nachbarn mit dem leeren Serviertablett holte ihn ins Hier und Jetzt zurück. »Valentin«, sagte er glücklich.

So begrüßten sie sich fortan beim kurzen täglichen Tête-à-Tête in der Betriebskantine mit Namen, bis er – wieder waren mehrere Wochen vergangen – all seinen Mut zusammennahm und sie fragte, wann sie Feierabend habe. Da sie schon um vier Schluss machte, er aber erst um sieben, wusste er dann aber nicht mehr weiter. Darauf schlug sie ihm vor, ihn mal nach seiner Arbeit abzuholen, sie könnten ja etwas miteinander unternehmen. Einen Apfelsaft trinken gehen, beispielsweise. Drüben, im Restaurant Bären, zum Beispiel.

Dass sich ihre Beine, als er diese zum ersten Mal zu Gesicht bekam, als ziemlich krumm herausstellten, tat nichts mehr zur Sache. Längst hatte sich Valentin Mannhart entschieden, dass Leonie die Frau seiner Träume war. Er bewunderte ihre Haut, rein wie Seide, während seine grob und oft auch picklig war. Er war fasziniert von ihrem Lachen, das sich anhörte, als würden Perlen eine Treppe hinunterkullern. Er liebte ihre Augen, ihre Lippen, jedes einzelne Haar auf ihrem Kopf, selbst jene zwischen ihren

Augenbrauen. Doch von alldem wusste Leonie nichts. Er konnte es ihr nicht sagen, fand keine Worte dafür, keine Gesten. Hatte keine Ahnung, wie er es anstellen sollte und ob es überhaupt angebracht oder einfach nur lächerlich wäre. Er wagte kaum, sie zu berühren. Als sie zum ersten Mal resolut nach seiner Hand griff, zuckte er erschrocken zusammen. Um dann neben ihr herzuschweben, während das Glück ihn in heißen Schüben durchflutete. Er verhielt sich hölzern und plump und unbeholfen. Sie war geduldig und nachsichtig und liebevoll. Noch nie war er einem anderen Menschen, geschweige denn einer Frau, so nahegekommen. Es war Leonie, die ihn lehrte, dass das nicht schmerzte.

Leonie brachte ihm auch bei, dass man sich noch viel näher kommen konnte. Was ihn ebenso faszinierte wie erschreckte. So sehr, dass es am Anfang überhaupt nicht klappte. Irgendwann funktionierte es dann doch, aber es blieb ein unbeholfener Akt der Liebe. Er konnte ihr die Wärme nicht geben, die sie suchte, nicht die Zärtlichkeit, die er zwar in sich spürte, die er aber nicht zum Ausdruck bringen konnte. Er blieb ein überforderter Holzklotz an ihrer Seite. Leonie erkannte bald schon, dass Valentin nicht der Mann fürs Leben war. Und dass sie von ihm auf keinen Fall schwanger werden durfte. Weil sie ihn und das Kind dann behalten müsste. Darum stieß sie ihn, wenn sie mit ihm schlief und merkte, dass er heftiger zu atmen begann, stets mit aller Kraft von sich weg, aus sich hinaus. Ihm kam das nicht seltsam vor. Er kannte es nicht anders.

Als Leonie ihm nach einem Jahr eröffnete, es sei vorbei, verstand er die Welt nicht mehr. Er hatte gedacht, sie würden für immer zusammenbleiben. In ihm zerbrach etwas, das erst durch Leonie entstanden war, in tausend Scherben, die sich schmerzvoll in sein Innerstes bohrten und dort

Wunden hinterließen, die nie mehr ganz verheilen sollten. Er kündigte von einem Tag auf den anderen die Stelle in der Schreinerei. Packte seine Sachen. Zog weiter. Weg von Leonie. Möglichst weit weg.

Es gab nach ihr andere Frauen. Aber nie mehr war es wie mit Leonie. Stets war er auf der Hut, dass nicht wieder etwas entstand, das danach zersplittern konnte. Seine erste Liebe war seine letzte gewesen.

49

2010

»Leonie.«

Valentin Mannhart hat Tränen in den Augen, als er von ihr erzählt. Und ein Lächeln auf den Lippen. Er sieht sie vor sich, als wäre es gestern gewesen. Dann verändert sich sein Gesicht. Wird nachdenklich.

»Aber ich glaube nicht, dass ich ein Vater bin. Das hätte ich doch merken müssen.«

Er richtet sich mühsam in seinem Krankenhausbett auf. Rechts von ihm sitzt Milla Nova. Links der Polizist, der ihn einst verhaftet hat und dem er Jahr für Jahr eine Weihnachtskarte schreibt. Dick ist er geworden, denkt Valentin Mannhart, und seltsame Sachen will der wissen.

Max Hugentobler hat die Journalistin zur Befragung mitgenommen, weil Mannhart Vertrauen zu ihr gefasst hat. Er glaubt, ihn eher zum Sprechen bringen zu können, wenn sie dabei ist. Ihre Anwesenheit soll Hugentobler helfen, zu den verschütteten Erinnerungen des alten Mannes vorzudringen.

»Man kann es doch nicht übersehen, wenn eine Frau schwanger ist.« Valentin Mannhart schüttelt verwirrt den Kopf. Begreift nicht, warum er plötzlich einen Sohn haben soll. Wegen der DNA, hat der Polizist gesagt. Wieder diese drei Buchstaben, die er schon damals nicht verstanden hat. Die auch beweisen sollen, dass er vier Menschen umgebracht hat. Valentin Mannhart weiß inzwischen, dass die DNA immer recht hat. Aber er, ein Vater?, denkt er verstört.

»Wenn ich tatsächlich einen Sohn haben sollte, warum will er mir dann Böses? Söhne tun doch ihren Vätern nichts.«

Milla Nova bricht es fast das Herz. Mannhart wirkt erschüttert. Was ja auch kein Wunder ist, denkt Milla. Wer würde nicht aus dem Gleichgewicht geraten, wenn er zuerst erfährt, einen Sohn zu haben – und Minuten später, dass wahrscheinlich ebendieser versucht hat, ihn umzubringen.

»Vielleicht will sich Ihr Sohn an Ihnen rächen, weil Sie als Vater nicht da waren. Oder weil Sie seine schwangere Mutter haben sitzen lassen.« Milla weiß aus eigener Erfahrung, wie viel Wut daraus entstehen kann.

Valentin Mannhart schüttelt den Kopf. »Ich habe keine Frau sitzen gelassen. Alle haben sie sich von mir getrennt. Und das macht doch keine, wenn sie schwanger ist.«

»Hat je eine Ihrer Freundinnen versucht, später wieder Kontakt mit Ihnen aufzunehmen?«, forscht Max Hugentobler weiter.

Wieder ein Kopfschütteln. Eine Träne, die sich seit Längerem in Mannharts Augenwinkel festgesetzt hat, gerät in Bewegung und rinnt langsam über das zerfurchte Gesicht des Alten.

»Ich hätte doch gemerkt, wenn eine Frau plötzlich ein Bäuchlein gehabt hätte …«

»Nun, so schnell sieht man das manchmal nicht«, entgegnet Milla.

»Können Sie sich denn wenigstens an die Namen Ihrer Freundinnen erinnern?«, bohrt Max Hugentobler nach.

»Leonie Hungerbühler, aus Kerzers.«

Wenigstens etwas, denkt Hugentobler, und notiert sich den Namen. Dann blickt er wieder auf und schaut Mannhart erwartungsvoll an.

»Es gab da noch Hedwig.«

»Hedwig, und der Nachname?«

Mannhart legt seine Stirn in Falten, klopft sich mit seinem rechten Zeigefinger gegen die Stirn.

»Wissen Sie, das ist so lange her.«

Milla und Max Hugentobler sitzen schweigend an seinem Bett, beide konzentrieren sich auf Valentin Mannharts verkniffenes Gesicht, als könnten sie ihm damit helfen, sich zu erinnern.

»Also, eine andere Freundin hieß Heidi Wüthrich, aber ich weiß nicht mehr, wo die wohnte.«

Hugentobler schreibt auch diesen Namen auf, obwohl Wüthrich ein Allerweltsname ist und ihn dieser Hinweis kaum weiterbringen wird.

»Aber Hedwig? Ihren Nachnamen weiß ich wirklich nicht mehr.« Mannhart verwirft die Hände.

»Aber vielleicht gab es noch weitere?« Milla versucht ihn dazu zu motivieren, noch einmal in seinem Gedächtnis zu kramen.

»Ja, die Bertha, das war eine besonders Hübsche.« Der Hauch eines Lächelns wischt über Mannharts Gesicht. »Bertha Ramseyer. Aus dem Emmental.«

Hugentobler nickt und notiert.

»Aber so hübsch wie Sie, Frau Milla, war sie dann doch nicht.«

Jetzt muss Milla lächeln. Aber bei Bertha ist offensichtlich Schluss. Valentin Mannhart ist müde geworden vom intensiven Denken, er beantwortet die Fragen von Milla und Max Hugentobler nicht mehr richtig, schweift immer wieder ab, zurück zu Leonie, die sich offensichtlich am stärksten in sein Gedächtnis eingebrannt hat. Wenn er von ihr spricht, legt sich die Wehmut wie ein Schatten auf sein Gemüt. Und als er plötzlich mitten in einem Satz für einige Sekunden wegzudösen scheint, beschließen Milla und Hugentobler, den alten Mann in Ruhe zu lassen. Milla macht sich Sorgen; Valentin Mannhart scheint es schlechter zu gehen. Er wirkt heute noch schwächer und müder als bei allen Besuchen zuvor. Nichts deutet darauf hin, dass er sich langsam erholen würde.

Als Milla aufsteht, registriert sie, dass etwas anders ist als sonst. Es ist nur die Ahnung eines Eindrucks. Sie schaut Valentin Mannhart noch einmal genau an. Das Gefühl entwischt ihr. Sie weiß nicht, ob sie es sich nur eingebildet hat. Vielleicht haben sie ihm die Haare kürzer geschnitten, denkt Milla, als sie den einschlafenden Mann betrachtet. Nein, die Haare sind es nicht. Behutsam beugt sie sich über sein faltiges Gesicht. Sie kann die süßlich-abgestandene Luft riechen, die der alte Mann ruckartig aus seinem Mund stößt und dabei ein Geräusch verursacht, das mehr ein lautes Atmen als ein Schnarchen ist. Dann fällt ihr Blick auf die Halskette. Im Bruchteil einer Sekunde realisiert sie, dass sie sie an ihm noch nie gesehen hat. Milla muss den Reflex unterdrücken, sie Valentin Mannhart vom Hals zu reißen. Eine schlichte Goldkette. Mit einem Anhänger, wie man ihn oft bei Schulkindern sieht. Er zeigt ein Sternkreiszeichen. Milla legt sich das flache Amulett aus Gold in ihre Handfläche. Eine Waage.

Die Wände um sie herum geraten in Bewegung. Es fühlt sich an, als zöge ihr jemand den Linoleumboden unter den Füßen weg. Hilflos schaut sie Hugentobler an.

»Frau Nova, was ist los?«, fragt er besorgt.

»Der Anhänger«, flüstert Milla, »den erkennen Sie sicher wieder.« Sie weist auf das Amulett.

Als Max Hugentobler den Anhänger sieht, ist alles wieder da. Die Waage. Das Zeichen der Gerechtigkeit. Das Symbol, das Mannhart bei jedem Opfer zurückgelassen hat. Hugentobler stellt sich ans Bettende und liest auf dem Zettel unter dem Plastikhalter die Daten des Patienten ab.

»Mannhart hat Ende September Geburtstag! Sternkreiszeichen Waage. Vielleicht trägt er die Kette schon sein halbes Leben lang.« Hugentobler hört sich beruhigt an.

Doch Milla widerspricht. »Ich weiß ganz genau, dass er eine solche Kette nie getragen hat.«

Jetzt tritt auch Hugentobler an Valentin Mannhart heran, beugt sich über ihn, atmet die Luft ein, die dieser ausatmet.

»Wir nehmen sie mit«, sagt er kurz entschlossen und versucht, den alten Mann zu wecken. Was ihm nicht wirklich gelingt. Immerhin kann er Mannhart ein wenig aufrichten.

Milla hilft ihm. Sie dreht den Verschluss der Kette nach vorne und öffnet sie.

»Herr Mannhart, woher haben Sie diese Halskette?«, fragt Hugentobler den Alten. Doch Mannhart öffnet nicht einmal die Augen. Er murmelt nur zwei kaum verständliche Sätze.

»Leonie hieß sie. Leonie war mein Mädchen.«

Max Hugentobler schaut Milla Nova an, diese zuckt mit den Schultern.

»Wir müssen ihn ein andermal fragen.«

50

Nachdem Max Hugentobler Milla Nova zur bewachten Wohnung im Breitenrain gebracht hat, fährt er ins Präsidium. Es ist fast drei Uhr, gleich beginnt die Lagebesprechung. Sie wird heute zum ersten Mal von der Soko Nova und Hugentoblers kleinem Team, das den Anschlag auf Valentin Mannhart untersucht, gemeinsam abgehalten. Sandro Bandini hat seine Leute an diesem Morgen bereits über die neuen Erkenntnisse orientiert, über die DNA-Spur, die dem Sohn von Mannhart zugeordnet werden kann. Darauf hat die Dezernatschefin beschlossen, die beiden Sonderkommissionen zusammenzulegen. Ab sofort arbeiten sie nicht mehr an zwei verschiedenen Fällen, sondern nur noch an einem einzigen Fall.

Hugentobler schafft es nicht rechtzeitig. Als er in das Sitzungszimmer platzt, hat seine Chefin Lisa Kunz bereits mit ihren Ausführungen begonnen. Sie hält einen Moment inne, bis er sich auf den letzten freien Stuhl gesetzt hat, und wirft ihm einen halb fragenden, halb tadelnden Blick zu.

»Ich habe gerade noch einmal kurz zusammengefasst, was wir Neues haben«, sagt sie in seine Richtung, bevor sie sich wieder dem Plenum zuwendet. »Wir gehen davon aus, dass sowohl das Tötungsdelikt an Annalena Mühlenthaler als auch der Anschlag auf Valentin Mannhart auf das Konto von dessen Sohn gehen. Name: unbekannt. Aufenthaltsort: unbekannt. Aber vielleicht hast du, Max, ja diesbezüglich Neuigkeiten.«

»Allerdings!« Hugentobler kramt umständlich einen

Notizblock aus seiner schmalen Ledermappe hervor, die aussieht, als stamme sie aus einem früheren Jahrhundert. Dann entnimmt er ihr ein durchsichtiges Plastiksäckchen und hält es in die Höhe. »Unser Täter will uns zeigen, dass er noch da ist: Diese Kette trug Valentin Mannhart um den Hals, als ich ihn besuchte. Mit einem Anhänger. Sternkreiszeichen Waage. Ähnliche Souvenirs hat Mannhart einst bei seinen Opfern zurückgelassen.«

»Woher stammt die Kette?«, will Lisa Kunz wissen.

»Der Wachtposten hat mir gesagt, sie sei am Empfang des Inselspitals für Mannhart abgegeben worden. Möglicherweise hat die Überwachungskamera im Eingangsbereich etwas aufgezeichnet.«

»Kümmerst du dich darum?«

Hugentobler bejaht und steckt die Kette wieder ein, um sie später der Spurensicherung zu übergeben.

»Und wie lief die Befragung?«

»Sie hat leider nicht viel ergeben.« Hugentobler blättert in seinen Notizen. »Der Mann ist über achtzig und geistig nicht mehr ganz auf der Höhe. Es ist schwierig, mit ihm ein Gespräch zu führen. Logische und klare Antworten sind selten. Der Anschlag hat seine Gesundheit zusätzlich beeinträchtigt.«

»Hast du trotzdem etwas herausbekommen?«, fragt Lisa Kunz ungeduldig.

»Er hat keine Ahnung, dass er einen Sohn hat«, berichtet Hugentobler und fügt an, dass er es dem alten Mann glaube. »Wir versuchten, die Namen seiner ehemaligen Geliebten zusammenzutragen, was ihm nicht leichtfiel. Er kann sich nicht mehr an alle Nachnamen erinnern. Zwei, drei vollständige Namen konnte er mir immerhin nennen; ich werde sie überprüfen. Abklären, ob die Frauen einen Sohn geboren haben.«

»Es muss doch noch eine andere Möglichkeit geben, herauszufinden, wer sein Sohn ist.« Lisa Kunz schaut fragend in die Runde. Es bleibt still.

Bis Bandini das Wort ergreift. »Das wird eher schwierig, wenn Valentin Mannhart mit der Frau nicht verheiratet war und sie ihn bei der Geburt nicht als leiblichen Vater angegeben hat. Aber vielleicht könnten wir Bänz Wiprächtiger fragen, den Historiker, der für Milla Nova recherchiert hat. Der kennt sich aus mit solchen Sachen. Immerhin war er es, der herausgefunden hat, dass Valentin Mannhart einen Bruder hatte.«

Lisa Kunz nickt kaum merkbar, auch wenn sie bezweifelt, dass es eine gute Idee ist, einen Bekannten von Milla Nova in die Ermittlungen mit einzubeziehen.

»Also, ich fasse noch einmal zusammen«, sagt sie, statt auf Bandinis Worte einzugehen. »Wir wissen, dass ein Mann zuerst Frau Novas Katze und dann ihre Nachbarin Annalena Mühlenthaler tötete. In beiden Fällen fanden wir seine DNA-Spur, die uns verrät, dass er der Sohn Valentin Mannharts ist. Und wir müssen davon ausgehen, dass auch er es war, der sich Zutritt in die Strafanstalt verschaffte und die Medikamente des dort einsitzenden Vaters austauschte. Mit dem Ziel, ihn umzubringen. In diesem Fall konnten wir keine Spuren sichern – die Beschreibung des Sozialarbeiters lässt aber den Schluss zu, dass der Täter zumindest vom Alter her Mannharts Sohn sein könnte.« Lisa Kunz hält inne. Denkt einen Moment nach. »Die These mit den Neonazis, die sich an Milla Nova rächen wollen, ist also mit großer Wahrscheinlichkeit vom Tisch.« Sie erntet zustimmendes Nicken. »Aber warum hat Valentin Mannharts Sohn nach all den Jahren plötzlich ein Interesse daran, seinen Vater zu töten? Und weshalb will er auch Milla Nova aus dem Weg räumen?«

»Was verbindet Milla Nova mit Valentin Mannhart?«, fragt Hugentobler und antwortet gleich selbst: »Zuerst trat Valentin Mannhart in einem Beitrag über Senioren im Gefängnis auf, den Frau Nova produziert hat. Anschließend begann sie mit einem Dokumentarfilm über sein Leben.«

»Es muss eben doch etwas mit diesem Film zu tun haben. Er ist der einzige Verbindungspunkt«, bestätigt Bandini.

»Das glaube ich langsam auch«, ergänzt Lisa Kunz. »Der Sohn will verhindern, dass das Leben seines Vaters, notabene eines schwer kriminellen Mörders, aufgerollt und veröffentlicht wird. Nur warum? Weil er sich seines Vaters schämt? Weil er nicht mit ihm in Verbindung gebracht werden will?«

»Aber es weiß ja gar niemand, dass er sein Vater ist. Nicht einmal sein Vater selbst!«, entgegnet Hugentobler.

»Vielleicht geht es ihm um die Ehre.« Bandini denkt an die Familien in seiner süditalienischen Heimat, die aus nichtigeren Gründen töten, wenn der Name ihres Clans »beschmutzt« wird.

»Vielleicht. Aber wenn Mannhart unverheiratet ist, trägt der Sohn nicht mal den Namen des Vaters. Und warum genügt es ihm nicht, dass er Milla Nova aus dem Weg schafft, dann ist das Filmprojekt doch gestorben. Da muss er doch nicht auch noch sein eigen Fleisch und Blut eliminieren.«

Für Lisa Kunz ergibt nichts einen Sinn. Aber sie haben eine Spur. Eine heiße Spur. Also verteilt sie die Aufgaben, die zu erledigen sind. Schritt für Schritt, denkt Lisa Kunz, werden wir uns dem Täter nähern.

»Max, du und deine Leute, ihr prüft die Namen, die ihr von Valentin Mannhart erhalten habt. Findet heraus, ob diese Frauen noch leben und ob sie in der fraglichen Zeit einen Sohn geboren haben. Sandro, du überprüfst, ob jemand nachträglich den Namen Mannhart angenommen hat. Vielleicht hat sich der Sohn den Namen des Vaters ja zu eigen gemacht, wenn ihm die Familie so wichtig ist.« Sandro Bandini macht sich ein paar Notizen und klappt sein Heft zu. Doch Lisa Kunz ist noch nicht fertig. »Und falls du es als nützlich erachtest, kannst du meinetwegen diesen Bänz Ich-weiß-nicht-mehr-wie-er-heißt hinzuziehen.« Lisa Kunz hat ein miserables Namensgedächtnis. Jeden Nachnamen, den sie nicht aufschreibt, vergisst sie nach zwei Sekunden.

»Wiprächtiger«, sagt Bandini knapp.

Lisa Kunz verteilt auch noch die übrigen Aufgaben. Einen Mitarbeiter weist sie an, bei Interpol Druck zu machen, da die Ergebnisse zur interkontinentalen Anfrage über das DNA-Profil des Gesuchten längst vorliegen sollten. Felix Winter soll sich noch einmal in der Strafanstalt umsehen und sich vor allem umhören: Wer Valentin Mannhart in den letzten Jahren besucht hat, ob er Post erhielt, ob jemand Erkundigungen über ihn einholte et cetera, et cetera.

Als allen klar ist, was sie als Nächstes zu tun haben, erklärt Lisa Kunz die Sitzung für beendet und begibt sich in ihr Büro. Sie stellt sich an das raumhohe Fenster und blickt hinab auf das grüne Band der Aare, das sich unter ihr um die Altstadt schlängelt. Und was, bitte sehr, macht jetzt die Chefin?, fragt sie sich selbst. Nachdenken! Also beschließt Lisa Kunz, nach Hause zu fahren und joggen zu gehen. Um den Kopf frei zu kriegen und Platz für neue Ideen zu schaffen.

51

Bänz Wiprächtiger bemerkt nicht, dass er verfolgt wird. Er steigt am Breitenrainplatz gemeinsam mit vielen anderen Leuten ins Tram ein und am Hauptbahnhof zusammen mit noch mehr Fahrgästen wieder aus. Unter dem Baldachin, der sich gläsern über den Bahnhofplatz wölbt, taucht er auf der rollenden Treppe hinab in den dunklen Schlund des Hauptbahnhofs und erwischt in letzter Sekunde den Schnellzug nach Burgdorf. Zeitgleich mit dem Pfiff des Schaffners setzt er den Fuß auf den untersten Tritt, bevor dieser einklappt und sich die Tür mit einem Ploppen hinter Bänz schließt. Den Mann, der bei der hinteren Tür desselben Waggons den Sprung in den Zug ebenfalls gerade noch schafft, sieht er nicht. Er fällt ihm auch dreizehn Minuten später nicht auf, als dieser wenige Meter neben ihm in Burgdorf an der Bushaltestelle steht. Und denselben Bus wählt. Bänz Wiprächtiger hat keine Augen für seine Reisegefährten, zu sehr ist er in Gedanken versunken. Diesen Morgen erst ist es ihm wieder in den Sinn gekommen, jenes Detail, das ihm zuvor ärgerlicherweise entfallen ist. Von dem er Milla berichten wollte. Dieser eine Satz der Zivilstandsbeamtin, der jetzt, nach allem, was passiert ist, eine ganz andere Bedeutung erlangt. »Ich fand es bloß seltsam, dass sich vor ein paar Tagen schon jemand nach einem Valentin Mannhart erkundigt hat«, hat ihm Frau Siegenthaler aus Burgdorf damals am Telefon gesagt, als er sie das erste Mal anrief, um Erkundigungen über Mannhart einzuholen. Der Mann habe wissen wollen, ob jemand Fragen über Mannhart gestellt habe. Heute Morgen hat Bänz Wiprächtiger deshalb erneut die Nummer des Zivilstandsamts von Burgdorf gewählt und Frau Siegenthaler gefragt, ob sich der Mann noch einmal gemeldet habe. Er hat: Frau Siegenthaler berichtete gut gelaunt, sie habe dem Fremden von Bänz' Nachforschungen erzählt. Und von dem großen Zufall, dass sich plötzlich zwei Personen für Valentin Mannhart interessierten, nachdem sich nie zuvor jemand nach ihm erkundigt habe. Bänz Wiprächtiger schluckte, als sie ihm so fidel von ihrer Indiskretion erzählte. Wie konnte sie nur, dachte er.

Doch er ließ sie seinen Ärger nicht spüren. Sie konnte ja nicht wissen, dass sie ihn durch ihre Redseligkeit womöglich in Schwierigkeiten bringt. Dass sie seinen Namen wahrscheinlich einem Mörder verraten hat. Bänz Wiprächtiger. Er ist der Einzige weit und breit, der so heißt. Er kann sich nicht hinter der Anonymität eines Allerweltnamens verstecken. Wer ihn aufspüren will, hat leichtes Spiel.

All das geht Bänz durch den Kopf, als der Bus wieder anfährt, nachdem er eine halbe Ewigkeit vor einer Bahnschranke warten musste. Bänz schaudert. Er versucht, den Gedanken an den Mörder, der Millas Nachbarin auf dem Gewissen hat, von sich fernzuhalten. Und erst recht nicht daran zu denken, dass auch er selbst in dessen Fadenkreuz geraten könnte.

Der Bus passiert das Burgdorfer Krankenhaus, das aus einem schönen Alt- und einem modernen Neubau besteht. Einige Meter weiter stoppt er, Bänz steigt aus, gemeinsam mit einem zweiten Mann. Nur sie zwei. Kurz blickt Bänz in das Gesicht des anderen. Kalte Augen. Gehetzter Blick. Armer Kerl, denkt Bänz. Wird wohl einen Verwandten im Krankenhaus besuchen müssen. Seinen Vater. Oder seine Frau. Vielleicht liegt seine Mutter im Sterben. Wer an dieser Haltestelle aussteigt, tut das meist nicht aus angenehmem Anlass. Einige Sekunden lang schaut er dem Mann hinterher, der in Richtung Spitaleingang davoneilt. Bänz Wiprächtiger schlägt die entgegengesetzte Richtung ein, spaziert einem Sträßchen entlang, das bald steil ansteigt und zu einem Feldweg wird. Er passiert einen Grenzstein, der ihm anzeigt, dass er sich nun auf Gemeindegebiet des an Burgdorf grenzenden Dorfes Oberburg befindet. Nach einem viertelstündigen Fußmarsch erblickt er das stolze Bauernhaus, dessen Dach sich auf beiden Seiten fast bis auf den Boden neigt und an der Hausfront so weit hinabreicht, dass es die Hälfte der oberen Fensterreihe verdeckt. Wie eine Schirmmütze, die sich ein Jugendlicher zu tief in die Stirn gezogen hat. Das muss es sein, denkt Bänz. Er registriert den gepflegten Eindruck, den der Bauernhof macht. Schon blühen die Geranien, die in den grellsten Farben auf den Fenstersimsen kleben. Rot neben Rosarot, in monotoner Regelmäßigkeit. Bänz hat sich nicht angemeldet. Er geht davon aus, dass auf einem Bauernhof immer jemand zu Hause ist. Doch als er sich dem Gebäude nähert, ist er plötzlich unsicher, ob ihn jemand empfangen wird. Es ist zu still. Nichts ist zu hören außer den Vögeln in den Bäumen, die sich zeternd um etwas zu streiten scheinen. Keine Regung im Wohnteil. Selbst aus dem Stall dringt kein Laut. Bänz Wiprächtiger tritt unter das Vordach, das sich bis hinüber zum Brunnen zieht, klopft kräftig an die hölzerne Eingangstür, die direkt in die Küche führt. Nichts. Er klopft noch einmal und hämmert schließlich mit seiner Faust gegen das Holz. Stille. Unentschlossen blickt sich Bänz Wiprächtiger um, geht hinüber zum Stall. Als er seinen Kopf hineinstreckt, ist es mit der Ruhe vorbei. Eine der braunen Kühe begrüßt ihn mit einem dröhnenden »Muh«, sofort stimmen alle anderen mit ein. Bänz

Wiprächtiger, ein typischer Städter, macht erschrocken drei Schritte rückwärts und stößt an etwas Weiches, Federndes.

»Hoppla!«, sagt eine dunkle Frauenstimme hinter ihm. Er spürt zwei kräftige Hände, die ihn festhalten. Überrascht dreht sich Bänz um. Vor ihm steht ein Kerl von einer Frau. Sie ist rundum gut gepolstert, eher kräftig als dick. Eine Taille ist nicht auszumachen, ihre Schultern sind breit wie die eines Schwingers. Sie trägt ein kariertes Hemd, eine dunkelblaue Latzhose, dunkelgrüne Gummistiefel. Obwohl sie über siebzig sein muss, strotzt sie vor Kraft und Energie und wirkt irgendwie jugendlich. Ihre Augen sind dunkel und freundlich. Einzig der fehlende Bartwuchs verrät, dass es sich um eine Frau und nicht um einen Mann handelt.

»Guten Tag, Frau … Haueter?«

»Und wer sind Sie, wenn ich fragen darf?«

»Wiprächtiger, Bänz Wiprächtiger, entschuldigen Sie bitte, dass ich hier so hereinplatze, ich habe an die Türe geklopft, aber es hat niemand reagiert.«

Simone Haueter wackelt mit dem Kopf – Bänz Wiprächtiger kann nicht definieren, ob es sich dabei um ein Schütteln oder ein Nicken handelt – und erklärt, dies sei kein Problem. Sie habe sich gerade hinten im Garten aufgehalten, und er sei herzlich willkommen, obwohl das natürlich davon abhänge, was er von ihr wolle.

»Ich möchte mit Herrn Haueter sprechen, ist er da?«, fragt Bänz Wiprächtiger.

»Den gibt es nicht«, erklärt ihm die Frau lachend. Ihre Wangen glänzen rot und ein wenig speckig.

»Den Sohn von Armin Haueter suche ich, der den Hof von ihm übernommen hat«, versucht es Bänz erneut.

»Der Armin hatte keinen Sohn. Ich bin seine Tochter.«

»Und Sie sind die Bäuerin hier?«

Sie blickt ihn herausfordernd an und nickt. »Warum nicht?«

Ja, warum eigentlich nicht, denkt Bänz. Es muss ja nicht immer der Sohn sein.

»Ich meinte, ich hätte im Telefonbuch den Namen eines Mannes nachgeschlagen. Simon Haueter.«

»Das ist richtig. Mein Name ist Simone. Aber das ›e‹ habe ich weggelassen. Wissen Sie, man muss ja nicht gleich jedem unter die Nase reiben, dass hier draußen eine Frau alleine auf dem Hof lebt. Sagen wir, der Telefonbucheintrag ist meine kleine Tarnung.« Wieder lacht sie laut. So laut und tief, dass das fehlende ›e‹ fast logisch erscheint.

»In dem Fall«, sagt Bänz Wiprächtiger zu der stämmigen alten Frau, »sind es wohl Sie, die ich gesucht habe.«

Er erklärt ihr in wenigen Worten, dass er Historiker sei und am Stammbaum einer Person arbeite, deren Spuren ihn hierhergeführt hätten. Ob sie wohl so nett sein würde, ihm einige Fragen zu beantworten?

Simone Haueter ist so nett. Sie bekommt selten Besuch auf ihrem Hof, erst recht nicht von jungen Männern, die auch noch so ansprechend aussehen und sympathisch wirken. Wäre ja geradezu unanständig, ihn unverrichteter Dinge wieder ziehen zu lassen – und dumm obendrauf, denkt sie und bittet ihn ins Haus. Sie weist auf die Eckbank am Küchentisch. »Bitte, setzen Sie sich.«

Es ist eine düstere Küche; das Fenster ist nicht groß genug, um genügend Licht hereinzulassen. Offensichtlich ist sie erst kürzlich renoviert worden: Die Küchenkombination ist auf dem neuesten Stand. Backofen auf Augenhöhe. Induktionsplatten. Steamer. Das absolute Kontrastprogramm zur übrigen Einrichtung der kleinen Küche, deren Decke so tief hängt, dass Bänz Wiprächtiger die flache Hand dagegenpressen könnte, wenn er seinen Arm nach oben reckte. Die Holzbank in der Ecke steht bestimmt seit über hundert Jahren da, genau wie der robuste Küchentisch. Vor dem Fenster hängen rot-weiß karierte Vorhänge, von der Decke gelbe Streifen, Fliegenfallen, an denen sich ein paar bedauernswerte Insekten den letzten Zuckungen hingeben.

Bänz Wiprächtiger hat sich kaum hingesetzt, schon dampft das Kaffeewasser auf dem Herd. Simone Haueter zaubert aus dem überdimensionierten Kühlschrank einen Teller mit ein paar Käsestücken darauf. Dazu schneidet sie eine geräucherte Wurst in Scheiben und dicke Stücke von einem hausgemachten Zopf ab.

»Sie hätten anrufen sollen!«, wirft sie Bänz Wiprächtiger über die Schulter zu, während sie die Wurst bearbeitet. »Hätte ich gewusst, dass heute Besuch kommt, hätte ich etwas gekocht.«

Sie dreht sich zu Bänz Wiprächtiger um, stellt Käse und Wurst vor ihm auf den Tisch.

»Wissen Sie, Kochen ist meine Leidenschaft. Und es macht noch mehr Spaß, wenn jemand mitisst.«

Bänz sind schon die aufgetischten Speisen zu viel. Er hat überhaupt keinen Hunger. Weiß aber, wie unhöflich es wäre, das Essen abzulehnen. Erst als Simone Haueter ihm auch noch eine Flasche mit selbst gebranntem Schnaps vor die Nase stellt, winkt er verzweifelt ab.

»Keinen Alkohol, vielen Dank, um diese Tageszeit trinke ich nicht.« Er glaubt in ihren Augen Bedauern zu erkennen.

Als der Kaffee vor ihm aus der Tasse dampft und er sich von allem etwas auf einen kleinen Keramikteller aus der Vorkriegszeit geladen hat, fragt er die Bäuerin nach Oskar Mannhart, dem verschollenen Bruder von Valentin.

Er sieht ihr an, dass sie nicht mit diesem Namen gerechnet hat. Sie hustet, als habe sich ein Stück des trockenen Zopfs in ihrer Speiseröhre verkeilt.

»Diesen Namen«, krächzt sie, während ihr die Tränen in die Augen schießen, »habe ich seit sehr langer Zeit nicht mehr gehört.«

Bänz Wiprächtiger würde ihr am liebsten kräftig auf den Rücken klopfen, damit sie wieder zu Atem kommt. Er wartet einen Moment, damit sie sich fassen kann.

»Oskar«, sagt sie, während sie sich die Augen trocknet. »Der Oskar.«

»Sie erinnern sich also an ihn?«

»Natürlich erinnere ich mich an ihn! Er war schließlich fast mein Bruder. Oder so etwas in der Art. Ja, der Oskar.«

52

1935

Oskar war acht. Vier Jahre waren vergangen, seit der Tod seine kranke Mutter geholt hatte. Kurz vor seinem siebten Geburtstag hatte er ihm auch noch den Vater genommen. Hingerichtet, mit der Guillotine. Die Tante hatte es ihm erzählt. Hatte ihm den Brief vorgelesen, den ihm sein Vater am letzten Tag seines Lebens geschrieben hatte und dessen Inhalt er nicht verstand. Sein Vater war getötet worden. Im Namen des Gesetzes. Obwohl er schrieb, dass er nichts Böses getan habe. Und jetzt beschlossen dieselben Männer, die am Tod seines Vaters die Schuld trugen, diese »Herren«, wie die Tante sie jeweils abschätzig nannte, dass Oskar nicht länger bei ihr, der Tante, leben durfte. Bei seiner einzigen Verwandten. Der letzten, die von seiner Familie übrig geblieben war. Oskar wusste zwar, dass es irgendwo noch einen Bruder gab. Doch der zählte nicht. Den kannte er nicht. Die Tante hatte ihm hin und wieder von ihm erzählt. Dass er in einem Heim lebe. Doch das interessierte Oskar nicht. Vor allem jetzt nicht, wo sich erneut Fremde in sein Leben einmischten und es völlig auf den Kopf stellten. Er verstand es nicht. Erkannte nur das eine: Keiner meinte es gut mit ihm. Er stand ganz allein in dieser feindseligen Welt und musste sich selbst zu helfen wissen. Denn Hilfe war sonst von niemandem zu erwarten.

Dass er seine Tante verlassen musste, schien ihm nur eine weitere Ungerechtigkeit. Sein Weg war gepflastert mit Ungerechtigkeiten. Doch er redete sich ein, dass es ihm diesmal egal war. Dass es ihm nicht wehtat. Sie war sowieso die meiste Zeit nicht von dieser Welt, schwebte irgendwo, beduselt vom Schnaps, den sie unablässig in sich hineinschüttete. Gekümmert hatte sie sich wenig um ihn. Im Gegenteil; er war derjenige gewesen, der für sie gesorgt hatte. Er hatte mit dem wenigen Geld das Nötigste gekauft, hatte oft gar selbst gekocht, aufgeräumt, das Geschirr abgewaschen. Geputzt. Während sie sich in der Stube volllaufen ließ. Also machte er sich vor, dass er dieses alkoholverhangene Zuhause nicht vermissen würde. Gleichzeitig zerriss es ihm das Herz. Trotz allem wollte er nicht weg, nicht raus aus den vertrauten vier Wänden, seiner eigenen, überblickbaren Welt. Wollte sich nicht von Neuem seinen Platz an einem fremden Ort erobern müssen. Und er fragte sich, was seine Tante ohne ihn anfangen sollte. Er konnte sie doch nicht einfach allein lassen.

Die Tante war an diesem Morgen sehr betrunken. Konnte sich kaum auf den Beinen halten, als der Mann von der Stadtverwaltung, begleitet von einem Gendarmen, vor der Tür stand. Der Bauer, zu dem Oskar ziehen sollte, war unpünktlich und ließ sie warten. Bis er in einem dunkelbraunen Opel Olympia herangerattert kam. Reich muss der sein, dachte Oskar, der plötzlich sehr aufgeregt war. Ein Automobil! Wäre die Situation nicht derart bedrückend gewesen, er hätte staunend gelacht und gerufen: »Ein Automobil!« Und er würde darin fahren dürfen! Einen kurzen Augenblick lang verspürte Oskar ein Gefühl, das er bisher nicht kannte: Hoffnung. Der vage Glauben daran, dass es vielleicht doch einmal besser werden würde. Nicht immer nur schlechter. Doch es sollte nicht lange dauern, bis er erkennen musste, dass es ein Trugschluss war. Dass ein wunderbar glänzendes und lärmendes Automobil noch keinen guten Menschen machte.

Der Mann, der aus dem Wagen stieg, hatte Arme so dick wie Oberschenkel, bedeckt von einem dunklen Haarteppich. Oskar musste unwillkürlich an einen Affen denken. Noch nie hatte er einen Menschen mit derart vielen Haaren am Körper gesehen. Hände hatte der Mann wie Pranken, die schwarz gekrausten Haare auf seinem Kopf waren dick wie Borsten, die Augen fast schwarz. Und trüb. Kein Funkeln darin. Der Bauer, der fortan sein Meister sein sollte, gab sich mürrisch und wortkarg. Dafür ergossen sich die Worte aus dem Mund seiner Frau wie ein kalter Wasserfall über die kleine Gemeinschaft mit Oskar in ihrer Mitte, der neben seinem kleinen gepackten Koffer bereitstand. Er verstand nichts von dem, was sie sagte, konnte ihr nicht zuhören, sich nicht darauf konzentrieren. Zu fasziniert war er von dem gewaltigen Busen, den die Bäuerin vor sich hertrug. Auch das hatte er noch nie gesehen. Plötzlich wurde es still. Die Frau schwieg endlich und blickte ihn auffordernd an. Der Moment war gekommen, sich von seiner Tante zu verabschieden. Oskar ahnte, dass es ein Abschied für immer war. Es flossen keine Tränen.

Als Oskar auf dem Bauernhof, auf dem er von jetzt an leben sollte, aus dem Auto kletterte, verlor er seinen Namen. Hier war er nicht mehr Oskar. Sondern nur noch der Bub. Hier wurde aus ihm ein anderer Mensch. Nichts war mehr, wie es gewesen war. Er begann den Bauern zu hassen. Und seinen toten Vater zu verehren. Der Vater, den er gar nicht gekannt hatte, wurde zu seinem Helden. Weil er bestimmt ganz anders gewesen war.

53

2010

»Der Bub.«

Die Bäuerin Simone Haueter sitzt am alten Holztisch in der Küche und rührt ununterbrochen in ihrem erkalteten Kaffee.

»Ja, der Bub. Mein Vater hat ihn gequält bis zum Letzten.«

Bänz Wiprächtiger erschrickt ob ihrer Worte. Er ahnt, was für eine Geschichte er zu hören bekommen wird. Es ist nicht die erste dieser Art. In den Vierziger-, Fünfziger-, ja, fast bis in die Sechzigerjahre war es im Emmental gang und gäbe, dass armen Familien die Kinder weggenommen und auf einem Bauernhof fremdplatziert wurden. Nicht alle dieser sogenannten Verdingkinder trafen es gut an. Viele wurden als billige Arbeitskräfte ausgenutzt, und nicht wenige wurden übel misshandelt oder missbraucht. Offenbar bildete die Familie Haueter hier keine Ausnahme. Bänz greift nach einem Stück Käse, während Simone Haueter fortfährt, die Vergangenheit auszugraben.

»Ich erinnere mich nicht mehr daran, wie er auf unseren Hof gekommen ist. Ich war zu klein. Er war einfach immer schon da gewesen. Aber es war von Anfang an klar, dass er nicht wirklich dazugehörte. Er saß nicht bei uns am Tisch, sondern musste in seiner kleinen Kammer essen. Unsere Reste, das wenige, was wir übrig ließen. Oft wurde er davon nicht satt. Als ich älter war, habe ich manchmal etwas Brot gestohlen und in seine Kammer geschmuggelt. Ich bin dabei fast umgekommen vor Angst, mein Vater könnte mich erwischen. Die Schule durfte Oskar zwar besuchen, kaum aber war er zurück, musste er für den Alten schuften. Zuerst im Haus, später im Stall und auf dem Hof.« Simone Haueter umfasst ihre Tasse mit beiden Händen, dreht sie hin und her und starrt in die schwarze Brühe, auf der sich kreisförmige Wellen bilden. Ihren Besuch nimmt die alte Bäuerin gar nicht mehr wahr. Sie spricht leise, als fürchte sie, der Vergangenheit eine Tür zur Gegenwart zu öffnen. »Oskar konnte es dem Vater nie recht machen. Waren die Fliesen nicht sauber geputzt, setzte es Schläge. Waren sie sauber geputzt, gab es ebenfalls Hiebe, weil er zu lange dafür gebraucht hatte.«

Bänz Wiprächtiger schaut die burschikose Frau an. Er stellt sich vor, wie es für sie als kleines Mädchen gewesen sein musste. Diese Ungerechtigkeit, die sie Tag für Tag erlebte. Ihr Vater ein Tyrann. Ihre Mutter eine Frau, die zurücksteht und sich nicht einmischt.

»Und ich. Ich selbst habe mich auch herausgehalten. Weil ich mich fürchtete.«

Sie nimmt einen Schluck Kaffee und berichtet, wie der Vater am liebsten mit seinem Gürtel mit der großen Metallschnalle zugeschlagen hat. Wie diese auf dem Körper des kleinen Oskar ihre Spuren hinterließ, Schnallenabdrücke in Rot und Blau und Tage später dann in Violett. »Mein Vater nannte Oskar einen Taugenichts, einen Tunichtgut, der keinen Deut besser sei als sein Vater. Wir wussten, dass sein Vater ein gefährlicher Krimineller gewesen war, den man hingerichtet hatte. Aber diese Geschichte kennen Sie ja wohl bereits.«

Sie blickt nicht von ihrer Tasse auf.

»Oskar hat seinen Vater vergöttert. Er wurde rasend, wenn man etwas Schlechtes über ihn sagte. Obwohl er ihn kaum gekannt hatte. Ich glaube, sein Vater war für ihn eine Art Märtyrer. Vielleicht sogar ein Vorbild. Mein Vater behauptete stets, dass die Bösartigkeit von Generation zu Generation weitergegeben werde und dass Oskar eines Tages ende wie sein Alter. Aber es kam anders. Kaum war Oskar alt genug, verschwand er.«

»Wohin ist er gegangen?«, fragt Bänz Wiprächtiger.

Simone Haueter zuckt kaum merklich zusammen und sieht ihn erschrocken an, als würde ihr erst jetzt wieder bewusst, dass noch jemand mit am Tisch sitzt.

»Ich weiß es nicht. Es gab verschiedene Gerüchte. Es war Krieg. Wir glaubten, dass er mit den Nazis sympathisiert und sich nach Deutschland abgesetzt hat. Er war ein eigenartiger Kerl, aber wer will ihm das verübeln, bei diesem Vater. Und bei den Qualen, die er bei uns auf dem Hof erleiden musste. Auf jeden Fall wurde er nie wieder gesehen. Hat wohl den Krieg nicht überlebt.«

Auch Bänz rührt in seiner leeren Tasse, weil er seine Hände nicht stillhalten kann. Simone Haueter greift nach ihr, fragt, ob er noch einmal wolle, und drückt auf den Knopf der roten, mit orangen Blumen verzierten Thermoskanne, aus dem dampfender Kaffee schießt.

»Aber sicher sind Sie nicht, dass er gestorben ist? Gab es keine Bestätigung seines Todes?«

Simone Haueter verneint.

»Er galt jahrelang als verschollen und wurde irgendwann für tot erklärt. Aber ganz genau weiß ich es nicht. Wir waren ja nicht mit ihm verwandt. Mein Vater hat mir das irgendwann einmal erzählt. Wir haben nicht groß darüber gesprochen.«

»Haben Sie je etwas von seinem Bruder gehört, von Valentin?«

»Von seinem Bruder? Nein. Wir wussten lange gar nicht,

dass es einen Bruder gab. Wir erfuhren es erst, als Oskar schon weg war und vermisst wurde. Wegen irgendeines Papierkrams hörten wir davon, glaube ich. Ich erinnere mich, dass es uns überraschte. Heute kann man sich das kaum mehr vorstellen, dass die beiden damals getrennt wurden. Das ist doch unmenschlich, so etwas.«

Bänz Wiprächtiger schaut sie fragend an. »Es wurden doch oft mehrere Kinder einer armen Familie auf verschiedene Höfe verteilt?«

»Natürlich. Aber bei Zwillingen?«

»Zwillinge?«

»Das wussten Sie nicht? Oskar und Valentin waren Zwillinge. Auf jeden Fall kamen die beiden Brüder am selben Tag zur Welt. Das hört sich doch sehr nach Zwillingen an, oder?« Simone Haueter eröffnet ihm diese Neuigkeit mit einem Lächeln auf den Lippen, das die Schatten, die sich auf ihr Gesicht gelegt haben, verscheucht.

»Zwillinge! Nein, ich hatte keine Ahnung. Sahen sich die beiden denn sehr ähnlich?«

»Das weiß ich nicht. Ich habe Oskars Bruder nie gesehen.«

54

Die Berge, die sich hinter dem Bauernhaus protzig zwischen den Hügeln des Emmentals und dem Himmel platziert haben, beginnen sich schon rosa zu verfärben, als sich endlich wieder etwas regt. Er ist schon ganz steif geworden vom langen Sitzen auf dem unbequemen Baumstrunk im Schatten des Waldrandes, von dem aus er die Eingangstür des Hofes beobachtet hat. Fast anderthalb Stunden lang hat er ausgeharrt. Und sich gefragt, was die Bäuerin so lange zu erzählen hat. Dieses Weib, das besser schweigen würde. Er selbst ist nie zuvor hier gewesen. Aber er hat vieles gehört über diesen seelenlosen Ort. Nur Schlechtes. Er meint, das Knarren der Tür bis hinauf zum Waldrand zu vernehmen, als er sieht, wie sie sich endlich wieder öffnet und Bänz Wiprächtiger heraustritt. Er reicht der Bäuerin die Hand. Von der Frau kriegt der Mann nur den Arm zu sehen. Der Rest von ihr wird von der Türe verschluckt. Dennoch erkennt er, dass sie die Hand fast nicht mehr loslassen will. Dann geht Wiprächtiger los, schlägt den Weg zurück zur Bushaltestelle ein, an der sie gemeinsam ausgestiegen waren. Der Fremde erhebt sich, wirft einen letzten Blick zurück auf den Bauernhof, wendet sich ab und marschiert ebenfalls los. Er hat nicht vor, Bänz Wiprächtiger auszuschalten. Dieser Schnüffler ist zwar unangenehm, aber den Aufwand nicht wert. Außerdem will er nicht noch mehr Aufmerksamkeit erregen. Mit seinem Missgeschick in Milla Novas Wohnung hat er wohl schon genug Spuren hinterlassen. Es geht ihm darum, den Gegner im Auge zu behalten. Zu wissen, was der andere weiß. Der Mann schlägt einen Bogen, spaziert Richtung Spital und begibt sich von dort zur Bushaltestelle, wo Bänz Wiprächtiger bereits wartet. Er weiß, dass er besser den nächsten Bus nehmen sollte. Es ist nicht gut, wenn jemand sein Gesicht gleich zweimal sieht und sich am Ende daran erinnert. Doch er will weg aus diesem kleinen, engen Ort. Am liebsten würde er dieses bedrückende Land sofort verlassen. Ins nächste Flugzeug steigen, die Grenzen unter sich verschwimmen lassen und nach Hause reisen. Zurück nach Amerika. Zurück zu seinem Vater.

Aber das geht nicht. Er hat hier noch eine Aufgabe zu erledigen. Kann schließlich seinen Vater nicht enttäuschen, nach allem, was der für ihn getan hat. Muss erst noch dieses Problem hier aus der Welt schaffen. Er weiß jetzt auch, wie er es bewerkstelligen wird. Plötzlich ist die Lösung da. Als hätte sie ihm sein Vater ins Ohr geflüstert.

55

Lisa Kunz rennt. Als wäre jemand hinter ihr her. Nur wenige Hundert Meter noch, dann hat sie es geschafft, dann wird die Kommissarin vor ihrer Haustür stehen und rotgesichtig nach Luft ringen. Heute hat sie sich für die Elf-Kilometer-Runde entschieden. Alles dem Bach entlang, der sich durch das Unterbergental schlängelt, das ihren Wohnort Krauchthal mit dem Emmental verbindet. Dann auf dem Feldweg am Waldrand entlang wieder zurück. Dafür braucht sie knapp eine Stunde. Am Schluss legt sie stets einen Spurt hin, um ihren Puls noch einmal hochzujagen. Während des Joggens kann Lisa Kunz in der Regel besser denken. Heute jedoch wirbeln die Gedanken unkoordiniert durch ihren Kopf. Was für ein eigenartiger Fall, denkt sie. Zuerst die falsche Spur, die zu den Neonazis führte. Und jetzt die DNA eines unbekannten Sohnes, die sie im Moment auch nicht weiterbringt.

Lisa Kunz stoppt ihren Lauf abrupt, klaubt den schweißfeuchten Schlüssel aus der kleinen Tasche ihrer Jogginghose. Steckt ihn ins Schloss, dreht ihn um. Abgeschlossen. Sie hat es nicht anders erwartet. Ihr Mann Marc ist noch nicht daheim. Zurzeit scheint ihr, er sei immer dann weg, wenn sie zu Hause ist, und umgekehrt. Aus dem Stubenhocker ist plötzlich ein Streuner geworden, und sie hat keine Ahnung, warum. Seufzend öffnet sie die Tür und betritt die Wohnung, die perfekt in ein *Schöner Wohnen*-Heft passen würde. Was nicht ihr, sondern Marc zu verdanken ist. Lisa Kunz bezeichnet sich selbst als haushaltsuntauglich.

Alles, was in irgendeiner Weise mit dem Wort »Haushalt« in Zusammenhang steht, ist ihr ein Gräuel. Sie streift die Joggingschuhe ab, ohne die Schnürsenkel zu öffnen, und kickt sie in die Garderobe. Auf ihrem Weg in die Küche hinterlässt Lisa Kunz mit ihren nass geschwitzten Socken feuchte Fußabdrücke auf dem Plattenboden. Bevor sie sich unter der Dusche in ein wohlriechendes Stück Mensch zurückverwandelt, schiebt sie rasch eine Fertigpizza in den Ofen.

Allein schon aus kulinarischer Sicht ist die dauernde Abwesenheit meines Mannes ein enormer Verlust, denkt Lisa Kunz mit trauriger Ironie, als sie siebenundzwanzig Minuten später vor der leicht angeschwärzten Pizza sitzt, die in der Mitte noch immer kalt ist. Marc ist der Koch im Haus. Oder war es zumindest. Lisa Kunz schiebt die Gedanken, die sich um Marc und ihre momentane Beziehungskrise drehen, zur Seite. Sie hat weder Lust noch Zeit, sich damit zu beschäftigen. Privates hat gerade keinen Platz. Es gilt, einen Mord aufzuklären und einen Täter zu suchen, der zweifellos gewillt ist, wieder zuzuschlagen. Diesmal, um das richtige Opfer zu töten. Die Journalistin Milla Nova.

Neben dem Teller mit der angeknabberten Pizza liegt ein Papierbogen vor Lisa Kunz, Format A2, dessen Leere sie zu verspotten scheint. Also greift sie sich den blauen Filzstift und malt einen Kreis in die Mitte, in den sie den Namen »Milla Nova« setzt. In einen zweiten, etwas kleineren Kreis rechts davon schreibt sie »Valentin Mannhart«. Den dritten Kreis, links platziert, bestückt sie mit einem namenlosen »Sohn«. Mehr fällt ihr im Augenblick nicht dazu ein. Wie einleuchtend ist ihr noch vor Kurzem die Möglichkeit erschienen, dass rachsüchtige, in ihrem absonderlichen Stolz verletzte Neonazis hinter dem Mordanschlag auf Milla Nova stehen könnten. Das Motiv hat auf der Hand gelegen. Doch diese These ist vom Tisch. Dass die DNA am Tatort Valentin Mannharts Sohn gehört, hat alles über den Haufen geworfen.

»Mist!«, sagt sie laut zu sich selbst. Nach einigem Zögern malt sie einen weiteren Kreis auf das Papier und schreibt »Annalena Mühlenthaler« hinein. Fast hätte sie das Opfer vergessen. Dann zeichnet sie an den rechten Bildrand eine erhängte Katze. Verpasst ihr eine Art Heiligenschein. Streicht ihr Gekritzel mit dicken Strichen wieder durch. Weil ihr keine einzige Antwort einfällt, beginnt sie, Fragen aufzuschreiben: Warum will ein Sohn seinen Vater umbringen, obwohl er ihn nicht einmal kennt? Warum will dieser Sohn nicht nur seinen Vater umbringen, sondern auch eine Journalistin, die seinen Vater kaum kennt? Wo hat dieser Sohn bisher gesteckt, und warum taucht er jetzt plötzlich auf? Wer ist dieser Sohn? Was ist sein Motiv? Lisa Kunz fragt sich, ob sie etwas Wichtiges übersieht. Ob es möglicherweise eine Verbindung zwischen diesem Sohn und Milla Nova gibt, von der niemand etwas weiß. Weil keiner weiß, wer der Mann ist. Vielleicht, denkt sie, sind wir näher an ihm dran, als wir alle ahnen. Sie zieht eine Linie vom Kreis mit dem »Sohn« zu jenem von »Milla Nova« und setzt ein Fragezeichen darüber.

Lange sitzt Lisa Kunz am Tisch, beugt sich über das Papier, das sich partout nicht mit Ideen und Schlussfolgerungen füllen will. Auch ihr Kopf bleibt leer. Sie blickt auf die Uhr. Schon fast halb eins. Und Marc ist noch immer nicht daheim. Scheißjob, denkt sie. Scheißleben. Dass sie hin und wieder an einem besonders schwierigen Fall zu verzweifeln droht, ist ein Gefühl, das sie nur zu gut kennt. In solchen Momenten war früher Marc zur Stelle, um sie wieder aufzubauen, ihr Mut zuzusprechen. Mach dich nicht kleiner, als du bist, pflegte er ihr stets zu sagen, du bist eine großartige Polizistin und wirst auch diesen Fall lösen. Nur, jetzt ist Marc nicht da. Weiß der Teufel, wo er jetzt, spätnachts, noch steckt und was er treibt. Lisa Kunz kann sich nicht eingestehen, dass auch die Antworten auf diese Fragen sie brennend interessieren. Verärgert knüllt sie den Papierbogen zusammen und schmeißt ihn in die erstbeste Ecke. Selbst die klinisch saubere Ordnung in ihrer Wohnung findet sie plötzlich unerträglich. Am liebsten würde sie sich ins Auto setzen, ziellos durch die Nacht fahren. Aber das geht nicht. Marc hat den Wagen. Also klettert sie ins verwaiste Ehebett und verkriecht sich unter der Decke, um auf den Schlaf zu warten.

*

Zur gleichen Zeit sitzt Sandro Bandini in seiner kleinen Altstadtwohnung im Herzen von Bern und starrt auf den Bildschirm. Seine Augen brennen, wollen ihm immer wieder zufallen. Er hat viel zu wenig geschlafen in den letzten Nächten. Ist zu spät zu Bett gegangen. Zu früh aufgewacht. Ohne Chance, wieder einzuschlafen. Er kann das Denken im Kopf nicht ausschalten.

Bandini sucht im Internet nach Personen mit dem Namen Mannhart. In der Hoffnung, auf etwas Ungewöhnliches zu stoßen. Er erinnert sich an Fälle, in denen sich im Nachhinein herausstellte, dass Täter in öffentlichen Internetblogs ganze Tagebücher geführt haben. Zum Teil haben sie ihre Taten gar angekündigt. Oder sich über ihre Sorgen mit anderen einsamen Seelen ausgetauscht, die ihre Kontakte nicht in der realen Welt, sondern nur im World Wide Web fanden. Doch mit dem Namen Mannhart kommt Bandini nicht weiter. Dafür findet er einige Seiten, die sich um die Suche nach verloren gegangenen und unbekannten Vätern drehen. Er stöbert in den Foren Hunderte von Einträgen durch. Ohne Erfolg. Anschließend landet er bei einer Selbsthilfegruppe von Angehörigen von Strafgefangenen. Doch auch diese Homepage bringt ihn nicht vorwärts. Er geht zurück auf Google. Tippt Milla Novas Name ein. Sucht nach Bildern. Schon lacht sie ihm von einer Fotografie entgegen. Er schaut sie an. Merkt, wie leicht sich plötzlich alles anfühlt. Und wie schwer zugleich. Er fühlt, dass er sich in sie verliebt hat. Und weiß, dass es nicht sein darf. Noch nicht. Bandini klickt Milla weg, tippt die Adresse der Homepage des Schweizer Staatsfernsehens ein, wählt die Sendung *Wochenthemen* aus, klickt dort die Verlinkung zum Archiv an und sieht sich noch einmal Milla Novas Beitrag über den Seniorenknast an. Er legt dazu den Kopf seitlich auf seine Unterarme, die auf der Tischplatte liegen. Als der Gefängnisdirektor Kesselring auf dem Bildschirm in eine Zelle tritt und stolz auf deren Einrichtung weist, ist Bandini eingeschlafen.

*

Einzig Max Hugentobler ist noch wach. Er sitzt bei sich zu Hause in Kehrsatz im Bürozimmer, das nicht viel größer ist als ein begehbarer Schrank. Es ist dunkel in seiner Wohnung. Nur die altmodische Tischlampe auf dem Schreibtisch ist eingeschaltet. Sie wirft einen Schein auf Hugentoblers Gesicht, der dessen Züge weichzeichnet. Vor dem Polizisten, der in weniger als zwei Jahren in den Ruhestand treten wird, liegen mehrere Stapel vergilbter Papiere. Nie hätte er gedacht, dass ihn dieser Fall auf seine alten Tage noch ein zweites Mal beschäftigen würde. Dass sie Mannhart vor über zehn Jahren aufgrund der noch kaum bekannten DNA-Analyse nach so langer Zeit als Mörder haben überführen können, ist damals für ihn ein riesiger Erfolg gewesen. Vielleicht sogar der größte in seiner langen Karriere. Ein Vierfachmörder! Doch noch erwischt, ein Vierteljahrhundert nach dessen Taten. Und jetzt liegen dieselben Akten wieder auf Hugentoblers Tisch. Dieses Mal ist der Täter das Opfer. Und eine Frau, die unglücklicherweise im falschen Moment am falschen Ort war. Und eine Journalistin, die sich noch immer in Gefahr befindet.

Max Hugentobler blättert die Unterlagen durch, sortiert sie nach ihrer Relevanz. Er will so viel wie möglich noch einmal durchlesen. Die Protokolle der Einvernahmen, die Zeugenaussagen, die Rapporte der beteiligten Polizisten und Experten. Vielleicht gibt es einen Satz, ein kleines Detail, eine Unstimmigkeit, etwas, das ihm bis vor Kurzem nicht aufgefallen wäre – das mit seinem jetzigen Wissen aber eine neue Bedeutung erlangen könnte. Als Erstes nimmt sich Hugentobler die Einvernahmen von Valentin Mannhart vor. Die Abschriften tragen verschiedene Daten. Bereits kurz nach den Taten wurde Mannhart als Verdächtiger ein erstes Mal befragt. Eine zweite Einvernahme fand elf Jahre später statt, als das Verfahren noch einmal aufgenommen wurde – ohne dass dies zu einem neuen Ergebnis geführt hat. Das dickste Dossier aber hat Hugentobler selbst verfasst – als er Valentin Mannhart nach seiner Verhaftung 1997 verhörte. Der Polizist lehnt sich im Bürostuhl zurück, schiebt seine Lesebrille auf der Nase zurecht und stellt sich auf eine lange Nacht ein.

56

Sie hätte nicht allein herkommen sollen. Es ist der erste Tag, an dem Milla Nova nicht mehr von ihren zweibeinigen Wachhunden begleitet wird. Die beiden Polizisten werden nur noch nachts zu ihrem Schutz abgestellt. Angeblich, weil die Wahrscheinlichkeit verschwindend gering sei, dass der Täter tagsüber zuschlage. Milla vermutet eher, dass der Polizei nach fünf Tagen das Geld für diesen Rund-um-die-Uhr-Personenschutz ausgegangen ist. Jetzt steht sie ohne Begleitung in der Gerechtigkeitsgasse, vor der schweren Holztür ihres Treppenhauses. Und schafft es nicht, sie aufzuschließen. Milla fühlt sich wie gelähmt. Als hätte jemand ihren Körper mit schweren Steinen gefüllt. Wahrscheinlich stünde sie noch in zehn Jahren wie angewurzelt vor ihrer Haustür, würde sie nicht plötzlich der Buchhändler Ohnesorg aus ihrer Starre erlösen.

»Frau Nova, was machen Sie denn hier?«, fragt der Alte, während er durch die dicken Gläser seiner Brille und den Türschlitz seines Ladens blinzelt.

»Ich wohne hier«, gibt Milla etwas banal zurück, weil sie die Frage blöd findet. Als ob sie hier nichts mehr zu suchen hätte. Sie ärgert sich, obwohl sie weiß, dass Ohnesorg es nicht so gemeint hat.

»Geht es Ihnen gut?«

Milla schüttelt den Kopf und staunt ob ihrer Ehrlichkeit. Noch überraschter ist sie, als sie sich selbst die Frage stellen hört, ob er nicht rasch mit ihr in die Wohnung hinaufkommen könne.

»Ich muss ein paar Sachen holen, Kleidung, Schuhe. Aber ich schaffe es nicht, alleine da hinaufzugehen.«

Herr Ohnesorg kann ihr den Wunsch nicht abschlagen. Sofort wendet er die altmodische Kartontafel hinter der Schaufensterscheibe, damit die Passanten das Wort »Geschlossen« zu lesen bekommen, schließt die Ladentür hinter sich ab und die Holztür, die in das danebenliegende Treppenhaus führt, mit seinem Schlüssel auf.

»Kein Problem, Frau Nova, dann wollen wir mal«, erklärt er und schlurft im Tempo einer Schildkröte die Stufen hinauf.

Im obersten Stock vor ihrer Wohnung angekommen, muss Milla an Pop denken. Wie die Katze da hing. Wie damit alles begonnen hat. Widerwillig steckt Milla den Schlüssel ins Schloss, während Ohnesorg an ihrer Seite steht.

»Schreckliche Geschichte«, brummelt er vor sich hin. »Schreckliche Geschichte. Zuerst die Katze, dann Frau Mühlenthaler, hoffentlich sind nicht Sie als Nächste an der Reihe.«

Schon bedauert Milla, dass sie ihn um Hilfe gebeten hat. Er macht es ihr nicht gerade einfacher.

Sie betritt die Wohnung, begibt sich rasch in die Stube, bemüht, nicht Richtung Küche zu blicken. Sie greift sich zwei Bücher aus dem Regal. Auch der Lesestoff ist ihr ausgegangen. Dann geht sie ins Schlafzimmer, stopft Unterwäsche und Socken in die Tasche, holt sich ihre Joggingausrüstung aus dem Schrank – obwohl sie noch nicht weiß, ob sie es wagen wird, laufen zu gehen –, greift sich zwei Paar Jeans, einige Oberteile, die Sommersandalen.

»Hat die Polizei denn schon eine Spur?«, ruft Ohnesorg aus dem Wohnzimmer. Milla ist sich sicher, dass er vor der halb offenen Küche steht. Auf den Boden schaut. Dorthin, wo Annalena gelegen hat.

»Leider nein!«, ruft Milla zurück.

»Haben Sie denn nicht Angst, dass er jetzt Sie umbringen will?«

Milla verdreht die Augen, tritt aus dem Schlafzimmer in den Gang. Sie mag keine Fragen beantworten. Solche schon gar nicht.

»So, das wär's, ich habe alles, wir können gehen.« Sie schiebt den alten Mann sanft vor sich her zur Wohnung hinaus. In dem Augenblick, als sie die Tür hinter sich schließt, weiß Milla mit Bestimmtheit, dass sie hier nicht mehr wird wohnen können. Obwohl sie sich noch vor wenigen Wochen nicht vorstellen konnte, jemals aus diesem Haus auszuziehen.

Als sie Herrn Ohnesorg wieder in seinen Laden zurückgeleitet hat, macht sich Milla auf den Weg zu Bänz. Sie hat ihm versprochen, heute Abend zu kochen. Nicht ohne ihn zuvor daran zu erinnern, dass ihre Kochkünste bescheiden sind. Doch als ihre Bolognesesoße schließlich in der Pfanne blubbert, findet sie, dass sie ihr gar nicht schlecht gelungen ist.

Eine halbe Stunde später sitzen Bänz und Milla gemeinsam am Küchentisch. Noch mit vollem Mund beginnt Bänz zu erzählen. Er kann seine Neuigkeiten nicht länger für sich behalten.

»Ich sitze also da in dieser Küche, mit der Bäuerin, deren Eltern den Verdingbuben Oskar Mannhart aufgenommen haben, und sie erzählt mir eine haarsträubende Geschichte.« Bänz unterbricht kurz, um einen Schluck Wasser zu trinken. »Über eine Stunde lang höre ich ihr zu – und weißt du, was sie ganz zum Schluss beiläufig erwähnt?«

»Nein.«

»Dass Oskar und Valentin Mannhart gleich alt waren.«

Bänz sieht Milla herausfordernd an, doch sie weiß nicht, was für eine Reaktion er von ihr erwartet.

»Zwillinge!«, ruft er nach einer Pause. Sein Tonfall lässt durchblicken, dass Milla selbst hätte darauf kommen sollen.

»Schön«, sagt sie unbeeindruckt. »Tut das was zur Sache?«

Bänz zögert irritiert. Er weiß plötzlich nicht mehr, warum er diese Information bedeutsam gefunden hat. »Nein, du hast recht, eigentlich tut das nichts zur Sache«, meint er kleinlaut.

»Sagtest du nicht, dass auf der Geburtsurkunde von Valentin Mannhart der Vermerk stand, dass er der Zweitgeborene war?«

»Auch bei Zwillingen gibt es einen Erst- und einen Zweitgeborenen. Wahrscheinlich ist Valentin einige Minuten später zur Welt gekommen.«

Milla findet es beeindruckend, wie sich Bänz um ihre Angelegenheit kümmert und welchen Aufwand er dafür betreibt. Sie weiß allerdings nicht, was sie mit seinen Angaben zum toten Bruder von Valentin Mannhart anfangen soll. Sie bringen sie nicht weiter. Zwillinge hin oder her.

»Und dann ist da noch etwas.«

Milla nickt Bänz trotz allem aufmunternd zu, damit er fortfahre.

»Ich hätte dir das längst erzählen wollen, doch es ist mir entfallen: Ich bin nicht der Einzige, der sich auf dem Zivilstandsamt in Burgdorf nach der Geburtsurkunde und dem Familienbüchlein von Valentin Mannhart erkundigt hat.«

»Wer sonst wollte denn noch etwas über Mannhart wissen?«

»Als ich das erste Mal anrief, erklärte mir die Zivilstandsbeamtin, kürzlich habe jemand nachgefragt, ob jemand über Valentin Mannhart Nachforschungen angestellt habe – und als ich mich später erneut mit ihr unterhielt, berichtete sie mir, dass sich der gleiche Mann noch einmal gemeldet habe. Mit derselben Frage.«

Milla Nova springt vom Stuhl auf.

»Das hättest du mir sagen müssen!«, ruft sie laut und klatscht zweimal in die Hände. »Das ist eine Spur! Wer war der Mann? Kennt sie seinen Namen? Kann sie ihn beschreiben?«

Bänz ist etwas erstaunt über Millas heftige Reaktion. Er bedauert, ihr nicht mehr bieten zu können.

»Nein, sie hatten nur telefonischen Kontakt. Die Zivilstandsbeamtin konnte sich nicht mal an seinen Namen erinnern.«

»Verflucht.«

Milla setzt sich erneut an den Tisch. Ihre Freude will sich schon wieder verflüchtigen. Da fällt ihr etwas ein.

»Die Polizei wird die Telefonkontakte überprüfen können. Sie wird herausfinden, woher der Anruf kam. Das muss unser Mann sein! Valentin Mannharts Sohn! Annalenas Mörder!«

»Bist du sicher?«, fragt Bänz vorsichtig. »Es kann doch auch bloß Zufall sein, dass sich zwei Personen nach den Daten desselben Menschen erkundigen.«

»Aber er hat nicht nach Mannharts Daten gefragt, sondern wollte wissen, ob sich jemand anderes danach erkundigt hat, oder?«

»Ja, so hat es mir die Zivilstandsbeamtin erzählt.«

»Eben! Wir müssen das der Polizei berichten. Hat sie dir sonst noch irgendetwas gesagt, das mit dem Anruf in Zusammenhang steht?«

Bänz denkt kurz nach.

»Ja. Sie meinte, er habe einen Akzent gehabt. Nicht wie ein Ausländer. Sondern wie ein Schweizer, der sich zu lange im englischen Sprachraum aufgehalten und die Aussprache der Fremdsprache angepasst hat.«

57

Lisa Kunz ist die Letzte, die das Sitzungszimmer betritt. Es ist neun Uhr früh, der Geruch von frischem Kaffee hängt über dem langen Tisch, und einige ihrer Leute sehen aus, als wären sie die ganze Nacht nicht im Bett gewesen. Sie halten sich an den Plastikbechern mit der braunen Brühe fest. Lisa Kunz bemüht sich, einen wachen und motivierten Eindruck zu machen. Sie will Zuversicht verbreiten und die anderen nicht in ihr eigenes Stimmungstief hinunterziehen. Sie sollen nichts von ihren Zweifeln mitbekommen, die sich langsam zur Verzweiflung steigern. Lisa Kunz schließt die Tür so resolut hinter sich, als könnte sie die negativen Gefühle aussperren.

»Guten Morgen miteinander!«, ruft sie munter in den Raum. Ihr entgeht nicht, wie Felix Winter das Gesicht verzieht, als würde ihm ihre aufgesetzte gute Laune Kopfschmerzen bereiten. »Tragen wir zusammen, was wir Neues haben. Wer beginnt?«

Die Hand von Sandro Bandini schnellt in rekordverdächtigem Tempo in die Höhe. Er scheint im Gegensatz zu vielen anderen schon wirklich wach zu sein.

»Neuigkeiten«, sagt er mit einem zufriedenen Ausdruck im Gesicht, »kann ich heute wahrlich bieten.« Alle Augen sind auf ihn gerichtet, als er erklärt, er habe vor zehn Minuten endlich eine Antwort auf die Anfrage bei Interpol erhalten. »Wir haben einen Treffer! Die DNA-Spur, die wir am Tatort und am Seil der erhängten Katze sichergestellt haben, ist in den USA in einer Datenbank erfasst. Fragt mich nicht, was für eine Datenbank das genau ist – es handelt sich nämlich nicht um ein Strafregister. Unser Mann ist nicht vorbestraft. Darum hat es offenbar etwas länger gedauert. Unsere US-Kollegen haben die Spur andernorts aufgespürt. Die Amerikaner scheinen sogar die eigenen Leute immerzu und überall zu registrieren. Uns kann es nur recht sein.«

Bandini genießt den Augenblick, in dem er die Aufmerksamkeit auf sich zieht und die Spannung förmlich spüren kann. Er zögert, um die anderen ein wenig auf die Folter zu spannen. Und rückt schließlich doch damit heraus: »Der Mann, der Valentin Mannharts Sohn und höchstwahrscheinlich unser gesuchter Täter ist, besitzt einen amerikanischen Pass und trägt den Namen Donovan Hardman.«

»Hardman – Manhard – Mannhart.« Lisa Kunz buchstabiert die Namen fast. »Klar, klingt logisch«, sagt sie leise vor sich hin. »Was hast du über ihn?«, fragt sie Bandini.

»Nicht viel. Wohnhaft in Miami, keine Berufsangabe, aber noble Adresse. Ist mit dem Gesetz bislang nicht in Konflikt geraten. Hat sogar seine ansehnlichen Steuerforderungen stets vorbildlich und pünktlich bezahlt. Mehr ist aus den Unterlagen, die ich von Interpol erhalten habe, nicht herauszulesen.«

»Aber das ist doch was!«, sagt Lisa Kunz. Die Zweifel sind verflogen. Ihr Jagdinstinkt ist geweckt. »Donovan Hardman ist unser Mann. Schnappen wir ihn, bevor er das Land verlässt!«, ruft sie laut in den Raum. Einige der Männer vor ihr klopfen auf den Tisch, einer ruft: »Jawohl!«

Im Eiltempo verteilt Lisa Kunz die Aufträge. Reine Routine: Die Zollbehörden müssen angegangen, Passagierlisten sämtlicher infrage kommenden Flüge angefordert und durchgesehen werden. Geprüft wird ebenfalls, ob er möglicherweise bereits einen Rückflug gebucht und – falls er zu den Unvorsichtigen zählt – ob er bei der Fluggesellschaft eine Telefonnummer hinterlegt hat, wo er erreicht werden kann. Alle Hotelmeldescheine müssen kontrolliert, sämtliche Autovermietungen angefragt werden. Die Kreditkartendaten müssen in den USA erfragt und die Kontoangaben eingesehen werden: Wann hat Hardman wo Geld abgehoben. Auch die Handynummer, die er in den USA benutzt, sollte nicht schwer aufzutreiben sein. Falls er das Gerät nicht gewechselt hat, könnte er anhand seiner Nummer über die hiesigen Mobilfunkantennen geortet werden. Alles in allem eine lästige Fleißarbeit, ohne die das Ziel aber nicht zu erreichen und der Kerl nicht zu finden ist. Jeder und jede erhält eine Aufgabe; sollte jemand auf etwas stoßen, werden die anderen sofort informiert.

*

Das ist schneller der Fall, als Lisa Kunz zu hoffen gewagt hat. Nach einer Dreiviertelstunde stürzt Felix Winter in ihr Büro und wedelt mit einem Papierzettel vor ihrem Gesicht herum.

»Wir haben ihn! Er ist im Novotel am Guisanplatz abgestiegen. Unter seinem richtigen Namen. Der scheint sich ja sehr sicher zu fühlen!«

»Okay, wir rücken aus.«

»Wir machen es selbst?«, fragt Winter überrascht.

Lisa Kunz überlegt keine fünf Sekunden. Dann nickt sie energisch. An sich wäre für heiße Festnahmen und gefährliche Einsätze das Sonderkommando Edelweiß vorgesehen, die Elitetruppe der Kantonspolizei Bern, die speziell für extreme Situationen ausgebildet und trainiert ist. Aber hier handelt es sich nur um einen einzelnen Mann. Lisa Kunz hofft auf das Überraschungsmoment und glaubt, dass sie ihn selbst überwältigen und dingfest machen können. Zudem will sie nicht den ganzen Apparat in Bewegung setzen. Wenn sie allein losziehen, sind sie unauffälliger und schneller.

»Ja, wir machen's selbst, und zwar jetzt gleich. Trommle alle aus unserem Team zusammen, die im Haus sind. Sie sollen die Westen anziehen, dann rücken wir aus. Wir nehmen die Zivilfahrzeuge und treffen uns unten im Hof.«

*

Zu sechst brausen Lisa Kunz und ihre Leute wenige Minuten später mit zwei schwarzen Audis von der Berner Innenstadt durch das Breitenrainquartier Richtung Guisanplatz. Erst als das Hotel in Sichtweite ist, bremsen sie ab und fahren in vernünftigem Tempo weiter, biegen auf den Parkplatz ein. Steigen unaufgeregt aus, als wollten sie hier eine Nacht auf einer Geschäftsreise verbringen. Es ist nicht das fehlende Gepäck, das verrät, dass sie keine Hotelgäste sind. Es sind die breiten Brustkästen, die durch Schusswesten verstärkt sind. Und die konzentrierten Gesichter. Lisa Kunz betritt das Hotel, zückt ihren Ausweis und fragt an der Rezeption nach Donovan Hardman. Der Page ruft gleich nach seinem Chef, der bereits ahnt, worum es geht, schließlich hat er der Polizei erst vor einer knappen Viertelstunde durchgegeben, dass der gesuchte Hardman in seinem Haus abgestiegen ist. Er hofft, dass ihn die Polizisten rasch und unauffällig aus seinem Hotel entfernen. Solche Zwischenfälle kann er nicht gebrauchen, sie schaden dem Ruf des Hauses. Der Hotelmanager nennt der Einsatzleiterin die Zimmernummer, beschreibt ihr den Weg und drückt ihr mit der Bitte, die Tür nicht einzutreten, eine Schlüsselkarte in die Hand: Zimmer 537. Fünfter Stock.

Lisa Kunz, Sandro Bandini und Felix Winter nehmen den Lift, die anderen drei die Treppe. Vor der Zimmertür angekommen, bringen sie sich in Position, die Pistolen im Anschlag. Die Kommissarin lauscht an der Tür. Stille. Blitzschnell steckt sie die Plastikkarte in den Schlitz, der das Türschloss ersetzt. Ein leises Knacken, dann ein lauter Knall, als sie die Tür aufstößt und diese wuchtig hinten an die Wand prallt.

Die Polizisten hasten in das Zimmer, sichern jeden Winkel. Nichts. Innerhalb von Sekunden ist klar, dass Donovan Hardman nicht da ist. Das Bett ist ungemacht, das Laken zerwühlt, im Badezimmer liegen die Handtücher auf dem Boden. Der Schrank ist leer. Kein Gepäckstück. Keine Kleider. Der einzige persönliche Gegenstand, den Bandini findet, ist eine Zahnbürste, die verlassen im Zahnputzglas steht.

»Wir sind zu spät gekommen«, sagt er, während er die Zahnbürste in einen Plastikbeutel steckt. Er zweifelt nicht daran, dass sie darauf eine bekannte DNA-Spur finden werden. Dann wirft er einen Blick in den Papierkorb. Er enthält einige zerknüllte A4-Blätter. Sandro Bandini streift sich einen Handschuh über, fischt sie aus dem Korb und breitet sie auf dem Schreibtisch aus. Ein Notizzettel, auf dem in Großbuchstaben der Name Bänz Wiprächtiger geschrieben steht. Sowie drei aus dem Internet heruntergeladene und ausgedruckte Landkarten verschiedenen Maßstabs. Luftaufnahmen von der Berner Innenstadt. Eine verschachtelte Dachlandschaft. Sandro Bandini erkennt die Gerechtigkeitsgasse.

»Er ist unser Mann.«

Lisa Kunz flucht leise vor sich hin. »Wir waren so nah dran«, stöhnt sie und kann ihren Ärger kaum bändigen. »Ahnte er, dass wir hinter ihm her sind? Oder hat er es gewusst?«

»Er kann's nicht gewusst haben. Wir waren zu schnell hier«, antwortet Bandini, der weiß, dass Lisa Kunz immer und überall undichte Stellen vermutet. »Wahrscheinlich ist ihm das Terrain zu heiß geworden, weil er schon zu lange hier war.«

Zurück in der Lobby, erfahren sie, dass Donovan Hardman sein Zimmer jeweils am Vorabend für die nächste Nacht bezahlt hat. Immer bereit für einen schnellen Abgang – ohne etwas schuldig zu bleiben. Als ob das eine Rolle spielt, wenn man ein Menschenleben auf dem Gewissen hat, denkt Lisa Kunz. Sie bittet den Hotelmanager, sich umgehend zu melden, falls sich Hardman doch noch einmal blicken lassen sollte.

Niedergeschlagen kehrt die Truppe zu den Wagen zurück. Auf dem Weg ins Präsidium sagt lange keiner ein Wort. Lisa Kunz erträgt es kaum, den Täter derart knapp verpasst zu haben. Doch es bleibt keine Zeit, der verpatzten Chance nachzutrauern. Sie müssen weitermachen. Sie sind ihm dicht auf den Fersen.

»Keine Bange, wir kriegen ihn schon«, raunt Bandini seiner Chefin zu, als hätte er ihre Gedanken gelesen.

Sie nickt, blickt aus dem Autofenster, über das Geländer der Brücke, die sie überqueren, hinab auf die Aare.

»Wir kriegen ihn«, wiederholt sie seine Worte.

58

Er muss vorsichtiger sein. Zu lange hat er unbeweglich am selben Ort verharrt. Es ist höchste Zeit gewesen aufzubrechen. Sein Koffer war schnell gepackt, an der Rezeption hat er sich nicht abgemeldet. Schließlich hat er das Zimmer schon gestern bezahlt. Jetzt sitzt Donovan Hardman im Neunertram und fährt vom Guisanplatz gemütlich Richtung Berner Innenstadt. Er blickt zum Fenster hinaus und erkennt verschwommen die Konturen seines Gesichts, die sich in der Glasscheibe spiegeln. Die beiden schwarzen Audis, die das Tram am Breitenrainplatz überholen, registriert er nicht. Er ist zu sehr in Gedanken versunken. Weiß, dass die Zeit zerrinnt. Er hat einen Plan im Kopf. Heute Abend wird es so weit sein. Heute noch will er diese leidige Angelegenheit endlich zu einem Ende bringen. Donovan Hardman ärgert sich, als sich eine Station vor dem Zytgloggeturm eine Frau mit einem dicken Hintern neben ihn auf den Sitz zwängt, wo er doch gleich aussteigen will. Er räuspert sich, rutscht auffällig auf seinem Sitz herum. Mit einem »Sorry« bringt er sie schließlich doch dazu, sich erneut zu erheben. Er steht auf, greift nach dem Rollkoffer, den er in der Mitte des Trams abgestellt hat, und steigt als Erster aus, als sich die Tür öffnet. Donovan Hardman schlendert unter den Lauben die Gasse hinab, zieht den ratternden Koffer hinter sich her. Mittlerweile findet er sich in der Altstadt problemlos zurecht, als wäre er einer von hier. Er hat sich am Vortag ein Zimmer im Landhaus reserviert, einem kleinen Restaurant mit wenigen Gästezimmern am unteren Ende der Altstadt, gleich neben dem Bärengraben. Dieses Mal hat er sich unter falschem Namen angemeldet. Weil er aufpassen muss. Er hat schon zu viele Fehler gemacht. Als hätte er von seinem Vater gar nichts gelernt. Donovan Hardman fühlt sich wie ein Anfänger. Der er eigentlich auch ist. Aber der er nicht sein will. Nicht als Sohn seines Vaters. Der hat Besseres verdient als einen dilettantischen Nachkommen.

Hoffentlich hat wenigstens das mit der Halskette geklappt, denkt Hardman. Hoffentlich hat die freundliche Frau am Empfang ihr Versprechen gehalten und Valentin Mannhart das kleine Geschenk übergeben. Das hätte seinem Vater gefallen. Dies ist seine Sprache; wenn man an die Opfer nicht herankommen kann, muss man sie wissen lassen, dass man noch da ist. Dass man auf sie wartet. Dass es kein Entkommen gibt.

Donovan Hardman wird alle seine Fehler wieder ausbügeln, will beweisen, dass er doch etwas taugt. Heute noch wird alles gut. Spätestens morgen wird es endlich vorbei sein.

Er checkt an der Bartheke des Restaurants ein, füllt den rosaroten Meldeschein aus, schreibt den Namen auf, mit dem er sich am Vortag angemeldet hat, erfindet eine Passnummer, darauf bedacht, dass die Anzahl der Ziffern stimmt. Er erhält den Schlüssel, dessen klobiger Anhänger verhindert, dass er in die Hosentasche passt, schleppt seinen Koffer in den ersten Stock und bezieht sein neues Zimmer. Es ist enger und weniger modern als jenes im Novotel, dafür gemütlicher. Beide Unterkünfte bieten aber bei Weitem nicht das, was er gewohnt ist. Er streift sich die schwarzen Lackschuhe von den Füßen. Legt sich in seinen Kleidern auf das Bett. Kann sich nicht erklären, warum er plötzlich so erschöpft ist. Als er merkt, dass er gleich wegdämmert, zwingt er sich, noch einmal aufzustehen. Er öffnet den Koffer, tastet mit der einen Hand nach einem Gegenstand, findet ihn und zieht den Reisewecker heraus. Rasch vergleicht er die Uhrzeit mit seiner Armbanduhr, noch nicht mal elf. Er stellt den Wecker auf vier Uhr nachmittags. Dann schließt Donovan Hardman die Augen und taucht ab in einen unruhigen Traum.

59

Unter Milla Novas Hintern stößt ein veralteter Heizkörper heiße Luft aus. Darunter quietscht das Rad des Tramwaggons in einer gebogenen Schiene, kurz vor der Station Sternen Oerlikon. Draußen ist ein schöner Tag, der Himmel ist blau. Es wird warm werden heute, denkt Milla, zu warm für den Mai. Doch das schöne Wetter lässt sie unberührt. Fast schon eine Woche ist vergangen seit Annalenas Tod. Zum ersten Mal seit der Tat kehrt Milla ins Fernsehstudio zurück. Sie will sich nicht länger krankschreiben lassen. Schließlich ist sie kerngesund, auch wenn es ihr im Herzen schon mal besser ging.

Milla lässt sich im blauen Elfertram durch die Trostlosigkeit von Zürich-Nord kutschieren und kann sich nicht entscheiden, ob sie sich darauf freuen soll, gleich wieder im Büro zu sein. Sobald sie sich mit ihrem Badge Zutritt in das Hochhaus am Leutschenbach verschafft hat und mit dem pannenanfälligen Lift im elften Stock angekommen ist, merkt sie, dass sie wohl doch besser noch eine Weile zu Hause geblieben wäre. Ihre Redaktionskolleginnen und -kollegen herzen und umarmen sie, als wäre nicht Annalena, sondern sie selbst ermordet worden und soeben von den Toten auferstanden. Milla mag es gar nicht, wenn man ihr so nahe kommt. Sie fühlt sich unbeholfen. Und es hilft ihr nicht. Im Gegenteil. Alles kommt wieder hoch. Den unangenehmen Höhepunkt erreichen die Beileidsbekundungen, als sogar ihr Chef Wolfgang sie in die Arme schließt und nicht mehr loslassen will.

»Milla, wie geht es dir?«, fragt er, während sie versucht, sich ihm zu entwinden.

»Wenn ihr mir nicht alle die Luft abdrückt, geht es mir gut. Ihr seht, ich lebe noch, der Kerl hat mich nicht erwischt. Noch nicht.«

Sie hört sich sarkastischer an, als sie es meint.

»Erzähl«, fordert Wolfang sie auf, »was weißt du über die Ermittlungen, haben sie den Täter noch immer nicht gefasst?«

»Sie haben nicht viel. Nur eine DNA-Spur, die mehr Rätsel aufgibt als löst. Aber der Polizeischutz für mich ist ihnen auf die Dauer offenbar zu teuer geworden. Darum bin ich wieder unbeaufsichtigt.« Ihr Grinsen wirkt aufgesetzt. »Ich bin froh, dass ich wieder hier bin, das lenkt mich zumindest ein bisschen ab.«

Das ist eine kleine Lüge. Am liebsten würde Milla auf dem Absatz kehrtmachen und den nächsten Zug zurück nach Bern nehmen. Doch Wolfgang merkt es nicht und geht zum Geschäftlichen über. Er zählt auf, welche Beiträge in der nächsten Sendung vorgesehen sind. Für Milla gibt es für die aktuelle Ausgabe nichts mehr zu tun.

»Am besten gehst du die Sache gemütlich an und machst dich mal auf die Suche nach neuen Themen«, schlägt er ihr vor. »Und, Milla«, Wolfgang Schnell setzt seinen Oberlehrerblick auf, »bitte nicht schon wieder so eine Räuberpistole! Es gibt genügend spannende Themen, bei denen du dich nicht in Lebensgefahr begeben musst.«

Jetzt ist Millas Lächeln echt. Sie greift sich ihre Tasche, geht hinüber ins Großraumbüro der Indianer, wie sich das Fußvolk hier nennt, und fährt ihren Computer hoch.

Ihr Postfach ist überfüllt mit neuen Nachrichten. Erleichtert stellt Milla fest, dass sich darunter nichts Außergewöhnliches befindet. Die zahlreichen Einladungen zu öden

Pressekonferenzen verschiebt sie direkt in den Papierkorb. Dann öffnet sie ein Word-Dokument, das sich »Ideen für Storys« nennt, und durchforstet ihre Liste, die sie immer dann aktualisiert, wenn ihr spontan ein Thema einfällt. Mittlerweile verfügt sie über einen umfangreichen Fundus an Geschichten, die erzählt werden wollen. »Pflegekinder-Skandal«, steht da beispielsweise, »Hooligans in der Fankurve«, »Untaugliche Geldstrafen«, »Boni-Abzocker«, »Wenn Mütter töten«. Zu jedem Stichwort hat sich Milla einige Notizen gemacht. Den Beitrag über die mordenden Mütter will sie im Zusammenhang mit einem Tötungsdelikt realisieren, das sich vor über zwei Jahren im Kanton Zürich ereignet hat und demnächst vor Gericht verhandelt werden wird: Eine Mutter hat ihre siebenjährigen Zwillinge getötet. In der Nacht auf Heiligabend. Fröhliche Weihnachten!, denkt Milla sarkastisch. Die Mutter hat die beiden Zwillinge, ein Junge und ein Mädchen, in ihren Betten erstickt. Zwillinge. Das Stichwort trägt Millas Gedanken zurück zu ihrem eigenen Fall, in dem sie unfreiwillig mittendrin steckt. Doch sie zwingt sich, sich wieder auf ihre Arbeit zu konzentrieren. Sie sucht die Nummer des Staatsanwalts heraus, der für den Zwillingsmord zuständig ist, tippt sie ein und bleibt, wie üblich, in der Warteschlaufe hängen. Die Telefonzentrale der Zürcher Staatsanwaltschaft versucht die Wartenden mit der Titelmelodie der Miss-Marple-Filme bei Laune zu halten. Milla muss immer wieder über diesen Einfall schmunzeln. Als die Musik unvermittelt abbricht und sie der Frau vom Sekretariat ihr Anliegen erklärt, meint diese, der Staatsanwalt sei unabkömmlich. Aber sie könne ihr trotzdem weiterhelfen: Der Termin für die Gerichtsverhandlung sei festgesetzt, sie finde in zwei Wochen statt.

Perfekt, denkt Milla, das passt. Sie beschließt, sich sofort der Geschichte über tötende Frauen anzunehmen, damit diese pünktlich zum Prozessauftakt über den Sender gehen kann. Dann macht Milla, was sie immer tut, wenn sie am Anfang einer Geschichte steht: Sie loggt sich in die Schweizerische Mediendatenbank ein, um in dem elektronischen Archiv nachzuschlagen, was ihre schreibenden Kollegen bislang über den Fall verbreitet haben. Als Suchwörter tippt sie »Zwillinge« und »Justiz« ein, und folgsam spuckt der Computer ihr eine Auflistung von über hundert Zeitungsartikeln aus. Vor allem die Boulevardjournalisten scheinen sich über den Fall bereits die Finger wund geschrieben zu haben. Milla druckt das Dossier aus, greift nach zwei verschiedenfarbigen Leuchtstiften und macht es sich mit ihrer schaurigen Lektüre auf dem roten Sofa im Sitzungszimmer der Redaktion bequem.

Eine halbe Stunde lang liest sich Milla quer durch die Artikel, die sich eingehend mit der Psyche der mutmaßlichen Täterin auseinandersetzen. Sie lässt Diagnosen von forensischen Psychiatern über sich ergehen, die noch nie ein Wort mit der Angeklagten gewechselt haben, und sie ärgert sich über die pseudo-analytischen Ergüsse mancher Journalisten, die in ihren Kommentaren von allen am besten zu wissen glauben, warum eine Mutter plötzlich die eigenen Kinder umbringt. Langsam müde werdend blättert sie weiter, die Inhalte der Texte wiederholen sich. Da stolpert Milla über einen Artikel, der mit dem Zürcher Tötungsdelikt rein gar nichts zu tun hat. »Zwillinge narren die Justiz«, liest Milla. Der Titel steht über einem Artikel der Zeitung *Der Bund* und handelt von einem tollkühnen Einbruch ins Kaufhaus des Westens, dem Berliner Warenhaus KaDeWe. Die Einbrecher waren an einem Wochenende gleich zweimal durch ein Fenster gestiegen, hatten die Lücken im Überwachungssystem geschickt ausgenutzt und in einem Juweliergeschäft innerhalb des KaDeWe Schmuck und

Uhren im Wert von mehreren Millionen Euro mitgehen lassen. Es ist nicht der dreiste Coup an sich, der Milla bei der Lektüre in den Bann zieht, sondern die Tatsache, dass die Polizei einen Verdächtigen aufgrund eines vermeintlich stichhaltigen Beweises verhaftete – ihn aber wieder laufen lassen musste. »KaDeWe-Einbrecher kommen trotz eines DNA-Beweises ungeschoren davon«, steht im Artikel. Und weiter: »Die Berliner Polizei fand zwar DNA-Spuren vor Ort und konnte in der Folge den Täter ausfindig machen. Trotzdem ist der Fall nicht geklärt, denn der festgenommene Libanese hat einen eineiigen Zwilling, der die gleiche DNA aufweist.« Fatalerweise sei es nicht möglich, das Erbgut von eineiigen Zwillingen zu unterscheiden, schreibt der Bund. »Weil die Tat somit nicht eindeutig einer Person zugeordnet werden kann, mussten beide Männer (›Im Zweifel für den Angeklagten‹) freigesprochen werden.«

Milla spürt, wie sich ihr Puls beschleunigt. Zwillingsbrüder. Mit identischer DNA. Für die Polizei nicht feststellbar, welcher der beiden der Täter war. In Millas Kopf beginnt es zu arbeiten. Was, wenn Valentin und sein Bruder auch eineiige Zwillinge gewesen sind? Wenn sie also über dieselbe DNA verfügten? Das hieße, die DNA-Spur, die Valentin Mannhart als Mörder überführte, könnte ebenso gut von seinem Zwillingsbruder stammen. Also ist Valentin vielleicht doch kein Vierfachmörder!, denkt Milla. Sondern sein Bruder! Sie geht hinüber in ihr Büro, holt ihre Unterlagen zum Fall Mannhart aus dem Regal. Milla blättert darin, bis sie die Zeitachse findet, die sie gezeichnet und in welche sie die verschiedenen Ereignisse eingetragen hat. Als Valentin Mannhart 1973 und 1974 die Morde beging, war sein Bruder längst tot. Nein, nicht tot, korrigiert sich Milla. Verschollen. »Wie war noch sein Name?«, fragt sie laut. Katrin, die am Pult rechts von ihr wie wild auf ihre

Tastatur einhämmert, hebt rasch den Kopf, arbeitet dann aber weiter. Sie ist es gewohnt, dass Milla hin und wieder mit sich selbst spricht und keine Antwort erwartet, auch wenn sie laut und eindeutig eine Frage stellt. Milla greift zum Handy. Ihr erster Impuls lässt sie die Nummer von Bandini suchen. Doch dann zögert sie. Milla kann nicht beweisen, dass Valentin und sein Bruder eineiige Zwillinge sind. Sie befürchtet, sich mit ihrer vagen Vermutung bei Bandini zu blamieren. Also stellt sie die Nummer von Bänz ein und lässt es sehr lange läuten.

»Geh ran, verflucht, geh ran. Bitte ...«

»Bitte, was?«, fragt Bänz plötzlich am anderen Ende der Leitung.

»Bänz, Milla hier! Du musst mir helfen!«

»Tue ich das nicht schon die ganze Zeit?«

»Ja, ja, ich weiß, nur ganz kurz diesmal: Wie war noch der Name von Valentin Mannharts Bruder? Und bist du dir ganz sicher, dass die beiden Zwillinge waren?«

»Oskar.« Die Antwort kommt ohne das geringste Zögern. »Und dass sie Zwillinge waren, behauptet die Bäuerin, die auf demselben Hof wie Oskar aufwuchs.«

»Denkst du, es ist möglich, dass er noch lebt?«

»Oskar? Er gilt als verschollen. Verschollene werden nach einer gewissen Zeit automatisch für tot erklärt. Seine Leiche wurde aber nie gefunden. Ich weiß nicht, ob er noch am Leben ist, Milla, ich bin Genealoge, nicht Hellseher. Warum fragst du?«

»Ach, nur so, vielen Dank!«

»Milla ...«

Doch sie ist schon nicht mehr in der Leitung. Ein endloser Summton quält Bänz' Ohr. Er schüttelt ratlos den Kopf. Milla, Milla, denkt er, was heckst du jetzt wieder aus? Er versucht, sich keine Sorgen um sie zu machen.

60

Fünfzehn Uhr. Lisa Kunz hat ihre Sonderkommission zu einer zweiten Sitzung an diesem Tag aufgeboten. Sie sind so nahe an Donovan Hardman dran, dass der Feierabend für ihre Mitarbeiter heute nicht vor Mitternacht beginnen wird. Findet zumindest die Chefin. Sie fasst vor der versammelten Truppe die Ergebnisse des Tages zusammen, erzählt vom versuchten Zugriff im Hotel Novotel – und vom leeren Zimmer, das sie dort angetroffen haben. Ihren Frust darüber lässt sie sich nicht anmerken.

»Wir haben Donovan Hardman nur knapp verpasst – er kann noch nicht weit sein«, sagt sie. »Die Zollbehörden sind informiert, die Daten sind ins Schengener Informationssystem SIS eingegeben – falls Donovan Hardman sich über die Grenze absetzen will, dürfte er nicht weit kommen.« Lisa Kunz hält kurz inne. Blickt in die Gesichter, die ihr zugewandt sind. »Ich persönlich gehe aber eher davon aus, dass er noch in der Nähe ist und bloß die Unterkunft gewechselt hat. Er will hier noch einen Job erledigen.« Sie ist sich nicht sicher, ob sie mit dieser Vermutung richtigliegt. Vielleicht ist Hardman das Pflaster schlicht zu heiß geworden, und er hat das Weite gesucht, bevor er sein eigentliches Opfer eliminieren konnte.

»Gibt es etwas Neues bei Milla Nova?«, fragt sie und schaut Sandro Bandini an.

»Nachts wird die Wohnung, in der sie sich aufhält, nach wie vor überwacht, aber die Beamten haben bislang nichts Außergewöhnliches bemerkt. Den Personenschutz tagsüber haben wir aufgehoben, Milla Nova arbeitet auch wieder, soweit ich informiert bin. Angesichts der neuen Entwicklung fände ich es allerdings angebracht, sie auch während des Tages wieder unter Personenschutz zu stellen. Der Kerl hält sich wahrscheinlich in Bern auf. Wir können sie diesem Risiko nicht aussetzen.«

Lisa Kunz wirft Bandini einen zweideutigen Blick zu, der ihn verärgert. Dann aber nickt sie.

»Andere Erkenntnisse, Neuigkeiten, Mitteilungen?«

»Leider nur schlechte.« Bettina Flückiger ergreift das Wort. »Das Handy von Donovan Hardman, das in Amerika auf seinen Namen angemeldet ist, wurde seit seiner Abreise aus den Staaten nicht mehr eingeschaltet. Wahrscheinlich hat er sich in der Schweiz oder in einem anderen europäischen Staat ein Prepaid-Handy zugelegt – falls er überhaupt eines verwendet. Und leider haben auch die Anfragen bei seiner Bank nicht viel ergeben: Er hat eine Woche vor seinem Abflug einen größeren Betrag am Bankschalter abgehoben, seine Kreditkarten hat er seither nicht benutzt. Wahrscheinlich bezahlt er ausschließlich in bar. Mehr habe ich nicht.«

»Ich habe dafür einige weitere Angaben zur gesuchten Person«, übernimmt Felix Winter. »Aufgewachsen ist er teils in Chicago, teils in Miami. Er ist der Sohn von Pamela Finch, 1971 verstorben. Sie stammte aus Florida und lebte immer in den Staaten. Es gibt keine Hinweise darauf, dass sie je mit Valentin Mannhart in Kontakt stand – was sie aber zweifellos getan haben muss, schließlich hat sie seinen Sohn geboren. Und ich denke nicht, dass wir es hier mit einer jungfräulichen Empfängnis zu tun haben. Vielleicht war Valentin Mannhart ihr Urlaubsflirt? Als sie sich auf einer Ferienreise durch Europa befand? Wir wissen es nicht. Wir müssen Mannhart noch einmal dazu befragen.«

»Ich übernehme das«, sagt Max Hugentobler, der sich den Namen der Frau notiert hat. Gleich morgen früh will er als Erstes ins Inselspital fahren.

»Was übersehen wir?«, fragt Lisa Kunz in die Runde, als keiner mehr etwas zu sagen hat. »Irgendeinen Punkt übersehen wir. Das alles macht einfach keinen Sinn: Der dem Vater unbekannte Sohn verübt einen Anschlag auf ebendiesen und will eine Journalistin umbringen. Und zwischen seiner Mutter, die schon lange tot ist, und seinem Vater ist merkwürdigerweise keine Verbindung erkennbar. Weshalb taucht der Sohn Jahre später in der Schweiz auf und wird zum Mörder – nachdem er in Amerika ein unauffälliges Leben geführt hat? Findet irgendjemand hier eine Erklärung dafür?«

Einige schütteln den Kopf, manche starren auf die Tischplatte. Bandini ergreift das Wort. »Die Verbindung muss halt doch dieser Film sein, den Milla Nova über den alten Mannhart zu drehen begann.«

»Aber woher kann Hardman überhaupt von diesem Film wissen?«, fragt Felix Winter.

»Ich weiß es auch nicht«, gibt Bandini zu. »Aber wir können nicht ausschließen, dass er darüber informiert ist.«

Lisa Kunz unterbricht die Diskussion der beiden. »Was ist mit Valentin Mannharts Mordserie aus den Siebzigerjahren? Hat unser Fall doch etwas mit den Taten von damals zu tun?«

Hugentobler schüttelt den Kopf. »Ich kann mir das nicht vorstellen. Wir sind das Umfeld der damaligen Opfer durchgegangen – es kommt keiner für einen so späten Racheakt infrage. Auch ist es absolut unlogisch, sich erst dann an einem Täter zu rächen, wenn der alt und krank ist und ohnehin am Ende seines Lebens steht. Und den Anschlag auf Milla Nova erklärt es erst recht nicht.«

Lisa Kunz nickt. Sie fragt sich, ob sie es hier mit einem Täter zu tun haben, dem es egal ist, ob sein Handeln einer Logik folgt. Möglicherweise ist Donovan Hardman krank im Kopf und weiß selbst nicht, warum er zum Mörder geworden ist.

»Können wir uns wirklich sicher sein, dass Annalena Mühlentaler ein Zufallsopfer war und der Anschlag nicht doch ihr gegolten hat? Vielleicht hat er uns absichtlich auf einen Irrweg geleitet. Vielleicht hat er von Anfang an vorgehabt, Annalena Mühlenthaler zu töten.«

»Ich habe ihr Umfeld unter die Lupe genommen. Außer dass sie lesbisch war, gibt es rein gar nichts Auffälliges in ihrem Leben. Ich glaube nicht, dass der Täter es auf sie abgesehen hat«, widerspricht Bettina Flückiger.

Lisa Kunz fühlt sich, als würde sie gegen eine Wand anrennen. Immer wieder, mit voller Wucht. »Gibt es sonst einen Aspekt, den wir außer Acht gelassen haben?«, versucht sie es erneut.

Schweigen.

»Also gut. Ich will, dass ein Team mit dem Foto des Gesuchten die Hotels in der Stadt und der näheren Region abklappert. Irgendwo muss er untergekommen sein, sofern er sich noch in Bern aufhält. Ein weiteres Team nimmt sich heute Abend die Restaurants vor. Max, du befragst noch einmal Valentin Mannhart. Und erkundige dich im Seniorenknast, ob dort jemand schon einmal den Namen Donovan Hardman gehört hat. Sandro, du informierst Milla Nova und organisierst erneut Personenschutz rund um die Uhr. Und ich will, dass auch alle Streifenpatrouillen gezielt nach unserem Mann Ausschau halten.«

Viel mehr, denkt Lisa Kunz, können wir im Moment nicht tun. Außer zu hoffen, dass wir schneller sind als er.

61

Wenn Oskar Valentins eineiiger Zwilling war, dann kann genauso gut er der Vierfachmörder sein!« Milla Nova sitzt neben Bänz in dessen Wohnzimmer und blickt ihn triumphierend an, nachdem sie ihn mit ihren Erkenntnissen über die Erbanlagen von Zwillingen auf den neuesten Stand gebracht hat. Doch auch die Haken an ihrer These enthält sie ihm nicht vor: Nicht nur ist Oskar Mannhart seit Jahrzehnten verschollen. Auch das Bekennerschreiben, von dem ihr der Polizist Max Hugentobler erzählt hat, spricht eher für Valentin Mannhart als Täter.

»Der anonyme Brief, der der Polizei nach den Morden in den Siebzigerjahren zugestellt wurde, war allem Anschein nach in Valentin Mannharts Handschrift verfasst«, berichtet Milla. »›Im Namen der Gerechtigkeit‹, so hat er darin seine Taten begründet.«

»Was heißt, ›allem Anschein nach‹?«, erkundigt sich Bänz.

»Die Schrift auf dem Brief sah aus wie die Handschrift von Valentin Mannhart. Der grafologische Gutachter entdeckte aber minimale, kaum erkennbare Abweichungen und ließ sich nicht auf einen eindeutigen Befund festlegen – sonst wäre Mannhart wohl schon viel früher ins Gefängnis gekommen.«

»Kaum erkennbare Abweichungen«, murmelt Bänz. »Man müsste doch … Du musst Claudia anrufen!«, sagt er plötzlich laut.

»Claudia?«

»Claudia Meisterhans aus unserer Maturaklasse. Sie ist für dein Anliegen die geborene Expertin.«

Milla weiß nicht, worauf Bänz hinauswill. Nur langsam taucht in ihrer Erinnerung das Bild des zierlichen blonden Mädchens auf, das sich all die Schuljahre hindurch auf der hintersten Schulbank unsichtbar gemacht hatte.

»Warum soll ich sie anrufen?« Millas Gesicht spiegelt Unverständnis.

»Du weißt es nicht mehr?« Bänz wird langsam ungeduldig. »Claudia hat doch eine Zwillingsschwester, Cynthia, die auf dasselbe Gymnasium ging, allerdings in eine andere Klasse. Sie sahen sich zum Verwechseln ähnlich und haben das in jeder Hinsicht ausgenutzt: Sie tauschten die Klasse, schrieben füreinander Tests. Claudia ging sogar gleich zweimal zur Fahrprüfung – einmal als Claudia, einmal als Cynthia. Kein Schwein hat etwas gemerkt.«

Milla hat es begriffen. Und dass Bänz so tadellos organisiert ist, kommt ihr einmal mehr zugute: Schon legt er ihr eine aktualisierte Klassenliste vor, inklusive Handynummern. Milla erreicht Claudia sofort und versucht nach den üblichen Begrüßungsfloskeln und dem unumgänglichen Small Talk – verheiratet? Kinder? Beruf? –, zum Kern ihres Anliegens zu kommen.

»Sag mal, du und deine Schwester, seid ihr bei euren damaligen Prüfungskapriolen eigentlich nie aufgeflogen? Man hätte den Schwindel doch spätestens am unterschiedlichen Schriftbild erkennen müssen.«

Milla hört ihr Gegenüber lachen. Gleichzeitig vernimmt sie ein leises Klopfgeräusch in der Leitung. Ein Anruf. Sie blickt kurz auf das Display und sieht Bandinis Namen. Der kann warten, denkt sie und konzentriert sich wieder auf Claudia.

»Nein, das konnte man nicht«, sagt diese, »Cynthia und

ich, wir hatten dieselbe Handschrift, haben wir auch heute noch.«

»Genau die gleiche?«

»Du könntest sie nicht unterscheiden.«

Milla bleibt einen Augenblick lang still. »Das liegt ja wohl daran, dass ihr miteinander aufgewachsen seid«, mutmaßt sie dann.

»Irrtum, meine Liebe.« Wieder lacht Claudia in den Hörer. »Das ist gar nicht nötig. Zwillinge, egal ob sie miteinander oder getrennt voneinander aufwachsen, weisen oft eine nahezu identische oder zumindest sehr ähnliche Handschrift auf. Das haben Zwillingsstudien eindeutig gezeigt.«

Milla strahlt und fühlt sich wie eine Detektivin, die einen schwierigen Fall gelöst hat. Jetzt muss sie einzig noch belegen können, dass Oskar Mannhart zum Zeitpunkt der Morde noch am Leben war.

»Claudia, du bist ein Schatz, du hast mir gerade sehr geholfen!«, ruft Milla in den Hörer und bricht das Gespräch abrupt ab. Sie hat sich gar nicht richtig verabschiedet.

Milla wirft Bänz ein paar zusammenhangslose Stichworte hin, sie ist zu ungeduldig, um ihm die Neuigkeiten im Detail zu erklären. Sie schnappt sich ihre Jacke, den olivgrünen Parka mit der Kapuze, packt ihre Tasche und ist schon zur Tür hinaus. Auf dem Weg zur Tramhaltestelle denkt sie, dass sie Sandro Bandini zurückrufen sollte. Sie hat auf ihrem Handy gesehen, dass er sogar mehrmals versucht hat, sie zu erreichen. Doch das hat Zeit. Zuerst muss sie mit Valentin Mannhart sprechen. Der würde Augen machen, wenn sie seine Unschuld beweisen könnte!

62

In seinem Traum sieht er sich am Fenster stehen. Er blickt hinaus auf grüne Baumkronen. Hört im Hintergrund mehrere Polizeisirenen, die hier ganz anders klingen als zu Hause. Sie kommen immer näher. Werden laut. Dringen in seinen Kopf, durchdringen ihn, immer schriller, verwandeln sich in einen endlosen Schrei. Irgendeine Schaltzentrale in seinem Gehirn macht ihm Sekunden später klar, dass es nicht ein Schrei ist, den er hört. Auch keine Polizeisirene. Sondern der Wecker. Sein Arm schnellt zum Nachttisch und knallt den Verursacher des Lärms auf den Boden, wo er liegen bleibt, für immer verstummt. Die Zeiger halten bei exakt vier Uhr an.

Donovan Hardmans Kopf ist schwer, das Laken feucht und zerknüllt. Er muss sich gewälzt haben im Schlaf. Erschlagen fühlt er sich, jeder Knochen schmerzt. Als hätten ihn die vielen Polizeiwagen aus seinem Traum überrollt, eines nach dem anderen. Aber er muss jetzt los, es bleibt ihm nicht viel Zeit, er hat nur noch diesen Abend und den morgigen Tag. Dann muss es erledigt sein.

Er steht auf und schlurft in das enge Badezimmer. Er wäscht sich das Gesicht mit eiskaltem Wasser. Befeuchtet sich den Nacken. Dann schlüpft er in seine Jeans, die auf dem Boden liegen. Zieht sich den Pullover über und seine Jacke. Schließlich zerrt er den Rollkoffer unter dem Bett hervor, entnimmt ihm die Waffe. Die Glock 17 seines Vaters. Er lädt sie, hält sie lange in der Hand. Dreht sie hin und her. Spürt ihr Gewicht. Steckt sie in seine Jackentasche.

Er packt eine Taschenlampe ein, Draht, Schnur und Klebeband. Das Messer. Entschlossen öffnet er die Tür, steigt die knarrende Treppe hinab und verlässt die Pension, in die er als Sieger zurückkehren will.

Sein Ziel ist das Wohnhaus im Breitenrain, in dem sich Milla Nova aufhält. Er will dort Stellung beziehen, bis sie auftaucht – um sie dann nicht mehr aus den Augen zu lassen. Sie nicht mehr am Leben zu lassen. Diesmal soll sie ihm nicht entkommen.

Es ist Milla Nova selbst, die seinen Plan durchkreuzt. Wortwörtlich. Donovan Hardman steht auf dem Trottoir vor der Zoohandlung am Kornhausplatz und wartet auf das Neunertram, das ihn zum Breitenrainplatz fahren soll. Er starrt geradeaus, ein Tram aus der Gegenrichtung fährt von rechts in sein Blickfeld. Hält an. Er blickt in den Tramwagen hinein, und hinter der Scheibe sitzt – Milla Nova. Hardman realisiert sein Glück im Bruchteil einer Sekunde. Er achtet nicht auf das Tram, das von links heranfährt, stürzt auf die gegenüberliegende Straßenseite, ignoriert das schrille Klingeln der Tramchauffeurin, die nur mit Mühe ihr Gefährt rechtzeitig zum Stehen bringen kann, erreicht das gegenüberliegende Trottoir und kann gerade noch durch die hinterste Tür in den Tramwagen schlüpfen, in dem Milla Nova sitzt. Mit einem unauffälligen »Bling« setzt sich das Gefährt in Bewegung.

63

Milla Nova steigt am Hauptbahnhof in den Elferbus um, der sie zum Inselspital bringt. Dort angekommen, ergießen sich die Menschen aufs Trottoir und strömen Richtung Krankenhauseingang, als wären sie ferngesteuert. Milla lässt sich mitspülen, stellt sich aber nicht in die Schlange am Empfang, sondern folgt routiniert der grünen Linie auf dem Boden. Sie findet den Weg zur Gefangenenabteilung mittlerweile auf Anhieb. Den Beamten, der heute vor der Tür sitzt, hat sie noch nie gesehen. Sie zeigt ihm ihre Besuchsbewilligung, und er macht keine Probleme.

Als Milla Valentin Mannharts Zimmer betritt, erschrickt sie. Er ist in dem großen Spitalbett kaum mehr wahrzunehmen. Ihr scheint, als wäre er noch einmal geschrumpft. Blutleer sieht er aus. Der Teint seines Gesichts hat die Farbe des Kissens angenommen. Milla ergreift seine Hand, und der alte Mann schlägt die Augen auf. Selbst sie sind blass.

»Frau Milla!«

Sie muss lächeln. »Herr Mannhart.«

»Schön. Dass Sie einen so alten Mann wie mich besuchen kommen.«

»Wie geht es Ihnen?«

»Wenn ich Sie sehe, geht es mir wunderbar.«

Milla überhört den Schwindel. »Sie sehen müde aus.«

»Es ist nicht so, dass ich heute mit Ihnen in den Ring steigen könnte. Aber unterschätzen Sie mich nicht. Noch lebe ich!«

»Und das soll auch noch eine Weile so bleiben!« Milla hält kurz inne. »Herr Mannhart. Ich habe etwas herausgefunden. Es geht um Ihren Bruder.«

»Meinen Bruder? Ich glaube, ich habe keinen Bruder.« Milla merkt sofort, dass es nicht einer seiner guten Tage ist. Sie muss es trotzdem versuchen.

»Ich weiß, Sie haben ihn nicht gekannt. Aber Sie haben einen Bruder. Oskar heißt er. Er wuchs bei einer Pflegefamilie auf.«

Valentin Mannhart schaut Milla ungläubig an.

»Und wissen Sie was? Er ist sogar Ihr Zwillingsbruder.«

»Frau Milla, Sie sind mir ja lustig.«

»Nein, ich meine es sehr ernst.«

»Ich auch. Sie kommen mich besuchen, erzählen mir, ich hätte einen Sohn, dann berichten Sie mir, ich hätte einen Zwillingsbruder. Das nächste Mal kommen Sie wohl und sagen mir, ich sei verheiratet. Ich finde, Sie sind eine Lustige.«

»Nein, Herr Mannhart, Sie sind nicht verheiratet«, sagt Milla und rückt ihren Stuhl etwas näher an sein Bett heran. »Aber ich könnte Ihnen beispielsweise sagen, dass Sie die vier Morde, wegen denen Sie seit vielen Jahren im Gefängnis sitzen, möglicherweise nicht begangen haben.«

»Ich habe niemanden umgebracht, ich bin kein Mörder«, entgegnet Mannhart entschlossen.

»Ich weiß«, sagt Milla besänftigend. »Und genau das will ich beweisen.«

»Das müssen Sie nicht beweisen. Ich weiß es bereits.«

Milla seufzt laut. »Ach, Herr Mannhart.«

Ihre Euphorie erhält einen argen Dämpfer. Einerseits ist sie durch ihre Hartnäckigkeit so nahe an die Lösung dieses Rätsels herangekommen. Andererseits scheitert sie bereits an der scheinbar einfachen Aufgabe, Valentin Mannhart verständlich zu machen, was ihre Entdeckung für ihn bedeuten könnte.

»Sie müssen nicht traurig sein«, sagt Mannhart, als stünde das Wort Verzweiflung auf ihrer Stirn geschrieben.

Milla versucht, dem Gespräch eine andere Richtung zu geben – um Valentin Mannhart abzulenken und sich selbst zu bremsen.

»Haben Sie etwas von der Strafanstalt gehört, können Sie bald wieder zurückkehren?«

»Meine Zelle ist noch frei, meinen Vögeln geht es gut. Ich würde sie gern bei mir haben. Sie sind nicht gern allein. Und ich auch nicht.«

»Im Gefängnis erzählten Sie mir, dass ein Freund Sie eine Zeit lang besucht hat.«

»Plötzlich ist er nicht mehr gekommen.«

»Hatten Sie noch andere Besucher?«

»Sie, Frau Milla.«

»Und außer mir?«

»Ich erinnere mich nicht.«

»Herr Mannhart, haben Sie je den Namen Oskar Mannhart gehört?«

»Wer ist Oskar Mannhart?«

»Ihr Zwillingsbruder.«

»Frau Milla, Sie müssen mich verwechseln, ich habe keinen Zwillingsbruder.«

Milla gibt auf. Sie kommt heute nicht weiter.

»Ich lasse Sie jetzt in Ruhe«, sagt sie zu dem alten Mann, während sie von ihrem Stuhl aufsteht. »Erholen Sie sich gut, und schauen Sie, dass Sie wieder auf die Beine kommen.«

Valentin Mannhart nickt müde mit dem Kopf. Er ahnt, dass es keine Erholung mehr geben wird.

64

Es klopft dreimal an der Tür. »Herein«, ruft Lisa Kunz, die am Fenster steht. Sandro Bandini betritt ihr Büro. In den Händen trägt er einen Stapel Papiere.

»Amerika hat mir weitere Unterlagen geschickt«, sagt er, setzt sich ungefragt auf einen Stuhl am Besprechungstisch und breitet die Papiere vor sich aus. Lisa Kunz setzt sich neben ihn.

»Etwas Neues dabei?«

»Vielleicht.«

»Was denn?«

»Es betrifft seinen Vater.«

»Sein Vater ist Valentin Mannhart, das hat die DNA-Analyse doch zweifelsfrei ergeben. Es war übrigens eine gute Idee von dir, die Analysen vergleichen zu lassen«, sagt Lisa Kunz und nickt Bandini anerkennend zu. Dieser geht nicht auf das späte Lob ein.

»Ich meine nicht seinen leiblichen Vater, sondern den Mann, bei dem er in Amerika aufgewachsen ist. Wir haben uns womöglich zu sehr auf Donovan Hardmans Mutter, Pamela Finch, konzentriert – vielleicht ist sein Ziehvater nicht minder interessant.«

»Was ist mit ihm?«

»Erinnerst du dich an die letzte Sitzung, als wir Donovan Hardmans Namen erfahren haben?«

»Klar, als mir die Ähnlichkeit der Namen auffiel. Hardman – Mannhart.«

»Genau. Aber Donovan Hardman hat nicht einfach

Valentin Mannharts Nachnamen ins Amerikanische übersetzt.«

»Sondern?«, fragt Lisa Kunz gespannt.

»Der Mann, der zu Donovans Ziehvater wurde, heißt *tatsächlich* Hardman.« Bandini richtet sich in seinem Stuhl auf, reckt den Kopf und streckt die Brust heraus, als erwarte er, von Lisa Kunz eine Medaille um den Hals gehängt zu bekommen.

Seine Chefin ignoriert die Geste.

»Und was schließt du daraus?«, fragt sie trocken zurück. Sie weiß nicht so recht, was sie mit dieser Erkenntnis anfangen soll.

»Ich finde es eigenartig. Die Ähnlichkeit der Namen. Kann es aber nicht deuten«, antwortet Bandini.

»Es könnte ein simpler Zufall sein.«

»Glaubst du an Zufälle?«

»Nicht wirklich.«

»Eben.«

»Weißt du sonst noch etwas über diesen Ziehvater?«

»Vorname Oscar. Laut unseren amerikanischen Kollegen ist er ein erfolgreicher Geschäftsmann. Hat viel Geld gemacht. Gerüchteweise nicht nur mit sauberen Geschäften. Heute lebt er in einem luxuriösen Altersheim und ist pflegebedürftig. Offenbar ist er nach einem Schlaganfall auch geistig angeschlagen. Auf jeden Fall sitzt er im Rollstuhl und ist nicht mehr ansprechbar.«

Lisa Kunz blättert in den Papieren, die Bandini mitgebracht hat.

»Ich denke, wir müssen diesen Ziehvater etwas genauer unter die Lupe nehmen«, erklärt sie schließlich, weil ihr nichts anderes einfällt.

Im Moment weiß auch Bandini nicht, was er von der ganzen Sache halten soll. Es kommt ihm vor, als werde die

Angelegenheit von Tag zu Tag verworrener, dabei sollte es doch umgekehrt sein.

»Ich klopfe noch einmal bei unseren amerikanischen Kollegen an«, kündigt er an. »Obwohl ich das Gefühl habe, dass wir besser hier bei uns vorwärtskommen sollten. Irgendwo muss dieser Hardman doch stecken.«

Lisa Kunz stimmt ihm zu und erkundigt sich, ob der Rund-um-die-Uhr-Personenschutz für Milla Nova organisiert sei.

»Die Jungs stehen bereit – nur kann ich Frau Nova nicht erreichen. Ich weiß nicht, wo sie sich herumtreibt.«

Lisa Kunz' rechte Augenbraue schnellt in die Höhe. »Du weißt nicht, wo sie ist? Finde sie!«

Sandro Bandini spürt die Nervosität seiner Chefin. Sie überträgt sich augenblicklich auf ihn selbst. Ein zweiter Mord durch denselben Täter, das darf nicht passieren. Und schon gar nicht, wenn es Milla Nova ist, die der Mörder im Auge hat. Bandini fühlt, wie sich das bleierne Gefühl wie ein Mantel um ihn legt, dessen Gewicht ihn niederdrücken will.

»Ich werde gleich noch einmal versuchen, Frau Nova zu erreichen«, sagt Bandini und verlässt das Büro, während er sein Mobiltelefon aus der Hosentasche klaubt. Draußen im Gang wählt er Millas Nummer.

65

Milla Nova spürt den Blick in ihrem Nacken. Er bohrt sich zwischen ihre Halswirbel, als ramme jemand ein Messer in sie hinein. Obwohl Millas Verstand ihr sagt, es sei unmöglich, Blicke zu fühlen, dreht sie sich instinktiv um. Aus dem Augenwinkel erkennt sie einen Mann im hinteren Teil des Busses, der rasch das Gesicht abwendet. Eine verwischte Bewegung. Milla weiß im Bruchteil einer Sekunde, dass er es ist. Der Mann, der sie töten wollte. Töten will. Wie versteinert starrt sie ihn an. Er ist etwa fünfzig. Ein verlebtes Gesicht. Schwarzes, krauses, noch immer volles Haar, gesprenkelt mit grauen Strähnen. Kräftig gebaut. Plötzlich wendet er erneut den Kopf und sieht sie direkt an. Ein kalter Blick, der Milla frieren lässt. Automatisch zählt sie die Personen im Bus, als gäbe ihr die Anzahl Sicherheit. Viele sind es nicht. Dreizehn. Milla löst sich aus ihrer Starre, dreht sich wieder in Fahrtrichtung, schätzt ein, wo sie sich befinden, wie weit die nächste Haltestelle entfernt ist. Sie rollen zwischen dem Inselspital und dem Hauptbahnhof voran, Höhe Bubenbergplatz. Gleich wird der Bus halten. Soll sie aussteigen oder sitzen bleiben? Ist sie im Bus sicherer, oder kann sie draußen besser flüchten? Milla weiß es nicht. Sie spürt, wie die Panik nach ihr greift. Genau das darf nicht passieren. Reagiert sie panisch, reagiert sie falsch. Doch sie kann sich nur schwer der lähmenden Angst entziehen. In diesem Augenblick dringen die ersten Takte des Gillie-Mac-Pherson-Songs »Never safe« aus ihrer Jackentasche. Ihr Telefon. Sie greift danach wie nach einem Rettungsring. Auf dem Display leuchtet der Name »Bandini« auf. Milla muss sich zusammenreißen, um vor Erleichterung nicht hysterisch loszulachen. Sie nimmt den Anruf entgegen und sagt, so leise sie kann: »Ich bin im Bus, und der Täter sitzt einige Reihen hinter mir.«

Bandini hört den Hintergrundgeräuschen an, dass Milla in einem Bus oder einem Tram sitzen muss. Doch er versteht kein Wort von dem, was sie sagt. Es ist zu laut, sie spricht zu leise. Doch ihre Stimme verrät ihm, dass etwas gar nicht gut ist.

»Was ist los? Sprechen Sie lauter!« Er schreit es fast ins Telefon.

»Er ist hier, ich weiß, dass er es ist, er sitzt in meinem Bus«, stößt Milla gepresst in ihr Handy.

Bandini ist sofort klar, wie ernst die Lage ist.

»Wo ist der Bus, welche Linie?«

»Im Elfer, ich bin gleich beim Hauptbahnhof.«

»Steigen Sie aus, und mischen Sie sich unter die Leute. Gehen Sie an einen Ort, wo viele Menschen sind«, sagt er laut. »Gehen Sie in den Loeb, Damenabteilung, zweiter Stock. Im Getümmel im Warenhaus können Sie sich verstecken. Ich bin in fünf Minuten da.«

Milla klappt ihr Handy zu und zwingt sich, nicht zu dem Mann zu blicken. Noch während der Fahrt versucht sie, sich möglichst ruhig zu überlegen, wie sie sich an der Haltestelle verhalten soll. Als der Bus beim Hauptbahnhof mit einem Ruck stoppt, setzt sie ihr Vorhaben konsequent um. Sie unterdrückt den Impuls, sofort hinauszustürzen, sondern wartet einige Sekunden und verlässt den Bus erst im letzten Augenblick. Sie zwängt sich zwischen zwei Personen durch, die bereits dabei sind, einzusteigen. Zügigen Schrittes legt sie die wenigen Meter bis zur gläsernen Eingangstür des Warenhauses zurück. Sie dreht sich nicht um. Ein warmer Luftschwall bläst ihr die Haare aus dem Gesicht, als sie den Laden betritt. Das unausstehlich süßliche Duftgemisch der Parfümerieabteilung sticht ihr in die Nase. Milla wird übel. Nicht nur wegen des Duftes. Denn sie realisiert zu ihrem Entsetzen, dass die Abteilung nahezu menschenleer ist. Von wegen unter die Leute mischen, denkt sie, und flucht innerlich über Bandinis Idee. Milla hastet zur Rolltreppe, drängt zwei alte Frauen unsanft zur Seite, hetzt die hohen Stufen hinauf. »Es geht um Leben und Tod.« Sie sieht ihren Gedanken in großen Buchstaben vor sich wie eine gedruckte Schlagzeile. Bedrohliche Worte, die in ihrem Leben bisher nicht das Geringste zu suchen hatten. Doch jetzt geht es für sie genau darum. Um ihr Leben. Um ihren Tod. Milla erreicht die Abteilung mit der Damenmode, hier herrscht das erhoffte Gedränge. Sie taucht zwischen die Frauen und die Kleiderständer und wirft vorsichtig einen Blick dorthin, wo die Rolltreppe von unten auf das Stockwerk kriecht.

Niemand. Er ist nicht mehr hinter ihr. Verschwunden. Sie hat ihn abgehängt! Nicht zu früh freuen, denkt Milla. Aufpassen. Er ist da noch irgendwo. Geduckt eilt sie zwischen den Kleiderständern hindurch zu den Umkleidekabinen, stößt die hinterste der hölzernen Klapptüren auf und setzt sich auf den Hocker. Zieht die Beine an, stellt die Füße vor sich auf den Sitz, umschließt mit ihren Armen die Unterschenkel. Die Haltung, in der sie als Kind oft auf dem Klodeckel der Schulhaustoilette gesessen hat, damit man unter der Tür hindurch ihre Füße nicht sah. Versteckt, damit die Lehrer sie nicht entdeckten. Weil sie eine Stunde schwänzte. Oder einfach, weil ihr gerade danach war, sich vor der Welt und ihren Menschen zu verkriechen.

Genau so fühlt sie sich auch jetzt. Sie will mit dieser Welt dort draußen nichts zu tun haben und für immer hier in dieser Kabine sitzen bleiben, unerkannt, unentdeckt. Milla konzentriert sich darauf, die bedrohliche Realität wegzudenken und sich eine neue Welt einzubilden, in der gleich alles vorbei sein und sie über ihre stupide Angst vor einem eingebildeten Verfolger lachen wird.

Dann kracht es. Jemand hat die Holztür einer der Umkleidekabinen mit Wucht aufgestoßen. Das Holz der Klapptür prallt mit einem lauten Knall an die Innenwand. Millas Blut gefriert. Sie hält den Atem an. Überlegt fieberhaft, wie viele Kabinen vor der ihren liegen. Vier oder fünf müssen es sein. Wieder ein Knall. Sie zuckt zusammen. Ihr Körper und ihr Geist sind besetzt von einem einzigen, schmerzenden Gefühl: Angst. Panische Angst, dass alles gleich vorbei sein wird. Für immer. Ihr Körper beginnt unkontrolliert zu zittern, um ein Haar kippt sie vom Hocker. Ein dritter Knall. Splitterndes Holz. Eine Frau ruft etwas. Weitere Stimmen mischen sich ein. Jemand kreischt. Der vierte Knall. Nah, zu nah, gleich nebenan. Milla hält sich die Ohren zu, stellt die Füße auf den Boden, macht sich so klein wie möglich, klemmt den Kopf zwischen ihre Beine. Schließt die Augen. Ihre Tür wird aufgetreten, Milla zuckt zusammen, doch sie sieht nicht hoch, hält sich geduckt, so also wird es enden, denkt sie noch, als ein ohrenbetäubender Knall, lauter als alle vorherigen, ihr fast das Trommelfell zerreißt. Etwas Schweres fällt auf den Boden. Dann ist es plötzlich still. Milla öffnet die Augen. Sieht ihre Schuhe. Sie sind schmutzig. Blut. Viel Blut. Ihr Herz will aufhören zu schlagen.

*

Der Moment, bis Milla realisiert, dass sie keinen Schmerz verspürt, dauert nur Sekunden, doch ihr erscheinen sie wie Stunden. Ihr tut nichts weh! Das kommt ihr seltsam vor.

Aber vielleicht ist das so, denkt sie, vielleicht spürt man keine Schmerzen mehr, wenn es so weit ist.

»Milla!«

Sie erkennt Sandro Bandinis Stimme. Er brüllt wie ein Wahnsinniger. »Milla! Wo sind Sie? Milla!«

Erst jetzt wird Milla klar, dass sie noch hier ist. Dass sie atmet. Dass ihr Herz schlägt. Dass sie lebt. Sie hebt den Kopf und sieht den Mann, der von ihr abgewendet reglos auf dem Boden liegt. In seinem Rücken klafft eine riesige Wunde. Überall ist Blut. Sein Blut. Nicht ihres.

»Ich bin hier.« Ihre Stimme hört sich kläglich an. »Hier!«, versucht sie es noch einmal, diesmal etwas lauter.

Sandro Bandini stürzt herbei, steigt über den Körper am Boden, tritt in die offene Kabine, sieht Milla blutverschmiert vor sich sitzen. Er geht in die Knie und nimmt sie erleichtert in die Arme.

»Gott sei Dank ist Ihnen nichts passiert.«

66

Danke«, sagt Lisa Kunz. Sie beendet das Gespräch, steckt das Handy in die Jackentasche und richtet sich an ihren Mitarbeiter: »Donovan Hardman wird durchkommen.«

Sandro Bandini atmet erleichtert auf.

»Du hast ihn offenbar auf Höhe des Ischiasnervs in den Rücken getroffen. Derzeit liegt er auf dem Operationstisch – aber sein Zustand ist stabil und die Prognose günstig.« Lisa Kunz schaut Bandini einen Moment lang an, legt ihm dann, mütterlich fast, die Hand auf die Schulter.

»Du hast richtig gehandelt. Du hast Milla Nova das Leben gerettet.«

Bandini schweigt. Es ist das erste Mal, dass er auf einen Menschen schießen musste. Ihm ist keine Sekunde Zeit geblieben, nach einer Alternative zu suchen: Der Mann, der vor ihm in die Umkleidekabinen gestürmt ist, hat eine Glock 17 in der Hand gehalten. Bandini hat sie an ihrem langen Lauf erkannt. Ihm ist sofort klar gewesen, dass ein Zögern seinerseits für Milla Nova tödlich enden würde.

Während Lisa Kunz und Sandro Bandini einige Minuten still in der Damenabteilung stehen, herrscht um sie herum Hektik. Das ganze Stockwerk des Warenhauses ist evakuiert worden, statt von Kunden wimmelt es jetzt von Spezialisten der Kantonspolizei, das ganze Aufgebot ist angerückt. Der Tatort, bis vor Kurzem nichts anderes als eine Umkleidekabine, wurde abgesperrt. Ein Polizeifotograf ist gerade damit beschäftigt, Blutspritzer an der

Wand abzulichten. Zwei Männer, die in ihren weißen Overalls aussehen wie Michelin-Männchen, sichern alle möglichen Spuren. Selbst wenn ein Polizist in höchster Not einen Mann mit einer Schusswaffe außer Gefecht setzt, beginnt sich das ganze Karussell zu drehen – oder dann sogar erst recht, weil sich die Polizei nicht dem Vorwurf aussetzen darf, in eigener Sache nicht mit gleicher Sorgfalt zu ermitteln. Auch Günter Schwarz, oberster Staatsanwalt des Kantons Bern, ist vor Ort. Offensichtlich will sich der Chef persönlich der Sache annehmen. Bandini weiß, dass er korrekt gehandelt und deshalb nichts zu befürchten hat. Er hätte gar nicht anders handeln können. Trotzdem wird es zu einer Untersuchung gegen ihn kommen, und Bandini ist überhaupt nicht wohl in seiner Haut. Mit Unbehagen stellt er fest, dass seine Hände noch immer zittern. Den Schuss abzugeben, war einfacher gewesen, als jetzt damit umzugehen, einen Menschen schwer verletzt zu haben.

»Hast du mit Frau Nova gesprochen, wie geht es ihr?« Lisa Kunz richtet die Frage an Bandini. Die Antwort erhält sie aus erster Hand.

»Es geht mir gut.«

Milla hat sich – entgegen dem Rat des Sanitäters, der sie nicht von der Trage aufstehen lassen wollte – zu den beiden Kommissaren gestellt, ohne dass sie es bemerkt haben. »Ich muss Ihnen unbedingt mitteilen, was ich herausgefunden habe.«

*

Zwei Stunden später betritt Milla gemeinsam mit Sandro Bandini das Büro von Lisa Kunz. Milla wäre ihre Neuigkeiten am liebsten gleich im Warenhaus losgeworden. Sie hat sich dann aber doch dazu bewegen lassen, sich zuerst der blutbesudelten Kleidung zu entledigen und zu duschen. Es hat ihr gutgetan. Milla ist ruhig, gefasst. Und erleichtert. Darüber, dass der Täter festgenommen und der Albtraum endlich vorbei ist. Sie ist selbst überrascht, wie gut sie es wegzustecken scheint, dem Tod in letzter Sekunde entronnen zu sein. So nah am Sterben ist sie noch nie gewesen. Niemals zuvor hat sie derart große Angst ausgestanden. Milla ahnt, dass der Schock sie noch einholen wird. Sobald das, was geschehen ist, in ihr Bewusstsein vordringt. Noch ist es aber nicht so weit. Im Moment funktioniert sie einfach. Und vor allem will sie endlich berichten, was es Neues gibt.

»Es ist wirklich wichtig, was ich Ihnen zu sagen habe«, platzt es aus ihr heraus, kaum hat sie sich gesetzt. »Valentin Mannhart ist kein Mörder!«

Ein Lächeln streift Lisa Kunz' Lippen. Bandini kann nicht deuten, ob es spöttisch oder abschätzig gemeint ist.

Er weiß, dass Lisa Kunz nicht viel von Journalisten und Reporterinnen hält. Allerdings fragt auch er sich, warum Milla Nova jetzt plötzlich eine derart absurde Behauptung aufstellt. Er hat gedacht, sie kenne die Aktenlage und die Beweise, die zweifelsfrei für Valentin Mannharts Schuld sprechen.

»Wie kommen Sie darauf?«, fragt Lisa Kunz mit unverhohlenem Desinteresse in der Stimme.

»Valentin Mannhart hatte einen Bruder, der in den Kriegsjahren verschollen ist und schließlich für tot erklärt wurde.«

»Das haben Sie uns bereits erzählt.«

»Seine Leiche«, fährt Milla unbeeindruckt fort, »ist nie gefunden worden.«

Sandro Bandini nickt höflich, und Lisa Kunz lehnt sich zurück und blickt gelangweilt aus dem Fenster.

»Valentin Mannharts Bruder war aber nicht bloß sein Bruder«, erklärt Milla und legt eine kleine Spannungspause ein. »Valentin Mannharts Bruder ist auch sein eineiiger Zwilling.«

»Eineiig? Sind Sie sicher?«, fragt Lisa Kunz, die sich mit einem Ruck kerzengerade aufrichtet und auf dem Stuhl ganz nach vorne rutscht.

»Ich kann es nicht beweisen. Aber es gibt Hinweise darauf, dass es so ist«, antwortet Milla.

Bandini weiß sofort, worauf Milla hinauswill. Er kennt zwei Zwillingspaare, die in der DNA-Datenbank registriert und deren Einträge mit einer besonderen Farbe gekennzeichnet sind – weil es ihr DNA-Profil eben nicht nur einmal gibt auf dieser Welt, sondern zweimal. Und noch während er diesen Gedanken zu Ende denkt, drängt sich schon ein zweiter vor. Sandro Bandini schaut Lisa Kunz an und erkennt, dass in ihrem Kopf die Räder ebenfalls drehen und rattern – und dasselbe Resultat ausspucken.

»Wenn Valentin Mannhart einen Zwillingsbruder hat oder hatte«, überlegt Bandini laut, »dann ist nicht nur die DNA-Spur an den Tatorten nicht mehr eindeutig zuweisbar …«

»… dann lässt sich auch nicht sagen, wer der leibliche Vater von Donovan Hardman ist. Bei einem Vaterschaftstest kämen beide eineiigen Zwillinge mit mindestens neunundneunzigprozentiger Sicherheit als Vater infrage«, führt Lisa Kunz die Überlegung zu Ende.

»Donovan Hardman?« Milla Nova hat den Namen noch nie gehört.

»Das ist Valentin Mannharts Sohn, der Sie gerade eben ins Jenseits befördern wollte«, antwortet Lisa Kunz.

»Oder eben nicht sein Sohn«, ergänzt Bandini.

»Ein Engländer?«

»Amerikaner. Wir haben uns gefragt, wie Valentin Mannhart zu einer amerikanischen Geliebten gekommen ist. Jetzt erscheint diese Frage natürlich in einem ganz anderen Licht. Vermutlich hatte er gar nie eine Frau aus den Staaten. Vielleicht ist er tatsächlich nicht der Vater des Täters.« Bandini kratzt sich am Kopf.

»Sondern sein Bruder Oskar, der nicht im Krieg ums Leben gekommen ist, sondern die Gelegenheit genutzt hat, um sich nach Amerika abzusetzen und dort ein neues Leben zu beginnen«, folgert Milla.

»Oskar?«, fragt Lisa Kunz.

»So heißt Valentin Mannharts Zwilling.«

»Und Donovan Hardmans Vater heißt Oscar Hardman. Oscar mit c.« Lisa Kunz, Sandro Bandini und Milla Nova blicken sich an wie drei Teilnehmer einer spirituellen Runde, die gerade erleuchtet wurden.

67

Sobald Bänz Wiprächtiger den Namen und das Heimatland erfahren hat, ist es für ihn ein Kinderspiel gewesen, die Spuren von Oscar Hardman, der in einem früheren Leben Oskar Mannhart hieß, zurückzuverfolgen. 1945 ist Valentin Mannharts Zwillingsbruder als Achtzehnjähriger in die Staaten eingereist. Er hat sich dort sogar mit seinem richtigen Pass angemeldet. Weil die Welt damals noch kein globales Dorf war, blinkte nirgends ein Lämpchen, welches die amerikanischen Einwanderungsbehörden darauf hingewiesen hätte, dass der junge Mann in der Schweiz als vermisst galt. Erst nach fünf Jahren wechselte Oskar Mannhart seinen Namen und die Staatsbürgerschaft. Er lebte den amerikanischen Traum: Mit leeren Taschen war er auf dem Kontinent angekommen, zwanzig Jahre später hatte er ein profitables Immobilienimperium aufgebaut. Offenbar handelte er aber auch mit ganz anderen Dingen und war in krumme Geschäfte verwickelt. Das ließen zumindest seine enormen Gewinne vermuten – nachgewiesen werden konnte ihm jedoch nie etwas.

»Der Krieg in Europa war damals zwar gerade vorbei«, erklärt Bänz Milla, die ihm gegenüber an einem Tisch vor dem Adriano's sitzt. »Doch Amerika wurde noch immer von Einwanderern überflutet«, fährt er fort. Milla schlürft durch einen Trinkhalm einen Grapefruitsaft, während sie gespannt zuhört. Bänz hält sich an seinem Bierglas fest.

»Wahrscheinlich war es nie einfacher als zu diesem Zeitpunkt, sein herkömmliches Leben aufzugeben und sich in Amerika eine neue Existenz aufzubauen.«

»Denkst du, dass Oskar in den Siebzigerjahren in die Schweiz zurückgekehrt ist – um seinen Vater zu rächen?«

»Schon möglich. Erinnerst du dich, dass die Bäuerin mir erzählt hat, wie sehr Oskar seinen Vater, den er kaum kannte, verehrt hat? Vielleicht wurde sein krimineller Vater – je mehr man Oskar seinetwegen hänselte und je mehr man ihn mit ihm verglich – für den Jungen so etwas wie ein Held.«

Bänz blickt auf den Boden seines leeren Glases, auf dem die Schaumreste ein eigenwilliges Muster bilden.

»Und als der Junge erwachsen geworden ist, ist er zurückgekommen, um seinen Vater zu rächen«, folgert Milla. Sie kann kaum fassen, dass das wirklich so passiert sein soll. In diesem Moment tritt Sandro Bandini unter die Laube vor dem Adriano's. Was kein Zufall ist.

»Na, ich muss dann mal wieder, da möchte dich wohl jemand dringend sprechen.« Bänz erhebt sich und zwinkert Milla zu.

»Bänz ...«

»Ja?«

»Danke. Danke für alles.«

»Schon gut, die Rechnung reiche ich später nach«, sagt Bänz lachend. Er schüttelt Bandini kurz die Hand, zur Begrüßung und Verabschiedung zugleich. Dann ist er weg.

»Frau Nova, ich habe gehofft, Sie hier zu treffen.« Diesmal ist es Sandro Bandini, der es kaum erwarten kann, seine Neuigkeiten loszuwerden. »Wir haben Donovan Hardman ein erstes Mal befragen können.«

»Und?«, fragt Milla ungeduldig.

»Er hat alles gestanden.«

Milla hätte erwartet, dass eine solche Nachricht bei ihr

einen Jauchzer der Erleichterung auslösen würde. Doch jetzt, wo sie die Worte tatsächlich vernimmt, bleibt sie erst mal stumm. Saugt an ihrem Strohhalm. Verursacht ein schlürfendes Geräusch. Erst als sie den letzten Rest des Grapefruitsafts hinuntergeschluckt hat, beginnt sie, Fragen zu stellen.

»Er hat den Anschlag auf Valentin Mannhart verübt?« Der Polizist nickt.

»Und Annalena getötet?«

»In der Annahme, Annalena sei Sie.«

»Meine Katze Pop hat auch er erhängt.«

»Das war, wie er sagt, als letzte Drohung gedacht.«

»Dann stammten die Drohmails ebenfalls von ihm?«

»Nur eine – die anderen haben Ihnen wahrscheinlich tatsächlich erzürnte Rechtsextremisten geschickt.«

»Aber warum? Was hab ich diesem Mann getan?«

»Sie haben zu viele Fragen gestellt.«

»Es ging also doch um Valentin Mannhart.«

»Der sein Onkel ist.«

»Wir hatten recht!« Milla wirft Bandini die Wörter so laut an den Kopf, dass sich zwei junge Frauen am Tisch nebenan erschrocken umdrehen. »Dann ist also tatsächlich Oskar Mannhart, oder eben Hardman, sein leiblicher Vater«, fügt sie deutlich leiser an.

»So ist es. Und das ist längst nicht alles. Donovan Hardman hat uns noch viel mehr erzählt«, verrät Bandini.

Milla blickt ihn fragend an.

68

1973

Donovan Hardman saß im blauen Polstersessel, die Beine aus Platzmangel spitz angewinkelt, und war sich sicher, dass sein Magen das Herz gleich aus seiner Brust verdrängen würde. Er war gerade achtzehn geworden und befand sich im Sinkflug. Unter ihm lag ein Land, das sich unter einem weißen Schneeteppich versteckte, aus dem die Berge herausragten wie spitze Zähne. Das war sie also, die alte Heimat seines Vaters. Kalt sah sie aus. Und winzig.

»Da unten ist der Zürichsee«, erklärte ihm sein Vater. »Gleich werden wir landen. Es ist unglaublich, wie schnell wir waren. Ein Katzensprung.«

Das letzte Mal, dass Oscar Hardman den großen Ozean überquert hatte, lag achtundzwanzig Jahre zurück: 1945 war er fast drei Wochen lang mit dem Schiff unterwegs gewesen, in umgekehrter Richtung.

*

Ihr erstes Ziel war das Berner Oberland. Am Fuß der Berge, zwischen den beiden Seen: Interlaken. Das Grand Hotel Victoria. Donovan Hardman bekam vom ersten Mord nichts mit: Er verschlief ihn. Erst am Frühstückstisch erfuhr er von seinem Vater, dass das erste Problem aus der Welt geschafft sei. Der Weg zum Opfer war nicht weit gewesen; es handelte sich um Arthur Schüpbach, einen Pagen ihres Hotels. Er wohnte ganz in der Nähe seines Arbeitsorts. Der Mann, durch dessen Hand Donovan Hardmans Großvater gestorben war, war tot.

Der Achtzehnjährige wusste, weshalb sie hier waren. Er kannte die Geschichte seines Großvaters. Als unschuldiger Märtyrer sei er von den Staatsherren geköpft worden, hatte ihm sein Vater wieder und wieder erzählt. Und ihm den Brief gezeigt. Einen Abschiedsbrief. Geschrieben in der letzten Nacht von Karl Mooshaupts Leben: *Du bist nicht der Sohn eines Mörders. Die unschuldig Hingerichteten sterben den Tod des Märtyrers.* Oscar und Donovan Hardman hatten nie an den Worten des Großvaters gezweifelt. Seine Geschichte war mehr als eine Familienlegende. Sie war zum Ursprung und zur Richtung ihres Denkens und Handelns geworden. Der Staat und seine Helfer waren ihre Feinde. Für Gerechtigkeit, so predigte es der Vater Donovan von klein auf, war man selbst verantwortlich. Das hatte sie ihre Familiengeschichte gelehrt. Und jetzt waren Donovan Hardman und sein Vater hergekommen, um den Großvater zu rächen und den Schuldausgleich herzustellen. Um Gerechtigkeit zu schaffen.

*

Am nächsten Tag fuhren Vater und Sohn mit ihrem Mietwagen von Interlaken weiter ins Emmental. Sie beobachteten das Haus des Richters drei Tage lang. Es schneite kleine Flocken, als sein Jahrzehnte zurückliegendes Urteil dem Richter den Tod brachte. Dieses Mal durfte Donovan Hardman dabei sein. Seine Aufgabe war es, draußen im Auto zu warten. Und dann schnell loszufahren, sobald der Vater nach vollbrachter Tat wieder im Wagen sitzen würde. Er überreichte seinem Vater die Kette mit der Waage, die sie in einem billigen Souvenirladen besorgt hatten, beobachtete, wie der Vater den Weg zum Haus hinaufstapfte und vor die Haustür trat. Sie öffnete und sorgfältig hinter sich zuzog. Donovan Hardman war nervös, schwitzte kalten Schweiß. Er hielt es kaum aus, nicht sehen zu können, was drinnen geschah. Er fixierte die Uhr im Auto, die keinen Sekundenzeiger hatte und stillzustehen schien. Nach einer Ewigkeit öffnete sich die Haustür wieder. Heraus trat sein Vater. Gelassen schlenderte er den Zufahrtsweg herunter, ging ums Auto herum, öffnete die Tür und setzte sich auf den Beifahrersitz.

»Du kannst losfahren«, wies er seinen Sohn an. Dann begann er, Verdis *La Traviata* zu summen.

*

Herauszufinden, wo Alt-Staatsanwalt Johannes Hofer lebte, kostete Oscar Hardman etwas mehr Zeit. Er spürte ihn schließlich in einer noblen Seniorenresidenz an der Zürcher Goldküste auf. An Silvester war Oscar Hardman bereit. Wieder fuhr der Sohn den Wagen, er wartete zwei Quartierstraßen neben dem Heim Magnolia. Den Motor ließ Donovan Hardman laufen. Auch diesmal war er sehr aufgeregt. Als er einen Schuss durch das Quartier peitschen hörte, zuckte er zusammen. Noch einer. Eine Pause. Dann ein dritter Schuss. Sekunden später sah er im Rückspiegel seinen Vater heranrennen. Er lehnte sich über den Beifahrersitz, öffnete ihm die Autotür. Sein Vater sprang herein, Donovan Hardman drückte aufs Gaspedal. Das Rad drehte einen Moment lang auf dem Schnee durch, fand schließlich Halt, und der Wagen brauste los, noch bevor der Vater die Tür zuziehen konnte. Während Donovan Hardman mit seinem Vater durch die Stadt fuhr, spürte er, wie seine Anspannung wich und einem anderen Gefühl Platz machte. Einem guten Gefühl: Stolz. Er durfte helfen, Gerechtigkeit zu schaffen. Im Namen der Ehre seines Großvaters.

*

Das neue Jahr begann so, wie das alte aufgehört hatte: mit einem Mord. Luzern war ihre letzte Station. Mittlerweile waren Vater und Sohn auf ihrer tödlichen Mission ein eingespieltes Team. Sie parkten drei Straßen vom Einfamilienhaus der Gmünders entfernt und legten sich im nahen Wald auf die Lauer.

Es war ein schöner, aber kalter Tag. Gmünder stand rund dreihundert Meter weiter unten am Hang in seinem Garten und hackte Holz. Dieser Mann hätte das Leben meines Großvaters retten können, dachte Donovan Hardman. Er hätte nur Ja sagen müssen zum Begnadigungsgesuch. Für sein Nein sollte er büßen. Donovan Hardman sah, wie Gmünder den Korb mit dem Holz ins Haus trug und kurze Zeit später wieder heraustrat. Er trug eine Leine in der Hand, hinter ihm schlüpfte ein schwarzer Labrador durch die Tür. Genau so wie an den Tagen zuvor, als sie ihn beobachtet hatten. Samuel Gmünder schritt auf den Wald zu, in dem sich die Hardmans versteckt hielten. Die Stämme warfen schon lange Schatten, die Sonne hing tief am Himmel. Er bemerkte die beiden Männer im Dickicht nicht, als er an ihnen vorüberging.

Im Wald, mitten auf dem Weg, blieb Gmünder plötzlich stehen, drehte sich langsam um sich selbst. Marschierte wieder los, etwas schneller als zuvor. Dann begann er zu rennen. Sekundenschnell schälte sich Oscar Hardman aus dem Gebüsch und rannte ebenfalls los. Er war deutlich schneller als der ehemalige Ratspräsident. Auch Donovan

Hardman begann zu laufen und sah, wie der Abstand zwischen seinem Vater und dem Mörder seines Großvaters geringer wurde. Dass sein Vater ihn gleich eingeholt haben würde. Er bekam mit, wie Gmünder stolperte, um ein Haar hinfiel.

»Erschieß ihn!«, hörte sich Donovan Hardman rufen. Er beobachtete, dass sein Vater stoppte. Zielte. Schoss. Der Knall peitschte durch die Luft. Die Vögel verstummten auf einen Schlag. Donovan Hardman sah Gmünder auf den Boden stürzen. Sah seinen Vater, der sich dem Mann näherte. Bei ihm stehen blieb. Erneut zielte. Direkt auf den Kopf. Abdrückte. Wieder ein Schuss. Wieder die Stille.

69

2010

Er hat gestanden, dass sein Vater die Morde verübt hat? Und er war sogar selbst daran beteiligt?« Milla Nova fährt sich aufgeregt durchs Haar. »Damit ist ja wohl endgültig bewiesen, dass Valentin Mannhart unschuldig ist! Dass er über zehn Jahre zu Unrecht im Gefängnis saß!«

Sandro Bandini nickt. »Das bedeutet es.«

»Aber warum wollte er mich töten?« Milla bekommt noch immer Gänsehaut, wenn sie davon spricht.

»Er fürchtete, Sie würden herausfinden, dass Valentin nicht der Täter ist. Und Annalena war schlicht zur falschen Zeit am falschen Ort – nämlich in Ihrer Wohnung, wo Hardman natürlich Sie vermutete.«

»Aber warum? Ich meine, diese Männer wurden vor fast vierzig Jahren getötet, die Taten sind nach Schweizer Recht längst verjährt. Selbst wenn ich herausgefunden hätte, dass der falsche Mann verurteilt worden ist: Für Donovan Hardman hätte sich doch nichts geändert. Weder er noch sein Vater hätten zur Rechenschaft gezogen werden können.«

»Das ist richtig. Doch die Hardmans denken nicht so wie die Novas. Hier ging es nicht um Schuld und Strafe, sondern um die Ehre. Oder um das, was die Hardmans darunter verstehen. Donovan Hardman wollte verhindern, dass ein Schatten auf die Ehre seines Vaters fällt. Dafür war er bereit, bis zum Letzten zu gehen. Und jeden Preis zu zahlen.«

»Aber wie konnte er wissen … Er lebt doch in Amerika.

Wie hat er davon erfahren, dass ich diesen Film über Mannhart drehen wollte?«

»Die Antwort kann Ihnen der Gefängnisdirektor liefern. Seine Nachforschungen haben gezeigt, dass einer seiner Mitarbeiter schon seit vielen Jahren auf der Gehaltsliste von Oscar Hardman steht. Über einen Mittelsmann hat Hardman einen Angestellten der Strafanstalt gefunden, der notorische Schulden hat. Ein Spieler. Er wurde fürstlich dafür bezahlt, dass er ständig ein Auge auf Valentin Mannhart hielt; Besucher meldete, unvorhergesehene Veränderungen rapportierte. Das tat der Mann auch, pflichtbewusst. Lange Zeit hatte er allerdings kaum etwas zu tun. Aber dann tauchten Sie auf. Kaum begannen Sie, Fragen zu stellen, griff der Mittelsmann zum Telefon. Am Draht hatte er aber nicht den alten Hardman, der todkrank ist, sondern Donovan – der die Angelegenheit selbst in die Hand nehmen wollte. Nehmen *musste*, wie er im Verhör immer wieder betonte.«

»Also doch! Kesselring lag richtig mit seinem Verdacht, den er in Zusammenhang mit dem Tablettenanschlag geäußert hat. Wie aber hat er diesen Helfer entlarvt?«

»Der Wärter war der Einzige, der Mannhart schon vor der Eröffnung des Seniorenknasts betreute; er hat sozusagen mit ihm die Anstalt gewechselt. Überdies fiel auf, dass er sich vor Kurzem einen teuren Wagen gekauft hat. Sein Konto verriet, dass das Geld von den Hardmans stammte. Unter anderem offenbar ein Extrasalär, weil er Donovan Hardman, dem angeblichen Sanitärinstallateur, Zugang zum Gefängnis verschaffte.«

Langsam schließen sich die Lücken. Plötzlich passen die vielen Puzzleteile ineinander. Milla und Bandini hängen beide einen Moment lang ihren Gedanken nach, rekapitulieren das Erlebte, jeder für sich. Milla beginnt, die Beweggründe der Hardmans nachzuvollziehen. Verstehen kann sie sie trotzdem nicht. Die Mannharts, überlegt sie, denken wirklich nicht gleich wie die Novas.

»Warum bloß war sich Oscar Hardman so sicher, dass sein Vater unschuldig getötet worden ist?«, fragt Milla.

»Donovan Hardman hat uns von einem Brief erzählt. Sein Großvater hat ihn seinem Vater aus der Todeszelle geschrieben. Er beteuert darin offenbar seine Unschuld.«

»Sie glaubten, der Großvater sei aufgrund eines Fehlurteils hingerichtet worden – also ging es ihnen wirklich um Rache.«

»Und um die Wiederherstellung der Familienehre«, ergänzt Bandini. »Aber letztlich ist es nichts anderes als menschenverachtende und das Recht missachtende Selbstjustiz. Irrsinnige Selbstgerechtigkeit und wahnhafte Verblendung.« Sandro Bandini ist laut geworden.

Milla zuckt unmerklich zusammen. Sie fragt sich, ob er recht hat. Ob man das Geschehene wirklich derart schwarzweiß zeichnen kann – ohne die Grautöne zu beachten. Denn am Anfang der Geschichte stand ein Todesurteil, denkt Milla. Die Todesstrafe. Vielleicht sogar zu Unrecht ausgesprochen. Der Staat hat sich angemaßt, einen Menschen zu töten. Ein Leben auszulöschen. Weil er befunden hat, dieser Mensch sei schuldig und verdiene den Tod. Für Milla ist diese Art der Justiz nicht minder falsch als die Selbstjustiz der Hardmans. Niemand, kein Mensch, kein Staat, kein Richter darf über Leben oder Tod entscheiden, findet sie. Keiner darf das Leben eines anderen auslöschen. Doch wegen des wahnhaften Rachedurstes der Hardmans musste Annalena sterben. Auch sie hätte nicht getötet werden dürfen. Milla leert ihr Glas mit einem großen Schluck. Will nicht zulassen, dass sich das bedrückende Gefühl der Trauer wieder in ihr breitmacht. Sie räuspert sich.

»Darf ich Ihnen noch ein Bier bringen?«, fragt sie Sandro Bandini, während sie vom Stuhl aufsteht.

»Gerne.«

Als Milla mit einem Campari Orange für sich und dem Bier für Bandini zurück am Tisch ist, ist sie unschlüssig, ob sie es aussprechen soll. Sie gibt sich einen Ruck und hebt ihr Glas an.

»Ich finde eigentlich schon lange, dass wir Du zueinander sagen sollten.«

Bandini lächelt sie an. »Da dieser Fall ja nun geklärt ist und Sie nicht mehr ein potenzielles Opfer in einem laufenden Verfahren sind – finde ich das eigentlich auch.«

Sie lassen die Gläser klingen. Beiden macht es keine Mühe, sich sofort zu duzen.

»Und was bedeutet das jetzt für Donovan Hardman und seinen Vater?«, will Milla von Sandro wissen.

»Für Oscar Hardman bedeutet es gar nichts. Wie du gesagt hast: Seine Taten sind verjährt. Überdies ist er seit einem Schlaganfall gelähmt. Er kann nicht mehr sprechen, und ob er noch versteht, was man ihm sagt, ist unklar. Ich gehe davon aus, dass er nicht einmal wusste, warum sein Sohn in die Schweiz gereist ist.«

Sandro Bandini nimmt einen Schluck. Weißer Schaum bleibt an seiner Oberlippe hängen. Milla erwischt sich beim Gedanken, ihm den Schaum wegzuküssen.

»Donovan Hardman«, fährt Bandini ahnungslos fort, »wird wegen vollendeten und mehrfach versuchten Mordes vor ein Schweizer Gericht gestellt. Er muss mit einer langjährigen Freiheitsstrafe rechnen.«

»Und was passiert mit Valentin Mannhart?«

»Ich denke, ein Gericht wird ein Revisionsverfahren eröffnen und ihn von Schuld und Strafe freisprechen. Er wird ein freier Mann sein. Für die Zeit, die er unschuldig hinter

Gittern verbrachte, wird er vom Kanton Bern höchstwahrscheinlich finanziell entschädigt werden – obwohl Geld das begangene Unrecht kaum wiedergutmachen kann.«

»Was für eine Geschichte.« Es ist wieder die Journalistin, die aus Milla Nova spricht. Nicht mehr die verängstigte Frau, der in den letzten Wochen ihr gewohntes Leben entglitten war. Vielleicht, denkt Milla, kann ich nun endlich mit der Arbeit an meinem Dokumentarfilm beginnen. Das Drehbuch, das die Realität für sie geschrieben hat, ist um ein Vielfaches spannender und unglaublicher, als sie es mit reiner Vorstellungskraft je hingekriegt hätte.

»Was für eine Geschichte«, sagt sie noch einmal laut.

»Ist sie hier zu Ende?«

Milla weiß nicht, worauf Sandro hinauswill.

»Auch für uns?«, fragt er weiter und schaut sie mit ernstem Blick an. »Oder besteht die Chance, dass unsere Geschichte gerade erst beginnt?«

Milla strahlt ihn an. »Das«, antwortet sie keck, »wird sich zeigen! Ich muss jetzt los. Valentin Mannhart hat eine gute Nachricht verdient, er soll nicht länger warten.« Sie steht auf, lacht Bandini an, der sie ziemlich ratlos anschaut. Rasch drückt sie ihm einen Kuss auf die Wange und flüstert ihm zu: »Ich denke, die Chance besteht.«

Milla hängt sich ihre Tasche um den Oberkörper, packt ihr Rad, das neben dem Tisch an eine Sandsteinsäule gelehnt steht, und schwingt sich in den Sattel. »Wir hören uns!«, ruft sie über die Schulter zurück. Dann fährt sie davon.

70

Milla Nova fährt Richtung Bahnhof, dann weiter geradeaus, via Bubenbergplatz zum Inselspital. Zielstrebig passiert sie den Haupteingang, ohne sich in die Schlange vor dem Empfangsschalter zu stellen. Sie achtet schon gar nicht mehr auf die grüne Linie auf dem Boden, klaubt unterwegs ihre Besuchsbewilligung aus der Umhängetasche und streckt sie dem Beamten vor dem Eingang der Sicherheitsabteilung unter die Nase. Sie kennt ihn. Er stand schon öfter hier Wache.

»Frau Nova, Sie können Valentin Mannhart hier nicht mehr besuchen«, begrüßt er sie.

»Und ob ich das kann, ich habe eine unbefristete Bewilligung, das wissen Sie doch!«, fährt sie ihn genervt an.

»Nein, ich meine, er ist nicht mehr hier«, gibt der Beamte zurück.

Milla wird es plötzlich eng in der Brust. Er wird doch nicht … »Er ist doch nicht etwa …«

»Er wurde verlegt, er liegt nicht mehr in der Sicherheitsabteilung. Sie müssen sich am Empfangsschalter erkundigen, wo sie ihn hingebracht haben.«

»Warum wurde er verlegt?«, fragt Milla in einem viel freundlicheren Ton. Sie denkt, dass Mannhart vielleicht nicht mehr bewacht wird, weil sich seine Unschuld bereits herumgesprochen hat.

»Es hat irgendetwas mit seiner Sicherheit zu tun. Hier wurde ein anderer Verbrecher eingeliefert, der nicht mit Mannhart konfrontiert werden darf.«

Donovan Hardman, schießt es Milla durch den Kopf. Natürlich. Sie können den Mann, der einen Mordanschlag auf Valentin Mannhart verübt hat, wohl kaum in dessen Abteilung unterbringen. Also macht sich Milla auf den Weg zurück zum Haupteingang, was erneut einen fast zehnminütigen Fußmarsch bedeutet. Dort angekommen, stellt sie sich widerwillig in die Warteschlange. Nach etwas über drei Minuten ist sie an der Reihe.

»Ich möchte Valentin Mannhart besuchen.«

»Mannhart … Mannhart …« In einer nervtötenden Bedächtigkeit, die manchen Bernern eigen ist, durchblättert die Frau hinter der Glasscheibe die Kartei im Computer. Als sie endlich fündig wird, schenkt sie Milla als Entschädigung ein überfreundliches Lächeln. »Ein Herzpatient!«, ruft sie. »Immer schön der gelben Linie nach, dann sollten Sie sein Zimmer finden. Nummer 533.«

Als Milla wenig später an die Tür des Zimmers 533 klopft, erhält sie keine Antwort. Sie klopft erneut. Stille. Wahrscheinlich schläft er, wie so oft, denkt Milla. Das wird ein Erwachen. Zu erfahren, dass er wieder ein freier Mann sein wird! Milla drückt die Klinke vorsichtig hinunter, tritt in das Zimmer hinein. Es ist leer. Milla flucht. Laut.

»Sie hat mir die falsche Zimmernummer gegeben«, reklamiert sie ungehört.

Als Milla wieder in den Gang hinaustritt, stößt sie beinahe mit einer Krankenschwester zusammen.

»Ich suche Valentin Mannhart, können Sie mir bitte sagen, wo er liegt?«, fragt sie die Frau, die etwa in ihrem Alter ist. Milla nimmt wahr, wie sich das Gesicht der Krankenschwester verändert. Ihr Ausdruck wandelt sich von freundlich-zuvorkommend in mitleidig-bedauernd.

»Sind Sie eine Verwandte?«

»Eine Freundin«, erklärt Milla und denkt, dass sie das wohl sagen kann, ohne zu lügen.

»Also, dann …«

»Was ist mit ihm?« Das Gefühl von vorhin, diese Enge in ihrer Brust, ist wieder da. »Was ist mit ihm?«, fragt sie noch einmal, eindringlicher, besorgt.

»Es tut mir leid«, sagt die Krankenschwester. »Valentin Mannhart hat einen schweren Schlaganfall erlitten.«

»Ist er tot?«, flüstert Milla.

»Er liegt im Koma, aber es besteht keine Hoffnung. Wir können nichts mehr für ihn tun. Es tut mir leid.«

Milla schaut die Krankenschwester fassungslos an. Es dauert einige Sekunden, bis sie versteht, was ihre Worte bedeuten: Sie ist zu spät gekommen.

»Darf ich zu ihm?«, fragt sie die Krankenschwester.

»Eigentlich sind in solchen Fällen nur Verwandtenbesuche zugelassen«, sagt die Frau.

»Aber er hat gar keine Verwandten«, schwindelt Milla. Die Krankenschwester blickt sie an. Und nickt.

»Also gut, ausnahmsweise, aber nur ganz kurz.«

Sie führt Milla in einen Raum am Ende des langen Ganges; eine kleine Intensivstation innerhalb der Abteilung. Leise treten beide ein. Milla nähert sich langsam dem Krankenbett, greift nach einem Stuhl, platziert ihn neben das Kopfende und setzt sich.

Valentin Mannhart hängt an vielen Schläuchen. Diverse Geräte füllen den Raum mit einem regelmäßigen Surren. Milla legt ihre Hand auf jene von Valentin Mannhart. Drückt sie sanft.

»Herr Mannhart, ich bin's, Milla.«

Wie sehr hofft sie, dass er die Augen aufschlägt und sie mit einem schelmischen Blick anlächelt. Doch er rührt sich nicht.

»Herr Mannhart, Sie sind unschuldig«, sagt Milla, innerlich darum bittend, dass der alte, kranke Mann sie hören möge. »Ich kann es beweisen. Die Polizei weiß es auch. Sie sind kein Mörder!«

Millas Augen füllen sich mit Tränen. Sie schaut Valentin Mannhart an und fühlt sich ohnmächtig.

In dem Moment scheinen sich seine Gesichtszüge zu verändern. Valentin Mannhart strahlt auf einmal eine große Ruhe aus. Ein Ausdruck der Zufriedenheit legt sich auf sein Gesicht. Milla ist überzeugt, sich das nicht nur einzubilden. Da spürt sie die Hand der Krankenschwester auf ihrer Schulter.

»Sie sollten jetzt gehen.«

Epilog

Fort Lauderdale, Miami. Er krümmt seinen linken Zeigefinger und zieht damit einen Hebel nach hinten, was den elektrischen Rollstuhl mit einem leichten Ruck in Fahrt versetzt. Mehr Bewegung, als in dem einen Finger steckt, ist nicht mehr möglich. Sein Körper hat Oscar Hardman vor einigen Jahren gefangen genommen und zu lebenslanger Haft verurteilt – manchmal kommt es ihm vor, als sei dies die Strafe dafür, dass er dem Gefängnis in der wirklichen Welt zeitlebens entkommen ist. Oscar Hardman rollt mit seinem Stuhl ans Fenster, stoppt. Blickt hinaus aufs Meer. Die Sonne blendet ihn. Er schließt die Augen. Unter dem faltigen, dünn gewordenen Lid zeichnet sich der Augapfel ab wie eine Spielzeugmurmel.

Regungslos sitzt Hardman da. Denkt nach. Die Nachricht wurde ihm heute Morgen von seinem Anwalt überbracht. Sein Sohn: verhaftet. Sein Bruder: tot. Sein Zwillingsbruder. Von dessen Existenz er erst erfahren hat, als Valentin 1997 verhaftet wurde. Wegen vier Morden, die er nicht begangen hat. Verhaftet und schließlich verurteilt, an seiner, Oscars, Stelle. Oscar Hardman hat die Inhaftierung Valentin Mannharts nicht verhindern können. Vor allem: nicht verhindern *wollen*. Er hat sein Ansehen höher gewichtet als die Freiheit seines ihm unbekannten Zwillingsbruders.

Jetzt aber spürt Oscar Hardman Trauer. Als wäre jemand gestorben, der ihm sehr nahestand. Dabei hat er seinen Zwilling niemals gesehen, zumindest nicht bewusst. Es gibt keine Erinnerung an ihn. Obwohl sie zur gleichen Zeit am selben Ort ins Leben gestartet sind.

Auch die Festnahme seines Sohns Donovan wühlt den Alten auf. Äußerlich ist es ihm nicht anzumerken. Niemand kann erkennen, dass die schlechten Nachrichten wirklich bei ihm angelangt sind. Doch er realisiert sehr wohl, was sie bedeuten. Für seinen Sohn. Und für ihn. Donovan wollte die Ehre der Familie verteidigen – und ist dabei der Polizei ins Netz gegangen. Dem Feind. Wie damals Oscars Vater, Karl Mooshaupt. Als schließe sich ein Kreis nach vielen Jahren und zwei Generationen.

Oscar Hardman weiß, er wird seinen Sohn nie wiedersehen. Dabei bräuchte er ihn. Donovan ist der Einzige, der ihm die Freiheit schenken könnte. Die Erlösung. Nur sein Sohn kennt den Ort, wo er die Zyankalikapsel aufbewahrt – ein Relikt aus den Zeiten des Krieges. Nur sein Sohn kennt das vereinbarte Zeichen, wenn der Moment gekommen ist und Oscar Hardman sich aus dem Kerker seines Körpers befreien will. Jetzt wäre es so weit, jetzt würde er das Zeichen geben wollen. Doch die Möglichkeit für ihn, den Zeitpunkt seines Todes selber zu bestimmen, ist vertan. Donovan ist weit weg. Die Zyankalikapsel ist unerreichbar. Die Gefängnisstrafe seines Sohnes bedeutet auch für Oscar Hardman Gefangenschaft bis ans Lebensende. Wenn auch auf eine andere Art und Weise.

Er ahnt, welche Strafe die härtere ist.

Bitte beachten Sie auch die folgenden Seiten

KAMPA VERLAG

Christine Brand
Bis er gesteht

Die Realität ist immer noch schlimmer.
Christine Brand überrascht mit einem akribisch recherchierten True-Crime-Roman.

Ausgerechnet an Weihnachten, um genau 3:31 Uhr, geht bei der Polizei ein Notruf ein: am Apparat ein verzweifelter Vater, der den Tod seiner beiden Kinder meldet.

Was ist passiert? Mitten in der Nacht wird Bernhard Scherrer von seiner Frau geweckt: Sie hat Angst, irgendetwas stimmt nicht. Ein Fenster steht weit offen. Jemand muss in ihre Wohnung eingebrochen sein. Sofort sieht Scherrer nach den beiden Kindern und findet sie reglos in ihren Betten: Sophie und Noah, acht und sechs Jahre alt, sind tot. Noch in derselben Nacht wird Bernhard Scherrer in Untersuchungshaft genommen. Anklage: Mord. Von einem Moment auf den anderen wird sein Leben ein Albtraum, der kein Ende nehmen will. Anhand der Befragungen des Verdächtigen durch die Kommissarin und den Aussagen von Beamten der Spurensicherung, der Rechtsmedizinerin, des forensischen Psychiaters, Nachbarn und Bekannten der Scherrers zeichnet Christine Brand das Leben der Familie und eine unbegreifliche Tat nach.

»Christine Brand lässt den Leser in schauerliche menschliche Abgründe blicken.«
Martina Läubli / Neue Zürcher Zeitung